Confiança

Confiança

Hernan Diaz

Tradução de Marcello Lino

Copyright TRUST© Hernan Diaz, 2022
Publicado primeiro por Riverhead Books
Direitos de tradução organizados por MB Agencia Literaria SL. e
The Clegg Agency, Inc., USA.
Todos os direitos reservados.

TÍTULO ORIGINAL
Trust

REVISÃO
Bárbara Morais
Eduardo Carneiro

ADAPTAÇÃO DE PROJETO GRÁFICO E DIAGRAMAÇÃO
Ilustrarte Design e Produção Editorial

CIP-BRASIL. CATALOGAÇÃO NA PUBLICAÇÃO
SINDICATO NACIONAL DOS EDITORES DE LIVROS, RJ

D538c

    Diaz, Hernan, 1973-
        Confiança / Hernan Diaz ; tradução Marcello Lino. - 1. ed. - Rio de Janeiro Intrínseca, 2022.
        416 p. ; 23 cm.

    Tradução de: Trust
    ISBN 978-65-5560-431-3
    ISBN 978-65-5560-590-7 [*c.i.*]

    1. Ficção americana. I. Lino, Marcello. II. Título.

22-77997   CDD: 813
                                                        CDU: 82-3(73)

Meri Gleice Rodrigues de Souza - Bibliotecária - CRB-7/6439

[2022]
Todos os direitos desta edição reservados à
Editora Intrínseca Ltda.
Rua Marquês de São Vicente, 99, 6º andar
22451-041 — Gávea
Rio de Janeiro — RJ
Tel./Fax: (21) 3206-7400
www.intrinseca.com.br

Para Anne, Elsa, Marina e Ana

Sumário

LIGAÇÕES   9
Harold Vanner

MINHA VIDA   133
Andrew Bevel

MEMÓRIAS, RELEMBRADAS   199
Ida Partenza

FUTUROS   369
Mildred Bevel

Ligações

Romance

---

de

HAROLD VANNER

UM

Por ter desfrutado de quase todas as vantagens desde que nasceu, um dos poucos privilégios negados a Benjamin Rask foi o de uma ascensão heroica: a dele não era uma história de resiliência e perseverança ou o relato de um desejo inabalável forjando um destino de ouro para si mesmo a partir de pouco mais do que escórias. De acordo com o verso da Bíblia da família Rask, os ancestrais de seu pai migraram, em 1662, de Copenhague para Glasgow, onde deram início ao comércio de tabaco das Colônias. Ao longo do século seguinte, o negócio prosperou e se expandiu tanto, que parte da família se mudou para a América a fim de supervisionar melhor os fornecedores e controlar todos os aspectos da produção. Três gerações mais tarde, o pai de Benjamin, Solomon, comprou as cotas de todos os parentes e investidores externos. Dirigindo sozinho a empresa, ela continuou a prosperar e não demorou muito para que Solomon se tornasse um dos comerciantes de tabaco mais proeminentes da Costa Leste. Talvez fosse verdade que seu estoque provinha dos melhores fornecedores do continente, porém, mais do que a qualidade de sua mercadoria, a chave para o sucesso dele se baseava em sua capacidade de explorar um fato óbvio: havia, é claro, um lado epicurista no tabaco, mas a maioria dos homens fumava para poder conversar com outros homens. Solomon Rask era, portanto, um fornecedor não apenas dos mais finos charutos, cigarrilhas e fumos para cachimbo, mas também (e sobretudo) de excelente conversa e conexões políticas. Chegou ao auge do próprio negócio e manteve essa posição graças a sua sociabilidade e às amizades cultivadas na sala de fumantes, onde costumava ser visto compartilhando um de seus figurados com alguns de seus clientes mais distintos, entre os quais estavam Grover Cleveland, William Zachary Irving e John Pierpont Morgan.

No apogeu de seu sucesso, Solomon mandou construir um sobrado na West 17th Street, que ficou pronto bem a tempo do nascimento de Benjamin. Todavia, Solomon raramente era visto na residência da família em Nova York. O trabalho o levava de uma plantação a outra, e ele estava sempre supervisionando salas de enrola ou visitando sócios na Virgínia, na Carolina do Norte e no Caribe. Chegou a ser proprietário de uma pequena *hacienda* em Cuba, onde passava boa parte dos invernos. Boatos sobre sua vida na ilha estabeleceram sua reputação de aventureiro com certo gosto pelo exótico, o que era uma vantagem em seu ramo de negócios.

A sra. Wilhelmina Rask nunca pôs os pés na propriedade do marido em Cuba. Ela, igualmente, se ausentava de Nova York por longos períodos, partindo assim que Solomon voltava e hospedando-se nas casas de verão das amigas na margem leste do rio Hudson ou em seus bangalôs em Newport por estações inteiras. A única coisa perceptível que compartilhava com Solomon era a paixão por charutos, os quais fumava compulsivamente. Sendo essa uma fonte de prazer muito insólita para uma dama, ela só satisfazia a própria vontade em particular, na companhia das amigas. Mas isso não era problema, pois vivia rodeada delas o tempo todo. Willie, como as pessoas próximas a chamavam, fazia parte de um coeso grupo de mulheres que parecia formar uma tribo nômade. Não eram apenas de Nova York, mas também de Washington, Filadélfia, Providence, Boston e até mesmo da longínqua Chicago. Moviam-se em bando, visitando as residências e casas de férias umas das outras de acordo com as estações — West 17th Street tornava-se a morada do grupo por alguns meses a partir do fim de setembro, quando Solomon partia para a sua *hacienda*. No entanto, a despeito da região do país em que as senhoras moravam, a panelinha se mantinha invariavelmente isolada em um círculo impenetrável.

Limitado, na maior parte do tempo, ao próprio aposento e aos de suas amas-secas, Benjamin tinha apenas uma vaga noção do restante do casarão no qual cresceu. Quando a mãe e as amigas estavam lá, ele era mantido distante dos cômodos onde elas fumavam, jogavam cartas e bebiam Sauternes noite adentro; quando elas partiam, os pavimentos principais se tornavam uma sucessão de janelas fechadas, móveis cobertos e lustres envoltos em panos. Todas as suas amas e governantas diziam que ele era uma criança exemplar, e todos os seus tutores concordavam com isso. Bons modos, inteligência e obediência jamais haviam se combinado com tanta harmonia quanto naquela criança de temperamento meigo. A única falha que seus primeiros mentores conseguiam achar após muito procurar era a relutância de Benjamin em se relacionar com outras crianças. Quando um dos tutores atribuiu a falta de amizades do pupilo ao medo, Solomon afastou essas preocupações, dizendo que o garoto estava apenas se tornando um homem independente.

Sua criação solitária não o preparou para o internato. Durante o primeiro período letivo, tornou-se o objeto de injúrias diárias e pequenas crueldades. Com o tempo, porém, os colegas de classe descobriram que sua indiferença fazia dele uma vítima insatisfatória e o deixaram em paz. Ele se mantinha isolado e se sobressaía, impassível, em todas as matérias. Ao final de cada ano, após lhe conferir todas as honrarias e distinções disponíveis, os professores, infalivelmente, lembravam-no de que ele estava fadado a conquistar muitas glórias para a Academia.

Durante o último ano do colégio, seu pai faleceu de ataque cardíaco. Na cerimônia fúnebre, em Nova York, tanto os parentes quanto os conhecidos ficaram impressionados com a compostura de Benjamin, mas a verdade é que o luto apenas dera uma forma socialmente reconhecível às disposições naturais de seu caráter. Em uma mostra de grande precocidade que desconcertou os advogados e banqueiros do pai, o menino pediu para examinar o testamento e todas as demonstrações financeiras correlatas. O sr. Rask era um homem consciencioso e organizado, e o filho não contestou os documentos. Concluídos os assuntos e sabendo o que esperar ao atingir a idade adulta e receber sua herança, voltou a New Hampshire para terminar o colégio.

A mãe passou a breve viuvez com as amigas em Rhode Island. Partiu em maio, pouco antes da formatura de Benjamin, e, ao fim de setembro, já havia morrido de enfisema. A família e os amigos que compareceram àquelas segundas exéquias, muito mais comedidas, mal sabiam como falar com o jovem que se tornara órfão no intervalo de alguns meses. Felizmente, havia muitas questões práticas a serem discutidas — fundos fiduciários, executores testamentários e as contestações judiciais à partilha dos bens.

A experiência de Benjamin como estudante universitário foi um eco amplificado de seus anos no colégio. As mesmas inadequações e talentos estavam presentes, mas ele parecia ter adquirido uma espécie de orgulho frio em relação àquelas e um desdém silencioso em relação a estes. Alguns dos traços mais conspícuos de sua linhagem pareciam ter se encerrado em sua pessoa. Ele não poderia ter sido mais diferente do pai, que dominava todos os recintos em que entrava e fazia com que todos gravitassem a sua volta, e não tinha nada em comum com a mãe, que provavelmente jamais passara um dia sozinha. Essas discrepâncias em relação aos pais se tornaram ainda mais acentuadas após a formatura. Ele voltou de New Hampshire para a cidade e fracassou naquilo em que a maioria de seus conhecidos prosperava — era um atleta inepto, um sócio apático dos clubes, um bebedor sem entusiasmo, um apostador indiferente, um amante morno. Logo ele, que devia sua fortuna ao tabaco, nem sequer fumava. Aqueles que o acusavam de ser demasiadamente frugal não conseguiam entender que, na verdade, ele não tinha apetites a reprimir.

A INDÚSTRIA DO TABACO não podia interessar menos a Benjamin. Ele não gostava nem do produto — as primitivas tragadas e baforadas, o fascínio selvagem pela fumaça, o fedor agridoce de folhas podres —, nem da sociabilidade que propiciava, a qual seu pai tanto apreciava e tão bem explorou. Nada o repugnava mais do que as cumplicidades enevoadas da sala de fumo. Apesar dos esforços mais sinceros, ele não conseguia defender, com algo que se assemelhasse a paixão, a virtude de um charuto lonsdale em comparação a um diadema, e era incapaz de cantar loas, com o vigor que apenas o conhecimento de primeira mão pode fornecer, aos robustos de sua propriedade de Vuelta Abajo. Plantações, galpões de secagem e fábricas de charutos pertenciam a um mundo distante que ele não tinha interesse em conhecer. Benjamin teria sido o primeiro a reconhecer que era um terrível embaixador para a empresa, portanto delegou as operações cotidianas ao gerente que trabalhara lealmente para seu pai por duas décadas. Foi contrariando o conselho desse gerente que Benjamin, por intermédio de agentes que nunca conheceu pessoalmente, vendeu abaixo do preço a *hacienda* cubana do pai com tudo o que nela havia, sem nem mesmo fazer um inventário. Seu banqueiro investiu o dinheiro na bolsa de valores, com o restante de suas economias.

Passaram-se alguns anos de estagnação, durante os quais ele tentou, com pouca convicção, iniciar diferentes coleções (moedas, louças, amigos), flertou com a hipocondria, procurou desenvolver um gosto por cavalos e fracassou na tentativa de se tornar um dândi.

O tempo se tornou uma ansiedade constante.

Contra suas verdadeiras inclinações, começou a planejar uma viagem à Europa. Já havia aprendido nos livros tudo o que lhe interessava do Velho Continente; ver em primeira mão aquelas coisas e lugares não tinha importância alguma para ele. E Benjamin tampouco queria ficar confinado em um navio com estranhos por dias a fio. Mesmo assim, disse a si mesmo que, se fosse partir algum dia, aquele era o momento adequado: a atmosfera geral em Nova York estava bastante lúgubre em virtude de uma série de crises financeiras e da subsequente recessão econômica que havia tomado conta do país nos dois anos anteriores. Como a crise não o afetava diretamente, Benjamin só tinha um vago conhecimento de suas causas — acreditava que tudo havia começado com o estouro da bolha das ferrovias, de alguma maneira ligado à desvalorização da prata, que acarretou, por sua vez, uma corrida desenfreada por ouro, e, no final, resultou na falência de vários bancos, o que ficou conhecido como o Pânico de 1893. A despeito de qual tivesse sido a sequência dos acontecimentos, ele não estava preocupado. Tinha uma noção geral de que os mercados oscilavam e estava confiante de que as perdas de hoje seriam os ganhos de amanhã. Em vez de desencorajar sua excursão europeia, a crise financeira — a pior desde a Longa Depressão, duas décadas antes — era um dos principais estímulos para partir.

Quando Benjamin estava prestes a marcar a data da viagem, seu banqueiro informou que, por meio de algumas "conexões", havia conseguido subscrever títulos emitidos para restaurar as reservas de ouro da nação, cuja queda levara muitos bancos à insolvência. Toda a emissão esgotara-se em apenas meia hora, e Rask obtivera um belo lucro em uma semana. Portanto, um golpe de sorte, graças a mudanças políticas favoráveis e flutuações de mercado, acarretara o súbito e aparentemente espontâneo crescimento da respeitável herança de Benjamin, que ele nunca se dera o trabalho de aumentar. Mas, após o acaso se encarregar de tal tarefa, ele descobriu um apetite em seu âmago que havia ficado latente até o surgimento de uma isca grande o suficiente para despertá-lo. A Europa teria de esperar.

Os ativos de Rask estavam sob os cuidados conservadores da J. S. Winslow & Co., a instituição que sempre havia gerido os negócios da família. A firma, fundada por um dos amigos de seu pai, agora estava nas mãos de John S. Winslow Jr., que tentara, sem êxito, tornar-se amigo de Benjamin. Como resultado, o relacionamento entre os dois jovens era um pouco desconfortável. No entanto, eles trabalhavam juntos — mesmo que por intermédio de mensageiros ou por telefone, ambas opções que Rask preferia a reuniões presenciais prolixas e penosamente afetuosas.

Benjamin logo aprendeu a ler a fita do teletipo, encontrar padrões, cruzá-los e descobrir ligações causais ocultas entre tendências aparentemente desconexas. Winslow, percebendo que seu cliente era um aprendiz talentoso, fazia as coisas parecerem mais misteriosas do que realmente eram e descartava suas previsões. Mesmo assim, Rask começou a tomar suas próprias decisões, geralmente desobedecendo aos conselhos da firma. Era atraído por investimentos de curto prazo e instruía Winslow a fazer transações de alto risco em opções, contratos futuros e outros instrumentos especulativos. Winslow sempre aconselhava cautela e protestava contra aqueles esquemas imprudentes: recusava-se a pôr Benjamin em uma posição que o levasse a perder o próprio capital em empreendimentos arriscados. Todavia, Winslow parecia mais preocupado com as aparências do que com os ativos de seu cliente, ávido para demonstrar certo decoro financeiro — afinal, como ele mesmo dissera uma vez, rindo superficialmente da própria astúcia, ele era, quando muito, um agente contábil, e não um agente de apostas, responsável por um banco de investimentos, e não por uma banca de cassino. Do pai, ele havia herdado a reputação de alguém que busca investimentos sólidos, e pretendia honrar esse legado. Mesmo assim, no fim das contas, ele sempre seguia as diretrizes de Rask e conservava suas comissões.

Passado um ano, cansado do pedantismo e do passo pachorrento de seu conselheiro, Rask decidiu começar a negociar por conta própria e demitiu Winslow. Cortar os laços com a família que, por duas gerações, fora tão próxima da sua se mostrou uma satisfação adicional à sensação de verdadeira conquista que Rask experimentou, pela primeira vez na vida, ao tomar as rédeas dos próprios negócios.

*

Os dois andares inferiores do sobrado tornaram-se um escritório improvisado. Essa transformação não foi planejada; pelo contrário, foi o efeito de satisfazer necessidades imprevistas à medida que iam surgindo, uma a uma, até que, inesperadamente, havia ali algo que lembrava um local de trabalho cheio de funcionários. Começou com o mensageiro, que Benjamin fazia circular por toda a cidade com certificados de ações, títulos e outros documentos. Alguns dias mais tarde, o rapaz disse que precisava de ajuda. Além de mais um mensageiro, Benjamin contratou uma telefonista e um escriturário, que logo informou que não conseguia dar conta de tudo sozinho. Gerenciar o pessoal estava roubando um tempo vital dos negócios de Benjamin, então ele contratou um assistente. E os registros contábeis simplesmente começaram a ocupar tempo demais, então ele empregou um contador. Quando seu assistente admitiu um assistente, Rask perdeu a noção das novas contratações e não se deu mais o trabalho de lembrar-se de rostos e nomes.

A mobília que ficara intacta sob cobertas durante anos passou a ser manipulada irreverentemente por secretárias e contínuos. Um teletipo havia sido instalado no aparador de nogueira; quadros com cotações cobriram a maior parte do papel de parede de folhagens douradas em alto-relevo; pilhas de jornais mancharam o veludo cor de palha de um canapé; uma máquina de escrever deixara uma mossa em um gaveteiro de madeira de lei; tintas preta e vermelha mancharam o estofado bordado de divãs e sofás; cigarros queimaram as bordas sinuosas de uma escrivaninha de mogno; sapatos apressados arranharam os pés em forma de garras de móveis de carvalho e mancharam, para sempre, passadeiras persas. Os aposentos dos pais ficaram intactos. Ele dormia no último andar, que jamais visitara quando criança.

Não foi difícil encontrar um comprador para os negócios do pai. Benjamin encorajou um fabricante da Virgínia e uma sociedade comercial do Reino Unido a travar uma batalha entre si com lances cada vez mais altos. Querendo se distanciar daquela parte do próprio passado, ficou feliz ao ver os britânicos prevalecerem, mandando, assim, a empresa de tabaco de volta para o lugar de origem. Mas o que realmente o gratificou foi que, com o lucro daquela venda, pôde trabalhar em um nível mais alto, gerenciar um novo patamar de risco e financiar transações de longo prazo que ele não podia considerar antes. As pessoas a sua volta ficaram confusas ao ver suas posses decrescerem à mesma proporção que sua riqueza aumentava. Ele vendeu todas as propriedades restantes da família, inclusive o sobrado da West 17th Street, e tudo o que havia dentro delas. Suas roupas e seus papéis couberam em dois baús, que foram enviados para o Wagstaff Hotel, onde Benjamin ocupou alguns quartos.

Tornou-se fascinado pelas contorções do dinheiro — como era possível dobrá-lo sobre si mesmo para que devorasse o próprio corpo. A natureza isolada e autossuficiente da especulação agradava ao seu caráter e era uma fonte de espanto e um fim em si mesmo, a despeito do que os seus ganhos representassem ou lhe proporcionassem. O luxo era um fardo vulgar. Seu espírito reservado não ansiava pelo acesso a novas experiências. A política e a busca do poder não tinham papel significativo em sua mente antissocial. Jogos de estratégia, como xadrez e bridge, nunca foram de seu interesse. Se alguém perguntasse, Benjamin provavelmente acharia difícil explicar o que o atraía no mundo das finanças. Sim, era a sua complexidade, mas também o fato de ele ver o capital como algo antissepticamente vivo. O capital se move, se alimenta, cresce, se reproduz, adoece e pode morrer. Mas é limpo. Com o tempo, isso ficou claro para ele. Quanto maior a operação, mais distante ele ficava dos detalhes concretos. Não era necessário que tocasse em uma cédula sequer ou se relacionasse com as coisas e pessoas afetadas pela sua transação. Tudo o que ele precisava fazer era pensar, falar e, talvez, escrever. E a criatura viva se punha em marcha, desenhando belas padronagens no caminho até reinos cada vez mais abstratos, às vezes seguindo apetites próprios que Benjamin jamais poderia ter previsto — e isso lhe proporcionava um prazer a mais, a criatura tentando exercer o livre-arbítrio. Ele a admirava e entendia, mesmo quando ela o decepcionava.

Benjamin mal conhecia a parte sul de Manhattan — apenas o suficiente para não gostar de seus desfiladeiros de edifícios comerciais e suas ruas estreitas e imundas cheias de homens de negócios empinados, ocupados em exibir como estavam ocupados. Mesmo assim, entendendo a conveniência de estar no Distrito Financeiro, transferiu os escritórios para Broad Street. Logo em seguida, à medida que seus interesses se expandiram, conquistou uma cadeira na Bolsa de Valores de Nova York. Os funcionários logo perceberam que ele era tão avesso a dramas quanto a explosões de alegria. Conversas, reduzidas ao essencial, eram tidas em sussurros. Se o som das máquinas de escrever parava por um instante, o ranger de uma cadeira de couro ou o farfalhar de uma manga de seda no papel podia ser ouvido do outro lado do cômodo. No entanto, ondas silenciosas perturbavam o ar a todo momento. Estava claro que todos ali eram extensões da vontade de Rask cujo dever era satisfazer, e até mesmo antecipar, as necessidades do patrão, mas nunca lhe revelar as próprias. A menos que tivessem informações vitais para compartilhar com ele, todos esperavam que a palavra lhes fosse dirigida. Trabalhar para Rask tornou-se uma ambição de muitos jovens operadores, mas, uma vez que o deixavam, acreditando ter absorvido tudo o que podia ser aprendido, nenhum deles conseguia replicar o sucesso do ex-empregador.

Contra a sua vontade, seu nome começou a ser pronunciado com uma admiração reverente nos círculos financeiros. Alguns dos velhos amigos de seu pai o procuravam com propostas de negócios que algumas vezes ele aceitava e com dicas e sugestões que sempre ignorava. Ele negociava ouro e guano, moedas e algodão, títulos e carne. Seus interesses não se limitavam mais aos Estados Unidos. Inglaterra, Europa,

América do Sul e Ásia transformaram-se em um território único para ele. Benjamin explorava o mundo a partir de seu escritório, em busca de empréstimos arriscados e altamente lucrativos, e negociava títulos governamentais de várias nações cujos destinos tornaram-se indissociavelmente entrelaçados devido a suas transações. Às vezes, ele conseguia comprar emissões inteiras de títulos para si mesmo. Suas poucas derrotas eram seguidas de grandes triunfos. Todos os que estavam do seu lado nas transações prosperavam.

Naquilo que se tornava, cada vez mais e contra a sua vontade, o "mundo" de Benjamin, não havia nada mais conspícuo do que a anonimidade. Embora os mexericos nunca chegassem até ele — com sua aparência meticulosamente ordinária, seus hábitos abstêmios e sua monástica vida de hotel —, sabia que devia ser considerado um "personagem". Envergonhado pelo simples pensamento de ser tido como um excêntrico, ele decidiu agir de acordo com o que era esperado de um homem na sua posição. Construiu uma mansão *Beaux-Arts* em pedra calcária na Quinta Avenida com a 62nd Street e contratou Ogden Codman para decorá-la, certo de que os feitos ornamentais dele seriam alardeados em todas as colunas sociais. Quando a casa ficou pronta, tentou, mas acabou não conseguindo organizar um baile — desistiu quando entendeu, ao trabalhar na lista de convidados com a secretária, que compromissos sociais se multiplicam exponencialmente. Afiliou-se a vários clubes, conselhos, obras de caridade e associações, nos quais raramente era visto. Fez tudo isso com descontentamento. Mas teria ficado ainda mais descontente se o considerassem uma pessoa "excêntrica". Acabou tornando-se um homem rico interpretando o papel de um homem rico. O fato de sua situação combinar com seu figurino não fazia com que ele se sentisse nem um pouco melhor.

Nova York se encheu do otimismo barulhento daqueles que acreditavam ter superado o futuro. Rask, é claro, beneficiou-se desse crescimento vertiginoso, mas, para ele, tratava-se estritamente de um fato numérico. Ele não se sentia compelido a andar nas recém-inauguradas linhas do metrô. Em poucas ocasiões, visitou alguns dos vários arranha-céus que estavam sendo erguidos por toda a cidade, mas nunca cogitou transferir seus escritórios para um deles. Para ele, automóveis eram um aborrecimento, tanto nas ruas quanto nas conversas (carros haviam se tornado um assunto onipresente entre os funcionários e sócios — e, em sua opinião, infinitamente entediante). Sempre que possível, Benjamin evitava cruzar as novas pontes que ligavam a cidade, e nada tinha a ver com as multidões de imigrantes que desembarcavam todo dia em Ellis Island. Vivenciava a maioria dos acontecimentos de Nova York por meio dos jornais — e, sobretudo, dos símbolos na fita do teletipo. E, no entanto, apesar de sua visão peculiar (alguns diriam estreita) da cidade, até mesmo ele podia ver que, embora fusões e consolidações tivessem resultado em uma concentração da riqueza nas mãos de um punhado de empresas de um porte sem precedentes, havia, ironicamente, uma sensação coletiva de sucesso. A simples magnitude daquelas novas empresas monopolistas, algumas com um valor que superava todo o orçamento governamental, era prova de como as recompensas eram distribuídas de maneira desigual. Contudo, quase todas as pessoas, independentemente de quais fossem as circunstâncias, tinham certeza de que faziam — ou logo fariam — parte de uma economia em franca ascensão.

Então, em 1907, Charles Barney, presidente da Knickerbocker Trust Co., envolveu-se em um esquema para açambarcar o mercado de cobre. A tentativa fracassou, deixando em seu rastro uma mina, duas corretoras e um banco arruinados. Logo em seguida, foi anunciado que os cheques da Knickerbocker não seriam mais aceitos. O National Bank of Commerce atendeu às solicitações dos depositantes por alguns dias, até Barney não ver outra saída senão fechar as portas e, cerca de um mês depois, dar um tiro no próprio peito. A falência da Knickerbocker causou ondas de pânico nos mercados. Uma corrida generalizada resultou em insolvência por toda parte: a bolsa de valores despencou, pagamentos de empréstimos foram cobrados, corretoras declararam falência, sociedades fiduciárias tornaram-se inadimplentes, bancos comerciais quebraram. Todas as vendas pararam. As pessoas invadiram Wall Street exigindo sacar seus depósitos. Esquadrões da polícia montada circulavam sem parar tentando manter a ordem pública. Na ausência de dinheiro em caixa, os juros dos depósitos interfinanceiros em curto prazo dispararam para mais de 150% em questão de dias. Enormes quantidades de barras de ouro foram trazidas da Europa, mas nem o fluxo milionário que cruzava o Atlântico conseguiu aplacar a crise. À medida que os alicerces do crédito ruíam, Rask, que tinha reservas de caixa robustas, aproveitou a crise de liquidez. Ele sabia quais empresas afetadas pelo pânico eram suficientemente resilientes para sobreviver e adquiriu ativos a preços ridiculamente desvalorizados. Em muitos casos, suas avaliações estavam um passo à frente das feitas pelos homens de J. P. Morgan, que com frequência atacavam logo depois de Rask, fazendo o preço da ação subir. De fato, no meio da tempestade, ele recebeu um bilhete de Morgan que mencionava seu pai ("Os maduros de Solomon foram os melhores que já tive o prazer de fumar") e o convidava para uma reunião em sua biblioteca com as pessoas em quem mais confiava "para ajudar a salvaguardar os interesses da nossa nação". Rask declinou sem sequer dar uma desculpa.

Demorou a se orientar no novo patamar ao qual ascendeu depois da crise. Um halo resplandecente o cercava aonde quer que ele fosse. Interpunha-se entre ele e o mundo o tempo todo. E Rask via que os outros também percebiam isso. Sua rotina parecia a mesma — ficava em sua casa quase sempre deserta na Quinta Avenida e, de lá, mantinha para o mundo exterior a ilusão de uma vida social intensa, que, na verdade, se limitava a umas poucas aparições nas solenidades nas quais achava que sua presença fantasmagórica surtiria maior impacto. Mesmo assim, sua façanha durante o pânico o transformara em uma pessoa diferente. O que era realmente surpreendente, até para si mesmo, era que ele havia começado a procurar sinais de reconhecimento em todas as pessoas que encontrava. Estava ávido para confirmar que as pessoas notavam o zum-zum-zum que o circundava, a vibração, aquilo que justamente o afastava delas. Por mais paradoxal que fosse, esse desejo de confirmar a distância que o separava dos outros era uma forma de comunhão com eles. E aquela era uma sensação nova para Benjamin.

Como havia se tornado impossível tomar todas as decisões a respeito dos negócios, Rask foi forçado a desenvolver um relacionamento próximo com um jovem de seu escritório. Sheldon Lloyd, que galgou posições até tornar-se seu assistente de maior confiança, filtrava as questões cotidianas que exigiam a atenção de Rask, deixando que apenas as realmente importantes chegassem a sua mesa. Também participava de várias reuniões diárias — seu empregador só se juntava a ele quando era necessária uma demonstração de força. De várias maneiras, Sheldon Lloyd era a encarnação de quase todos os aspectos do mundo financeiro que Benjamin abominava. Para Sheldon, assim como para a maioria das pessoas, o dinheiro era um meio para se chegar a um fim. Ele o gastava. Comprava coisas. Casas, veículos, animais, quadros. Falava espalhafatosamente a respeito disso. Viajava e dava festas. Usava a riqueza no próprio corpo — a pele tinha um cheiro diferente a cada dia; as camisas não eram passadas, mas novas; os casacos brilhavam quase tanto quanto os cabelos. Transpirava a mais convencional e constrangedora das qualidades: "gosto". Rask olhava para ele e pensava que somente um empregado gastaria daquela maneira o dinheiro recebido de outra pessoa: procurando alívio e liberdade.

Era justamente por causa da frivolidade de Sheldon Lloyd que Benjamin o achava útil. Sim, seu assistente era um operador astuto, mas Rask também entendia que ele personificava o estereótipo daquilo que muitos de seus clientes e sócios passageiros consideravam "um sucesso". Sheldon Lloyd era o porta-voz ideal de seus negócios — uma presença bem mais eficaz, em muitos contextos, do que a do patrão. Como Sheldon atendia fielmente a todas as expectativas em relação à aparência de um financista, Benjamin começou a depender dele para questões que extrapolavam suas tarefas oficiais. Pedia que organizasse jantares e festas, e Sheldon obedecia extasiado, enchendo a casa de Rask com seus amigos e entretendo avidamente conselheiros e investidores. O verdadeiro anfitrião sempre se recolhia cedo, mas a ficção de que ele levava uma vida social razoavelmente ativa era reforçada.

Em 1914, Sheldon Lloyd foi mandado para a Europa a fim de finalizar uma transação com o Deutsche Bank e uma empresa farmacêutica alemã e tratar de negócios na Suíça como agente de seu patrão. A Grande Guerra pegou Sheldon em Zurique, para onde Rask o enviara para adquirir partes de novos e prósperos bancos locais.

Em Nova York, Benjamin direcionava a própria atenção para os alicerces tangíveis de sua riqueza — coisas e pessoas, que o conflito havia fundido em uma só máquina. Investiu em setores relacionados à guerra, desde mineração e siderurgia até fabricação de munição e construção naval. Começou a interessar-se por aviação, vendo o potencial comercial que os aviões teriam em tempos de paz. Fascinado pelos avanços tecnológicos que definiram aqueles anos, proveu recursos para empresas químicas e financiou empreendimentos de engenharia, patenteando muitas das peças e os fluidos invisíveis dos novos motores que impulsionavam a indústria mundial. E, por intermédio de seus procuradores na Europa, negociou títulos emitidos por todas as nações envolvidas na guerra. Todavia, apesar de sua riqueza ter se tornado formidável, aquele foi apenas o ponto de partida de sua verdadeira ascensão.

Sua reticência aumentou com seu alcance. Quanto mais seus investimentos se alastravam na sociedade, mais ele se recolhia em si mesmo. Parecia que as mediações praticamente infinitas que constituem uma fortuna — ações e títulos ligados a empresas ligadas a terras, equipamentos e multidões de trabalhadores, estas abrigadas, alimentadas e vestidas graças ao trabalho de outras multidões mundo afora, pagas em diferentes moedas cujo valor é também objeto de negociação e especulação, ligadas, por sua vez, ao destino de diferentes economias nacionais que são ligadas, por fim, a empresas ligadas a ações e títulos — haviam tornado os relacionamentos imediatos irrelevantes para ele. Mesmo assim, ao alcançar e superar o que considerava ser a metade da vida, uma leve sensação de responsabilidade genealógica, combinada com uma noção ainda mais vaga de decoro, fez com que Rask cogitasse se casar.

DOIS

Os Brevoort eram uma antiga família de Albany cuja fortuna não acompanhou o renome. Bastaram três gerações de políticos e romancistas fracassados para reduzi-los a um estado de digna precariedade. A casa em Pearl Street, uma das primeiras construídas na cidade, era a própria encarnação daquela dignidade, e a existência de Leopold e Catherine Brevoort girava, em grande parte, em torno de sua manutenção. Quando Helen nasceu, eles já haviam fechado os andares superiores para concentrar toda a atenção nos inferiores, onde recebiam as visitas. O salão dos Brevoort era um dos centros da vida social de Albany, e seus meios cada vez mais escassos não os impediam de receber os Schermerhorn, os Livingston e os Van Rensselaer. Suas reuniões eram um sucesso porque alcançavam um raro equilíbrio entre leveza (Catherine tinha o dom de fazer com que os outros se sentissem interlocutores brilhantes) e seriedade (Leopold era amplamente reconhecido como uma das autoridades intelectuais e morais locais).

Em seu grupo, meter-se em política era visto como algo bastante ignóbil e lidar com literatura cheirava a boemia. O sr. Brevoort, no entanto, reuniu o amor pouco cavalheiresco de seus ancestrais pelo serviço público e pela palavra escrita ao redigir dois volumes sobre filosofia política. Amargurado pelo total silêncio com que seu trabalho foi recebido, ele se voltou para a jovem filha e tomou as rédeas de sua educação. Desde o nascimento de Helen, o sr. Brevoort estivera preocupado demais com seus combalidos negócios para dedicar atenção de verdade à filha, mas, após ter decidido se encarregar da educação da menina, deleitava-se com todas as facetas de sua personalidade. Aos cinco anos, ela já era uma ávida leitora, e o pai surpreendeu-se ao encontrar nela uma interlocutora precoce. Os dois davam longas caminhadas às margens do Hudson, às vezes noite adentro, discutindo os fenômenos naturais à volta: girinos e constelações, as folhas que caíam e os ventos que as carregavam, o halo da Lua e as galhadas dos cervos. Leopold jamais sentira aquele tipo de alegria.

Considerava insuficientes todos os livros didáticos disponíveis, questionando tanto o conteúdo quanto a abordagem pedagógica. Portanto, quando não estava lecionando ou cuidando das obrigações sociais que a esposa parecia sempre criar para ele, o sr. Brevoort estava ocupado escrevendo manuais e cadernos de exercícios para a filha. Esses tomos continham jogos, charadas e quebra-cabeças que Helen apreciava e quase sempre resolvia. Além de ciências, outra matéria proeminente no programa educacional era literatura. Eles liam os transcendentalistas americanos, os moralistas franceses, os satiristas irlandeses e os aforistas alemães. Com a ajuda de dicionários obsoletos, tentavam traduzir contos e fábulas da Escandinávia, bem como da Roma e da Grécia Antigas. Encorajados pelo resultado totalmente absurdo de seus esforços (muitas vezes a sra. Brevoort tinha de entrar no pequeno estúdio e pedir que parassem de rir "como cavalos" quando ela estava com visitas), eles iniciaram uma coleção de ultrajantes mitos inventados. Os primeiros dois ou três anos de estudos sob a orientação do pai seriam os mais felizes da vida de Helen, e mesmo que, com o tempo, os detalhes e contornos dessas lembranças tenham esmorecido, a sensação geral de empolgação e plenitude permaneceu sempre nítida e vívida em sua mente.

Em seu esforço para ampliar o programa de estudos, o sr. Brevoort foi levado por seus excêntricos métodos de pesquisa até teorias científicas defuntas, edifícios filosóficos derrelitos, doutrinas psicológicas desequilibradas e dogmas teológicos ímpios. Ao tentar reunir religião e ciência, deixou-se absorver pelos ensinamentos de Emanuel Swedenborg. Aquele foi um momento decisivo em sua vida — e em seu relacionamento com a filha. Guiado pelos ensinamentos de Swedenborg, ele acreditava que a razão, mais do que a penitência e o medo, era o caminho para a virtude e talvez até para o divino. Tratados matemáticos só vinham atrás das Escrituras, e o sr. Brevoort ficava exultante com a elegante facilidade com que Helen, aos sete ou oito anos de idade, resolvia abstrusos problemas algébricos e conseguia fazer detalhadas exegeses de várias passagens bíblicas. À menina, também foi pedido que mantivesse meticulosos diários de sonhos, que eles analisavam com fervor numerológico em busca de mensagens cifradas dos anjos.

Uma parte da antiga alegria do sr. Brevoort murchou à sombra da nova paixão pela teologia. Mesmo assim, Helen manteve, tanto quanto possível, o mesmo espírito bem-humorado dos anos anteriores. Para aliviar o tédio cada vez mais pesado de suas aulas diárias, aprendeu a manipular o pai, cada vez mais distante. É verdade, havia várias disciplinas de sua grade amplamente improvisada de que ela gostava e às quais se dedicava — aritmética, óptica, trigonometria, química, astronomia —, mas achava maçantes as partes mais místicas do programa de estudos do sr. Brevoort, até descobrir como distorcê-las e desvirtuá-las para que se tornassem divertidas. Criava anagramas com profecias bíblicas para prever o futuro da família; concebia as próprias interpretações cabalísticas dos textos do Velho Testamento, com base nos argumentos matemáticos esotéricos que o pai, entendendo-os ou não, sempre achava impressionantes; enchia páginas do diário de sonhos com anotações chocantes, muitas beirando a indecência. Leopold havia pedido que os relatos de seus sonhos fossem absolutamente sinceros, e Helen gostava de ver o queixo do pai tremer com mal dissimulado horror conforme ele lia suas invenções ligeiramente obscenas.

Se fantasiar os próprios sonhos começou como uma traquinagem, logo se tornou uma necessidade. Por volta de quando completou nove anos, a insônia começou a alongar suas noites, privando-a não somente de sonhos, mas também de paz. Esporos gelados de ansiedade colonizaram sua mente e a reduziram a uma terra arrasada pelo medo. Seu sangue, afinado, parecia correr rápido demais pelas veias. Às vezes, ela achava que podia sentir o coração arfando. Aquelas vigílias repletas de terror se tornaram cada vez mais frequentes, e os dias que as seguiam eram como uma névoa. Ela achava quase impossível desempenhar seu papel para sustentar a realidade. No entanto, era essa sua versão esmaecida que os pais preferiam — o pai acompanhava com grande prazer suas tarefas pouco inspiradas; a mãe a achava mais acessível.

Helen logo percebeu que, além de ser a pupila do pai, havia se tornado seu objeto de estudo. Ele parecia interessado nos resultados concretos de suas lições e monitorava como eles moldavam a mente e a moral da filha. Quando ele a examinava, Helen muitas vezes pensava que outra pessoa estava espiando por trás dos olhos do pai. Só em retrospecto ela se deu conta de que toda aquela investigação a levara a criar uma personagem calada, despretensiosa, um papel que ela representava com impecável consistência perto dos pais e dos amigos deles — discretamente educada, falando apenas quando não tinha escapatória, respondendo com acenos e monossílabos sempre que possível, nunca encarando as pessoas, evitando a todo custo a companhia de adultos. O fato de nunca ter se livrado dessa persona fez com que ela, mais tarde, se perguntasse se, no fundo, aquele não tinha sempre sido seu verdadeiro eu ou se, pelo contrário, ao longo dos anos, seu espírito havia se moldado à máscara.

As reuniões em Pearl Street permaneceram muito frequentadas apesar dos meios reduzidos da família, uma prova do charme e da destreza da sra. Brevoort. Nem a qualidade decrescente de seu chá nem as várias deserções entre os serviçais dissuadiram os visitantes. Nem mesmo o marido, cujo comportamento tornara-se errático na mesma medida em que suas palavras tornaram-se herméticas, foi capaz de afugentar os convidados. Pela mera força de seu fascínio — e algumas hábeis manobras políticas —, ela conseguiu que seu salão se mantivesse no centro da vida social e intelectual de Albany. Mas, em dado momento, tiveram de reabrir os andares superiores, mobiliá-los da melhor maneira possível e receber hóspedes pagantes. A sra. Brevoort teria sido capaz de contornar a vergonha de ter funcionários do governo subindo e descendo ruidosamente suas escadas, mas seus *habitués* acharam mais delicado, em consideração a ela, transferir as reuniões para outro local. Foi por volta desse período que os Brevoort decidiram que Albany havia se tornado provinciana demais para eles.

Passaram um mês em Nova York antes de embarcar para a Europa, hospedando-se na casa de uma das amigas da sra. Brevoort na East 84th Street com a Madison Avenue, a poucos quarteirões da mansão que ninguém suspeitava que se tornaria o futuro lar de Helen. De fato, anos mais tarde, ela se lembraria daquele período em Nova York e se perguntaria se aquela garota de onze anos não tinha talvez avistado, durante um dos passeios com a mãe, o já bem-sucedido homem de negócios que se tornaria seu marido. A garota e o homem em algum momento se viram? De qualquer modo, é certo que, quando criança, Helen passou muitas horas entediantes na companhia de várias pessoas que competiriam por sua atenção e amizade quando estivesse casada. A mãe a levou a todos os compromissos diurnos a que pôde comparecer durante aquele mês — almoços, palestras, chás, recitais. O que ela podia aprender naqueles eventos era mais essencial a sua educação, a sra. Brevoort costumava dizer, do que as lições de botânica ou de grego recebidas do pai. Como de costume, Helen permanecia calada durante aquelas reuniões — observando e ouvindo, sem desconfiar que, cerca de uma década mais tarde, reconheceria muitos daqueles rostos e vozes, sem imaginar como seria útil para sua encarnação adulta saber quem fingia se lembrar dela ou não.

*

A vida deles na Europa teria sido impossível sem a sra. Brevoort. Ao chegar à França, a família alugou aposentos modestos em Saint-Cloud, mas Catherine logo descobriu que aquele lugar ficava longe demais do centro de Paris. Como tinha muitas tarefas a realizar, foi visitar os Lowell na Île Saint-Louis por alguns dias, sozinha. De lá, foi encontrar conhecidos ou visitar pessoas a quem devia levar notícias, cartas e mensagens sigilosas de Nova York. Antes do fim da primeira semana, os Brevoort haviam sido convidados para se hospedar na casa de Margaret Pullman na Place des Vosges. Essa situação se repetiu em quase todos os lugares: os Brevoort chegavam em Biarritz, Montreux e Roma e se hospedavam em acomodações razoáveis em alguma *pension* ou *albergo* em uma área menos nobre, porém respeitável, da cidade. A sra. Brevoort então passaria cerca de uma semana visitando amigos, entregando mensagens e fazendo novas conexões entre os expatriados americanos, depois, ela e seus familiares seriam convidados a se tornar hóspedes de um deles. Com o passar do tempo, porém, os papéis inverteram-se: se, no início, era a sra. Brevoort que se valia da gentileza dos compatriotas mais prósperos, após cerca de um ano, a demanda por sua companhia era tão elevada que ela teve de começar a declinar convites, o que só a tornava ainda mais desejada. Aonde quer que a família fosse, ela se tornava o nó que conectava todos os americanos itinerantes que valia a pena conhecer.

Não era incomum que americanos no exterior se evitassem. Não apenas porque, de acordo com um protocolo tácito, era a coisa educada a se fazer, mas também porque ninguém queria ser visto como uma pessoa sem amigos na Europa ou provincianamente dependente de conhecidos do país natal. Ciente de tal código, a sra. Brevoort fez uso dele para se tornar uma espécie de mensageira entre os estrangeiros autoisolados que acolhiam efusivamente seus serviços, permitindo, assim, que mantivessem a farsa da autonomia distante. Catherine Brevoort era a pessoa a ser procurada para uma apresentação muito desejada que, em outras mãos, seria um passo deselegante; ela restaurava vínculos rompidos e criava novos; conseguia incluir pessoas em círculos seletos enquanto, de maneira crucial, preservava a sensação de que esses círculos eram fechados; todos concordavam que ela era uma anedotista ímpar e casamenteira consumada.

Viajando pelas montanhas, pelo mar ou através de cidades (de acordo com as estações), e parando, delongando-se ou apressando-se, os Brevoort desenharam o mapa de seu peculiar Grand Tour. O sr. Brevoort dedicava a maior parte do próprio tempo à educação da filha e à busca de diferentes círculos místicos — espiritismo, alquimia, mesmerismo, necromancia e outras formas de ocultismo tornaram-se suas preocupações predominantes. Helen já se tornara melancólica por ter perdido, na figura do pai, um amigo e seu único companheiro na Europa, mas foi por volta dessa época que seu ânimo desceu a patamares ainda mais baixos: ela estava mais velha, era versada e suficientemente culta para perceber que Leopold estava se tornando um acumulador de bobagens. Ela estava sendo substituída por dogmas e crenças que, alguns anos antes, teriam sido ridicularizados por ambos e servido de inspiração para as histórias absurdas que criavam juntos. Era triste ver o pai se afastar, mas era arrasador ver o respeito que antes tinha por seu valor intelectual desaparecer junto com ele.

Mesmo assim, o sr. Brevoort não estava totalmente alheio aos talentos da filha. Após alguns anos de viagem, ele teve de admitir que a aptidão de Helen para idiomas, números, hermenêutica bíblica e o que ele chamava de sua intuição mística haviam se desenvolvido muito além de suas próprias capacidades, e começou a planejar o itinerário da família com base na localização de vários estudiosos que poderiam avançar sua instrução. Isso os levou até humildes estalagens em pequenas aldeias ou a albergues nos subúrbios de cidades universitárias onde mãe, pai e filha eram forçados a passar tempo apenas na companhia uns dos outros. Isolados e deslocados, o sr. e a sra. Brevoort tornaram-se brigões e malvados. Helen se retraiu ainda mais e seu silêncio abriu um campo de batalha para as discussões cada vez mais acrimoniosas dos pais. Mesmo assim, quando a família finalmente ia a uma entrevista com um professor ilustre ou uma autoridade sobre o oculto, uma transformação sempre ocorria na menina. De repente, Helen se enchia de uma confiança cristalina — algo nela se consolidava, reluzia e se aguçava.

Seja no centro de Jena, nos arredores de Toulouse ou nos subúrbios de Bolonha, a rotina, em sua maior parte, permanecia igual. Eles alugavam quartos em uma pousada, onde a sra. Brevoort alegava uma indisposição qualquer que exigisse repouso na cama, enquanto o sr. Brevoort acompanhava a filha para ver o grande homem que os havia levado até lá. As apresentações longas e, em sua maior parte, ininteligíveis de Leopold Brevoort sempre faziam com que os anfitriões olhassem para ele e a filha com apreensão e arrependimento. As doutrinas de Brevoort, além de terem se tornado bastante arcanas, também eram expressas em uma miscelânea de francês, alemão e italiano em grande parte inventada. Alguns daqueles acadêmicos e místicos ficavam impressionados pelo conhecimento íntimo que Helen tinha das Escrituras, sua capacidade intelectual e sua fluência em diferentes dogmas esotéricos. Percebendo o interesse deles, o sr. Brevoort tentava dizer algo, mas era interrompido por uma mão levantada e ignorado pelo restante da entrevista. Alguns daqueles tutores pediam que ele saísse da sala. E alguns, com enlevo pedagógico, agarravam a perna de Helen, mas logo retiravam as mãos, assustados por sua impassibilidade letal e seu olhar inflexível.

*

Helen havia deixado a infância em Albany. Por estar constantemente de mudança, conhecia poucas garotas de sua idade, e aqueles encontros casuais nunca tinham chance de florescer e se tornar amizades plenas. Para passar o tempo, estudava idiomas com livros que transferia entre diferentes casas e hotéis — tirava uma cópia de *La Princesse de Clèves* de uma estante em Nice e a recolocava na prateleira de uma biblioteca em Siena após retirar *I viaggi di Gulliver*, com o qual preenchia o vazio criado pelo empréstimo de *Rot und Schwartz* em Munique. A insônia continuava a dominar suas noites e ela usava livros como escudos contra o ataque de seus terrores abstratos. Quando os livros revelaram-se insuficientes, ela se voltou para o diário. Os diários de sonhos que o pai a fizera manter por alguns anos infundiram-lhe o hábito cotidiano de registrar os próprios pensamentos. Com o tempo, à medida que o pai foi parando de ler suas anotações, a escrita de Helen foi se afastando dos sonhos e se voltando para suas reflexões sobre livros, suas impressões a respeito das cidades que visitavam e, durante as noites insones, seus medos e desejos mais íntimos.

No início da juventude, um evento silencioso mas decisivo ocorreu. Ela e os pais estavam hospedados na *villa* da sra. Osgood em Lucca. Helen estivera caminhando pelos campos e, depois, aturdida pelo calor, em volta da casa vazia. Eles eram os únicos hóspedes. Os serviçais saíram correndo ao som de seus passos. Um cachorro, esparramado no frescor do pavimento de terracota, os olhos semicerrados voltados para dentro da própria cabeça, estava tendo sonhos convulsivos. Ela olhou para dentro da sala de visitas: seu pai e o sr. Osgood haviam adormecido em suas poltronas. Helen se sentiu levemente cruel, possuída por um vago desejo de fazer o mal. Percebeu que os observava através da lente do tédio. Do outro lado, estava a violência. Deu meia-volta e retornou ao jardim. Ao chegar ao local sombreado em que sua mãe e a anfitriã bebiam limonada, simplesmente anunciou que daria um passeio pela cidade. Talvez por causa do tom peremptório, talvez porque a mãe estivesse no meio de uma conversa enfaticamente sussurrada com a sra. Osgood ou talvez porque Lucca, com seus matizes de avelã e cobre, resplandecesse com benevolência naquela tarde, não houve objeções — apenas um olhar de soslaio da sra. Brevoort, que disse à filha para aproveitar a *passeggiata*, mas não ir muito longe. Assim, sem que ninguém a não ser ela mesma percebesse, um novo capítulo teve início para Helen. Pela primeira vez na vida, ela estava caminhando sozinha pelo mundo.

Perdida em seu sonho realizado de independência, mal prestou atenção à estradinha campestre e seus arredores, mas foi despertada pelo silêncio de estuque que a recebeu na cidade. O eco seco de seus sapatos no calçamento de pedras era tudo o que ela ouvia nas ruas vazias. Após alguns passos, arrastou suavemente o pé apenas para sentir a pele da nuca se arrepiar de prazer com o murmúrio do couro sobre a pedra. A cada quarteirão, a cidadezinha se tornava mais vívida. Tentando prolongar a sensação de felicidade encontrada no silêncio inicial, Helen continuou a caminhar, com alegre desenvoltura, afastando-se das vozes que colidiam em interseções distantes, da balbúrdia mercantil proveniente da praça, do tropear líquido dos cascos dos animais na esquina, das mulheres gritando de uma janela para outra ao recolher a roupa lavada e adentrando becos com casas fechadas para evitar o calor, onde ouvia, novamente, seus passos solitários. Ela soube, então, que aquela solene forma de alegria, tão pura por não ter conteúdo, tão confiável por não depender de mais ninguém, era o estado pelo qual ela ansiaria dali em diante.

Tentando evitar a algazarra da praça, onde alguma espécie de jubileu ou festa religiosa acontecia, Helen se viu em uma rua com algumas lojas. Uma delas era um duplo anacronismo. Um estúdio fotográfico só podia ser uma incongruência naquela cidadezinha cujo passado etrusco fazia igrejas medievais parecerem novas. Mas, analisada com mais atenção, aquela aparição destoante do futuro revelou-se, na verdade, velha. Os retratos na vitrine, as câmeras em exibição, os serviços oferecidos — tudo remetia aos primórdios da fotografia. E, de certa forma, Helen vivenciou de maneira mais perspicaz aqueles trinta ou cinquenta anos que tornavam a loja ultrapassada do que os vinte séculos transcorridos desde a fundação da cidade. Entrou.

A loja, embaçada pela luz que escoava através das janelas delicadamente sujas, revelava uma estranha espécie de indecisão. No início, Helen pensou que as provetas, as pipetas e os vidros de formatos estranhos, além dos frascos, garrafas e jarras etiquetados, fizessem parte da grande variedade de adereços que atravancavam o cômodo — bicicletas e elmos romanos, guarda-sóis e animais empalhados, bonecas e equipamentos náuticos. Mas, aos poucos, foi entendendo que o estabelecimento estava preso em algum lugar entre os reinos da ciência e da arte. Era o laboratório de um químico ou o ateliê de um pintor? Parecia já fazer um bom tempo que ambos os lados haviam desistido, deixando a disputa sem solução.

Um homenzinho com feições gentis ou exauridas saiu de trás de uma cortina nos fundos. Ficou encantado ao descobrir que aquela jovem estrangeira falava italiano tão bem. Após uma breve conversa, pegou um álbum de cartões fotográficos, do tipo antiquado que a mãe de Helen costumava colecionar quando criança. Ela reconheceu muitos dos objetos que os legionários, caçadores e marinheiros seguravam nas fotografias. O homem disse que ela deveria posar como uma imponente Minerva. Desenrolou um pano de fundo com o Partenon, pôs Helen na frente e vasculhou os adereços em busca de um capacete, uma lança e uma coruja empalhada. Helen declinou. Antes, porém, que a decepção se instalasse no rosto do fotógrafo, disse que gostaria muito de ser fotografada. Mas sem figurino. Sem pano de fundo. Só ela, em pé, ali na loja. O fotógrafo, satisfeito e confuso em igual medida, procedeu para registrar o primeiro dia da nova vida de Helen.

*

Tendo chegado ao quarto ano no Continente, os Brevoort haviam estado em todas as capitais e balneários frequentados por expatriados americanos, e, ao mesmo tempo, traçaram o que, no mapa, parecia uma trilha ensandecida em sua tentativa de promover a instrução de Helen. Após viajar amplamente por tanto tempo, perseguindo objetivos tanto sociais quanto acadêmicos, Helen — apesar da personalidade reservada e, sobretudo, por causa dos esforços incansáveis da mãe para promover os triunfos da família — havia se tornado uma pequena sensação. Toda vez que Leopold estava fora em uma de suas breves viagens para visitar um salão particularmente interessante, participar de uma sessão espírita, ir a uma reunião da Sociedade Teosófica ou ver uma das pessoas a quem chamava de colegas, a sra. Brevoort levava a filha a alguns dos próprios compromissos, alegando que ela já era grande o suficiente para começar a aprender como o mundo realmente funcionava. Mas, de acordo com os costumes, Helen, obviamente, era jovem demais para frequentar a sociedade. Então a sra. Brevoort a levava não como outra convidada, mas como entretenimento.

Instigados pela sra. Brevoort, homens que giravam ceticamente suas taças de conhaque e damas perplexas que tomavam golinhos de xerez pediam que Helen lesse trechos de dois livros aleatórios, às vezes em idiomas diferentes, que ela rapidamente decorava e repetia *ipsis litteris* como uma diversão após o jantar. Entretidos, os convidados achavam aquilo razoavelmente fascinante. Mas, quando a sra. Brevoort, após aquela demonstração inicial, pedia que a filha alternasse frases de cada um dos livros e depois fizesse a mesma coisa de trás para a frente, os sorrisos arrogantes invariavelmente se transformavam em assombro boquiaberto. Aquela era apenas a primeira façanha de seu número, que incluía várias proezas mentais e sempre terminava com uma ovação murmurada. Logo a presença de Helen começou a ser requisitada. Ela se tornou uma espécie de "atração". Não era necessário que a sra. Brevoort dissesse à filha que não falasse para o pai sobre aquelas apresentações, que estavam ajudando muito a reputação da família.

Mas não existe publicidade confidencial e, no final, enquanto a família visitava os Edgecomb em Paris, o sr. Brevoort ficou furioso ao saber que a esposa estivera usando os talentos da filha como truques de salão. Ao longo dos dois anos anteriores, à medida que as propensões divergiam e o casamento se deteriorava em igual escala, Catherine e Leopold Brevoort tentaram, na maior parte do tempo, ficar distantes um do outro, esperando evitar os bate-bocas nos quais a maioria de suas conversas resultava. No entanto, quando a verdade sobre as apresentações de Helen veio à tona, a raiva que havia se solidificado e sedimentado em pesadas camadas de ressentimento se precipitou como um desmoronamento. A sra. Brevoort estava farta das baboseiras egocêntricas do marido, de sua ciência dúbia e de todas as tolices celestiais que o impediam de cuidar das necessidades absolutamente terrestres da própria família. Se as coisas haviam chegado ao ponto em que dependiam da bondade de amigos cada vez mais distantes, de cuja hospitalidade desfrutavam graças a sua habilidade e seu árduo trabalho (e a sra. Brevoort dava a essa última palavra todo o seu peso, apontando para o próprio peito), e se ela precisava recorrer aos talentos de Helen para manter e expandir tais amizades, o único motivo era a incapacidade do marido de garantir o bem-estar da família. A sra. Brevoort falou sibilando venenosamente, pois não era boba de começar uma gritaria enquanto estava no quarto de hóspedes dos Edgecomb. Mas o sr. Brevoort não tinha esses escrúpulos. O dom que Deus dera à filha para conversar com Ele, gritou, não podia se tornar um sacrílego número de circo. Sua filha não seria arrastada para a frívola lama em que a mulher tanto gostava de chafurdar. Sua filha não se sujeitaria àquela prostituição intelectual.

Helen ficou olhando para os próprios sapatos durante toda a briga. Não podia encarar o pai, não queria ver sua boca formando aquelas palavras sem sentido. Seria uma confirmação de que outra pessoa falava por meio dele. Sem encará-lo, o que ouvia era apenas uma voz desnorteada — um grito desencarnado, sem relação com seu pai. Mais do que o tom ameaçador, o que ela achava aterrorizante era a incoerência daquele discurso, pois, em sua opinião, não havia violência maior do que a infligida ao significado.

Após a discussão (para reparar parcialmente os danos daquela noite, a sra. Brevoort seria obrigada a ter uma constrangedora conversa com a sra. Edgecomb na manhã seguinte, acompanhada de várias semanas dedicadas a uma delicada campanha de combate a mexericos por toda Paris), os talentos de Helen continuaram a florescer, contra todas as expectativas, sob a mais rígida supervisão. Embora não gostasse de ser submetida à tutela rigorosa e incoerente do pai, ela não achava suas restrições mais opressoras do que a sociabilidade da mãe.

*

Um dos poucos traços que os Brevoort tinham em comum, mesmo que por motivos totalmente diferentes, era sua desdenhosa falta de curiosidade em relação às atualidades. A sra. Brevoort considerava a irrupção de questões públicas em sua vida privada uma afronta pessoal. Ela se importava com as complicações administrativas, financeiras e diplomáticas que mantinham a sociedade funcionando tanto quanto se preocupava com o motor sob o capô de um automóvel ou a sala de máquinas embaixo do convés de um navio a vapor. "As coisas" deviam simplesmente "funcionar". Não tinha interesse algum em ouvir um mecânico lhe explicar qual era o problema com uma oleosa válvula de pistão. Já no caso do sr. Brevoort, o que podiam significar as notícias diárias para alguém ocupado com a eternidade? Como ambos viviam nos arredores da realidade política, nenhum dos dois entendeu as graves consequências do assassinato do arquiduque Francisco Ferdinando.

Todos disseram que a família teve sorte de estar na Suíça e os aconselharam a só sair do país depois que a situação se tornasse mais clara. Ao se encaminharem para Zurique — onde haviam planejado, meses antes, encontrar amigos e depois partir em uma excursão de veraneio —, os Brevoort viram o exército suíço sendo mobilizado e ouviram dizer que as fronteiras estavam sendo militarizadas. Era o auge da temporada e havia milhares de americanos espalhados por spas nas montanhas, nos vales e lagos — de convalescentes gastando as economias em hospedarias próximas a banhos municipais até eminentes nova-iorquinos fazendo tratamentos em suntuosos hotéis. Orme Wilson, por exemplo, estava em Berna; Chauncey Thorowgood, em Genebra; o cardeal Farley, em Brunnen; e Cornelius Vanderbilt, em St. Moritz. No entanto, a despeito da posição social, todos os americanos que os Brevoort encontraram pelo caminho estavam em polvorosa. Havia boatos de guerra. Guerra total.

Ao chegarem em Zurique, os Brevoort foram acolhidos pelos Betterley, que haviam acabado de falar com o sr. Pleasant Stovall, embaixador dos Estados Unidos para a Suíça. Eles deveriam dar prosseguimento às férias ou voltar para casa? O sr. Stovall disse que preocupações com guerras não eram incomuns na Europa. Mas todo diplomata experiente tinha plena consciência das consequências desastrosas de uma conflagração aberta e, portanto, ele esperava que a razão e as intervenções amistosas conseguissem evitar aquele enorme desastre. Em poucas semanas, Áustria, Sérvia, Alemanha, Rússia e Grã-Bretanha haviam emitido declarações formais de guerra. O conflito logo tomou conta da maior parte da Europa.

Durante os estranhos meses que se seguiram, a comunidade americana improvisada na Suíça foi arrastada, como um todo, para algo parecido com aquilo que durante anos havia sido a realidade cotidiana dos Brevoort. Não havia dinheiro vivo nem ouro à disposição; cheques, mesmo os emitidos por sólidos bancos americanos, eram rejeitados; cartas de crédito eram recusadas. Milionários dependiam da boa vontade de gerentes de hotéis e tinham de pegar pequenas quantias emprestadas com eles. As pessoas levavam o próprio açúcar para o chá. Todos receberam cartões de racionamento e, nos jantares, os convidados, em vestidos de noite e fraques, entregavam os próprios cartões aos anfitriões que forneciam a refeição. Havia um estado difuso de precariedade indigente. E a sra. Brevoort nunca se sentira tão aliviada e relaxada em toda a sua vida.

Mesmo assim, a realidade da guerra os acossava — uma realidade constantemente lembrada pelos aeroplanos bélicos que sobrevoavam os Alpes a caminho do front. A maioria das companhias marítimas tivera suas embarcações detidas ou suas viagens canceladas. Obter uma passagem em um bote pequeno e lotado era um luxo que exigia conexões do mais alto nível. Enquanto a sra. Brevoort estava fazendo tudo o que podia para garantir uma travessia segura para que a família deixasse a Europa, o sr. Brevoort parecia ter fixado residência permanente em uma terra remota governada por conspirações ocultas, hierarquias místicas e leis labirínticas. Todos os dias, as tarefas tornavam-se impossíveis e, toda manhã, ele parecia cada vez mais desnorteado. Falava, noite e dia, em uma mistura de idiomas cada vez mais imaginários, tendo dificuldade para entender as regras que havia criado para si mesmo e perdendo-se nas antinomias e nos paradoxos que acometiam sua mente. Tornou-se irascível.

Helen tentava encontrar o pai nos territórios sem rastros de seu delírio. Sentava-se com ele e ouvia-o falar sem parar. Às vezes, fazia uma pergunta, mais para provar que estava prestando atenção no que ele dizia do que para obter uma resposta adequada. Seus esforços para entendê-lo eram sinceros e se baseavam na esperança de que, se ela conseguisse encontrar algum fiapo de sentido, algum fio condutor, talvez pudesse se agarrar a ele e puxar o pai para fora daquele novelo. Todavia, suas tentativas sempre tinham o mesmo fim: os pensamentos de Leopold se curvavam e se enrolavam em si mesmos, formando um círculo no qual Helen não conseguia penetrar e do qual ele não conseguia sair. Como que para provar a possibilidade de movimento físico, ela era compelida a fazer longas caminhadas após vivenciar aquela claustrofobia mental.

A situação tornou insustentável a permanência da família como hóspedes dos Betterley, e os Brevoort tiveram de se mudar para uma estalagem próxima. Leopold enchia um caderno após outro de fórmulas alquímicas e cálculos com algarismos e símbolos inventados. Seu rosto estava sempre lambuzado de tinta; seu monólogo, que sua obediente mão parecia transcrever eternamente, nunca podia ser interrompido. Ficou claro para a sra. Brevoort que seria impossível atravessar o continente flagelado pela guerra e depois o oceano Atlântico com o marido naquele estado. Graças ao sr. e à sra. Betterley, que apelaram em seu nome para o embaixador Stovall, ela conseguiu assegurar uma vaga para o sr. Brevoort no Instituto Médico-Mecânico do dr. Bally em Bad Pfäfers, cujas águas, ricas em carbonato de cálcio e óxido de magnésio, juntamente com massagens e atividades físicas em grande altitude, eram conhecidas por fazer bem a pacientes com afecções nervosas.

De bom grado, a sra. Betterley ficou cuidando de Helen enquanto a sra. Brevoort levava o marido para o sanatório. Helen se despediu do pai na estalagem. Ele, em momento algum, levantou os olhos do caderno em que estava anotando o que ele mesmo ditava. Foi a última vez que Helen o viu.

Os dias de Helen sem os pais em Zurique confirmaram a intuição que ela tivera pela primeira vez durante seu passeio na Toscana: de alguma maneira, a solidão a elevava. Ela passeava, eufórica e serena, ao longo dos caminhos que margeavam o lago; pegava bondes aleatórios até o ponto final e voltava andando; ia à cidade velha e visitava museus e galerias de arte. E sempre se pegava voltando ao jardim botânico, onde gostava de ficar sentada com um livro à sombra do arboreto. Foi lá que, uma tarde, um americano afetado, encorajado pelo tomo em inglês que ela estava lendo, a abordou com uma vaga desculpa de cunho hortícola. Eles se apresentaram e uma faísca de interesse brilhou nos olhos dele ao ouvi-la pronunciar o próprio sobrenome — uma faísca de reconhecimento mal dissimulada que muitos americanos costumavam exibir, como que para indicar discretamente que conheciam o *pedigree* dos Brevoort. Ele puxou conversa, incentivado pela casualidade de ter encontrado uma concidadã nova-iorquina em um lugar tão peculiar. Helen, calmamente aborrecida pela intrusão, respondeu com monossílabos às amenidades dele. Durante um momento de silêncio, ele arrancou uma flor para a própria lapela e outra para Helen. Ela olhou, mas não aceitou. Reprimindo uma centelha de confusão irritada, o homem usou a flor para apontar para diferentes partes da cidade enquanto explanava vários aspectos históricos de cada vista. Parecia não se incomodar pelo fato de Helen prestar pouca atenção e até mesmo desviar o olhar dos panoramas sobre os quais ele estava discorrendo. Ele simplesmente gostava de explicar coisas e, sob esse pretexto, conseguiu descobrir onde Helen morava e se convidar para acompanhá-la de volta, de modo a poder mostrar alguns tesouros escondidos da cidade ao longo do caminho. Quando finalmente chegaram ao destino, Sheldon Lloyd se apresentou aos anfitriões da srta. Brevoort. O sr. Betterley lançou um olhar carregado de significado para a esposa, convidou Sheldon para jantar no dia seguinte e depois o acompanhou até a porta, onde os dois homens se detiveram, conversando a meia voz.

O sr. Lloyd, de fato, apresentou-se para jantar no dia seguinte acompanhado de um carregador de seu hotel com duas cestas cheias de provisões, e compareceu novamente no almoço, no jantar e na hora do chá pelos cinco ou seis dias seguintes. Os Betterley foram mais do que acolhedores e fizeram questão de oferecer ao convidado uma hora de colóquio frouxamente supervisionado com Helen após cada refeição. Ele dedicou a maior parte daqueles momentos a falar das próprias conquistas e da vida que elas lhe proporcionavam, descrevendo cada detalhe de suas perspicazes negociações, iniciadas pouco antes da guerra por sua firma, com o Deutsche Bank; todos os quadros de mestres europeus em exibição em seu apartamento ou emprestados para o Metropolitan Museum; cada faceta dos investimentos que deveria realizar com a Krupp; sua casa em Rheinback, parcialmente construída e depois demolida e reconstruída em virtude de alguns imprevistos; como ele havia sido mais inteligente do que seu empregador, que achava que ele, Sheldon, fora mais inteligente do que o conselho diretor da Haber Pharmaceuticals; o plantel de cavalos em seu estábulo e seu picadeiro com telhado de vidro; as complexidades burocráticas inerentes à fundação do banco que, estimulado pelo florescente setor financeiro da cidade, seu empregador estava abrindo em Zurique; seu iate a motor, que ele usava para descer o Hudson no verão e ir até Wall Street. Sheldon, ao que parecia, havia confundido o silêncio distraído de Helen com mudez por deslumbramento.

Após quase duas semanas, a sra. Brevoort voltou do sanatório. A sra. Betterley concedeu-lhe alguns momentos para demonstrar a tristeza pela situação do marido e queixar-se do futuro incerto antes de falar do novo conhecido de Helen. A sra. Brevoort demorou um instante, como se vasculhasse o próprio cérebro em busca de quem o tal Sheldon Lloyd podia ser, antes de perguntar, com hesitação estudada, se aquele jovem não era por acaso o braço direito do sr. Rask. Em uma derrota incomum para a sra. Brevoort, a sra. Betterley não se dignou a dar uma resposta àquela atuação ruim.

Quando a sra. Brevoort conheceu Sheldon, logo entendeu que ele estava muito impressionado com a linhagem de Helen e esperava agregar um sobrenome antigo ao seu dinheiro novo. E, se havia se sentido lisonjeado pelo silêncio de Helen, Sheldon ficou encantado ao descobrir na sra. Brevoort uma admiradora inequivocamente comunicativa, que pronunciava todas as exclamações de encantamento esperadas e ofegava em todos os momentos certos. Durante seus banquetes diários, ela fazia questão que Sheldon não apenas se sentisse ainda mais importante do que acreditava ser, mas também no comando — dando a ele, sobretudo, a possibilidade de resgatá-las galantemente das temerárias garras da guerra. Pouco a pouco, por meio de pequenas anedotas triviais, a sra. Brevoort revelou a Sheldon o distúrbio do marido e as circunstâncias precárias da filha. Mas esperou até que sua partida estivesse iminente para compartilhar com ele, em sua lacrimosa totalidade, a angustiante situação da família. Sheldon, incapaz de suspeitar que sua cavalheiresca espontaneidade havia sido cuidadosamente induzida, ofereceu-se para levar mãe e filha de carro até Gênova e as convidou para se juntar a ele no *Violeta*, um navio português que os levaria a Nova York.

*

A casa de Albany ainda estava alugada, e, realmente, não havia motivo nem para sujeitar Helen a uma atmosfera tão provinciana após a temporada na Europa, nem para destacar a ausência do sr. Brevoort ficando perto de seus parentes. Portanto, a sra. Brevoort ficou feliz em acolher Sheldon, mais uma vez, como salvador e aceitar sua generosa oferta de hospedá-las no apartamento de uma falecida tia na Park Avenue, cuja venda ele havia negligenciado.

As amizades feitas no Continente foram úteis para a sra. Brevoort. Não satisfeita em ter a maioria das portas da cidade abertas para si, ela também queria abrir as próprias portas para a cidade. As *soirées* em seu novo apartamento logo se tornaram uma constante. Sem fazer nenhum alarde a respeito, começou a contar com a presença de Helen naquelas reuniões. Aqueles que desconheciam os talentos da menina se perguntavam como uma pessoa tão encantadora e extrovertida como a sra. Brevoort podia ter uma filha tão reservada e até meditativa — um boato que a anfitriã conhecia muito bem e manipulava para aprofundar a impressão de inteligência e complexidade de caráter de Helen.

Sheldon Lloyd nunca compareceu àqueles eventos. O fato de Catherine e Helen estarem hospedadas em uma residência de sua família, além das histórias sobre o relacionamento próximo que ele desenvolvera com mãe e filha na Europa e durante a subsequente travessia do Atlântico, levaram-no — guiado em parte pelos conselhos da sra. Brevoort — a tomar todos os cuidados para garantir que as pessoas vissem que sua ajuda fora desinteressada. Mesmo assim, durante os passeios, sob forte supervisão, de Sheldon e Helen no parque, a sra. Brevoort sempre fazia questão de mencionar a virtuosa magnanimidade do rapaz e lembrar a enorme dívida que tinham em relação a ele pelos heroicos feitos que, a rigor, haviam salvado suas vidas. Vez por outra, nesses passeios, a sra. Brevoort, de uma maneira tão casual a ponto de tornar sua insistência quase imperceptível, voltava a tocar no assunto do esquivo e mítico empregador do sr. Lloyd. Era verdade que o sr. Rask era onipotentemente rico? Ainda era mesmo solteiro? Por que diabos? Ele alguma vez saía? Quais eram os gostos e os prazeres de um homem tão singular? Sheldon adorava responder a todas essas perguntas demoradamente, entendendo que sua própria estatura crescia com a lenda desmedida e excêntrica do financista. Foi, na verdade, a vaidade que o fez revelar que o sr. Rask era demasiadamente misantropo (ou dedicado ao trabalho, ele se corrigiu) para receber pessoas em casa e que cabia a ele, Sheldon, organizar as suntuosas festas das quais, quase sempre, o anfitrião se ausentava. E foi a arrogância que o levou a convidar mãe e filha à festa de gala da Cruz Vermelha, a ser realizada na casa do sr. Rask. Sheldon queria que Helen visse com os próprios olhos a magnificência dos preparativos que ele organizaria para a ocasião.

Helen entendia muito bem as maquinações da mãe e percebeu que, uma vez encontrado o pretendente ideal, ela teria de aceitá-lo. Mesmo não tendo ambições matrimoniais ou materiais, Helen acreditava que devia à mãe um bom casamento — era a única chance que tinham de parar de viver à custa dos outros e, finalmente, se estabelecer em algum lugar. Entretanto, embora não se opusesse às manobras casamenteiras da sra. Brevoort, seu consentimento capenga deixava bem clara sua recusa em desempenhar um papel ativo. Seu silêncio inacessível, que alguns consideravam uma demonstração de petulância, e sua perene abstração, que muitos confundiam com tristeza, não eram formas passivas de desobediência, mas manifestações de enfado. Ela simplesmente não conseguia se engajar com os agrados e as banalidades que impulsionavam a campanha matrimonial da mãe. Essa mesma incapacidade a levou a perceber que fanfarrões como Sheldon Lloyd, absorvidos como são pela autocontemplação, podiam, paradoxalmente, proporcionar a ela algum grau de autonomia. Mas, em vez de dar o empurrão final para que o sr. Lloyd, obviamente ávido, fizesse o pedido de casamento, a sra. Brevoort o mantivera a uma distância prudente, embora, ao mesmo tempo, o incentivasse com sutileza. Helen esperava que os estratagemas da mãe durassem o suficiente, até se revelarem contraproducentes, uma vez que ela se tornasse velha demais para se casar.

Os templos dedicados à riqueza — com suas liturgias, seus fetiches e paramentos — nunca conseguiram transportar Helen a uma esfera mais elevada. Ela não se deixava arrebatar. Ao chegar pela primeira vez ao faustoso lar do sr. Rask, nada a fez fremir de desejo ou sequer sentir o prazer momentâneo e vicário de uma vida desembaraçada de qualquer restrição material. Sheldon esperava por Helen e a mãe ao lado do criado na beirada do tapete vermelho que descia em cascata pelos degraus e se espalhava pela calçada. Encorajado pelo papel de anfitrião substituto em uma das recepções mais esplêndidas da temporada, entrou de braços dados com Helen, a sra. Brevoort a reboque, chateada por ter sido deixada para trás sem um acompanhante — embora sua irritação logo tenha se dissipado em meio ao esplendor à volta. Após terem entregado as capas a um serviçal na porta, um mordomo anunciou sua chegada com uma voz suave mas projetada para um homem magro que estava em pé no limiar da invisibilidade. A sra. Brevoort conseguiu comunicar uma reverência com um aceno de cabeça quase imperceptível. Benjamin Rask talvez tenha respondido igualmente com um aceno de cabeça ou apenas olhado para baixo. Enquanto arrumava o cabelo da filha no salão de recepção das damas, a sra. Brevoort disse que o sr. Rask parecia muito mais jovem do que ela esperava. E não era estranho quanto ele parecia intranquilo no próprio lar? Ela achava que, no fim das contas, era natural — seria necessária uma personalidade grandiosa para preencher um lugar tão descomunal. Seu monólogo foi interrompido pela chegada de outras convidadas. Mãe e filha foram para o salão, onde a sra. Brevoort poderia muito bem ter passado por anfitriã. Sheldon sussurrava uma história para um grupo de homens, fazendo-os urrar de rir. Helen se retirou para os cantos em penumbra do salão e lá ficou até o mordomo dizer a Sheldon que o jantar estava servido.

Helen e Catherine foram colocadas em extremidades opostas da mesa, perto do sr. Lloyd e do sr. Rask, respectivamente. Enquanto se acomodavam, Sheldon disse a Helen que, ciente de como a sra. Brevoort ansiava por conhecer o anfitrião, tinha certeza de que ela apreciaria aquela rara oportunidade de conversar com ele (e se deleitaria ao ser invejada por seu cobiçado lugar à direita do sr. Rask). Até que o prato de peixe fosse servido, Sheldon, delicadamente, fez de Helen o centro da conversa, falando aos convivas vizinhos de todas as suas viagens, de seu talento para idiomas e de sua coragem face aos perigos da guerra, que ela devia ter herdado de seus ilustres ancestrais revolucionários. Quando o assado chegou, porém, ele já havia voltado a própria atenção para os amigos e colegas, ansioso para fazê-los rir novamente, deixando Helen livre para se eximir, com respostas breves, das perguntas feitas pelas mulheres bem-intencionadas a sua volta. Do outro lado da longa mesa, sua mãe monopolizava a atenção do sr. Rask. Helen reconheceu perfeitamente os acenos ausentes do financista e, portanto, ficou surpresa quando, durante a sobremesa, detectou vestígios de interesse genuíno no rosto do sr. Rask, enquanto sua mãe, que agora parecia ter abaixado a voz, continuava a falar. Finalmente chegou a hora de os cavalheiros irem fumar seus charutos enquanto as damas se reuniam na sala de visitas. Helen aproveitou essa oportunidade para sair de fininho e caminhar pela casa sozinha.

Quanto mais se afastava da balbúrdia da festa e da ostentação dos preparativos de Sheldon, mais a casa mudava. Ela entrou em um mundo ordenado, discreto. O silêncio tinha uma confiança calma, como se soubesse que sempre prevaleceria com pouco esforço. O leve frescor do ar também era um aroma. Não eram os conspícuos sinais de riqueza que a impressionavam — as óbvias pinturas a óleo holandesas, as constelações de lustres franceses, os vasos chineses brotando em todos os cantos. Eram as pequenas coisas que a comoviam. Uma maçaneta. Uma discreta cadeira em uma reentrância escura. Um sofá e o vazio a sua volta. A presença elevada de tudo aquilo a alcançava. Eram objetos bastante comuns, mas verdadeiros, os originais que serviam de matriz para as cópias imperfeitas que degradavam o mundo.

Uma sombra hesitou, bem ao lado da sua, na entrada de uma sala de estar. Helen notou que a própria sombra escura no chão expressava a mesma indecisão — o arrependimento de ter sido vista, a falta de coragem para ir embora, a relutância em avançar. As silhuetas sem rosto pareciam se entreolhar, como se desejassem ser capazes de resolver a situação entre si, sem ter de incomodar seus donos. Helen não ficou surpresa quando Benjamin Rask surgiu da sala de estar.

Rigidamente, trocaram algumas amenidades. No silêncio que se seguiu, jogaram, ao mesmo tempo, o próprio peso de um pé para o outro. Benjamin se desculpou e indicou um sofá de frente para uma janela. Sentaram-se e pareceram mais confortáveis do que quando estavam em pé. Seus reflexos, parcialmente imersos na escuridão da janela do outro lado do cômodo, retribuíam seus olhares. Benjamin disse a Helen que havia ouvido, da sra. Brevoort, tudo sobre suas viagens. Lentamente, Helen passou a ponta do sapato no sentido contrário da trama do tapete de seda, deixando um pequeno rastro. Benjamin parecia entender que ela só responderia se fosse necessário. Após uma pausa, começou a contar que nunca havia realmente viajado, nem sequer deixado a Costa Leste, mas, sentindo que não estava sendo claro, continuava a interromper a si mesmo, até enfim ficar em silêncio, como se percebesse que Helen, cujo olhar examinava o cômodo por partes, não estava ouvindo sua confusa explicação.

Helen apagou o rastro que havia deixado no tapete arrastando o sapato na direção oposta. Benjamin olhou para ela e depois desviou o olhar para a janela.

"Eu."

Quando sua pausa tornou-se suficientemente longa para ser derradeira, ela se virou para ele, curiosa a respeito do restante da frase. Sua incapacidade de terminá-la havia enrijecido suas feições.

Sentada na penumbra daquele cômodo silencioso, Helen entendeu imediatamente que sua mãe havia triunfado. Ela sabia, com certeza absoluta, que Benjamin Rask a tomaria como esposa, se ela consentisse. E decidiu, naquele exato momento, que consentiria. Porque viu que ele era, essencialmente, solitário. Em sua vasta solidão, ela encontraria a própria — e, com ela, a liberdade que seus pais opressivos sempre lhe negaram. Caso sua solidão fosse voluntária, ele a ignoraria ou ficaria grato pela boa companheira que ela tentaria se tornar. De qualquer maneira, Helen não tinha dúvida de que conseguiria influenciar o próprio marido e obter sua tão desejada independência.

TRÊS

A intimidade pode ser um fardo insuportável para aqueles que, após uma vida de orgulhosa autossuficiência, de repente percebem que ela torna seu mundo completo. A descoberta da felicidade se funde com o medo de perdê-la. Eles duvidam do direito de considerar outra pessoa responsável pela própria felicidade; temem que o ser amado talvez ache enfadonha sua reverência; que seu desejo possa ter distorcido as verdadeiras feições do outro de um modo que não conseguem enxergar. Portanto, à medida que o peso de todas essas questões e preocupações os encurva para dentro, sua alegria recém-descoberta no companheirismo se transforma em uma expressão mais profunda da solidão que acreditavam ter deixado para trás.

Esse foi o tipo de temor que Helen percebeu no marido logo após o casamento. Sabendo que a impotência costuma se transformar em rancor — da mesma maneira que alguém que se subvaloriza acabará culpando os outros por sua depreciação —, Helen deu o melhor de si para dissipar as ansiedades de Benjamin. Mesmo que, ao garantir a paz dele, ela estivesse, em última instância, protegendo a própria, seus motivos não eram inteiramente egoístas. Ela rapidamente desenvolveu um afeto genuíno em relação a Benjamin e seus hábitos silenciosos. Tendo ela mesma uma natureza silenciosa, porém, foi difícil encontrar o vocabulário certo, os gestos apropriados ou até mesmo os locais adequados para expressar seus sentimentos carinhosos, que (e ela sabia que esse era o maior obstáculo) de forma alguma se equiparavam ao ardor tímido que o marido sentia por ela.

A um breve noivado, seguiu-se um casamento invernal muito pouco convencional. Não houve nada que a sra. Brevoort pudesse fazer para adiar tudo pelo menos até o início da primavera. E seus gritos de indignação também foram ignorados em relação à cerimônia e à celebração. Benjamin e Helen se casaram na sala de estar onde haviam conversado pela primeira vez, na presença apenas de Catherine Brevoort e Sheldon Lloyd, que parecia ansioso para afastar qualquer boato sobre seu precedente cortejo informal à noiva. Os poucos convidados do almoço após a cerimônia eram amigos de Catherine ou de Sheldon. Desde o anúncio do noivado, Helen percebeu uma mudança geral de comportamento em todos eles. Aqueles que, no passado, se deram o trabalho de tentar eliminar a distância por ela imposta entre si mesma e o mundo, o fizeram sem cerimônia. Agora aquela mesma distância se tornara um símbolo literal de sua nova posição. As pessoas circundavam aquele vácuo na ponta dos pés, tentando confirmar com cada passo hesitante que tinham permissão para se aproximar dela. Helen percebia que seu silêncio, muitas vezes confundido com timidez ou arrogância, passou a ser considerado um comportamento condigno de uma pessoa de sua posição, e seu tédio mal dissimulado de repente passou a ser acolhido como um distanciamento sofisticado — seria vulgar para alguém como ela demonstrar interesse por qualquer coisa. Mas Helen só sentiu toda a extensão da obsequiosidade melindrada que a cercaria pelo restante da vida no almoço do casamento, quando fez sua primeira aparição como a sra. Rask.

Na manhã seguinte, os recém-casados encontraram-se para um café da manhã quase sem diálogo. Helen olhou para o marido do outro lado da mesa, aliviada por saber que poderia encarar noites como a anterior sem dor física ou moral. Benjamin, percebendo que estava sendo observado, dedicou cuidado adicional à quebra de seu ovo, tentando esconder que estava tão desnorteado e encabulado quanto no momento em que deixara o quarto da esposa.

Eles não tinham desejo algum de viajar, mas Benjamin havia tirado duas semanas de folga do trabalho para uma breve lua de mel em casa, o que era suficientemente estranho para ambos, tornando aquele período uma espécie de férias. Jornalistas estavam o tempo todo de plantão do lado de fora da casa, na eventualidade de o casal olhar pela janela. Helen e Benjamin passeavam pelos cômodos, fazendo planos vagos e desanimados para seu uso. Isso os levou até o terceiro andar. Após examinarem um salão, um estúdio e alguns quartos, pararam no meio de um corredor — um túnel de madeira e tecido adamascado que amplificava todos os pequenos sons, mas abafava suas vozes. Tentando levar Helen para longe da porta no fim do corredor, Benjamin disse que aquele era o único quarto no qual não deviam entrar. Helen perguntou por quê, estreitando os olhos e inclinando a cabeça. Era uma porta secundária para o seu escritório, Benjamin disse e parou de falar. Ela não reprimiu um suspiro levemente impaciente. Afastando-se da porta, Benjamin disse que tinha dificuldade em sair uma vez que entrava ali. Helen, no entanto, o contornou e abriu a porta, revelando um dos maiores espaços da casa, concebido para impressionar e assombrar, mas incapaz de fazê-lo porque tudo ali dentro parecia inerte e intacto. Sim, era um aposento grande, mas não havia papéis, arquivos, máquinas de escrever nem qualquer sinal de trabalho de verdade. E não era apenas o fato de o lugar estar arrumado, pois, em uma inspeção mais detalhada, ficava claro que não havia nada a ser arrumado ali. Helen não conseguia entender como aquele podia ser o escritório do qual Benjamin não conseguia se afastar até ver, em uma reentrância despretensiosa perto de uma lareira do tamanho de um pequeno cômodo, uma mesa sobre a qual, ao lado de um telefone, ficava uma redoma de vidro com um aparelho que, inicialmente, ela confundiu com um relógio ou um barômetro, mas que, como logo percebeu, era um teletipo da bolsa de valores. O carpete à frente dele estava puído.

Mais uma vez, ele tentou sair do escritório, declarando não haver nada para ser visto ali; mais uma vez, Helen não arredou pé. Benjamin, sempre desviando o olhar da esposa, permitiu-se perguntar se ela não achava seu novo lar e sua nova situação opressivas. Talvez, se fizesse algumas modificações na casa para deixá-la mais a seu gosto, ela se adaptaria melhor à nova vida? Sim, eles provavelmente deveriam fazer alguns ajustes, confirmou ele quando Helen permaneceu em silêncio. Reformar. Ela tocou no ombro do marido, sorriu e disse, com afabilidade serena, que nenhum dos dois ligava para coisas daquele tipo. Ele não sabia como receber a inesperada dádiva do afeto da esposa. Ela indicou o teletipo com a cabeça e, antes de deixar o marido naquele aposento, disse que o veria no jantar.

*

Durante a guerra, Helen não conseguiu ter contato com o pai na clínica do dr. Bally na Suíça. Quando as comunicações regulares foram restabelecidas, logo após o casamento, ela ficou transtornada ao saber, por meio de uma breve carta em alemão em resposta a seu último pedido de informações, que o sr. Brevoort havia deixado o sanatório pouco depois de sua internação. Sem dar notícias, ele simplesmente desaparecera no meio do dia, durante as atividades no jardim. O pessoal realizou uma busca abrangente nos arredores, mas não conseguiu encontrá-lo. O médico que assinava a carta lamentava a demora em transmitir a triste notícia e explicava: mesmo que o serviço postal não tivesse sido interrompido pela guerra, até receber a carta da sra. Rask, eles não dispunham do endereço de nenhum parente ao qual escrever.

Helen não se lembrava da última vez que havia chorado, e estava chorando por motivos que, inicialmente, não conseguia entender. A parte dela que não havia sido afetada pelo pesar via como algo natural elaborar o luto pela perda de um dos pais e quase pensou que suas lágrimas fossem resultado de um reflexo inerente que, na verdade, não envolvia suas emoções. Aquela mesma parte dela também experimentou uma clara sensação de alívio por saber que seu pai, com seus dogmas inflexíveis e sua incômoda loucura, havia ido embora. Mas embora para onde? E, com essa pergunta, a tristeza engolfou Helen por completo. Ele poderia ter morrido nos bombardeios ou vítima de uma bala perdida; poderia ter morrido de frio; poderia ter morrido de fome. Mas também poderia estar vivo, um idiota resmungão vagando pelos campos ou esmolando por cidades cujos idiomas não sabia falar. Ou poderia ter se recuperado e começado uma nova família, descartando a lembrança confusa da filha como uma das alucinações que o assombraram durante a doença. No sentido mais absoluto, ela havia perdido o pai.

No momento em que soube que o sr. Brevoort tinha desaparecido, Benjamin entrou em contato com seus sócios na Europa e os instruiu a contratar investigadores para vasculhar todo o continente. Helen sabia que tudo aquilo era em vão, mas deixou-o proceder e achar que estava ajudando. Ao agradecer, pediu também que ele não revelasse as notícias à sra. Brevoort, que finalmente estava feliz e segura após tantos anos de incerteza. A intenção oculta de Helen, contudo, era ver se a mãe alguma vez mencionaria novamente o marido. Não aconteceu.

Catherine Brevoort estabeleceu residência permanente no apartamento da Park Avenue, que Benjamin comprou de Sheldon para ela. Seus horizontes sociais expandiram-se consideravelmente após o casamento da filha, e suas reuniões nunca foram tão bem-sucedidas. Era óbvio que a maioria dos novatos de suas *soirées* compareciam na esperança de conhecer o esquivo genro da sra. Brevoort. A favor de Catherine, deve se admitir que aqueles convidados continuaram a frequentar seu salão mesmo após ficar claro que jamais veriam ali o sr. e a sra. Rask. Helen parou de ir às recepções da mãe assim que foi morar com Benjamin, não apenas porque nunca gostara de eventos sociais, mas também porque, a partir do noivado, passou a achar a mãe cada vez mais difícil. Ela sabia que as excentricidades recém-adquiridas pela sra. Brevoort, sua exacerbada frivolidade, sua calculada impertinência e seu comportamento gratuitamente exibicionista, não eram simplesmente manifestações de uma alegria desenfreada, mas performances de um tipo de agressão festiva francamente direcionadas a Helen, como desafio e como lição: "*Esta* é a vida que você deveria estar levando." As declarações mais eloquentes no monólogo tácito da mãe assumiam a forma de contas e recibos. As festas da sra. Brevoort (e seu guarda--roupa e seus móveis e seus arranjos florais e seus carros alugados) haviam se tornado deveras extravagantes, e todas as contas eram enviadas para o escritório de Benjamin. Nunca eram recusadas nem sequer questionadas, mas Helen sempre mandava que fossem encaminhadas para ela após terem sido pagas, e as mantinha como se fossem uma coleção de cartas unidirecionais da mãe.

Durante os primeiros anos após o casamento, a fortuna de Rask teve um crescimento insólito. Ele e seus homens começaram a realizar um volume chocante de transações na mais vasta gama de instrumentos com uma precisão que muitos de seus colegas consideravam estranha. Aquelas transações não eram necessariamente façanhas extraordinárias, mas, se reunidas, suas margens de lucro muitas vezes baixas perfaziam cifras formidáveis. Wall Street estava perplexa com a precisão e a abordagem sistemática de Rask, o que não somente gerava ganhos consistentes, como também era um exemplo da mais rigorosa elegância matemática — uma forma impessoal de beleza. Seus colegas o consideravam visionário, um sábio com talentos sobrenaturais que simplesmente não sofria perdas.

Foi nesse período que Helen entendeu o que Benjamin havia percebido muito antes: a privacidade exige uma fachada pública. Já que parecia inevitável ter de aparentar algum tipo de vida social, ela decidiu usar a sua para o bem. Em vez de seguir os passos da mãe, que estavam plenamente de acordo com o espírito festivo da época, envolveu-se em numerosas empreitadas filantrópicas. Nos anos seguintes, hospitais, salas de concerto, bibliotecas, museus, abrigos e alas de universidades apareceram país afora com placas que exibiam o nome Rask.

De início, a filantropia foi apenas uma parte do front social de Helen. Todavia, com o tempo, ela desenvolveu interesse genuíno pelo patrocínio cultural. Desde o casamento, ficara livre para explorar a paixão pela literatura, herdada do pai e depois cultivada durante suas viagens europeias. Interessava-se em particular por autores ainda vivos, embora inicialmente se recusasse a encontrá-los, sabendo que a distância entre a obra e a pessoa só se podia preencher com decepção. Mas, em troca de seu apoio, muitos daqueles escritores começaram a oferecer recomendações e sugerir causas dignas de sua generosidade. Parecia insensato não prestar atenção a seus conselhos. Com a ajuda deles, Helen aproveitava ao máximo seus esforços filantrópicos e, enquanto isso, sua esfera de ação se expandia. Foi apresentada aos principais artistas, musicistas, romancistas e poetas da época. E, para sua grande surpresa, começou a sentir vontade de se encontrar com aqueles novos conhecidos. Conversar nunca havia sido um dos prazeres de Helen. Contudo, naquele momento, na presença dos interlocutores certos, apreciava a destreza verbal, a erudição ágil e o talento de improvisação exibidos em seus diálogos — embora preferisse ouvir a participar da discussão (para mais tarde registrar os momentos mais vívidos e instigantes em seu diário, que, àquela altura, era composto de vários tomos grossos). Helen não deixava de notar que, ao unir sua paixão pelas artes e suas empreitadas filantrópicas, reconciliava o fervor intelectual do pai com as habilidades sociais da mãe.

Por mais que Helen gostasse do trabalho com artistas, a causa que mais tocava seu coração era a pesquisa e o tratamento de doenças psiquiátricas. Achava desconcertante e indesculpável que as ciências médicas, que tanto progresso haviam feito em todos os campos, estivessem tão negligentemente atrasadas em relação aos distúrbios mentais. Nesse aspecto, trabalhava em conjunto com o marido, que sempre manifestara forte interesse pelos setores químico e farmacêutico, nos quais investira pesadamente durante a guerra. Benjamin era acionista majoritário de duas fabricantes de medicamentos americanas e detinha uma grande participação na Haber Pharmaceuticals na Alemanha, que Sheldon Lloyd o ajudara a obter pouco antes de conhecer Helen em Zurique. Tornou-se prioridade para essas empresas desenvolver medicamentos eficazes para um amplo espectro de problemas psiquiátricos até então tratados com pouco mais do que morfina, hidrato de cloral, brometo de potássio e barbital. A multidão de soldados que retornara do front com profundas cicatrizes psicológicas e sinais claros de trauma mental — e sem terapias adequadas para tratar desses sintomas — tornava aquela pesquisa particularmente urgente.

Helen e Benjamin investiam um tempo considerável analisando os relatórios de suas empresas e se reunindo com cientistas. Por terem mentes predatórias (flexíveis, ágeis, vorazes), ambos aprendiam rápido. Logo se tornaram capazes de ler documentos e tratados acadêmicos razoavelmente abstrusos e discuti-los com fluência. O desejo de aprender os últimos progressos no campo da química era sincero, mas também era verdade que ambos perseveravam naquele esforço porque haviam, enfim, encontrado na farmacologia um interesse em comum, um tópico sobre o qual podiam versar apaixonadamente e ao mesmo tempo se maravilhar com a proeza intelectual do outro.

Desde os primeiros dias de namoro, admiraram a inteligência e, sobretudo, a capacidade mútua de entender os silêncios e os espaços vazios nos quais ambos vicejavam. Enquanto Benjamin voltava a se dedicar ao trabalho, Helen ficava livre para ampliar os horizontes de seu mundo literário. Toda semana, recebia caixas e caixas cheias de livros, para os quais teve de fazer alguns ajustes. Uma das duas únicas alterações que fez na casa começou na biblioteca, com a eliminação dos livros decorativos encadernados em marroquim, cujas lombadas douradas nunca haviam sido dobradas. Helen encheu as prateleiras com seus tomos e criou uma verdadeira sala de leitura. Quando ficou sem espaço, derrubou duas paredes; quando a coleção se tornou impossível de administrar, contratou uma bibliotecária. Nessa biblioteca expandida, organizava leituras, palestras e reuniões informais.

A outra mudança na casa consistiu na conversão de uma das salas de visitas em uma pequena sala de concertos. Quase por acaso, Helen e Benjamin descobriram que gostavam bastante de assisti-los. O que havia iniciado como uma concessão — eles perceberam que apresentações musicais eram a maneira perfeita para serem vistos "socialmente" sem ter de entabular conversas sem sentido para preencher silêncios desconfortáveis — tornou-se uma paixão. À medida que tomavam gosto por música de câmara, ambos traduziam aquele princípio para a própria relação. Organizavam recitais privados em casa e, nessas ocasiões, podiam ficar juntos, em silêncio, compartilhando emoções pelas quais não eram responsáveis e que não se referiam diretamente aos dois. Justamente por serem tão controlados e mediados, aqueles eram os momentos mais íntimos de Benjamin e Helen.

Seus concertos noturnos tornaram-se, tanto pelo calibre dos artistas que atraíam quanto pela plateia limitada e seleta, uma espécie de lenda que ia além da comunidade musical. Não mais do que duas dúzias de pessoas eram convidadas para os recitais mensais, mas boa parte da sociedade nova-iorquina afirmava frequentá-los regularmente. Alguns dos convidados eram homens de negócios que tinham de aturar Brahms para que o anfitrião não tivesse de aturar conversa fiada. Mas a maior parte da plateia era formada pelos novos conhecidos de Helen — outros músicos e escritores. Durante as primeiras temporadas, a socialização após as apresentações foi claramente desencorajada. Depois que os aplausos terminavam, Helen agradecia aos artistas e aos convidados e ela e o marido eram os primeiros a sair. À medida que o trabalho filantrópico de Helen foi se expandindo, porém, era natural que se imbricasse com sua série de concertos. Ao final de um recital de *Lieder*, um escritor na plateia se aproximou de Helen para terminar uma discussão sobre um programa literário; após um ciclo de sonatas de violoncelo, um dos músicos a abordou durante o intervalo para falar de uma orquestra que precisava de financiamento; depois de um quinteto de clarinetes, um jovem compositor, sabendo que provavelmente nunca mais poria os pés naquela casa, reuniu coragem para pedir seu patrocínio. Com o passar do tempo, aquelas conversas se alongaram, até se tornarem parte do programa. Helen começou servindo sucos de fruta após cada apresentação — a Lei Seca não influiu nos hábitos inerentemente comedidos da família —, e as pessoas se demoravam até a meia-noite. Benjamin nunca ficava para esses coquetéis abstêmios, que se tornaram quase tão míticos quanto os próprios concertos, e era sempre o primeiro a desejar boa noite a todos.

*

Disciplina, criatividade e uma constância semelhante à de uma máquina eram fatores essenciais, mas não os únicos, no novo patamar de sucesso de Rask. Sua prosperidade combinava com o otimismo retumbante da época. O mundo nunca havia vivido nada como o crescimento da economia americana na década de 1920. A indústria estava no ápice, bem como os lucros. O emprego, já nos pincaros, aumentava. A indústria automobilística mal conseguia dar conta da insaciável demanda por velocidade que havia tomado conta da nação. As maravilhas industriais da época eram anunciadas de costa a costa em rádios que todos queriam ter. A partir de 1922, a cotação dos títulos parecia subir verticalmente. Se, antes de 1928, poucos achavam possível que cinco milhões de ações algum dia seriam negociadas em um único dia na Bolsa de Valores de Nova York, depois da segunda metade daquele ano, esse teto quase se tornou o piso. Em setembro de 1929, o Dow fechou em seu nível mais alto da história. Por volta daqueles dias, Irving Fisher, professor de Yale, a principal autoridade do país em economia, declarou que o preço das ações havia "atingido o que parece ser um platô permanentemente alto".

Graças à supervisão leniente do governo e sua relutância em perturbar aquele maravilhoso sonho coletivo, as oportunidades estavam lá, ao alcance de qualquer um que as visse e aproveitasse. Por meio de seus bancos, por exemplo, Rask pegou dinheiro emprestado do New York Federal Reserve a cinco por cento para oferecê-lo em leilões esporádicos a dez ou até mesmo vinte por cento. Acontece que, naquela época, a negociação de margem — comprar ações com dinheiro emprestado de corretoras usando aqueles mesmos títulos como garantia — disparou de cerca de um para sete bilhões de dólares, um sinal óbvio de que o público havia invadido o mercado e as pessoas, a maioria sem conhecer nada de ações, estavam especulando com dinheiro que não tinham. No entanto, Rask, de alguma maneira, parecia estar um passo à frente a cada curva. Seu primeiro fundo de investimento havia surgido pelo menos cinco anos antes da proliferação de instituições desse tipo no fim da década de vinte. Como prêmio por sua fama de gênio financeiro, Rask avaliava seu portfólio muito acima do preço de mercado das ações que continha. Não apenas isso, mas, em sua dupla função de banqueiro de investimentos e patrocinador de diversas sociedades fiduciárias, ele era capaz de produzir alguns dos títulos que vendia — e constantemente emitia ações ordinárias que comprava por inteiro (ou distribuía entre investidores favorecidos) e depois as negociava publicamente por um preço até oitenta por cento superior ao preço original de compra. Sempre que queria evitar o escrutínio da Bolsa de Valores de Nova York, negociava em São Francisco, Buffalo ou Boston.

Todos os homens e mulheres sentiram-se no direito de participar da prosperidade que reinou nos dez anos após a guerra e de desfrutar das maravilhas tecnológicas decorrentes. E Rask ajudou a alimentar essa sensação de possibilidades ilimitadas criando novas instituições de empréstimo e bancos que forneciam dinheiro a condições tentadoras. Esses bancos (entre os quais uma ocasional rivalidade fictícia era fomentada para atrair clientes) nada tinham a ver com as veneráveis instituições de mármore com funcionários engomados que intimidaram clientes por gerações. Pelo contrário, eram espaços amistosos com caixas acolhedores — e sempre havia uma maneira de conseguir aquele empréstimo para um automóvel, uma geladeira ou um rádio. Rask também fez experimentos com financiamento de linhas de crédito e planos de parcelamento para que lojas e fabricantes pudessem oferecer essas opções de pagamento aos clientes de modo direto. Todas essas inumeráveis, e por vezes insignificantes, dívidas (de seus serviços de empréstimos, bancos menores e diferentes empreendimentos de crédito) eram reunidas e negociadas no atacado como títulos. Resumindo,

Rask viu que o relacionamento com o consumidor não acabava com a compra de um bem; havia mais lucro a ser extraído daquela troca.

Também criou uma sociedade fiduciária dedicada exclusivamente à classe trabalhadora. Uma pequena quantia, poucas centenas de dólares em uma modesta conta de poupança, era suficiente para começar. A sociedade equiparava aquela soma (e, às vezes, a dobrava ou até triplicava) para depois investi-la em seu portfólio e usar as ações como garantia. Um professor primário ou um fazendeiro podiam, então, pagar a própria dívida em confortáveis parcelas mensais. Se todos tinham o direito de ficar ricos, era Rask quem concretizaria tal direito.

Nos picos e vales daquele *boom*, durante frenesis de negociação alimentados por otimismo ou pânico, não era incomum que o teletipo não conseguisse acompanhar o mercado. Se o volume de negociações fosse suficientemente grande, o atraso podia ser de mais de duas horas, tornando a fita obsoleta ao sair da máquina. Mas era nesses momentos de extrema escuridão que Rask realmente alçava voo, como se só conseguisse alcançar as maiores altitudes voando às cegas. Uma contribuição considerável ao seu status de lenda.

A velocidade com que Rask aumentou sua fortuna e a sabedoria com que Helen a distribuiu eram percebidas como a manifestação pública da forte ligação entre eles. Isso, além da esquiva de ambos, os transformou nas criaturas míticas da sociedade nova-iorquina que eles tanto desprezavam, e a indiferença que manifestavam só engrandecia sua excepcional estatura.

Todavia, a vida familiar dos Rask não se encaixava na fábula de um casal harmonioso. A admiração que Benjamin sentia por Helen beirava a reverência. Achando-a insondável e intimidadora, ele a desejava de uma forma mística, quase casta. A dúvida, um sentimento que nunca o visitara antes do casamento, aumentava ano após ano. Se, no trabalho, ele era sempre seguro de si e resoluto, em casa, tornava-se indeciso e tímido. Tecia complicadas conjecturas a respeito dela, entremeadas com conexões causais imaginadas que rapidamente se expandiam, formando vastas redes de suposições que ele desmanchava e tecia novamente em diferentes padronagens. Helen percebia a hesitação do marido e tentava acalmá-lo. No entanto, por mais que tentasse (e ela de fato tentava), não conseguia retribuir plenamente os sentimentos de Benjamin. Embora ficasse impressionada com suas conquistas e comovida com sua devoção, e apesar de ser sempre gentil, atenta e até mesmo afetuosa com ele, havia uma pequena mas invencível força, bastante semelhante à repulsão entre dois ímãs, que fazia com que ela recuasse na mesma medida em que ele se aproximava. Helen nunca era cruel ou desdenhosa com o marido — pelo contrário, era uma companheira zelosa e até carinhosa. Mesmo assim, desde o início, Benjamin sabia que faltava algo. E, percebendo que ele sabia, Helen tentava compensar com atenções variadas, porém insuficientes. Benjamin sempre sentia um prazer incompleto nessas ocasiões.

Em torno desse núcleo de desconforto silencioso, conseguiram construir um casamento sólido. Talvez parte dessa força viesse justamente daquele vazio dissonante e do desejo de ambos de compensá-lo. Mas também é verdade que havia uma conexão entre os dois. Ambos sabiam que, apesar das diferenças, um era feito para o outro. Até se encontrarem, nenhum deles jamais conhecera alguém que aceitasse suas idiossincrasias sem questioná-las. Todas as interações no mundo externo sempre comportavam alguma espécie de concessão. Agora, pela primeira vez, sentiam o alívio de não ter de se adaptar às demandas e aos protocolos inerentes à maioria das relações — ou de dedicar parte da própria atenção ao constrangimento prevalente sempre que se recusavam a seguir tais convenções. Ainda mais importante: em seu relacionamento, eles descobriram a alegria do apreço mútuo.

Se os Rask nunca deixaram de ser um interessante enigma no círculo imediato a sua volta, a atenção pública diminuía à medida que aumentava a distância do centro. Os relatos puramente ficcionais a respeito da vida do casal nas colunas sociais e nos tabloides foram ficando menores, mais esporádicos e, por fim, extinguiram-se; o enxame de fotógrafos à espreita em volta da residência da família se dispersou; a escassa e demasiadamente granulada filmagem dos recém-casados, usada repetidas vezes em relatos extravagantes, desapareceu dos cinejornais. Pela constante expansão de seus interesses comerciais, Benjamin aparecia regularmente na imprensa, mas, depois de um ano, não havia mais menção à sra. Rask nos jornais, exceto no que dizia respeito ao trabalho de caridade dela. Sozinha em casa (as horas que Benjamin passava no escritório só aumentavam), circulando pelas ruas sem ser reconhecida na maioria das vezes, tendo encontrado, pela primeira vez, um grupo de pessoas que pensavam como ela e com as quais parecia possível fazer amizade, Helen finalmente levava uma vida que sempre lhe parecera inatingível.

Apesar do desejo inicial de Benjamin por um sucessor, os dois não viam necessidade de questionar nem discutir os motivos da falta de filhos.

*

A MAIORIA DE NÓS prefere acreditar que somos os sujeitos ativos de nossas vitórias, mas apenas os objetos passivos de nossas derrotas. Triunfamos, mas não somos realmente nós que fracassamos — somos arruinados por forças fora do nosso controle.

Durante a última semana de outubro de 1929, a maioria dos especuladores — desde o poderoso financista no sul de Manhattan até a dona de casa amadora negociando na Bolsa de Valores de São Francisco — demorou questão de dias para passar de agentes do próprio sucesso, que só tinham a agradecer a sua perspicácia e implacável determinação, a vítimas de um sistema com falhas profundas, talvez até corrupto, que era o único responsável pela derrocada. Uma queda nos índices, uma epidemia de medo, um frenesi de vendas impulsionado pelo pessimismo, uma ampla incapacidade de reagir a chamadas de margem... Seja lá qual fosse o colapso que, por sua vez, se tornara um pânico, uma coisa era clara: ninguém que havia ajudado a inflar a bolha se sentia responsável pelo seu estouro. Eles eram as baixas inocentes de um desastre de proporções quase naturais.

De maneira bastante semelhante ao Pânico de 1907, durante toda a semana da crise de 1929, os presidentes dos maiores bancos do país, além do responsável pelo New York Federal Reserve e os presidentes e sócios seniores das principais sociedades fiduciárias e agências de corretagem, realizaram encontros confidenciais a fim de tentar encontrar a melhor estratégia para sustentar o mercado. Mais uma vez, como em 1907, as conversas noite adentro aconteceram na biblioteca de Morgan, dessa vez sob a presidência de Jack, o filho de Pierpont. Mais uma vez, Rask foi convocado para contribuir com seu aconselhamento e ajuda material. E, mais uma vez, declinou.

Apesar do apoio organizado dos banqueiros, da intervenção dos industriais e das garantias de políticos e acadêmicos que afirmavam, repetidamente, que as condições do mercado eram "fundamentalmente sólidas", as ações continuavam a despencar. Na segunda-feira, 21 de outubro, cerca de seis milhões de ações foram vendidas, um recorde absoluto que atrasou todos os teletipos do país em duas horas. O volume histórico foi ofuscado por uma histeria de negociações nos dias seguintes. Na quinta-feira, dia 24, quase treze milhões de ações foram negociadas; na terça-feira, dia 29, mais de dezesseis milhões. O teletipo atrasou quase três horas. Multidões apinhavam Wall Street e se reuniam diante de bancos e corretoras em todo o país. À medida que fundos de investimento naufragavam e se autocanibalizavam, houve uma onda oceânica de ordens de venda, mas sem compradores. Inevitavelmente, essa onda arrebentou, deixando em seu rastro um oceano estagnado de ações invendáveis e um mercado arruinado.

Só um homem parecia ter ficado imune à catástrofe. Os colegas desconcertados de Rask demoraram alguns dias para perceber a total amplitude da situação. A imprensa veio logo em seguida. Rask não havia só atravessado a tempestade ileso, mas, de fato, lucrado em proporções colossais com ela. Discretamente, e por meio de suas subsidiárias, durante os meses do verão anteriores à crise, ele começara a liquidar suas posições e a comprar ouro, à medida que esse ativo, atraído e devorado pela especulação, tornava-se escasso tanto em Wall Street quanto em Londres. O que chamou ainda mais a atenção foi a precisão com que vinha vendendo a descoberto enormes quantidades de ações justamente das empresas que, mais tarde, foram em particular afetadas e até destruídas pela crise. Ele havia negociado, um a um, empréstimos de ações de uma miríade de corretoras quando elas estavam no pico, vendendo-as de imediato, enquanto ainda se mantinham nesse patamar. Como se soubesse que o mercado despencaria, Rask simplesmente esperava até que aquelas ações chegassem ao fundo do poço, recomprava-as por uma ninharia e devolvia as ações, então sem valor, às corretoras, realizando lucros gigantescos durante esse processo. Havia algo arrepiante no rigor sistemático com que ele havia procedido, desde a identificação das empresas com as quais negociaria até a escolha do momento propício e a discrição dessas transações. Enquanto isso, com essa operação em andamento, ele rompeu todos os laços restantes com as dívidas que havia agrupado e vendido como títulos — pouco depois, todas se tornaram inadimplentes. Rask vendeu até mesmo todas as suas sociedades fiduciárias, inclusive a que havia sido concebida para os trabalhadores. Na quarta-feira, 23 de outubro, um dilúvio épico de ordens de venda inesperadas inundou o pregão. Ninguém conhecia a origem daquela enxurrada, mas, quando Wall Street fechou, após apenas duas horas, o mercado havia caído mais de vinte pontos. O dia seguinte seria lembrado como a Quinta-Feira Negra. Cinco dias depois, na Terça-Feira Negra, o Dow caiu oitenta pontos, e, àquela altura, as ações perderam o equivalente a metade de todo o produto nacional.

Na desolação geral, em meio aos escombros, Rask era o único homem em pé. E parecia mais alto do que nunca, pois havia lucrado com a maior parte das perdas dos outros especuladores. Rask sempre se beneficiara do caos e da confusão, como suas operações magistrais durante os atrasos do teletipo haviam várias vezes provado, mas o que aconteceu nos últimos meses de 1929 não tinha precedentes.

Quando esse quadro se tornou suficientemente claro, o público logo reagiu. Ele havia sido o artífice de toda a crise, diziam as pessoas. Astutamente, estimulara um apetite descuidado por dívidas que, como sempre soube, jamais poderiam ser honradas. Sutilmente, foi vendendo suas ações e empurrando o mercado para baixo. Com engenhosidade, havia vazado boatos e fomentado paranoia. Impiedosamente, havia derrubado Wall Street, mantendo-a sob seu controle com o surto de vendas da véspera da Quinta-Feira Negra. Tudo — as oscilações no mercado, a incerteza, a tendência de alta seguida da venda por pânico e, por fim, a crise que arruinaria multidões — fora orquestrado por Rask. A mão por trás da mão invisível era a dele.

Apesar dos discursos inflamados, das caricaturas em revistas e jornais (nos quais Rask era, na maioria das vezes, retratado como um vampiro, um urubu ou um porco) e da proliferação de relatos nebulosos ou descaradamente inventados sobre sua carreira, ninguém em seu perfeito juízo acreditava que um só homem podia derrubar toda a economia de um país — e, com ela, a da maior parte do mundo. No entanto, quase todos acharam conveniente ter um bode expiatório, e o semirrecluso excêntrico se encaixava perfeitamente naquele papel. Mesmo que não tivesse concebido a crise, não havia dúvida de que Benjamin Rask havia obtido um lucro incalculável com ela. Nos círculos financeiros de todo o mundo, até mesmo entre as legiões de inimigos que fizera, isso o alçou ao patamar de divindade.

Cara Helen,

Você sabe como ando consumida pelo trabalho — palestras, resenhas, artigos et tediosos caetera. Tudo parece conspirar contra a minha escrita. E realmente preciso terminar este manuscrito. Sinto imensamente, mas vou ter de me escusar educadamente do programa de leituras na sua encantadora biblioteca durante o restante da temporada. Por favor, deseje-me boa sorte com este meu maldito romance!

Com os melhores votos,
Winnie

Cara sra. Rask,

Faço votos que estas breves linhas a encontrem em boa saúde. Por cerca de três anos tenho organizado uma série de concertos para os trabalhadores da Catalunha, trazendo os melhores solistas e maestros até os operários, fazendeiros e estudantes.
 Financio a Associação de Concertos dos Trabalhadores organizando recitais particulares, bastante semelhantes ao que ofereceria na semana que vem na sua residência. Tendo recentemente tomado ciência, de maneira mais detalhada, da terrível crise que se abateu sobre o seu país nos últimos meses, creio que o silêncio seja mais pertinente do que a música. Por meio desse silêncio, espero honrar a luta dos irmãos e irmãs americanos dos trabalhadores catalães, aos quais o recital da

próxima semana era destinado. Espero que a senhora e os seus convidados nos perdoem por este cancelamento de última hora.

*Sinceramente,
P. Casals*

Cara sra. Rask,

Muito obrigado por sua carta. Gostaria de poder reembolsar o apoio recebido ao longo dos últimos dois anos. Mas, como a senhora sabe, minha editora faliu e os negócios em geral vão mal. Pensando bem, talvez EU A TENHA reembolsado no fim das contas.

 Tornar-me fazendeiro e plantar minha própria comida não me parece uma ideia tão ruim. Se não der certo, pedreiro. Se não der certo, Hollywood e escrever roteiros para filmes. Mas talvez a revolução chegue antes.

Meus melhores votos para a senhora e seu marido,
Pep

Sra. Rask,

Talvez a senhora possa fazer a gentileza de me ajudar a resolver uma discussão que tive com alguns colegas poetas outro dia. Onde a senhora acha que Dante alocaria os sábios de Wall Street? No quarto ou no *oitavo círculo do Inferno? Ganância ou Fraude? De fato, este poderia ser um tópico estimulante para uma das suas próximas reuniões. Por favor, compartilhe sua opinião a respeito, caso tenha um minuto de tempo sobrando. E, se não tiver tempo de sobra, contento-me com dez centavos.*

De tantos modos à sua disposição,
Shelby Wallace

Cara H,

Lamento cancelar tão em cima da hora. Resfriado terrível. Espero que a leitura amanhã corra bem.

Sua amiga de sempre,
Maude

Durante os meses que se seguiram à crise, o ar foi sugado para fora da casa, deixando apenas um vácuo apertado e esganiçado atrás de si. Era como se a própria realidade, independentemente da percepção de qualquer um, tivesse se tornado avoada. As pessoas à volta de Helen simplesmente sumiram. Nem todas. Aquelas que sempre tentaram se aproximar dela somente para ficar mais perto de Benjamin viram na indignação pública uma oportunidade e se apresentaram como apoiadoras ferrenhas, suficientemente corajosas e fiéis para atravessar a tempestade ao lado dos caluniados amigos. Helen continuava, como sempre, a dar pouca importância a esse grupo obsequioso. Eram seus conhecidos mais recentes que haviam debandado. Sem os escritores e músicos que tinham ampliado seu mundo durante os anos anteriores, ela se viu de volta ao esconderijo interno e silencioso que a abrigara em sua infância e adolescência, e achou consolo em seus velhos hábitos solitários, seus livros, seu diário, suas caminhadas. No passado, julgara aquele espaço dentro de si tão vasto e serenamente inexplicável quanto um cosmos. Agora, o considerava estreito e plano. Nenhuma das pessoas que se exibiam ou assistiam a suas leituras e seus concertos havia se tornado, no verdadeiro sentido da palavra, um amigo, mas juntas, todas elas, como grupo, haviam se tornado uma presença necessária em sua vida. Ela tinha perdido o gosto pela solidão.

À medida que a cidade afundava na depressão que se seguiu à crise, Helen ia achando mais difícil sair de casa. Ela sabia que desviar o olhar das famílias miseráveis, das filas do pão, das lojas fechadas e do desespero nos rostos cada vez mais magros era uma forma repugnante de autocomplacência, mas também entendia que a angústia que sentia quando confrontada com aquela realidade soturna também era mais um de seus luxos. Era obrigada a reconhecer esse paradoxo toda vez que saía para dar um passeio — até aquela que se tornaria sua última excursão à parte sul do parque. Sentiu algo diferente naquela tarde. Começou com uma opressão côncava no peito. Uma perturbação no ar. Era incapaz de entender o que causava aquele medo até perceber que se sentia observada. Olhares demorados. Caras feias. Sussurros. Por toda parte. Esgares. Murmúrios. Sibilos. Por toda parte. Era plausível, até esperado, que algumas pessoas a reconhecessem e desprezassem. Mas todo mundo? O ódio reverberado em cada som — toda buzina, todo apito, todo grito era uma maldição. O ódio escorrido de cada janela — ela sentia olhos semicerrados acompanhando-a atrás de cada cortina, de cada painel de vidraça ofuscada pelo sol. O ódio retorcido em cada careta e em cada gesto de mãos — cada transeunte era um juiz implacável e obsceno. A mulher com a mala de papelão cuspiu em seus pés enquanto ela atravessava a rua? O garoto que vendia jornais balbuciou aquelas palavras brutais entre um extra e uma manchete? Aqueles homens sinalizavam entre si para segui-la? Pela primeira vez, em plena luz do dia, Helen foi tomada pelo mesmo tipo de terror que costumava preencher com tanta frequência suas noites desde a infância. Ela sabia que parte da hostilidade que sentia ao descer a Lexington Avenue devia existir — assim como acontecia durante suas noites insones — apenas em sua mente. Mas boa parte, sem sombra de dúvida, era real. Sua incapacidade de distinguir entre as duas era sua maior fonte de pânico. O mundo tornou-se granular; todos os sons, ecos; seu sangue, ralo demais; o ar, denso demais. Aquilo — tudo — tinia.

Mais tarde, Helen teria uma vaga lembrança de voltar correndo para casa, sua saia e seus sapatos restringindo-a a um ineficiente trote em cima de poças. Risos.

Helen estava pronta para aceitar e, também, expiar as verdadeiras causas do ataque de pânico que quase a pulverizara naquela tarde. Pagaria pelo sofrimento que ajudara a tornar seu marido desmedidamente rico. Seu confinamento ao lar era parte da punição — embora percebesse que aquela reclusão era, em grande parte, motivada por medo e vergonha, e, portanto, egoísta. Mesmo assim, embora raramente saísse de casa, trabalhava sem parar e se entregava por completo a suas obras filantrópicas. Criava inúmeros empregos construindo novas residências por todo o país (que, depois, praticamente doava a famílias sem teto), reabria fábricas e oficinas cuja produção às vezes comprava por inteiro (e distribuía gratuitamente), oferecia crédito sem juros a negócios que prometiam manter as portas abertas (nunca exigindo restituições). Tudo isso, ela fazia da forma mais anônima possível.

A riqueza de Benjamin era tão grande que ele podia financiar as empreitadas altruístas da esposa sem pensar muito a respeito. Totalmente indiferente à realidade à volta, ele não via necessidade nem obrigação moral de auxiliar quem quer que fosse. Sua vida, sempre limitada ao próprio escritório e à própria casa, permanecia inalterada. Para ele, a recessão nada mais era do que um saudável episódio de febre do qual a economia se recuperaria, tornando-se mais forte do que nunca. A crise, acreditava ele, fora como uma lanceta usada em um abscesso. Uma boa sangria era necessária para eliminar o inchaço, de maneira que o mercado pudesse encontrar seu verdadeiro fundo e se reconstruir sobre alicerces sólidos. Até atribuíam a ele a afirmação de que tudo não havia passado de um expurgo saudável, já que nenhum banco tinha falido por causa da crise.

Se ele ajudava Helen em suas empreitadas, era apenas por preocupação com seu bem-estar. Ela havia mudado, até mesmo piorado, de maneira bastante visível nos meses anteriores. Helen garantiu que o trabalho era seu único consolo, e ele, não sem relutância, continuou a financiar seus projetos, atribuindo sua deterioração à falta de sono e repouso. Em parte, tinha razão. Era verdade que Helen mal dormia, mas não por estar absorvida com suas obras de caridade. O trabalho, pelo contrário, era uma distração bem-vinda das verdadeiras causas de sua insônia. Os temores que atazanavam sua mente no escuro não eram mais abstratos e incoerentes. E não se apagavam com a luz do sol. Nem suas incansáveis tarefas humanitárias, que lidavam com as fontes mais concretas de sua ansiedade, a consolavam. Pois o que ela temia agora, desde aquele passeio pela Lexington Avenue, era que a doença que havia possuído, transformado e consumido seu pai também estivesse agindo em seu cérebro. Helen sentia que estava pensando diferente e sabia que, no final, não importava se aquela sensação se baseava na realidade ou em fantasias. O importante era que não conseguia parar de pensar sobre seus pensamentos. Suas especulações se refletiam mutuamente, como espelhos paralelos — e cada imagem dentro do vertiginoso túnel olhava infinitamente para a próxima, se perguntando se era a original ou uma reprodução. Helen dizia a si mesma que aquilo era o início da loucura. A mente tornando-se a carne para os próprios dentes.

Por se sentir cada vez mais perdida na nova arquitetura tirânica de seu cérebro e por não mais confiar em seus pensamentos ou em sua memória, Helen começou a se apoiar nos seus diários, mantidos com rigor cotidiano. Esperava que seu eu futuro, aquele que leria seus diários, fosse capaz de usar aqueles escritos como uma medida de até onde seus delírios haviam chegado. Ela se reconheceria nas páginas? Em suas anotações, Helen falava constantemente consigo mesma, pedia a si própria para acreditar que, de fato, havia sido ela a escrever tudo aquilo no passado — mesmo que seu eu futuro se recusasse a acreditar; embora, ao ler, ela não fosse capaz de reconhecer a própria caligrafia.

Helen nunca havia compartilhado suas preocupações mais íntimas com Benjamin, e certamente não começaria naquele momento. Devido à profundidade de sua ansiedade, ficava aliviada por ele estar totalmente consumido pelas próprias preocupações. Após a crise, o Senado realizou audiências com a Comissão Bancária e Monetária "para investigar minuciosamente as práticas das bolsas de valores relativas à compra e à venda e ao empréstimo de títulos negociáveis, os valores de tais títulos e os efeitos de tais práticas". O comparecimento de Benjamin Rask diante dos membros do Septuagésimo Segundo Congresso está registrado nos arquivos públicos, e a versão impressa de sua declaração, incluída em um tomo de 418 páginas, pode ser facilmente consultada por qualquer um que se dê o trabalho. As audiências desempenharam a função cerimonial de apresentar ao cidadão indignado alguns demônios óbvios para que ele pudesse balançar a cabeça diante de suas imagens na primeira página do jornal, balbuciar algumas imprecações e, depois, esquecer tudo a respeito. Não se esperava que alguém realmente lesse as transcrições. Os poucos que o fizeram, no entanto, descobriram que muitas das suposições sobre as negociações de Rask não estavam longe da verdade. Suas respostas às perguntas acusadoras e complicadas se reduziam, em sua maior parte, a "sim, senhor" e "não, senhor", mas confirmavam que ele havia de fato alienado seus veículos mais voláteis nos meses anteriores ao colapso, inundado o mercado com ordens de venda na véspera da Quinta-Feira Negra e vendido a descoberto, de maneira bastante espetacular, a crise. Apesar da retórica inflamada dos interrogadores, estava claro que nenhuma de suas ações tinha sido ilegal.

*

Com uma simetria perversa, à medida que Benjamin ascendia a novos patamares, a condição de Helen piorava. Incapaz de dormir, ela passava as noites vagando pela casa. Benjamin tentava lhe fazer companhia durante essas caminhadas, mas ela o recusava; ele enchia a casa de serviçais à noite, mas ela dispensava todos; ele comprava caixas de livros da Europa, mas ela mantinha as páginas fechadas. Suas instruções a respeito do trabalho de caridade tornaram-se erráticas e contraditórias. Apenas um padrão parecia se repetir: todas as conversas impacientes com seus auxiliares terminavam com a conclusão de que eles simplesmente não estavam fazendo o suficiente. Ela começou a emitir cheques com valores extravagantes e a autorizar despesas descoladas da realidade. Benjamin interceptava todas essas transações e deixava que Helen continuasse a dar ordens inconsequentes para seus assistentes. No final, porém, ela parecia sufocada. Quase esmagada pelos enormes números e complexas operações que inventara para si mesma, afastou-se de seu trabalho imaginário. Paralisada por uma exaustão ansiosa, começou a fazer as refeições no quarto. Entretanto, todas as vezes os carrinhos de serviço eram retirados com os pratos ainda cobertos pelas *cloches*. Ela só tomava os sucos de fruta que haviam sido a marca registrada de suas recepções.

Benjamin e Helen haviam trabalhado por muito tempo com médicos e químicos farmacêuticos a fim de descobrir tratamentos melhores para distúrbios psiquiátricos. Agora, ele entendia que a esposa talvez não tivesse sido movida somente por altruísmo ou pela lembrança do pai. Mesmo assim, relutava em envolver alguém de fora do círculo familiar, especialmente porque a forma de mania silenciosa da esposa não se encaixava em nenhum dos sintomas sobre os quais ele havia lido no passado. Às vezes, ele ficava escutando atrás da porta. O silêncio ativo dentro do quarto era aterrorizante. Só era esporadicamente interrompido pelo farfalhar de papéis, confirmando que Helen não estava dormindo, mas escrevendo no diário, enchendo uma página após outra de um grosso caderno após outro. Benjamin respeitava demais sua privacidade para bisbilhotar, mas, em uma ocasião, quando sabia que ela estava do outro lado da casa, inspecionou os diários. Alemão, francês, italiano e, talvez, outros idiomas (ele se perguntava se, de fato, eram idiomas) misturavam-se em cada frase, formando tranças que ele, confinado ao inglês, não conseguia desembaraçar. Em um dos cadernos, encontrou uma fotografia de Helen jovem que jamais havia visto. Ela estava em pé no meio de uma barafunda de adereços disparatados e animais empalhados, olhando direto para a câmera, os olhos com ar de desafio. Por um tempo curiosamente longo, Benjamin ficou observando a foto. Ele jamais fixara os olhos nos da esposa por tanto tempo. Ela jamais fixara os olhos nos dele por tanto tempo. Benjamin saiu do transe, pôs a fotografia no bolso, certificou-se de que todos os papéis estavam como os havia encontrado e saiu do quarto. Mas, enquanto fechava a porta atrás de si, parou, reabriu-a e voltou à escrivaninha. Recolocou a foto no diário no qual a achara e, depois, por fim, saiu com passos rápidos e silenciosos.

Foi por volta dessa época — e Benjamin não conseguia afastar a ideia de que o motivo tinha sido ele ter remexido nos papéis da esposa — que Helen escondeu todos os diários e começou a escrever enquanto andava. Às vezes, parecia murmurar, como se ditasse para si mesma. Suas perambulações pela casa foram se reduzindo a perímetros cada vez menores, até se limitarem ao andar do próprio quarto. Uma manhã, Benjamin a viu olhando escada acima. O olhar parecia atravessar o teto e se fixar no céu. Com cuidado, pôs um pé no primeiro degrau e retirou-o imediatamente, como se tivesse mergulhado os dedos em água gélida ou escaldante. Fez uma pausa e repetiu. Pausa e repetição. Depois tentou a escadaria que descia até a sala de estar. O olhar estava perdido em profundezas que iam além do patamar do andar inferior. Por mais que tentasse, a ponta do chinelo não conseguia ultrapassar a beirada do primeiro degrau.

Se Benjamin achara difícil aproximar-se dela durante seus anos mais felizes, agora estava completamente perdido. Quanto mais tentava, espasmodicamente, se conectar com ela, para mais longe ela se afastava. E, se ele insistisse demais ou demonstrasse algum sinal de preocupação, ela se recolhia aos próprios aposentos e só era persuadida a sair após ficar completamente sozinha por dias a fio. O suco permanecia intacto do lado de fora da porta. Ela não respondia às súplicas das empregadas. Passos e o farfalhar de papéis ainda eram ouvidos lá dentro.

Helen havia ficado dois dias inteiros sem comer quando Benjamin decidiu agir. Disse, através da porta fechada, que forçaria a fechadura se ela não abrisse imediatamente. Depois de alguns sinais audíveis de hesitação, ela atendeu. Benjamin recuou um passo, atordoado, primeiro pelo cheiro e depois pela visão a sua frente. Pior do que o fedor de podridão era a miscelânea floral de vários perfumes borrifados na tentativa de encobri-lo. Ele tentou eliminar o mau cheiro piscando, e depois, quando seus olhos se ajustaram ao crepúsculo lá dentro, viu sangue nos braços e no peito de Helen. Não havia dúvida quanto à origem do ferimento. Ali em pé, abatida e absorta, ela não parava de coçar as bolhas ensanguentadas. As erupções e crostas do eczema subiam pelo seu pescoço, e o líquen vermelho já havia colonizado sua mandíbula.

A visão abalou Benjamin. Só naquele momento, ao ver a violência impressa na superfície, ele entendeu o tumulto interno que se desenrolava. Chorou, sozinho, em seu escritório.

O melhor plano de ação, decidiu, seria falar com a sra. Brevoort, que estaria em uma posição singular para comparar a condição da filha com a do marido e, então, determinar se a doença de Helen era de natureza hereditária.

Mãe e filha haviam se afastado ao longo dos anos. Depois de saber do desaparecimento do pai, Helen não fez mais esforços para aturar o estilo de vida espalhafatoso da sra. Brevoort. Quase não ia ao apartamento da mãe e nunca a recebia em casa. Em vez disso, ligava cerca de uma vez por semana, e a sra. Brevoort sempre estava alegre, despreocupada e cheia de relatos. Mas, como nunca ligava de volta, Helen fez uma experiência:

parou de ligar. Quase um ano havia se passado desde a última vez que se falaram. Naquela ocasião, a sra. Brevoort descrevera, com riqueza de detalhes, interrompida pelos próprios acessos de risinhos, um trote que ela e suas amigas haviam passado em um chapeleiro. Daquela vez, porém, quando Benjamin ligou para informá-la da situação em casa, ela adotou um tom trágico, decidiu que precisava ver a filha imediatamente e não se deixou convencer de que sua presença talvez pudesse perturbar Helen ainda mais. A sra. Brevoort desligou a ligação de um Benjamin suplicante e, alguns minutos depois, estava em sua porta, inebriada pelo drama da situação e visivelmente satisfeita por estar agitada e um pouco sem fôlego.

Mais uma vez, Benjamin questionou o bom senso de confrontar Helen — só queria descrever os sintomas para a mãe dela e confirmar se lembravam a enfermidade do pai. A sra. Brevoort não lhe deu ouvidos. Sem tirar o casaco e o chapéu, subiu correndo, com resoluta agonia, a escada que levava aos aposentos da filha. Benjamin foi atrás. A sra. Brevoort não parou nem mesmo à porta; abriu-a sem bater, com um movimento abrupto. Ela e Benjamin congelaram, chocados com a figura diante deles.

Helen estava em pé no meio do quarto, virada para a porta. Havia algo de aristocrático na simplicidade helênica de sua camisola, algo de marcial nos cabelos desgrenhados e nas cicatrizes, algo de angélico em sua imobilidade vitoriosa.

Depois de um instante, deu um passo à frente, procurou o próprio reflexo nos olhos da mãe e estendeu-lhe uma folha de papel. A sra. Brevoort se concentrou primeiro nas manchas que a tinta fresca havia deixado nas luvas de sua menina e depois leu as linhas apressadas na página.

Senti seu cheiro.
Ouvi seus passos.

Instituto Médico-Mecânico.
Você deve me depositar na Suíça.

QUATRO

Helen, de fato, foi internada no Instituto Médico-Mecânico, mas sua mãe nada teve a ver com as providências nem com o transporte até a Suíça. Na verdade, saiu correndo da casa após ver a filha em uma condição tão precária e não conseguiu mais visitá-la — era simplesmente doloroso demais, disse, sem limpar as lágrimas, e ela estava simplesmente muito desolada.

Foi Benjamin quem cuidou, em pessoa, dos preparativos. Primeiro, achou que o pedido de Helen para ser levada a Bad Pfäfers era uma reação ao aparecimento repentino da mãe, que devia ter aguçado a dor pela perda do pai para a mesma doença que a estava afligindo. Também suspeitou que a exigência tivesse sido feita apenas como um ataque, muito bem-sucedido, à sra. Brevoort. Mas, ao longo das semanas seguintes, Helen permaneceu obstinada em seu pedido. Era em Bad Pfäfers que ela encontraria a paz e, sabia, seria curada.

Benjamin e seus sócios na Haber Pharmaceuticals, em Berlim, examinaram todos os aspectos do instituto — desde as declarações financeiras e a infraestrutura até os registros de todos os funcionários e os perfis dos pacientes. Se, de início, ele achou que poderia levar Helen para passar uma temporada breve lá a fim de satisfazer seu capricho (embora ele alimentasse a secreta e infundada esperança de vê-la milagrosamente curada pelo choque de visitar aquele local traumático), após receber o relatório da Haber passou a acreditar que Bad Pfäfers talvez fosse, de fato, o local certo para sua mulher.

O dr. Bally, o diretor que admitira o pai de Helen, havia morrido cinco anos após a guerra, e agora era o dr. Helmut Frahm o responsável pelo estabelecimento. Segundo os homens de Benjamin, sob a direção do dr. Frahm, o instituto havia conquistado uma excelente reputação no tratamento de doenças mentais, especialmente de distúrbios emocionais — diferentes formas de neuroses, fobias, variedades agudas de melancolia e assim por diante. Antes da guerra, a clínica era mais um spa com uma abordagem abrangente, bastante vaga, das enfermidades nervosas que contava com tratamentos à base de repouso e hidropatia. Agora, porém, oferecia tratamentos clínicos mais focados, e atuava como pioneira de um estudo sobre as aplicações psiquiátrica dos sais de lítio, que a Haber Pharmaceuticals estava seguindo com grande interesse. Em suma, as credenciais do dr. Frahm eram impecáveis, e descrições de seus métodos modernos e de sua linha de pesquisa farmacológica podiam ser encontradas nos vários artigos por ele publicados, em alemão, em várias revistas médicas revisadas por pares, cujas cópias estavam incluídas no relatório. Resumindo, os informantes de Benjamin concluíram que o Instituto Médico-Mecânico era um estabelecimento conceituado. Opunham-se, contudo, à propensão levemente psicanalítica do dr. Frahm e tomaram a liberdade de recomendar, em seu lugar, o dr. Ladislas Aftus, em Berlim, cujo trabalho conheciam de primeira mão. O dr. Aftus estava desenvolvendo para a Haber Pharmaceuticals um novo medicamento promissor, e a sra. Rask parecia ser exatamente o tipo de paciente que se beneficiaria daquele tratamento inovador.

Benjamin achou o relatório sobre Frahm e o instituto encorajador. Por um instante, considerou o dr. Aftus e seu novo medicamento — seria conveniente manter a enfermidade de Helen no campo da Haber Pharmaceuticals, um ambiente que ele controlava. Mas relutava em pôr uma situação familiar tão delicada em contato com seus negócios. E Helen era muito enfática em relação a Bad Pfäfers e ao instituto. Talvez houvesse um valor terapêutico no local em si, que agradava a Benjamin por motivos próprios. Bad Pfäfers ficava longe das cidades grandes, inconveniente o bastante para que conhecidos bem-intencionados cogitassem uma visita enquanto veraneavam na região, e certamente de difícil acesso para a imprensa.

Sempre por meio de seus intermediários alemães, Benjamin solicitou uma ala inteira do Instituto Médico-Mecânico. Após estudar as plantas baixas do sanatório, concluiu que a seção norte da propriedade, longe da capela e dos banhos, proporcionaria maior privacidade. Os representantes de Benjamin redigiram uma proposta para o instituto delineando suas solicitações. O sr. Rask queria que os pacientes fossem retirados imediatamente do pavilhão — e prometia pagar o equivalente ao custo de alojamento, alimentação e todos os tratamentos médicos dos quartos vazios pelo tempo necessário. O edifício, todavia, deveria permanecer com o quadro de pessoal completo, e o sr. Rask se reservava o direito de levar médicos externos a qualquer momento para avaliar a condição da esposa. Algumas pequenas reformas teriam de ser iniciadas logo para tornar a ala totalmente independente do restante do instituto e garantir o conforto da sra. Rask. Todas as modificações, que seriam financiadas (obviamente) pelo sr. Rask, haviam sido assinaladas e descritas nas plantas baixas. O documento terminava com uma oferta ao diretor de uma soma considerável como compensação pelos transtornos que tais providências pudessem vir a causar.

O dr. Frahm, com algumas frases educadas mas diretas para os agentes de Benjamin, declinou a oferta. O instituto não precisava de reformas, não estava buscando a aprovação de médicos externos e, felizmente, não necessitava de auxílio financeiro. Benjamin, por sua vez, respondeu com uma carta pessoal em que tentava fazer o dr. Frahm enxergar a urgência do caso e as implicações pessoais que Bad Pfäfers tinha para sua esposa. Ao final, prometia uma generosa e irrestrita doação — e o financiamento de um edifício totalmente novo para qualquer ramo de pesquisa que o diretor achasse pertinente. O dr. Frahm não respondeu. Duas semanas após a chegada da carta de Benjamin, foi publicado uma breve matéria na *Deutsche Medizinische Wochenschrift* que levantava dúvidas sobre o protocolo de pesquisa do dr. Frahm a respeito das aplicações clínicas dos sais de lítio e de outras substâncias novas sobre as quais a comunidade científica tinha informações escassas e inconclusivas. A revista afirmava que havia um inquérito em andamento sobre os métodos do dr. Frahm e prometia dar prosseguimento ao artigo à medida que mais relatórios fossem disponibilizados. Logo após a publicação desse artigo, o instituto sofreu com a falta de muitos medicamentos indispensáveis para os tratamentos oferecidos. Todos esses medicamentos eram patenteados pela Haber Pharmaceuticals.

Antes do fim do mês, a ala norte havia sido esvaziada e reformas estavam a caminho.

Assim como a esposa tentara desviar a atenção de seus sintomas iniciais trabalhando incessantemente em suas obras de caridade, Benjamin fugia da própria tristeza apegando-se a cada detalhe relacionado ao instituto. Reformar o pavilhão, garantir a melhor equipe disponível e preparar Helen para a viagem tornaram-se suas únicas preocupações. Pela primeira vez na vida, os negócios eram algo secundário, uma tarefa — ele delegara as operações diárias para Sheldon Lloyd e ficava irritado quando procurado por causa de questões ligadas ao trabalho. Só encontrava algum consolo ao lidar ativamente com a doença da mulher. Sempre temera perder Helen — perder o interesse dela, perdê-la para outro. E, agora, tinha acontecido. Ela havia ido embora, abandonando-o por causa de algo que a chamava com irresistível veemência. Benjamin descobriu que estava com ciúme da doença, que exigia e obtinha toda a atenção e a energia de sua mulher — e ele se envergonhava em admitir que sentia raiva por Helen fazer tudo o que seu obscuro mestre mandava.

Benjamin tentava não ceder a esse ressentimento irracional e bastante amorfo, suprimindo-o assim que emergia e nunca deixando que afetasse seu relacionamento com Helen. Era um enfermeiro carinhoso que entendia que a melhor manifestação de seu amor era a inibição — estava presente, mas passava despercebido; era solícito, mas distante. Enfraquecida por um longo jejum e pela implacável mania, Helen ficava, na maior parte do tempo, confinada à própria cama. O inclemente monstro vermelho que roía sua pele a fazia chorar o tempo todo. Médicos e enfermeiras agora participavam de seu tratamento, principalmente para combater a desnutrição, pôr compressas em seu eczema e administrar a morfina que a acalmava um pouco. Ela estava aturdida, sempre adormecendo ou acabando de acordar, mas excitada e falante demais para conseguir descansar de verdade. Nas poucas ocasiões em que Helen solicitava ou reconhecia sua presença, Benjamin comprovava ter talento para acompanhar seu monólogo incoerente, sorrindo nos momentos certos, mostrando indignação solidária sempre que pertinente e respondendo às perguntas sem um pingo de condescendência. Ele sempre segurava a mão da esposa quando conversavam. Às vezes, mesmo que seu olhar estivesse perdido ao longe, Helen acariciava o polegar do marido com o dela.

*

A MANHÃ REVELOU UMA brancura mais profunda proveniente da neve eterna que cobria os picos de ambos os lados do vale, os quais, mais tarde, ao sol do meio-dia, se tornariam estilhaços ofuscantes. Um sino pastoral ecoou pelo céu, salpicado de grupos de nuvenzinhas sólidas, enquanto pássaros fora de meu campo de visão viram-se, mais uma vez, incapazes de romper a escravidão de suas duas ou quatro notas. O ar estava impregnado do aroma de água, pedra e coisas havia muito tempo mortas que, obscuramente, voltavam à vida nas profundezas do solo encharcado de orvalho. Durante aquela hora despovoada, os edifícios paravam de ser objetos de artifício e indústria para revelar a natureza fossilizada dentro deles e ostentar sua presença mineral. A brisa se dissolvia em um ar mais parado; as copas das árvores, tão verdes que se tornavam negras contra o azul, paravam de oscilar. E, por um instante, não havia luta e tudo ficava em repouso, pois parecia que o tempo chegara a seu destino.

Depois uma enfermeira com uma compressa, um servente com um ancinho, um médico com uma prancheta, uma camareira com uma infusão voltariam a pôr tudo em movimento. A coceira, a exaustão, as palavras, os pensamentos por trás delas e o ruído da existência de Helen, muito mais barulhento do que o mundo.

Ao ser admitida no Instituto Médico-Mecânico, ela visitou o quarto do pai. Todos os pacientes alojados, mais modestamente, na ala leste, bolorenta e úmida na perene sombra de dois penhascos afiados, foram levados para o jardim enquanto Helen visitava as instalações com o marido e o dr. Frahm. Ela pareceu distraída nos aposentos estreitos do pai. Seus olhos focavam um pouco além de cada objeto. Eram seus dedos que interagiam com o espaço, deslizando suavemente sobre cada superfície ou tocando com timidez uma bacia ou o espaldar de uma cadeira, como se pouco seguros de sua consistência e temperatura.

O dr. Frahm fez sinal para que Benjamin saísse do quarto. A indignação se espalhou pelo rosto de Rask, que deu as costas para o médico, fazendo de conta que não havia visto seu gesto. Mas ele não podia ignorar a mão de Frahm no seu ombro e o pedido, com um forte sotaque, para que ele os deixasse a sós por um instante. Benjamin olhou para a mão macia em seu ombro; o dr. Frahm a levantou para indicar-lhe a porta; Benjamin baixou os olhos furiosos e anunciou que esperaria do lado de fora.

Uma vez sozinhos, Frahm convidou Helen a se deitar na cama, pôs uma cadeira atrás da cabeceira de ferro, sentou-se e perguntou, em alemão, que imagem do pai era invocada por aquele cômodo. A do homem que controlara sua infância ou a do inválido de sua adolescência?

Helen parecia mais calma com o idioma alemão. Embora falasse com uma facilidade notável, também tinha enormes lacunas, como costuma acontecer com aqueles que aprenderam um idioma por conta própria e sem método. Por ter de frequentemente parar e fazer circunlóquios para contornar falhas gramaticais e insuficiências lexicais, ela dava a impressão de ter desacelerado, de ter, até certo ponto, dominado a própria ansiedade. Mas seu alemão, como todas as suas línguas estrangeiras, viera de fontes incomuns, distantes do discurso cotidiano — livros antiquados e a conversa afetada de aristocratas falidos e diplomatas de salão. Isso imprimia a suas palavras uma qualidade barroca, teatral, que, até certo ponto, desfazia a ilusão de sanidade criada pelo ritmo mais lento, pois, apesar de sua elegância inata, ela podia soar como uma má atriz com uma maquiagem exagerada.

Helen riu silenciosamente da pergunta do médico. Só um tolo distinguiria passado e presente daquela maneira. O futuro irrompe em todos os tempos, querendo realizar-se em todas as decisões que tomamos; tenta, com toda a força possível, tornar-se passado. É isso que distingue o futuro de uma mera fantasia. O futuro acontece. O Senhor não joga ninguém no inferno; os espíritos se atiram para baixo, segundo Swendenborg. Os espíritos se atiram no inferno por livre escolha. E o que é a escolha senão um ramo do futuro enxertando-se no tronco do presente? Pai do passado? Pai do futuro? Helen riu novamente e seguiu em frente, comparando jardinagem e alquimia. O dr. Frahm, contudo, sabia que Swendenborg havia desempenhado um papel importante na formação de Helen e gentilmente insistiu naquele ponto de acesso à infância dela — ao mesmo tempo que explorava a implicação de Helen de que seu pai havia escolhido sozinho o inferno. Ela continuou a falar, os olhos fixos em uma mancha de mofo no teto que parecia uma peônia negra.

O dr. Frahm começou a reduzir a medicação da paciente logo após a chegada dela ao instituto. Disse que queria observar os sintomas na forma mais pura, sem nenhuma interferência, e depois tentar a menor dose de sais de lítio. Depois do desmame da medicação, quando Helen estava quase sem sedativo algum, sua mania atingiu o ápice. Benjamin exigiu que a mulher voltasse a tomar os medicamentos. O psiquiatra, indiferente ao tom ameaçador, disse que precisava de mais alguns dias. Cerca de uma semana mais tarde, refutando os piores temores de Benjamin, houve sinais de uma leve melhora. Sim, Helen ainda estava incoerente e verborrágica, mas a incapacidade de, por vezes, encontrar a saída de seus labirintos verbais a esgotara, o que, por sua vez, a tornou um pouco mais calma. O dr. Frahm explicou que estava usando a mania contra si mesma: sua insônia e sua atividade mental frenética, combinadas com o esgotamento natural de certos hormônios e seu regime físico, acabariam surtindo um efeito narcótico. Ela precisava que suas energias fossem drenadas; precisava de exercício; precisava de ar.

E era assim que Helen, após cada noite insone que passava falando com silenciosas enfermeiras entoucadas, era levada para o jardim ao nascer do dia e deixada sozinha em uma espreguiçadeira de frente para as montanhas. Ela continuava seu solilóquio enquanto se liberava das dobras apertadas dos cobertores. Entretanto, à medida que o sol subia, o monólogo declinava, transformando-se em murmúrios esporádicos, que, por sua vez, se desfaziam em silêncio. Por mais ou menos uma hora, ela aproveitava o êxtase da impessoalidade — de tornar-se pura percepção, de só existir como aquilo que viu o topo da montanha, ouviu o sino, sentiu o cheiro do ar.

*

Benjamin estava deslocado, removido de seu meio por várias camadas de distanciamento. Nunca antes havia sido um estrangeiro, e, embora tivesse reproduzido sua vida americana quase perfeitamente ao levar consigo seus serviçais mais próximos (e seu chef e sua mobília e a maioria dos acessórios que o circundavam em Nova York), ficava irritado e até ofendido por todas as peculiaridades "europeias" que conseguiam se insinuar até ele. A língua alemã, com seus indecifráveis sons fechados, era parte de uma ampla conspiração contra ele. As montanhas desabitadas, o horizonte vertical dos Alpes e a natureza quase selvagem que rodeava o instituto faziam com que ele se sentisse um réprobo. E, apesar de a esposa ainda ser sua principal preocupação, a distância dos negócios começou a minar seu físico — uma mistura de leve tonteira e suave sufocamento. Linhas telefônicas ainda não haviam chegado até o instituto, os sinais de rádio eram muito fracos naquele vale profundo cercado de montanhas altas, e o sistema de retransmissão que ele projetara para levar informações de Nova York e Londres até Bad Pfäfers era lento demais. As evoluções do mercado só chegavam até ele como "notícias", que é como a imprensa se refere a decisões tomadas por outras pessoas no passado recente.

Reduzido a um espectador ocioso no reino dos negócios, Rask voltou toda a atenção para o tratamento da mulher. Desde as negociações iniciais, quando Benjamin estava tentando conseguir uma ala inteira do instituto, o diretor deixara claro que não se sentia intimidado pela riqueza do financista. Na época, Rask, farto da aquiescência bajuladora de lacaios e vacas de presépio, havia achado aquela reação refrescante e estimulante. Ele respeitava a paixão do dr. Frahm por sua arte, sua recusa em se submeter a exigências externas e sua indiferença a seduções vulgares do dinheiro. Tudo isso o fazia acreditar que Helen estava em boas mãos. Mas, agora, quando a evolução cotidiana do tratamento era a única coisa em que podia se concentrar, a firmeza e a retidão moral anteriormente admiradas no médico tornaram-se uma fonte de constante frustração e ressentimento. Frahm o evitava e só fornecia relatórios breves e evasivos durante seus encontros, que, invariavelmente, eram encurtados por uma enfermeira ou um colega que exigia a atenção do *Herr Direktor* — uma artimanha patética que todas as secretárias em Nova York haviam aprendido a utilizar. As sugestões, indicações e conexões de Benjamin no mundo farmacêutico eram refutadas, ele tinha certeza, com certo desdém. O contato com a esposa havia sido reduzido ao mínimo para que ela pudesse tomar "ar" suficiente. Afinal, quais eram os métodos daquele médico? Nenhum medicamento? O que eram os tais sais? E todas aquelas conversas? Eram sobre o quê?

Nada na abordagem do dr. Frahm parecia regular ou previsível. Ou ele se encontrava com Helen várias vezes em uma única tarde ou suspendia as sessões por vários dias sem motivo aparente. As consultas podiam acontecer em qualquer lugar — no quarto dela, no jardim, no consultório dele, no ginásio — e podiam terminar, repentinamente, após apenas alguns minutos. Todas aquelas anomalias desconcertavam Benjamin, que as atribuía a caprichos pouco profissionais e a uma falta geral de método. Frustrado, confrontou o dr. Frahm e exigiu uma explicação.

O inglês do dr. Frahm era acadêmico, imperfeito e brusco. Em vez de conter os devaneios desenfreados da sra. Rask e redirecioná-los para o reino da normalidade (ou silenciá-la com sedativos), ele disse que desejava encorajar seus monólogos. Ela não conseguia parar de falar porque não conseguia parar de tentar explicar a própria doença — e seu desejo de compreender a doença *era*, em grande parte, a doença em si. Se ele escutasse e a ensinasse a escutar, eles descobririam que seu devaneio infinito era cheio de instruções codificadas. Sintoma, doença e cura eram três coisas em uma. Cada vez que ele se deparava com um daqueles momentos reveladores no discurso da sra. Rask, em que sua doença lançava luz sobre si mesma, uma interrupção abrupta ressaltava a epifania e forçava a mulher a se ouvir. Era por isso que muitas sessões eram tão curtas. E aconteciam em qualquer lugar (a qualquer hora) para inculcar na paciente a ideia de que seu autoexame não estava restrito a um consultório, mas era um processo contínuo. Com aquelas sessões "de assalto", ele queria ensiná-la a armar emboscadas para si mesma.

Rask acusou o médico de freudianismo e disse que não aceitaria que a esposa fosse exposta àquela baboseira. Frahm riu e descartou as acusações com um aceno de mão. Sim, ele havia conhecido o professor Freud e aprendido algumas coisas sobre sua abordagem de terapia por meio da fala. Mas o que o sr. Rask estava ignorando, explicou o diretor enquanto era chamado por uma enfermeira, era a ênfase que o instituto atribuía ao corpo. Banhos termais, calistenia, repouso induzido, caminhadas, tratamentos com correntes galvânicas e farádicas, *Luftliegekur*, uma dieta vegetariana rigorosa, contrologia, homeopatia e, acima de tudo, os sais. Como *Herr* Rask certamente podia ver, eles não reduziam o corpo a uma metáfora no Instituto Médico-Mecânico. Bad Pfäfers não era Viena.

Fora o hábito de dar longas caminhadas, Helen nunca fizera nenhum tipo de exercício físico regular. Após ter parado todos os tranquilizantes, porém, sua rotina diária começou a girar em torno das atividades que Frahm havia elencado para seu marido, e às quais ela se entregou com toda a dedicação. Quanto mais exercitava o corpo, mais quieta a mente se tornava. Helen gostava especialmente das aulas de boxe que sucediam as sessões de calistenia. Ao boxear, sentia centelhas de seu velho eu na confusa escuridão dentro de si. Toda tarde, antes do jantar, ela se banhava nas águas e adormecia enquanto os músculos aquecidos relaxavam na curativa fonte morna. Aos poucos, o corpo estava lhe ensinando a ficar serena novamente. Às vezes, após um dia bom, havia apenas um silêncio ofegante. Até a pele tinha se acalmado. Talvez como resultado das águas, seu eczema, que transformara cada um dos poros de sua pele em uma boquinha gritante, havia diminuído. Ela não precisava mais ficar envolta em gazes e cataplasmas o tempo todo e até era capaz de aplicar o unguento de cânfora e calêndula sozinha.

A programação movimentada de Helen permitia dois horários de visita, um depois do café da manhã e outro durante o chá, ambos passados na companhia do marido. No início, a figura de Benjamin não parecia afetá-la de maneira alguma. Ela mal percebia sua presença e continuava a falar consigo mesma, geralmente enquanto escrevia — o dr. Frahm veio a saber de seus diários e a encorajou a voltar a escrevê-los. À medida que o tempo ia passando e sua mente parecia ir se estabilizando, Helen começou a sentir-se segura sem ter de se cercar de um fosso de palavras. Suas frases ainda tendiam a se tornar torrentes de associações desordenadas, mas nasciam de fontes razoáveis e com frequência chegavam a uma espécie de conclusão, às vezes seguida inclusive de uma pausa. Tornou-se possível ter com ela algo que se assemelhava a uma conversa. E, com essa melhora, a distância que sempre havia separado Helen de Benjamin foi reintroduzida e, talvez, expandida. Sim, ela o reconhecia e até era educada com o marido, mas de uma maneira que ele achava fria. Seus antigos esforços para tentar eliminar o espaço entre eles haviam cessado. Aquelas tentativas afetuosas eram a base do casamento deles, e Benjamin ficara comovido com os esforços da esposa ao longo dos anos, achando-os até mais valiosos do que o amor espontâneo (que, a seu ver, não era uma questão de escolha ou o resultado de labor, mas meramente alguma espécie de feitiço fatal que reduzia a vítima a um transe passivo). No entanto, agora, tudo o que ele via nos momentos mais lúcidos da esposa eram boas maneiras e uma consideração gentil. Talvez ele estivesse pedindo demais de sua convalescença precária, mas a contracorrente da doença parecia tê-la arrastado para longe, e ela emergira em alguma nova costa remota, da qual só enxergava a silhueta do marido.

Benjamin teria aceitado o distanciamento de Helen como parte do processo de cura ou até mesmo como a condição permanente da recuperação de sua sanidade se a apatia dela tivesse sido universal. Mas, à medida que ela melhorava, sua frieza parecia reservada apenas para ele. Nos últimos tempos, ele a vira sorrir durante seus diálogos, em alemão, com as enfermeiras. Seu tom com elas, apesar da aspereza do idioma, era mais suave. Ela as olhava nos olhos. Gestos avivavam suas palavras. Uma vez, ao voltar de um passeio curto, ele a viu sentada na grama com o dr. Frahm. Helen estava rindo.

*

Sem fazer alarde, os serviçais americanos de Rask começaram a arrumar os baús e caixotes que haviam carregado pelo Atlântico. Benjamin decidiu que satisfizera o pedido da esposa passando quase dois meses em Bad Pfäfers, mas já era hora de ele reassumir o comando e determinar a direção do tratamento dela. Sentindo que Helen se oporia à partida (e sabendo que o dr. Frahm a desaconselharia), ele continuou os preparativos em segredo. Somente na véspera da viagem compartilharia sua decisão com todos. Já havia contatado seus sócios na Haber Pharmaceuticals com a ideia de levar Helen para a Alemanha a fim de que fosse examinada e diagnosticada por médicos recomendados por eles. Tudo estava quase pronto — uma casa mobiliada em Berlim, as poucas coisas que eles levariam consigo, os preparativos para que o grosso de seus pertences fosse enviado de volta para Nova York. Eles estavam a poucos dias da partida quando Benjamin soube que Helen havia ido embora.

Durante a meia hora entre seu primeiro banho e o café da manhã, houve uma falha de comunicação entre a enfermeira de plantão, que não falava inglês, e a camareira, que não falava alemão. Cada uma delas achava que Helen estava sob os cuidados da outra. Logo ficou claro que a sra. Rask tinha criado aquela confusão deliberadamente para poder fugir. Assim que foi avisado, o dr. Frahm enviou esquadrões de enfermeiros, assistentes e garçons para vasculhar a ala norte. Depois expandiu a busca para os outros edifícios e jardins. Quando teve certeza de que ela havia saído da propriedade, mandou chamar o sr. Rask.

Benjamin sabia que não podia perder a compostura quando mais precisava dela. Na voz contida que tantas pessoas no mundo dos negócios de Nova York não conseguiam imitar, enviou seus carros para os vilarejos ao norte e ao sul do instituto com ordens (e dinheiro) para alistar os habitantes e dar início a uma busca. Helen não podia ter escalado as íngremes montanhas a leste e oeste; devia ter seguido uma das estradas para depois vagar pelas colinas mais moderadas a sua volta. Os aldeões, esquadrinhando os arredores das duas estradas que levavam ao instituto, a encontrariam. Algumas horas mais tarde, lavradores, ordenhadeiras e pastores haviam se espalhado por encostas, florestas e vales.

Enquanto esperava por notícias, Benjamin chamou o dr. Frahm até seus aposentos para avisar que eles estavam de partida. O diretor entrou, olhou para as bagagens em volta e disse que ficava triste em saber que os boatos da partida eram verdadeiros. Benjamin ficou indignado ao saber que eles haviam sido espionados e objeto de mexericos. Os boatos deviam ter chegado à esposa, levando-a a fugir. Benjamin culpou a indiscrição da equipe e a negligência do diretor pelo seu desaparecimento.

O dr. Frahm ignorou tais acusações e, com umas poucas frases exaltadas mas frias, tentou explicar o progresso de Helen, sua resposta ao tratamento com os sais e como ela mesma entendia melhor a própria doença agora graças às sessões com ele. Era imperativo, disse, que Helen permanecesse e terminasse o tratamento. O fato de ela estar reencenando a fuga do pai tinha de ser considerado, por mais estranho que parecesse, um sinal de melhora.

Benjamin chamou o dr. Frahm de mentiroso e charlatão. Justamente quando o diretor estava dizendo que a antipatia que ele e Benjamin sentiam um pelo outro não deveria atrapalhar o bem-estar da sra. Rask, bateram à porta. Um dos motoristas entrou no quarto. A sra. Rask havia sido encontrada. Um camponês a vira bebendo água de um córrego. Enquanto Benjamin saía correndo, o chofer disse que ele devia ficar ciente de que as bolhas no rosto dela estavam feias, muito feias.

*

A ala norte rompeu os laços com o instituto. Os portões que levavam ao restante da propriedade foram trancados; todas as enfermeiras locais e o pessoal de apoio, de cozinheiros a zeladores, foram despedidos. Benjamin havia reunido sua equipe americana em uns poucos aposentos nos fundos do edifício. Reassumiu seu lugar ao lado do leito de Helen, auxiliando as enfermeiras e camareiras que tinha levado de Nova York. Mas havia pouco a se fazer porque Helen agora estava sob forte sedação. Benjamin escolhera uma dose que acreditava, com base em sua experiência anterior, ser a mais forte dentro dos limites da segurança. Fora impossível acalmá-la quando a trouxeram de volta. Em sua ruidosa mistura de alemão e inglês, a única coisa clara era que suas palavras eram incapazes de seguir o ritmo de seus pensamentos. Ela não permitia que ninguém a tocasse e estava, pela primeira vez durante a doença, agressiva. O rosto sangrava devido à coceira compulsiva, e ela se recusava a deixar que fizessem curativos em suas feridas. Teve de ser imobilizada para ser sedada.

O dr. Frahm não foi autorizado a ver Helen e nem sequer a pôr os pés no pavilhão norte desde que ela fora trazida de volta. Se Benjamin havia começado a assumir o controle da situação ao fazer as malas e providenciar a viagem para a Alemanha, a última série de incidentes o fez retomar seu jeito inflexível. Não haveria mais tratamentos baseados em superstições e suposições inquantificáveis; não haveria "sessões" particulares; não haveria espionagem nem mexericos; não haveria nada que não fizesse sentido para ele, nada que fugisse a sua autoridade. Agora, novamente no comando, ele se lembrava das últimas semanas, quando havia aceitado de maneira encabulada as decisões da esposa convalescente e se submetido ao charlatanismo de Frahm, como se tudo tivesse sido parte de um sonho desorganizado. Ele teria ido embora da Suíça imediatamente, mas Helen não estava em condições de viajar. Portanto, Benjamin enviou um estafeta a Berlim com instruções para seus sócios da Haber Pharmaceuticals. Eles não deveriam poupar gastos nem esforços para encontrar os melhores especialistas e mandá-los — com equipamentos e suprimentos — para Bad Pfäfers quanto antes.

Durante a maior parte do dia, Helen parecia estar boiando, semissubmersa no inconsciente, murmurando para si mesma. Seus olhos pareciam ter sido deixados abertos por engano. Em dado momento, as pálpebras baixavam, lentamente, enquanto ela adormecia, ainda murmurando, até pegar no sono por um breve instante. Ela sempre acordava arquejando, como se tivesse perdido o fôlego em suas trevas internas e batido as pernas até chegar à superfície e voltar ao mundo. Seu torpor narcótico, em vez de lhe proporcionar descanso, parecia somente aprofundar sua exaustão. Mal era possível ver seu rosto sob a máscara inchada pelas drogas, cravejada de bolhas e crostas do eczema. As compressas só conferiam alívio temporário. Benjamin entendeu que tudo aquilo — a confusão, a deterioração física de Helen — só seria corrigido quando a ajuda de Berlim chegasse. O que o perturbava, e certamente o assombraria para sempre, eram os pulsos da esposa. Ela tirava as compressas do rosto e coçava as crostas com grande violência, até rompê-las, como se estivesse escavando a si mesma. As enfermeiras calçaram luvas em suas mãos e tentaram contê-la com lençóis apertados e ataduras firmes, mas sem êxito. No fim das contas, Benjamin rasgou um dos roupões de Helen e, engolindo as lágrimas, amarrou os pulsos dela às grades da cama com faixas de seda. Toda vez que acordava e via as amarras, Helen ficava surpresa, depois com raiva e, em seguida, inconsolável. Quando conseguia se acalmar, começava a murmurar até adormecer, e o ciclo recomeçava.

O tempo era um borrão naquela monotonia inquieta. Os únicos vestígios deixados pelo transcorrer dos dias eram os sinais de negligência que iam se acumulando, resultado do confinamento de Benjamin.

Para aproveitar ao máximo os recursos limitados, as enfermeiras levavam Helen para um novo quarto a cada dia, deixando para trás lençóis, ataduras e bacias sujos. Os motoristas iam diariamente aos vilarejos vizinhos para comprar frutas e verduras, leite e outros itens essenciais. Mas Benjamin mal comia. Pela primeira vez na vida, deixou crescer a barba, que odiava, mas, de alguma maneira, achava que devia estar ali. Uma espécie de calendário. Quando os alemães chegassem, ele a tiraria.

E os alemães de fato chegaram. Benjamin foi receber o pequeno comboio — dois caminhões cinza-ardósia e um sedã preto. Os caminhões continham suprimentos, equipamento médico e seis enfermeiros; do sedã, saltou o dr. Aftus. Enquanto os enfermeiros descarregavam caixas e engradados e os levavam para dentro do edifício, Benjamin acompanhou o médico até seu quarto. Após as apresentações de praxe, o dr. Aftus entregou a Benjamin uma carta assinada pelos membros do conselho da Haber Pharmaceuticals.

Estimado sr. Rask,

Fazemos votos para que esta o encontre em boa saúde.
 Temos o prazer de apresentar-lhe o dr. Ladislas Aftus por meio da presente missiva. Como é possível ver em seu curriculum vitae *(anexado), suas credenciais acadêmicas são as mais elevadas.*
 A atual linha de pesquisa do dr. Aftus está centrada no uso de pentilenotetrazol no tratamento da esquizofrenia. Esse medicamento é conhecido por seus benefícios como estimulante no tratamento de certas afecções respiratórias e circulatórias. Mas o dr. Aftus descobriu novas aplicações. Após cuidadosa pesquisa estatística, o dr. Aftus descobriu que a epilepsia é antagônica e praticamente incompatível com a esquizofrenia. Concluiu que a alta concentração de células gliais em cérebros epiléticos tinha de ser a causa da baixa incidência de esqui-

zofrenia. Concluiu, ademais, que a indução artificial de convulsões epiléticas aumentaria a presença de glia em um cérebro esquizofrênico, portanto, curando-o. E percebeu que era capaz de induzir tais convulsões com um composto especial à base de pentilenotetrazol, que, usado em dosagens altas, produz convulsões semelhantes aos ataques epiléticos. Nossos ensaios clínicos, conduzidos recentemente em um hospital psiquiátrico em Budapeste, demonstraram uma grande taxa de sucesso.

A Terapia Convulsiva, que a Haber Pharmaceuticals está em vias de patentear, é o futuro da psiquiatria. E acreditamos que a sra. Rask seja uma candidata ideal para a sua utilização. O dr. Aftus, naturalmente, será capaz de fornecer todos os detalhes melhor do que nós e esclarecer eventuais preocupações que o senhor possa vir a ter.

Continuamos solidários ao senhor e a sua esposa durante estes tempos difíceis.

Atenciosamente,
Lorenz Rantzau
Wilhelm von Bültzingslöwen
Dieter Elz
Julius Birk
Reinhardt Liebezeit

*

Houve um período de espera enquanto, mais uma vez, os sedativos de Helen iam sendo suspensos para que o dr. Aftus pudesse ver seus sintomas "em plena manifestação". Durante esse período, Aftus e Rask foram se conhecendo. Talvez por ter sido instruído pelo conselho de diretores da Haber Pharmaceuticals a tratar com todo o cuidado o principal investidor deles, o dr. Aftus estava sempre disponível para responder a perguntas e discutir todos os aspectos do tratamento em seus mínimos detalhes. Benjamin ficou encantado com o contraste em relação ao esquivo dr. Frahm e suas baboseiras misteriosas. Fazia todas as refeições com Aftus e aprendia sobre a composição química do medicamento e seu metabolismo. Em seu fluente mas rebuscado e ilusoriamente aristocrático inglês, o dr. Aftus contou a Benjamin sobre suas primeiras experiências com cânfora e como havia descartado aquele convulsivante devido à ação lenta, que pacientes e médicos consideravam aterradora. Seu novo composto era rápido e, portanto, humanitário, um aspecto central daquele procedimento em particular e de sua filosofia médica em geral. Benjamin ficou bastante emocionado por aquela ênfase em compaixão e gentileza, pois o fazia lembrar-se do ardor escrupuloso com que a própria Helen se dedicara no passado ao desenvolvimento de novas terapias psiquiátricas. O dr. Aftus também forneceu numerosas estatísticas de seus ensaios clínicos e apresentou mapas, gráficos e diagramas. Aqueles cálculos, derivados de fatos empíricos — aqueles números —, deram a Benjamin uma sensação de segurança: ali estava um tratamento baseado em observação, experimentação e nas intransigentes leis da natureza; ali estava um trabalho científico que podia ser medido com critérios objetivos.

O dia da administração da primeira injeção chegou. Benjamin ficou surpreso quando o acesso ao quarto de Helen lhe foi negado. Pediu que um dos enfermeiros fosse buscar o dr. Aftus. Alguns minutos mais tarde, estavam conversando a meia voz em um dos quartos vazios adjacentes. Antes que Benjamin pudesse falar, Aftus fez uma súplica silenciosa levantando as mãos e fechando os olhos. Relutara em falar a respeito com o sr. Rask mais cedo, mas as convulsões não eram algo fácil de testemunhar — especialmente para um leigo. Seria deplorável se observar a parte mais desagradável do tratamento o fizesse duvidar dos enormes benefícios. E, sobretudo, não seria sensato poupar a sra. Rask da ansiedade e preocupação do marido? O procedimento seria curto, e, assim que tivesse terminado e sua esposa tivesse repousado, o sr. Rask poderia visitá-la.

Benjamin passou a manhã supervisionando os detalhes relativos à viagem de volta aos Estados Unidos. O dr. Aftus havia garantido que eles poderiam partir em breve, possivelmente em dez dias. O efeito de sua terapia convulsiva era quase instantâneo. Sim, a sra. Rask ficaria fraca, mas o dr. Aftus havia se oferecido para ir junto e cuidar dela durante a viagem pelo Atlântico e continuar o tratamento em Nova York, no conforto de seu lar. Nada poderia ter agradado mais a Benjamin. Ele estava ansioso para voltar ao escritório e assumir o controle, mais uma vez, de seus negócios. Dentre seus muitos projetos, o principal era a aquisição completa da Haber Pharmaceuticals, que, em vista das descobertas revolucionárias do dr. Aftus, parecia um investimento muito promissor.

Uma enfermeira bateu à porta, anunciou que a sra. Rask estava pronta para vê-lo e saiu. Ao ajustar a gravata, Benjamin percebeu que ainda estava barbado. Tirou a camisa e se barbeou apressadamente para a esposa.

O dr. Aftus o encontrou na metade do corredor e fez um breve relatório enquanto os dois caminhavam até o quarto de Helen. Ela havia respondido de maneira mais do que favorável ao tratamento. Ele começara com uma dose pequena para medir sua tolerância. O êxito havia sido tão grande que estava cogitando aumentar a dosagem para aproveitar ao máximo cada sessão e encurtar o processo. Quando chegaram ao quarto, Aftus parou antes de girar a maçaneta. O sr. Rask deveria ter em mente que a esposa estaria sob o efeito de fenobarbital, usado para controlar as convulsões, e, portanto, um pouco confusa. Talvez nem conseguisse falar. E, sobretudo, ele deveria se lembrar do que havia ouvido várias vezes: a terapia convulsiva se baseava em choque e a sra. Rask estaria, portanto, bem... em choque.

Benjamin aproximou-se da cama com cuidado reverente. O rosto de Helen estava virado para a parede. O peito fazia um pequeno movimento para cima e para baixo, um pouco depressa demais. Intencionalmente, Benjamin fez um barulho com os sapatos nas lajotas, tentando anunciar a própria presença. Helen se virou para ele. O rosto era uma ruína devastada. Algo quebrado e abandonado, exausto de existir. Os olhos não focaram em Benjamin, mas pareciam estar ali somente para que ele pudesse espiar os escombros dentro dela. Ele se inclinou, beijou sua testa queimada e disse que ela havia sido muito corajosa e se saído muito bem. Ele esperava que estivesse sorrindo.

Um vácuo insonoro. Ninguém, na quietude impenetrável, ousava perturbar o silêncio prosternado de Helen. Como ela não falava, todos ficavam em silêncio; como ela não se mexia, todos ficavam imóveis. Enfermeiras e camareiras se tornaram sombras brancas. Benjamin fazia suas modestas refeições sozinho no próprio quarto, onde passava todo o tempo. Havia uma natureza submarina nos sons que chegavam de outras partes do instituto flutuando pelo ar — pacientes brincando em diferentes idiomas enquanto se dirigiam aos banhos termais, o ruído e o estrondo de pés coordenados acompanhando um instrutor de calistenia, música ocasional, barulhos dos zeladores. O concerto dissonante da vida parecia ser tocado como uma provocação aos habitantes segregados do pavilhão norte e seus votos de silêncio.

O dr. Aftus descrevera para Benjamin, com riqueza de detalhes (mas nunca antes que a informação fosse estritamente necessária), os efeitos retardados da primeira injeção de pentilenotetrazol. O relato havia sido claro, até mesmo brutal. Também havia mencionado o fato deplorável de que algumas pessoas na comunidade médica confundiam seu tratamento com um punitivo ato de violência contra os insanos — tamanha era a intensidade das convulsões que, infelizmente, eram essenciais para a terapia. Mesmo assim, nada do que fora dito podia ter preparado Benjamin para o estado de transe catatônico em que encontrou Helen após a primeira sessão. Ele jamais se recusara a confrontar faceta alguma da esposa, por mais perniciosa ou confusa que a julgasse. Havia encarado abertamente a afetuosa carência de amor que ela demonstrara por ele durante todo o casamento; havia observado Helen afastar-se por causa de seus escritores e músicos; havia enfrentado, sem pestanejar, o novo eu da esposa, possuído e desfigurado pela doença. Mas a carcaça respirante que viu após o tratamento era mais do que ele podia suportar. Aquele vazio — enquanto ela ainda estava, fisicamente, ali — era a encarnação mais sinistra e literal do medo de ser abandonado por Helen. Pequeno era o consolo de ter sido avisado do estado atual de Helen pelo dr. Aftus, que garantia que aquilo era esperado, a reação-padrão à terapia convulsiva, uma reação que, no futuro, seria considerada "de livro didático". Geralmente eram necessárias três injeções para ver resultados claros, que, mais uma vez segundo suas garantias, eram quase miraculosos. O dr. Aftus costumava dizer que seria como se Helen despertasse de repente de um longo sonho. Às vezes, uma ligeira melhora podia até ser percebida com a segunda aplicação. Desolado, mas com a fé em Aftus intacta, Benjamin autorizou a sessão seguinte.

Ficou esperando em um banco perto da entrada principal do edifício. Uma lânguida meia-lua manchava o céu diurno; as paredes dos Alpes pareciam mais altas; o ar rarefeito e elétrico o deixava tonto. Com exceção de seus anos de escola, ele nunca estivera longe de Nova York por tanto tempo. Estava cansado de se sentir um estrangeiro — cansado da natureza, da Suíça, da ociosidade, dos médicos, das explicações, de se sujeitar a tais explicações ao mesmo tempo que as refutava. Saber que estaria no caminho de casa em cerca de uma semana o deixava ainda mais intolerante em relação ao entorno. Voltou a olhar para cima, ofendido, para a lua fora de lugar.

A porta se abriu e uma das enfermeiras americanas saiu atabalhoada, soluçando. Parou abruptamente e se curvou, apoiando as palmas das mãos nos joelhos, chorando e tomando fôlego. Enquanto balançava a cabeça, dizendo não para o chão, ela avistou Benjamin. Ele poderia jurar que, no instante em que ela superou a surpresa e o constrangimento, ódio brilhou em seus olhos. Mas tudo aconteceu depressa demais. Quase imediatamente, ela deu as costas para Benjamin e saiu correndo para os aposentos das enfermeiras. Pouco depois, ele foi chamado ao quarto de Helen.

Dois dias haviam se passado desde a última vez que ele a vira. Rask parou diante da porta, perguntando a si mesmo se deveria esperar a próxima aplicação e a melhora visível que supostamente viria junto. Finalmente, entrou. Dessa vez, Helen estava apoiada em travesseiros, encarando-o enquanto ele abria a porta. Havia um ligeiro tom de triunfo em suas feições esgotadas? Involuntariamente, ele pensou que aquela devia ser a expressão no rosto das mulheres após dar à luz. Também percebeu o esboço de um sorriso triste? Deu alguns passos adiante e, depois, sem dúvida alguma, viu os lábios da mulher formarem seu nome. Ajoelhando-se ao lado da cama, ele a abraçou (clavícula, escápula, espinha) e chorou, acreditando, pela primeira vez desde que a doença a dominara, que ela se curaria.

Nos três dias seguintes, Helen permaneceu imóvel e silenciosa. Havia algo inquestionável em seu silêncio, muito semelhante à incapacidade dos animais de falar. Ainda assim, para Benjamin, sua melhora era indubitável. Mesmo em sua exaustão embaçada, ela estava mais presente, e, apesar de não interagir plenamente com o mundo a sua volta, pelo menos tinha uma tênue consciência dele. Durante os breves horários de visita — o dr. Aftus era inflexível quanto ao repouso —, ela olhava para Benjamin, parecia reconhecê-lo e até parecia transmitir leves sinais de afeto através do olhar. Quando fechava os olhos para descansar, apertava suavemente a mão do marido, como se estivesse se despedindo por um breve intervalo.

A maioria de seus pertences havia sido embalada e despachada em caminhões alugados enquanto a casa em Nova York estava sendo preparada para Helen de acordo com as diretrizes do dr. Aftus. A partida estava programada para três dias após a próxima injeção. Agora que sua fé na recuperação de Helen estava totalmente restaurada, a atenção de Benjamin se voltou de novo para o trabalho. Embora não tivesse informações de fontes diretas (ainda sofria a ignomínia de ter de ler jornais), ele pressentia haver muitas oportunidades na redefinição das práticas financeiras que estava acontecendo nos Estados Unidos. Era o momento perfeito para se inserir na nova ordem que estava emergindo após a crise. E, obviamente, ele estava avançando na aquisição da Haber Pharmaceuticals. Já havia mandado um emissário a Berlim com uma carta declarando suas intenções.

Benjamin não era um homem supersticioso, mas, na tarde da terceira e última injeção de Helen antes da partida, voltou a sentar-se no banco perto da entrada. Estava feliz em sentir, depois de tantas semanas de inatividade, a contração do tempo que acontecia quando ele se perdia no trabalho. Se tivessem perguntado, ele não teria sido capaz de dizer exatamente quais eram seus pensamentos ao longo daquela hora, mas havia uma clareza intraduzível em seu processo mental. Durante aquela vagueza focada que precedia todas as suas grandes ideias de negócios, o mundo, de certa forma, desaparecia de seus sentidos. Até seu eu se dissolvia no fluxo de pensamentos impessoais. Foi por isso que não acolheu imediatamente a presença do dr. Aftus, embora seus olhos o tenham visto se aproximando com passos lentos. Foi somente após se sentar ao lado de Benjamin que Aftus adquiriu a solidez do real.

O dr. Aftus uniu as palmas, certificando-se de que cada dedo espelhasse exatamente o outro, depois separou as mãos, respirou fundo e disse que, em algumas ocasiões, números e estatísticas não têm sentido: cada perda é absoluta e não pode ser mitigada por triunfos passados ou futuros.

Benjamin piscou ao ouvir as palavras do médico.

Após mais um suspiro, o dr. Aftus continuou, dizendo que o coração da sra. Rask, que antes respondera tão bem, havia se rendido. Ele sabia que suas condolências seriam sempre insuficientes e, é claro, estava à disposição do sr. Rask, caso ele decidisse conduzir um inquérito.

As montanhas, o solo, o corpo de Benjamin tiveram substância e peso drenados. Tudo ficou oco.

Ele não se levantou; o planeta afundou.

Benjamin entrou no edifício e atravessou o corredor até o quarto de Helen, surpreso ao ver os próprios pés se mexendo e a mão girando a maçaneta.

As enfermeiras congelaram. Ele se aproximou da cama. Elas se afastaram.

Levantou o lençol como se fosse a casca de uma fruta delicada. Não havia nada de sereno no rosto de Helen. Toda a dor ficara lacrada dentro dela. O corpo estava de certa forma distorcido. Benjamin recuou um passo, tentando reorganizar aquilo na mente.

Alguém mencionou a clavícula de Helen. Ele se virou. Era a enfermeira americana que havia saído correndo do edifício aos prantos alguns dias antes. Ela disse que as convulsões da sra. Rask foram tão violentas que quebraram sua clavícula.

Quando Benjamin voltou a Nova York, já era tarde demais para condolências, cartões e cerimônias fúnebres. Poucas pessoas ousavam falar com ele; um número ainda menor tinha a audácia de dar conselhos. Aquelas que o faziam sempre diziam que ele deveria vender a casa — estava abarrotada de lembranças e ninguém podia viver em um lugar tão assombrado, por mais amistosos ou amorosos que os fantasmas pudessem ser. Ele nunca se dava o trabalho de responder. Todos os cômodos ficaram intactos. Não como em um museu. Não como se ele estivesse esperando, desnorteado pela dor, que algo miraculoso acontecesse lá dentro. Na verdade, raras vezes ele se aventurava para além dos próprios aposentos e do escritório. Os outros cômodos eram preservados simplesmente porque, sem eles, o universo seria um lugar mais pobre. Assim como estava, continha os aposentos de Helen.

A casa, todavia, não figurava entre os pensamentos mais proeminentes de Benjamin. Se havia algo que refletia sua tristeza, era o afinco redobrado com que ele voltou ao trabalho. Tentou fazer uma das suas discretas mas decisivas intervenções no mercado e se concentrou primeiramente na manipulação do câmbio. Após a Lei de Emergência Bancária, o Federal Reserve havia imprimido grandes volumes de dinheiro para satisfazer a todas as necessidades depois da corrida aos bancos de 1933. Quase ao mesmo tempo, o governo suspendeu o padrão-ouro, deixando o dólar flutuar nos mercados estrangeiros. Usando suas vastas reservas de ouro mundo afora (e prevendo um decreto presidencial regulando a sua negociação), Rask apostou fortemente contra o dólar, presumindo que, como resultado da enorme quantidade de dinheiro que o governo estava emitindo, seu valor se depreciaria. Investiu pesado na libra esterlina, no reichsmark, e mais além, até chegar ao iene. Os mercados, por um instante, reagiram à sua influência.

Mas, com o tempo, a economia reagiu de forma favorável ao pacote de políticas governamentais, e o lucro de Benjamin foi apenas marginal. Ele também decidiu que o New Deal estava fadado ao fracasso e que Wall Street sofreria com a série de regulamentações introduzidas pela Lei do Mercado de Capitais. Com base nessas intuições, decidiu replicar sua jogada de 1929 e orquestrar posições vendidas em uma escala maciça. No decorrer de suas manobras, teve de reconhecer que estava enganado. O mercado estava respondendo bem às ações do governo, e Benjamin precisou retroceder. Seu prejuízo monetário não foi tão grande quanto o dano à sua reputação. As pessoas em Wall Street diziam que sua especulação cambial fora equivocada desde o início e que seu golpe fracassado na bolsa de valores, imitando seu antigo sucesso, demonstrava que ele só tinha uma carta esfarrapada na manga. O público em geral — ou pelo menos o leitor médio das colunas financeiras do jornal — ficava indignado ao ver o sr. Rask apostando contra a recuperação da nação.

Durante esse período, a sra. Brevoort estava exuberante em seu sofrimento, explorando todas as possibilidades sociais do luto. Descobriu um insuspeito fulgor nos matizes mais escuros do preto e fez questão de se circundar de amigos especialmente queixosos e lacrimosos para poder destacar sua arrogante forma de pesar, que chamava de "digna". Não é improvável que tenha realmente sentido alguma dor por baixo daquele espetáculo farsesco de padecimento representado para o seu círculo. Algumas pessoas, em certas circunstâncias, escondem suas verdadeiras emoções sob exagero e hipérbole, sem perceber que sua caricatura ampliada revela a exata medida dos sentimentos que deveria ocultar.

Imediatamente após o retorno de Benjamin, estivesse ele presente ou não, a sra. Brevoort visitava todo dia o lar dos Rask. Organizava coisas pela casa, tiranizava os serviçais e queria mostrar que estava no comando. Ele, no entanto, estava mergulhado no trabalho, alheio às exibições da sogra e raramente disponível para ela. Durante as poucas conversas que tiveram naquele período, a sra. Brevoort aventou, mais de uma vez, a possibilidade de se mudar para a casa — Benjamin poderia usufruir do consolo e da companhia que só uma pessoa próxima a Helen proporcionaria, uma pessoa que a conhecia e o entendia. Tais insinuações nunca foram levadas em consideração. Não demorou muito para que a sra. Brevoort e Benjamin se distanciassem, até que a única ligação entre ambos fossem as contas que ela continuava a enviar para o escritório do genro.

Com o passar do tempo, Benjamin teve de admitir um fato assustador: a morte de Helen não tinha alterado sua vida. Nada, concretamente, mudara — havia apenas uma diferença de grau. Seu luto era simplesmente uma expressão mais radical de seu casamento: ambos eram o resultado de uma perversa combinação de amor e distância. Durante a vida de Helen, ele fora incapaz de transpor aquele abismo que a separava dele. Seu fracasso nunca havia se transformado em ressentimento ou impedido que ele tentasse novas aproximações. Mas, agora, embora seu amor permanecesse igual, aquela distância tinha se tornado absoluta.

Benjamin continuava a custear as obras de caridade de Helen e fazia doações recorrentes a orquestras, bibliotecas e organizações em prol das artes. Atrelado a doações e bolsas de estudos, o nome da esposa se tornou sinônimo de excelência — "uma Helen" era uma das honrarias de maior prestígio a que um compositor ou escritor podia aspirar, e isso agradava a Benjamin infinitamente. Sua filantropia relacionada à pesquisa de novos métodos psiquiátricos, contudo, foi interrompida. Aquele era um mundo ao qual ele não queria voltar. Embora, no fim das contas, não tenha adquirido por completo a Haber Pharmaceuticals, manteve suas ações na empresa — suas emoções nunca anuviaram suas decisões de negócios, e aquela não era uma exceção. Apesar do fracasso do dr. Aftus, Benjamin ainda acreditava que a Haber era rentável, e, de fato, gerava retornos estáveis e impressionantes. A terapia convulsiva lançou as bases para aquilo que, alguns anos mais tarde, se tornaria a terapia de eletrochoque. Mas, nessa época, Benjamin já havia afastado completamente a Haber do ramo de medicamentos (e eliminado a segunda parte do nome da marca) para se concentrar em química industrial e na busca por contratos governamentais em diferentes nações.

Mesmo que Benjamin tivesse se contentado em administrar seus ativos de forma conservadora, sua fortuna ainda teria sido comparável à economia de uma pequena nação. Mas, nos anos após a morte de Helen, seu fascínio pelas genealogias incestuosas do dinheiro — capital gerando capital gerando capital — permaneceu intacto. Ele ainda era um investidor eficaz e, vez por outra, ainda conseguia ter um instinto criativo. Contudo, apesar do crescimento contínuo de seu portfólio, havia uma percepção generalizada de que ele estava em franco declínio, de que algo em sua abordagem estava ultrapassado. Nada chegava perto de suas margens nos dias de ouro. Afinal, todos concordavam, não era necessário um talento extraordinário para gerar dinheiro a partir de tanto dinheiro. Alguns acreditavam que ele estava em descompasso com a nova realidade política. Outros achavam que ele nunca se recuperou da perda da esposa. Muitos simplesmente diziam que estava velho. Mas a maioria concordava: Rask havia perdido o tato. Sua aura mística desvanecera. O gênio que achara lucro onde todos os outros encontraram a própria ruína havia desaparecido. Segundo a opinião geral, a era de Benjamin Rask chegara ao fim.

Ainda assim, ele continuava empenhado como sempre nos negócios. E seus anos de maturidade não foram diferentes de seus primórdios, quando operava na casa dos pais na West 17th Street. Tudo o que ele fazia era trabalhar e dormir, muitas vezes no mesmo lugar. Não ligava para entretenimento. Só falava quando necessário. Sem amigos. Sem distrações. Exceto pelo corpo mais lento e pelos pequenos achaques, talvez só houvesse uma diferença importante entre seu antigo eu e a pessoa que ele havia se tornado: enquanto aquele jovem acreditava que abriria mão de tudo em favor da própria vocação, o homem maduro tinha certeza de que dera uma boa chance à vida.

Minha vida

Andrew Bevel

SUMÁRIO

PREFÁCIO

I. ANCESTRALIDADE

II. EDUCAÇÃO

III. NEGÓCIOS

IV. MILDRED

V. A PROSPERIDADE E SEUS INIMIGOS

VI. RESTAURANDO NOSSOS VALORES

VII. LEGADO

Prefácio

Meu nome é conhecido por muitos, meus feitos por alguns, minha vida por poucos. Isso nunca me preocupou muito. O que interessa é a soma de nossas conquistas, não as histórias a nosso respeito. Mesmo assim, por meu passado ter tantas vezes se sobreposto ao de nossa nação, ultimamente comecei a acreditar que devo compartilhar com o público alguns dos momentos decisivos de minha história.

Com toda a honestidade, não posso dizer que estou escrevendo estas páginas para satisfazer o desejo, muito frequente em homens de minha idade, de falar sobre mim mesmo. Ao longo dos anos relutei em fazer declarações de qualquer tipo. Essa deve ser uma prova cabal de que nunca fui propenso a discutir minhas ações em público. Boatos me rondaram pela maior parte da vida. Fui me acostumando a eles e tomo cuidado para nunca desmentir mexericos e histórias. A negação sempre é uma forma de confirmação. Mas confesso que o desejo de enfrentar e refutar algumas dessas ficções tornou-se mais premente, em especial desde o falecimento de minha amada esposa, Mildred.

Mildred foi a presença silenciosa e constante em minha vida que possibilitou muitas de minhas conquistas. Tomo para mim o dever de garantir que sua memória não desvaneça e que seu plácido exemplo moral perdure ao longo do tempo. Apresento aqui o retrato amoroso de minha esposa, resignando-me em saber que fracassarei em honrar plenamente sua dignidade, honestidade e benevolência.

Mais um motivo me levou a reunir meus pensamentos e lembranças neste livro. Por cerca de uma década testemunho um lamentável declínio não apenas nos negócios de nosso país, mas também no espírito de seu povo. Onde antes moravam perseverança e engenhosidade, agora grassam apatia e desespero. Onde reinava a autonomia, agora rasteja a submissão mendicante. O trabalhador está reduzido a um pedinte. Um círculo vicioso apoderou-se de nossos homens saudáveis: eles cada vez mais dependem do governo para aliviar a miséria criada pelo próprio governo, sem perceber que essa dependência só perpetua suas desventuras.

Minha esperança é de que estas páginas funcionem como um lembrete da incansável audácia que definiu nosso povo até o presente momento. Também espero que minhas palavras fortaleçam o leitor não apenas contra as lamentáveis condições de nossos tempos, mas também contra qualquer forma de afago. Talvez este livro ajude meus compatriotas a lembrar que é por meio da soma de ações individuais ousadas que esta nação ergueu-se acima das outras e que nossa grandeza deriva somente da interação de desejos singulares. É com esse espírito que eu ofereço a narrativa de minha vida ao público.

Sei que os dias a minha frente são menos numerosos do que os dias que deixei para trás. Não há como fugir dessa mais básica contabilidade. Certa quantidade de tempo é atribuída a cada um de nós. Quanto, só Deus sabe. Não podemos investir nesse tempo. Não podemos esperar nenhum tipo de retorno. Tudo o que podemos fazer é gastá-lo, segundo a segundo, década a década, até que se esgote. Mesmo assim, embora nossos dias na Terra sejam limitados, sempre podemos, com labuta e dedicação, esperar que nossa influência se prolongue futuro adentro. É assim que, tendo vivido com um olho voltado para a posteridade na esperança de melhorar a vida das gerações vindouras, entro nos anos de vida que me restam não com nostalgia por tudo o que passou, mas com um sentimento de empolgação pelo que ainda está por vir.

Nova York, julho de 1938

I

Ancestralidade

Sou um financista em uma cidade governada por financistas. Meu pai era um financista em uma cidade governada por industriais. O pai dele era um financista em uma cidade governada por mercadores. O pai dele era um financista em uma cidade governada por uma sociedade coesa, indolente e esnobe, como a maioria das aristocracias provincianas. Essas quatro cidades são uma só e a mesma: Nova York.

Embora esta seja a capital do futuro, seus habitantes são nostálgicos por natureza. Toda geração tem a própria noção da "velha Nova York" e afirma ser sua legítima herdeira. O resultado obviamente é uma perpétua reinvenção do passado. E isso, por sua vez, significa que há sempre novos velhos nova-iorquinos.

Os primeiros descendentes dos colonos holandeses e britânicos que se passavam por nossa nobreza local queriam distância do imigrante alemão que se tornou caçador, depois comerciante de peles e por fim magnata do setor imobiliário. E só sentiam desprezo pelo balseiro de Staten Island que se transformou em um magnata do transporte marítimo e ferroviário. Mas o único objetivo desses comerciantes e construtores ao se juntarem às classes mais altas da sociedade era desdenhar dos recém-chegados de Pittsburgh e Cleveland com suas fortunas fuliginosas e oleosas. Por sua riqueza ser mais vasta do que qualquer coisa até então imaginada, foram escarnecidos e até chamados de ladrões. Mesmo assim, após tomarem conta da cidade, esses industriais, por sua vez, menosprezaram os banqueiros que estavam redesenhando o cenário financeiro dos Estados Unidos e abrindo as portas para uma nova era de prosperidade, taxando-os de especuladores e apostadores.

O cavalheiro de hoje é o emergente de ontem. Mas por trás desses personagens mutáveis há uma presença constante: o financista. Investimentos, empréstimos e, de maneira mais ampla, a administração eficiente do capital foi o que sustentou a cidade em cada um desses períodos, a despeito do que era produzido e vendido. Todavia, assim como essa cidade mudou de uma geração para outra, o significado da palavra "financista" também se modificou.

Não sou historiador e não pretendo apresentar um relato acadêmico da evolução das finanças americanas. Tampouco sou genealogista, determinado a exumar cada detalhe do passado de minha família. Estas páginas, pelo contrário, se limitarão aos eventos e personagens encontrados na interseção desses dois círculos.

WILLIAM

Meus antepassados eram, de várias maneiras, bancos de apenas um homem antes que o sistema bancário estivesse realmente estabelecido em todo o nosso país. Essa linhagem de homens de negócios dentro de minha família teve início pouco tempo após a Declaração de Independência, em um período em que, com exceção do First Bank of the United States, constituído em 1791, só havia quatro outras instituições financeiras privadas. É uma honra trilhar o rastro deixado por meus ancestrais e com humildade cumprir a tarefa de preservar seu bom nome.

Meu bisavô William Trevor Bevel trocou sua Virgínia natal por Nova York com a intenção de expandir o negócio familiar. Seu pai cultivava tabaco em uma escala modesta. Eles tinham uma vida abastada, mas William via mais potencial no empreendimento. Por que deveria limitar-se a apenas exportar bens produzidos nos Estados Unidos? Por que também não atender à crescente demanda dos prósperos donos de terras locais por bens importados da Europa?

Os planos de William foram momentaneamente atrapalhados pelo embargo de 1807 de Thomas Jefferson, que deixou nossa economia, e não a britânica, que era seu alvo, de joelhos. Em meio a sua guerra com a França a Inglaterra recorreu à apreensão de navios mercantes americanos, confiscando sua carga e forçando a tripulação a servir na Marinha britânica. Em resposta, Jefferson decidiu travar uma guerra comercial. Nenhum produto inglês podia ser importado para os Estados Unidos. E, mais importante, nenhum bem americano tinha autorização para deixar nossas costas e aportar nas deles. A esperança era debilitar a indústria britânica, tão dependente de nossas matérias-primas. Em vez disso, foi a nossa nação que mais sofreu. Safras inteiras se perderam. Os agricultores foram forçados a deixar o fruto de seu trabalho pegando poeira nos armazéns.

A impopularidade dessa estúpida forma de intervenção governamental foi patente. Seus efeitos eram discutidos em cada rua e sentidos em cada lar. William entendeu que aquela era uma situação insustentável. E sabia que o embargo teria de ser suspenso a tempo das eleições presidenciais de 1808. Entretanto, ainda faltava um ano para isso. Então ele arquitetou um plano.

William contraiu um empréstimo vultoso dando como garantia a propriedade do pai e depois tomou mais empréstimos em cima daquele dinheiro. Endividou-se profundamente com a intenção de comprar daqueles que, como seus pais, não eram capazes de vender os próprios produtos. Mas, em vez de tabaco, que ele não seria capaz de armazenar de maneira adequada, comprou bens não perecíveis, em especial algodão do Sul e açúcar da recém-adquirida Louisiana. Essa empreitada baseou-se na dedução de que ele seria capaz de vender a mercadoria na Europa uma vez que o embargo fosse suspenso, eliminando as dívidas e ao mesmo tempo lucrando.

Produtores de toda parte estavam tendo dificuldades até para manter as propriedades nas mãos de suas famílias. William, com apenas vinte e seis anos, era recebido como um salvador. Os preços despencavam à medida que os donos das plantações lutavam uns com os outros para fechar negócios com ele. E pelo tempo que pôde William fez de tudo para auxiliar o maior número possível de pessoas, levando um tão necessário alento a inúmeras famílias.

Tudo isso aconteceu rápido e deixou de ser um bom negócio em questão de meses. Outros compradores seguiram seu exemplo e logo não havia mais barganhas disponíveis. Mas àquela altura William já possuía um estoque impressionante de matéria-prima. Logo em seguida o embargo terminou. Quando acabou de vender todo o seu estoque na Europa, já havia acumulado um capital considerável.

Quase da noite para o dia meu bisavô tornou-se uma autoridade financeira. As pessoas o procuravam em busca tanto de seus conselhos quanto de seus empréstimos. Suas taxas eram sempre muito mais baixas do que as dos poucos bancos existentes. E à medida que aqueles empréstimos se multiplicavam ocorreu-lhe que poderia negociá-los, criando assim, quase por si só, um florescente mercado secundário. Novas associações e oportunidades de investimento rentáveis surgiram a partir disso.

Ele era um inovador e um visionário. Suas experiências com moedas para transações europeias, por exemplo, estavam à frente de seu tempo. Ele abriu o caminho dos contratos futuros (nos quais comprador e vendedor fixam um preço imune a flutuações de mercado para commodities que nem existem naquele momento, como safras ainda a serem semeadas) quando esses eram instrumentos financeiros exóticos que poucos até então haviam tentado. Deu sustentação, para benefício tanto próprio quanto de seu país, às notas do Tesouro emitidas para custear a Guerra de 1812, que levaram ao primeiro papel-moeda da nação, que começou a circular em 1815.

Mais exemplos de seu tino comercial.

Mostrar seu espírito pioneiro.

Embora na época houvesse uma classe mercantil estabelecida em Nova York e a cidade em grande medida girasse em torno dos negócios, também era considerado de mau gosto falar de dinheiro. Além disso, o envolvimento com qualquer forma de indústria era malvisto. Um cavalheiro de verdade devia ser um homem do ócio. Mas as empreitadas financeiras que tornavam esse ócio possível não deveriam ser discutidas em sociedade. Isso deixava meu bisavô em uma posição estranha. Embora seus serviços fossem muito apreciados, ele também era desprezado por aqueles que se beneficiavam deles. Seriam necessárias três gerações para começar a corrigir essa tendência hipócrita, ainda não superada por completo.

Em todas as suas empreitadas William sempre fez questão de se lembrar de seu início durante o embargo de Jefferson. Aquela experiência ensinou-lhe duas lições que o afetaram muito. A primeira era que as condições ideais para os negócios nunca eram entregues de bandeja. Alguém tinha de criá-las. Se o embargo a princípio destruiu seus sonhos, ele encontrou uma maneira de virar a situação a seu favor. E a segunda e principal descoberta foi que o interesse próprio, se adequadamente direcionado, não precisa estar separado do bem comum, como todas as transações que ele conduziu durante a vida demonstram com eloquência. Eu sempre me esforcei para seguir esses dois princípios (nós criamos nossas próprias condições; o ganho pessoal deve ser patrimônio público).

Essa não é a única semelhança entre mim e meu ancestral. Ocorre que meu bisavô tinha inclinações artísticas. Na verdade ele foi o único na família que demonstrou propensões desse tipo, além de mim. Sem nunca estudar formalmente belas-artes ele era um desenhista de mão-cheia. Apesar de eu não ter habilidade alguma com carvão ou tinta, gosto de acreditar que herdei seu olho. E espero que minha coleção de arte, da qual falarei mais tarde, seja um testemunho disso. Mas há outra semelhança mais literal entre nós. Dentre os vários esboços de William há muitos autorretratos. Tenho um deles a minha frente neste momento. Olhar para ele é como olhar para um espelho.

CLARENCE

Apesar de seu sucesso, ou talvez devido a ele, Nova York nunca se abriu realmente para William. Portanto, ele se casou com uma parenta de um de seus sócios da Filadélfia. Louisa Foster era uma companheira amorosa. Também era uma mulher prática e com ótimo gosto que supervisionava todos os detalhes da casa que eles construíram na West 23rd Street. O casal perdeu os dois primeiros filhos no espaço de meses em razão de uma rara enfermidade respiratória. Por isso o terceiro, Clarence, nascido em 1816, levava uma vida bastante reclusa. Durante os primeiros anos mal saía de casa, onde ficava ao abrigo de repentinas lufadas de vento, pólen, poeira e todas as outras ameaças concebíveis para seus pulmões.

Clarence tinha uma ótima mente matemática. Sua paixão por números floresceu durante sua criação isolada. Mas a solidão e a diligência nos estudos o tornaram um pouco eremita. Embora eu não tenha lembranças de meu avô, sei que sofria de uma gagueira severa, que, obviamente, deixava as interações sociais ainda mais difíceis. Ele tinha todas as qualidades em geral atribuídas a homens de intelecto genial. Era distraído, reservado e focado no trabalho em detrimento das tarefas mais básicas do cotidiano, nas quais era charmosamente inepto.

Muito contra a vontade da esposa, William mandou o filho para o Yale College. O resguardado mundo acadêmico combinava com Clarence, que, pela primeira vez, estava entre seus pares intelectuais. Ele se destacava em geometria, álgebra e cálculo diferencial. Tímido e em geral sem amigos, conseguia mesmo assim atrair a atenção do corpo docente e tornou-se uma espécie de lenda acadêmica.

Seu tratado de matemática. Título. Resumir.

Perto da formatura, foi incentivado a ficar e prosseguir os estudos para se tornar professor de matemática, um título que havia acabado de ser acrescentado à lista de cursos de Yale. Foi o que ele quase fez. Mas havia problemas fermentando em casa, em Nova York.

O preço do algodão havia despencado ao passo que o do trigo, que sustentava a mão de obra, disparara como consequência de safras ruins. Em razão de o algodão ser usado como garantia na maior parte dos empréstimos, houve uma onda de inadimplência. Isso, junto com o aumento da taxa de juros, acarretou o Pânico de 1837. Foram necessárias muita força e astúcia de William para realocar seus investimentos. Somente graças a sua imensa destreza foi capaz de proteger seu legado e transmiti-lo, quase intacto, para Clarence. Mas temo que isso teve um custo. É provável que essa crise tenha desempenhado papel significativo no ataque cardíaco que levou William no fim do ano seguinte.

A recessão que se seguiu ao pânico não deixou tempo para o luto. Clarence tinha uma capacidade incrível com números. Tinha as conexões do pai. Tinha um nome de boa reputação. Tinha capital. Havia, porém, algo que ele não tinha: traquejo social. Nenhuma empresa pode ser bem-sucedida por completo sem uma verdadeira compreensão do comportamento humano. Todavia, para Clarence, as finanças eram uma abstração matemática pura. É por isso que, sob seu comando, a família entrou em um período que favoreceu a estabilidade em vez da expansão.

Sua abordagem singular, discretamente criativa. Era dos Bancos Livres. Oportunidades na flutuação cambial etc. 2-3 exemplos.

Apesar da personalidade reservada, Clarence casou-se jovem. Talvez esse tenha sido o evento de mais sorte de sua vida. Thomasina Holbrook, minha avó, o amava justamente por causa de todas aquelas qualidades que o mantinham apartado do restante do mundo. Tommy, como era conhecida entre os mais chegados, sempre cuidou bem dele e contornava com um sorriso carinhoso suas excentricidades, que achava encantadoras.

Mais Tommy.

EDWARD

Depois da Guerra Civil os negócios da família enfrentaram o período mais desafiador de sua história. Clarence sentiu necessidade de dar uma guinada. Desinvestiu dos empreendimentos familiares ligados a algodão, tabaco e açúcar, não porque os preços tivessem caído ou porque as plantações tivessem sido destruídas pela guerra ou confiscadas pelo governo federal, mas porque era o certo a se fazer. Nesse ponto seguiu os ensinamentos do pai, segundo os quais o ganho pessoal tem de andar de mãos dadas com o bem do país. Depois renunciou e passou o bastão para o filho, meu pai.

Edward era o oposto do pai em quase tudo. Se Clarence era reservado, Edward era expansivo. Se um só avançava após cálculos minuciosos, o outro agia impulsivamente e tinha uma intuição infalível. O mais velho era baixo e as feições suaves pareciam refletir sua alma gentil, enquanto o mais jovem tinha uma constituição alta, musculosa, que condizia com sua personalidade forte.

Nem governantas nem tutores conseguiam conter Edward, e quase todos afirmavam que ele era uma criança rebelde. Ele subia e descia correndo as escadas da casa na West 23rd Street, ocupava todos os quartos com seus jogos, pintava cenas bizarras nas paredes, desmantelava a mobília para construir fortes. Líder nato, ele alistava outras crianças e até adultos para obedecer a suas ordens. Tudo isso mostra que desde a mais tenra idade ele tinha a capacidade de moldar o mundo conforme sua vontade.

Tommy, sempre intuitiva, entendeu que a questão não era o comportamento do filho. O entorno é que era estreito demais para ele. Ela então mandou construir uma casa de veraneio no condado de Dutchess. Em La Fiesolana, uma magnífica mansão florentina à margem do rio Hudson, Edward estava em seu meio. Ali ele tinha autorização para ser selvagem e liberdade para esgotar a própria energia. Começou a praticar todos os esportes imagináveis e destacou-se em todos. À medida que crescia, revelou-se um excelente cavaleiro, e no início da idade adulta descobriu a caça, que acabou virando sua principal paixão. Seus troféus provenientes de todo o país ainda estão comigo. La Fiesolana logo se tornou mais do que uma mera casa de veraneio. Foi, até o fim, o verdadeiro lar de meu pai.

Clarence mandou o filho relutante para Yale. Atlético, imponente e com um charme rústico, meu pai logo se tornou o centro das atenções em todos os jogos e reuniões. Era um daqueles raros homens que, sem querer, quebram todas as regras de decoro e etiqueta enquanto de alguma forma deixam todos mais confortáveis para isso. Mas, embora se saísse bastante bem nos estudos com esforços mínimos, sentia-se impaciente para adentrar o mundo real e deixar sua marca. E verdade seja dita: meu pai não precisava de educação formal. Seus talentos já estavam plenamente formados quando nasceu.

Clarence ficou decepcionado mas não surpreso quando o filho anunciou que não deixaria La Fiesolana com destino a New Haven no fim do verão para começar seu primeiro ano na faculdade. Chegaram a um acordo. Meu avô exigiu que Edward fosse com ele ao escritório todo dia. O filho obedeceu a contragosto, porém logo captou o espírito da coisa.

A natureza competitiva do trabalho e seu sucesso imediato satisfaziam o esportista em Edward. Ele revelou um talento natural para os negócios, como minhas páginas dedicadas a sua vida e a seu legado demonstrarão. Não demorou muito para que se tornasse o representante público da empresa e a guiasse por um caminho mais bem-sucedido ainda. Detalhes.

Em uma das várias cerimônias a que tinha de comparecer foi apresentado a Grace Cox. Muitos acreditavam que ela era o melhor "partido" da época. Alguns pensavam o mesmo de Edward. Portanto, ninguém ficou surpreso ao ver o primeiro encontro dos dois evoluir para um namoro. O namoro logo virou um noivado e depois um casamento.

Mais sobre minha mãe.

Grace completou a nova vida de Edward. O casal esteve no centro da vida social de Nova York por várias temporadas. E no verão levavam Nova York para La Fiesolana. Se aquele pedaço de terra às margens do Hudson floresceu e tornou-se o que é hoje, foi em parte porque amigos e sócios construíram suas casas em lotes adjacentes para ficar perto de meus pais.

Mais sobre as qualidades maravilhosas de minha mãe no próximo capítulo. Basta dizer por enquanto que Grace fazia jus ao próprio nome. Sua beleza, elegância e tranquilidade davam-lhe um ar de autoridade gentil. Universalmente admirada. E nos momentos obscuros era o farol que as pessoas procuravam para lembrar-se de suas melhores qualidades e mais nobres aspirações.

Um desses momentos aconteceu em 1873, quatro anos após o casamento de meus pais. Naquela primavera, mercados de toda a Europa entraram em colapso. Logo depois, a Jay Cooke & Company, principal firma de investimentos dos Estados Unidos na época, faliu. Seguiu-se uma corrida aos bancos. Enquanto isso uma escassez monetária combinada com uma superabundância de bens criada pelo boom manufatureiro após a Guerra Civil acarretou níveis de inflação sem precedentes. Os anos seguintes, até o fim da década, ficaram conhecidos como a Grande Depressão. Jornalistas pouco criativos recentemente sequestraram esse nome para descrever nossa última recessão, um suplício que parece quase benigno quando comparado ao original, de 1873.

Foi durante esses tempos difíceis que Grace se tornou o coração pulsante não apenas do círculo de amigos de meus pais, mas também de várias associações de caridade que surgiram para mitigar o impacto da crise. Controlada e sobriamente alegre, ela aliviava e animava até as pessoas mais ansiosas a sua volta. Algumas historinhas.

Nesse ínterim Edward, com sua intuição infalível, cobrara os empréstimos antes do pânico e negociara com sucesso os títulos da companhia ferroviária New York Central Railroad. Isso, e outras decisões ousadas porém astutas que descreverei mais tarde, deixou meu pai com caixa prontamente disponível em um momento em que dinheiro era escasso. Ele estava então em uma posição única para ajudar a aliviar a contração da economia. E mais uma vez ele provou, como seus ancestrais, que lucro pessoal e bem comum não eram discordantes entre si, mas podiam transformar-se, em mãos capazes, em dois lados da mesma moeda.

Eu nasci em 1876, poucos anos depois desses eventos. Aquele foi, segundo consta, o início da fase mais feliz de meus pais. Eles descobriram as alegrias da domesticidade e recolheram-se à vida familiar. Depois de alguns meses nos mudamos para La Fiesolana com meus avós Clarence e Tommy. Meu pai ia do trabalho para lá nos fins de semana e partia, desolado, toda segunda-feira, compensando sua ausência com orgias de compras na cidade para poder voltar com presentes para mim e minha mãe. Fico triste por não conseguir me lembrar daqueles dias, mas me consola saber que os últimos anos de meu pai também foram os mais felizes.

A doença que pôs fim à vida dele estava se desenvolvendo, despercebida, havia bastante tempo. Um aneurisma rompido o levou embora enquanto ele se preparava para sair do escritório em uma tarde. Como isso pôde ter acontecido com um exemplo de saúde é uma pergunta que me persegue até hoje. Em apenas um instante minha família foi privada da felicidade conquistada havia tão pouco tempo. Eu tinha quatro anos.

Não demorou para que outra tragédia se abatesse sobre nós. Clarence, meu avô, foi arrebatado pelo desgosto da morte súbita do filho.

Sempre reservado, começou a recusar qualquer interação. Passava os dias embaixo de um velho carvalho, olhando para o rio. Foi lá que seu coração partido parou.

Aos poucos minha mãe foi superando a tristeza o suficiente para conseguir cuidar da casa e tornar-se a presença amorosa que plasmou minha existência. Assumiu um papel ativo nos primeiros anos de minha educação, supervisionando minhas governantas e meus tutores e acompanhando de perto os programas de estudo. Foi durante esse período que comecei a mostrar uma aptidão insólita para a matemática.

Minha mãe encontrou os melhores instrutores possíveis para fomentar aqueles talentos e contratou professores com as mais altas credenciais da cidade. Sua convicção a respeito de meus dons, sem dúvida aumentados pelo amor materno, era tal que ela até trouxe um jovem professor de Cambridge para me dar aulas. Mas também achou aquilo insuficiente e logo após meu oitavo aniversário me mandou para uma escola em New Hampshire.

Sob a maioria dos aspectos foi a decisão certa, pois devo minha aparentemente espontânea precisão e facilidade com números ao rigoroso treinamento que recebi durante a infância. Só há um motivo pelo qual gostaria de nunca ter ido embora. Em meados de meu terceiro ano na escola minha mãe ficou gravemente doente. Não consegui voltar para casa a tempo de nos despedirmos. Essa é uma das maiores dores que carrego. Forte como sempre, Tommy permaneceu amorosamente a meu lado até eu começar a faculdade. Acredito que ao ver que eu estava encaminhado na vida ela enfim se permitiu descansar.

II

Educação

Meus anos de escola e faculdade revelaram um amálgama genealógico interessante: em mim, o temperamento de meu pai foi combinado com o espírito de meu avô. Mesmo sem ser exatamente o homem mais popular do campus, eu ainda tinha uma vida social ativa. E mesmo sem ser um estudioso recluso eu conseguia me destacar na academia, sobretudo no campo da matemática. Devo agradecer a minha mãe por isso. Ela foi a primeira a ver, logo cedo, minha aptidão inata para os números e fomentou meu talento herdado para álgebra, cálculo e estatística.

Todo financista precisa ser um polímata, porque as finanças são o fio que perpassa todos os aspectos da vida. Na verdade, é o nó onde todos os fios disparatados da existência humana se unem. Os negócios são o denominador comum de todas as atividades e empreitadas. Isso, por sua vez, significa que não há assunto que não diga respeito ao homem de negócios. Tudo é relevante para ele. É o verdadeiro homem do Renascimento. E é por isso que me entreguei à busca do conhecimento em todos os campos concebíveis, de história e geografia a química e meteorologia.

Tenho uma abordagem científica dos negócios. Todo investimento exige conhecimento profundo de uma miríade de detalhes específicos. Para que uma iniciativa tenha sucesso é necessário que você se torne um especialista, às vezes da noite para o dia, em todos os aspectos. Eu sempre disse que meu verdadeiro trabalho começa depois do sino de fechamento, quando examino com atenção fichários e mais fichários de registros industriais, resumos detalhados dos assuntos mundiais e relatórios sobre os últimos desenvolvimentos tecnológicos. Meus anos como estudante me deram uma base sólida para esse tipo de curiosidade disciplinada.

Este capítulo mostrará que nenhum investimento paga dividendos mais altos do que a educação. Ainda me guio por esse credo e me considero um estudante perene. E ao longo dos anos Mildred e eu temos trabalhado incansavelmente para garantir que outros recebam as oportunidades que eu tive.

PRIMEIROS ANOS

Pai. Descrever primeiras lembranças dele. Ele se tornou criança novamente construindo fortes, brincando no bosque, inventando aventuras. O acidente à margem do rio.

Edward era realmente filho de Tommy. Estrategista brilhante. Sua coalizão durante o Pânico de 73. Revive a empresa familiar. Toda a questão dos títulos NYCRR: troféu.

Mãe

MATEMÁTICA em muitos detalhes. Talento precoce. Anedotas.

FACULDADE

Descobrindo o verdadeiro eu.

Fazendo amizades duradouras e testando o caráter. Algo tão essencial nos negócios quanto ter um bom domínio de números.

Os rapazes. Anedotas brilhantes. Archie, Cager, Dick, Fred, Pepper etc. Aceno da Sociedade. Em geral leve. Bem-humorado?

Acidente de montaria. Acamado. Buscando perspectiva e foco. Fim das distrações juvenis.

Olhos se abrem para a arte.

Prof. Keene, primeiro mentor de verdade de matemática. Ele viu talento e potencial. Discurso fúnebre.

Ex-alunos, biblioteca etc.

APRENDIZAGEM

III

Negócios

Exatamente um século separa o grande avanço de meu avô nos negócios do meu. William encontrou sua oportunidade durante o Embargo de 1807. Eu aproveitei minha chance durante o Pânico de 1907. Ambos vimos a necessidade de estar à altura dos acontecimentos nos tempos de crise. Naquela época William não hesitou em hipotecar a propriedade da família várias vezes e investir tudo em seu novo empreendimento. E, exatamente como ele, eu não tive dúvida em usar o capital que ele havia acumulado e meus ancestrais expandido ao longo de décadas.

Pânico como oportunidade para forjar novos relacionamentos. (Seguindo o exemplo de Edward em 1873.)

TODA A SEÇÃO: "Uma abordagem racional dos negócios"? Expandindo alguns modelos matemáticos desenvolvidos sob a orientação do prof. Keene. Adaptando fórmulas para negócios. Tornar acessível para o leitor médio. Seção "Novos empreendimentos"?
    Consolidação.

Fim do laissez-faire, começo da regulação governamental: processos antitruste, política atual, banco central, Comissão Monetária Nacional.

Primeira discussão com a imprensa. Opinião pública. O valor do silêncio.

Portfólio da Bevel Investments. Limitou a quantidade de ações disponíveis e protegeu o valor para o acionista.

Salvaguardando o futuro da nação. Medidas preventivas.

TODA A SEÇÃO: "As nuvens se adensam"?

Jekyll Island. Abandono das discussões sobre o National Reserve Bank.

FED. Fui o primeiro a ver, agi de acordo.

Arte. Colecionismo etc.

Recessão de 1920-21. FED.

IV

Mildred

Já faz quase duas décadas que Mildred entrou em minha vida e a mudou para sempre. Nela encontrei não apenas conforto e apoio, mas também inspiração. Não sou dado a arroubos de lirismo, mas não posso deixar de dizer que Mildred foi minha musa. Por causa dela, uma carreira já bem-sucedida alçou voos ainda mais altos. Não é por mera coincidência que meus anos mais prósperos também foram os mais felizes.

Algumas pessoas são excepcionalmente perceptivas. Para elas nada nunca é complexo ou misterioso demais. Respostas invisíveis para a maioria surgem com clareza para esses poucos iluminados. Seu enfoque do mundo é elementar e infalivelmente correto. Eles desvendam as falsas complicações e descobrem as verdades simples da vida. Mildred foi abençoada com essa lucidez. Além disso, as dificuldades de sua infância e sua saúde sempre delicada deram-lhe a sabedoria inocente porém profunda daqueles que, como as crianças ou os idosos, estão próximos das extremidades da existência.

Ela era frágil demais, boa demais para este mundo e despediu-se dele cedo demais. Palavras não bastam para dizer como sinto sua falta. A maior dádiva que já recebi foi meu tempo a seu lado. Mildred me salvou. Não há outra maneira de dizer. Ela me salvou com sua humanidade e seu calor. Salvou-me com seu amor pela beleza e sua bondade. Salvou-me ao criar um lar para mim.

UMA NOVA VIDA

No outono de 1919 a mulher de um sócio ofereceu um jantar para apresentar a sra. Adelaide Howland e sua filha, recém-chegadas de uma longa temporada na Europa. Elas não conheciam quase ninguém em Nova York e a noite em sua homenagem tinha a intenção de ampliar seu círculo social.

As circunstâncias da viagem delas foram bastante peculiares. O que havia começado como uma agradável excursão para promover os estudos da criança acabou sendo uma estadia longa, quase permanente, no exterior. Primeiro a lenta e infelizmente fatal doença pulmonar do sr. Howland e depois a eclosão da Grande Guerra mantiveram-nas no Velho Continente por anos.

Originárias de Albany, mãe e filha decidiram permanecer em Nova York, onde desembarcaram na primavera de 1919. Tinham apenas uns poucos amigos aqui, mas a sra. Howland queria um novo começo para a filha e pensou que Nova York seria mais acolhedora para uma estrangeira. Porque era isso que a criança quase se tornara após passar seus anos de formação no exterior. Ela até tinha um sotaque deliciosamente leve que era impossível definir. Embora o sotaque tenha se suavizado com o tempo, por sorte ela nunca o perdeu por completo.

Está muito além de minhas competências verbais descrever as feições de Mildred. Eu nunca conseguiria fazer jus a sua elegância. Mas posso dizer que aquilo chamou minha atenção assim que fomos apresentados. Aquela primeira impressão nunca esvaeceu. Pelo contrário. Quanto mais eu a conhecia, mais profunda tornava-se sua beleza, pois seu charme e seu porte eram manifestações externas de seu espírito.

Imagem 1.000 palavras: reproduzir aqui o retrato de Mildred pintado por Birley que está pendurado na Fiesolana.

Sua mãe permitia que ela passeasse comigo no Central Park. Não posso dizer que nos conhecemos melhor durante aquelas caminhadas, já que parecia que nos conhecíamos desde sempre. Mesmo assim, durante toda aquela primavera compartilhamos detalhes de nosso passado e esperanças para nosso futuro. Mas nunca como duas pessoas que estavam se apresentando. Era mais como se dois velhos amigos estivessem se revendo depois de um longo período separados. A sensação de proximidade foi imediata, assim como a certeza de que havia enfim encontrado minha querida parceira.

Como seus pais haviam sido consumidos pelas dificuldades da doença e da guerra, Mildred ficara responsável, na maior parte do tempo, pela própria educação. As artes a atraíam e seu bom gosto natural provou ser seu melhor mentor e professor. O status herdado de uma obra nada significava para ela. Mildred ignorava as opiniões de críticos e considerava os dogmas acadêmicos sem valor.

Mais do que a pintura, ela amava a literatura. Era uma leitora incansável que seguia suas propensões mais do que as regras ditadas pelos guardiães do bom gosto, criando assim um percurso próprio. Mais.

Entretanto, de todas as artes, a música era a que ocupava o lugar mais importante em seu coração. Seu maior arrependimento era nunca ter realmente aprendido a tocar piano ou violino. Mudando de um lugar para outro durante a infância, ela não era capaz de ter aulas com regularidade e raramente se via em locais que propiciassem a prática de um instrumento. Talvez tivesse sido possível superar esses obstáculos, mas os pais relutavam em encorajar suas tendências artísticas.

Era por meio da música que a amável presença de Mildred se fazia sentir em nossa casa. Sem suas lindas gravações tocando no fonógrafo o tempo todo, sem os pequenos recitais que organizávamos uma vez por outra para uns poucos amigos, nossa casa teria sido fria como um museu. O calor que ela irradiava era sua qualidade mais maravilhosa e a maior contribuição que fez para minha vida. Mildred via a beleza no mundo e, enquanto encontrou força em seu corpo delicado, sua missão foi permitir que os outros também a vissem.

A presença breve demais de Mildred entre nós deixou marcas indeléveis. Ela comovia a todos com sua gentileza e generosidade. Exemplos. E sei que sua mão gentil ainda se estenderá por gerações, muito depois de eu ter partido.

LAR

Anos antes de nosso casamento adquiri um sobrado na East 87th Street, perto da Quinta Avenida. Embora tenha permanecido sempre vazio, eu tinha planos para aquela casa desde o início. Com o tempo comprei uma série de propriedades adjacentes. Minha intenção era ser dono da porção oeste restante do quarteirão e também do trecho equivalente ao norte ao virar a esquina, na Quinta Avenida. Isso me permitiria construir uma casa de frente para o Central Park.

Pouco tempo após nosso casamento me vi proprietário da última peça daquele quebra-cabeça. Enfim nosso lote estava consolidado. Qualquer pessoa que conhece um pouco do ramo imobiliário em Nova York entenderá que realizar essa aspiração relativamente modesta foi um dos maiores triunfos de minha carreira!

George Calvert Leighton e sua firma traçaram planos arquitetônicos, a fileira de casas foi rapidamente demolida e iniciamos as obras de imediato. Durante essa parte do projeto Mildred e eu nos mudamos para La Fiesolana. Ela ficou encantada. Tendo passado tanto tempo na Toscana, apreciou de verdade a perfeição com que Tommy, minha avó, havia replicado o melhor da Itália no condado de Dutchess.

Assim que Mildred se estabeleceu, infundindo vida e calor em cada cômodo com seus pequenos toques, voltei a trabalhar em Manhattan. Aqueles eram dias atribulados, pois eu estava ajudando a tirar a economia da recessão que havia estrangulado nossa nação depois da Grande Guerra, que descrevi no capítulo III. De segunda a sexta-feira, depois do trabalho, eu passava pelo canteiro de obras. E todo fim de semana me via fazendo a viagem até La Fiesolana com o carro abarrotado de presentes para compensar minha ausência. Igualzinho a meu pai.

Dois anos mais tarde a casa ficou pronta. A alegria de Mildred depois de se mudar foi, por sua vez, a alegria mais arrebatadora que já senti na vida. Ela se deleitava com as menores tarefas e sentia a mais elevada satisfação nos prazeres mais simples da vida. O fato de seu maior luxo ser uma xícara de chocolate quente ao fim do dia diz muito sobre sua natureza modesta e singela.

Pequenas histórias do cotidiano.

O destino cruel faria com que a doença de Mildred a acometesse logo após ela ter se instalado em nossa nova residência. Uma fadiga incessante foi o primeiro sintoma daquilo que se tornou uma longa agonia. Médicos prescreviam repouso na cama e uma dieta fortificada, mas nenhuma quantidade de descanso ou comida era suficiente para revigorá-la. Primeiro ela não conseguia reunir forças o bastante para manter nossos compromissos sociais. Mesmo assim, embora fraca, ainda tomava conta da casa. Em pouco tempo, todavia, viu-se incapaz de comparecer às apresentações musicais tão caras a seu coração.

Como não podia ir a salas de concerto, Mildred levou a música para dentro de casa, organizando pequenos recitais em nossa biblioteca. Eram reuniões despretensiosas, informais. Um solista ou uma orquestra de câmara tocavam no salão do segundo andar, que tem uma acústica excelente. Alguns amigos costumavam se juntar a nós para esses programas após o jantar. Ainda vejo o sorriso melancólico de Mildred, seu olhar extasiado e suas mãos gentilmente suspensas sobre o colo, como se estivesse regendo.

Logo após termos iniciado a organizar essas pequenas apresentações, ela foi forçada a abrir mão dos amados passeios pelo parque. Mas isso não diminuiu seu amor pela natureza. Ela passava as horas frescas da manhã em nossa estufa e desenvolveu um forte interesse por flores. Ao longo do ano recebia espécimes exóticos de diferentes partes do mundo. Seu olhar artístico encontrava um prazer infinito no arranjo de buquês de todos os tamanhos e tipos, muitos deles inspirados pela arte exposta em nossas paredes.

Um de seus hobbies particularmente charmosos consistia em reproduzir até o último detalhe os arranjos florais de alguns de nossos quadros. Um vaso no fundo de um Ingres, os jardins e todos os ramalhetes e apliques de Fragonard, as vívidas guirlandas e buquês de Van Thielen, as cascatas de flores de Boucher... Mildred literalmente deu vida a tudo isso. Sua paixão era tal que até comprei alguns quadros de Heem, Ruysch, Van Aelst e outros artistas holandeses que se especializaram em flores só para satisfazer seu encantador passatempo.

Mais cenas domésticas. Seus pequenos toques. Anedotas.

Devido à diminuição de suas forças, ela se via sempre confinada aos próprios aposentos ou a uma poltrona confortável na galeria central, onde passava a maior parte das tardes. Ficava lá sentada com um livro e uma xícara de chocolate quente, cercada de música, arte e flores. Era uma leitora ávida, atraída por todos os gêneros, da poesia italiana aos grandes clássicos franceses, em ambos os casos lidos no original. Mas, à medida que sua saúde ia se deteriorando, foi desenvolvendo um gosto por romances de mistério. Embora sempre demonstrasse um total desprezo pelo prestígio estabelecido de uma obra, no início, como uma criança meigamente levada, Mildred manteve a nova paixão escondida de mim. Depois a desdenhou como uma mera distração ou uma diversão um tanto constrangedora. Aqueles livros não eram literatura de verdade, dizia. Talvez tivesse razão. Mas verdade seja dita: conforme ela ia se tornando mais fraca, nós dois fomos encontrando algo que podíamos apreciar neles.

Dentre minhas recordações mais caras daqueles anos estão nossos jantares juntos nos quais ela me falava dos livros que havia lido. Não me lembro bem de como isso começou, mas aos poucos tornou-se uma espécie de ritual. Depois de terminar um romance do qual gostara ela contava a história para mim durante o jantar. Sua memória era prodigiosa e ela tinha a sagacidade de Miss Marple. Nenhum detalhe era pequeno demais para passar despercebido por ela. A maneira como analisava cada informação teria deixado o mais minucioso dos detetives com vergonha. Entre o primeiro prato e a sobremesa ela narrava um livro inteiro para mim, acompanhado de conjecturas e previsões. Devo dizer que aprendi a gostar desses pequenos mistérios. Mas apenas em suas versões apaixonadas. Era tão lindo olhar para ela, iluminada, imersa no papel de contadora de histórias. Ela ficava tão cativada pela trama e eu ficava tão cativado por ela que a comida em nossos pratos esfriava. Como ríamos quando percebíamos! Ela sempre me pedia que adivinhasse quem era o assassino, mas eu havia ficado distraído demais olhando para ela, e nunca era o mordomo nem a secretária que eu apontava como principais suspeitos. Isso nos fazia rir ainda mais, enquanto eu fingia repreendê-la por ter feito nossa comida esfriar.

 Ela continuou alegre e sem reclamar mesmo em seus momentos mais difíceis. E nunca parou de tomar conta de toda sorte de detalhes invisíveis mas maravilhosos a minha volta. Todas essas pequenas delicadezas tornavam minha vida melhor, sem que eu o percebesse por completo. Embora eu a amasse e apreciasse desde o momento em que nos conhecemos, só quando ela foi embora percebi como sua influência havia sido abrangente e difusa em meu mundo cotidiano...

BENFEITORA

Não é por acaso que o início do trabalho filantrópico de Mildred coincide com a deterioração de sua saúde. Ela entendeu em sua intuitiva sabedoria que cada momento era importante. Se ela não podia melhorar, tornaria o mundo melhor.

O apoio ativo de Mildred às artes em geral e à música em particular começou no momento em que ela se viu incapaz de comparecer a concertos. Sempre achei isso extremamente comovente. E o fato de ela ter se transformado em uma benfeitora tão incansável justo no momento em que se viu incapaz de aproveitar os frutos da própria generosidade é uma prova incontestável de sua abnegação.

Mais sobre o espírito de Mildred.

Em 1921 ela se tornou uma patrona da Metropolitan Opera com uma doação considerável. Como expressão de gratidão, o sr. Gatti-Casazza, o gerente-geral, mandou o coro cantar músicas natalinas embaixo de nossa janela. Nunca me esquecerei das lágrimas de Mildred, uma mistura de gratidão e total incredulidade, ao olhar para os cantores com seus figurinos completos lá embaixo encenando o maravilhoso cortejo da Natividade só para ela. Esse foi apenas o primeiro dos gestos desse tipo de várias instituições artísticas e indivíduos. Sabendo que Mildred estava fraca demais para assistir a apresentações públicas, alguns dos músicos iam cumprimentá-la em pessoa. Essas visitas em geral aconteciam na hora do chá, quando eu estava no trabalho. Provavelmente é melhor que tenha sido assim, pois minha ausência ajudava Mildred a superar a timidez e cultivar as amizades artísticas que viriam a ser tão importantes em sua vida.

Durante aqueles anos ela também se tornou uma apoiadora contínua da Orquestra Sinfônica e da Sociedade Filarmônica de Nova York, fazendo doações para os primeiros violinos de cada uma. Também fez muito pelos Concertos para a Juventude da Filarmônica, uma série de matinês para toda a família que ajudou a organizar em 1924. Era de suma importância para Mildred garantir que os jovens recebessem a educação musical que ela nunca recebera. É por isso que intervim quando decidiu ajudar o Instituto de Arte Musical a adquirir a casa de hóspedes da família Vanderbilt na East 52nd Street para criar a Juilliard Graduate School naquele mesmo ano. Mais detalhes da transação e significado pessoal de assumir a casa dos Vanderbilt.

O amor pela música não fez com que Mildred negligenciasse a paixão pelos livros. Ela se tornou uma ardente paladina das bibliotecas públicas. Não apenas na cidade. Também em vilarejos industriais em torno de sua Albany natal, onde a cultura não havia acompanhado a indústria. E por todo o país. Ritual de pedir a uma criança que cortasse a fita em seu lugar. Recusava-se a usar o sobrenome em edifícios ou a exibir sua generosidade em público.

Doar dinheiro é um trabalho árduo. Requer muito planejamento e estratégia. Se não for gerida adequadamente, a filantropia pode prejudicar o doador e mimar o recebedor. Expandir. A generosidade é a mãe da ingratidão.

À medida que as iniciativas de caridade de Mildred cresciam, vi a necessidade de organizá-las com racionalidade. Foi por isso que em 1926 criei o Fundo de Caridade Mildred Bevel. Eu não apenas doava amplamente, mas também geria os recursos para que as doações seguissem uma abordagem sistemática e não esgotassem o capital. Arquitetura financeira geral do FCMB. Por que é tão inovadora. Marcos.

Em reuniões regulares matutinas na estufa, antes de eu ir para o trabalho, Mildred e eu discutíamos como alocar os fundos. Ah, sua excitação! O prazer que tantas mulheres buscam em compras extravagantes ela encontrava, redobrado, nas doações. Escolhia causas e optava por instituições com entusiasmo irreprimível, mas também dava ouvidos a meus apelos à razão e seguia minhas orientações sempre que suas escolhas não eram financeiramente seguras. Minha abordagem metódica freava sua compreensível paixão. Eu garantia que seus nobres esforços tivessem o alcance mais amplo e o maior impacto possível. Listar alguns beneficiários e causas.

A prova do sucesso do Fundo de Caridade Mildred Bevel é que ele prospera até hoje, melhorando a vida de novos e já estabelecidos artistas por todo o país. E eu

DESPEDIDA

Cuidar da enfermidade de Mildred talvez tenha sido o maior desafio de minha vida. À medida que sua condição ia se deteriorando, eu convocava os principais médicos do país. Reunia-me com eles em particular após cada exame, mas acabava apenas ouvindo a confirmação dos resultados anteriores. Os médicos eram unânimes em dizer que ficavam surpresos com a aparente força de Mildred, considerando o estado avançado de sua malignidade. Todos nós atribuíamos isso a seu espírito positivo e a sua visão otimista da vida.

Foi por isso que mantive o prognóstico fora do alcance dela o máximo que pude, mostrando-me sempre alegre e garantindo que todos os pequenos rituais e prazeres que constituíam sua vida permanecessem intactos. Meu receio era que ela simplesmente não tivesse forças para aguentar a verdade. Os fatos concretos destruiriam a atitude alegre que a sustentara até então. Lamento dizer que eu não estava enganado. Quando enfim lhe revelei o diagnóstico a palavra em si encheu sua cabeça de pavor, o que por sua vez acelerou seu declínio.

Relato curto e digno da rápida deterioração de Mildred.

Depois de minuciosas consultas com médicos, tanto em Nova York quanto na Europa, achei um sanatório na Suíça onde alguns pacientes com doenças supostamente incuráveis haviam tido recuperações quase miraculosas. O lugar, um refúgio situado em algum lugar entre Zurique e St. Moritz, aguçou meu interesse. Mas assim como eu relutava em compartilhar notícias ruins desnecessárias com Mildred, também evitava lhe dar falsas esperanças. Nada é mais nocivo aos doentes do que decepções.

Logo a viagem se tornaria pesada demais para Mildred.

Suas apreensões. Corrida contra o tempo.

Acertando os negócios de Mildred em Nova York. Certificando-me de que o escritório de Nova York continuaria a funcionar durante minha ausência.

Votos de recuperação dos amigos. Embarque no navio. Rápido relato da viagem.

A estância terapêutica ficava em um local apartado, em uma ótima localização no meio de densos bosques. Situada em um vale na metade do flanco de uma montanha, tinha vistas encantadoras dos pastos lá embaixo. O ar forte e estimulante agia como um tônico e logo de cara percebi seu efeito revigorante em Mildred. Seu rosto recuperou a cor, seus passos voltaram a ser leves.

O panorama campestre europeu fez Mildred lembrar-se da mocidade. Algo breve sobre o período dela na Europa com os pais.

Ela logo se aclimatou. Médicos e enfermeiras ficaram encantados com ela etc.

Testes. Rotina diária. Banhos terapêuticos. Dieta, exercício, caminhadas modestas etc. Dor.

Pouco depois da nossa chegada, uma vez que os médicos tinham realizado todos os testes, o diretor do estabelecimento pediu para me ver. Não era necessário que ele falasse. Eu conhecia muito bem o ar de um homem com más notícias. Após as protelações de praxe e os preâmbulos sérios ele me fez a cortesia de ser direto. Uma cura estava fora do alcance da ciência. Eu gostaria de dizer que fiquei chocado. O diretor, contudo, me assegurou que eu havia tomado a decisão certa ao pôr Mildred sob seus cuidados. O sanatório e seu ambiente proporcionariam as melhores condições possíveis durante aquele período difícil. Isso se revelou verdadeiro.

Mildred deve ter pressentido ou adivinhado que sua doença era incurável. Ela estava meiga como de costume, mas sua jovialidade e seu júbilo tinham sido substituídos por uma nova serenidade e autoconfiança. Parte dela já havia ascendido a um patamar mais elevado.

Exemplos da sabedoria inocente de Mildred durante esse período. Seus pensamentos sobre a natureza e Deus. Nosso último passeio no bosque. O enternecedor incidente com um animal.

Só uma vez ousei interromper sua rotina silenciosa, quando consegui levar o quarteto de cordas do Grand Hotel St. Moritz à estância terapêutica para um concerto particular. O diretor e alguns dos médicos se uniram a nós para aquela noite inesquecível. Eu havia pedido que o quarteto tocasse algumas das peças favoritas de Mildred. Nomear algumas. Não seria exagero dizer que ela foi transportada. Ao fim do recital parecia tão cheia de vida e vigor, quase como se tivesse sido magicamente curada. Esse era o poder que a música tinha sobre ela.

Aquela leve melhora me encorajou a fazer, relutante, uma viagem de ida e volta no mesmo dia para cuidar de uma situação crítica que havia surgido. Zurique, a menos de cem quilômetros da estância, é a sede da bolsa de valores suíça e, supérfluo dizer, uma das capitais bancárias do mundo. Negócios urgentes exigiam minha presença lá. Foi a única vez que me afastei dela, e quisera eu nunca ter dado atenção àquela convocação.

Sempre me lembrarei de como ela pôs as costas da mão em minha testa antes que eu partisse. E nunca me perdoarei por não ter percebido que aquele gesto insólito era sua despedida. Quando voltei da cidade ela não estava mais conosco.

V

A prosperidade e seus inimigos

Toda vida se organiza em torno de um pequeno número de eventos que nos impulsionam ou nos fazem minguar até parar. Passamos os anos entre esses episódios sendo favorecidos ou sofrendo por suas consequências até a chegada do próximo momento poderoso. O valor de um homem é estabelecido pelo número dessas circunstâncias definidoras que ele é capaz de criar para si mesmo. Ele nem sempre precisa ser bem-sucedido, pois pode haver grande honra na derrota. Mas deve ser o protagonista das cenas decisivas de sua existência, sejam elas épicas ou trágicas.

Seja lá o que o passado tenha nos entregado, depende de cada um de nós esculpir nosso presente a partir do bloco amorfo do futuro. Meus ancestrais oferecem provas abundantes disso. Nós, os Bevel, atravessamos numerosas crises, pânicos e recessões: 1807, 1837, 1873, 1884, 1893, 1907, 1920, 1929. Não apenas sobrevivemos a elas, mas emergimos mais fortes, sempre levando os interesses da nação em consideração. Se nem meus ancestrais nem eu tivéssemos entendido que uma economia saudável, próspera para todos, tinha de ser salvaguardada, nossas carreiras teriam sido de fato muito breves. A mão egoísta tem pouco alcance.

É por isso que acho as infundadas e difamatórias acusações dirigidas a minhas práticas comerciais enfurecedoras. Nosso mero sucesso não deveria ser uma prova suficientemente convincente de tudo o que fizemos por este país? Nossa prosperidade é prova de nossas boas ações.

Como exibirei aqui com detalhes irrefutáveis, minhas ações durante os anos 1920 contribuíram não apenas para criar mas também prolongar o crescimento que vivenciamos ao longo daquela década. E ajudaram a salvaguardar a saúde da economia de nossa nação. Jornalistas e historiadores demasiado ávidos referem-se àqueles anos como uma "bolha". Ao usar essa palavra insinuam que aquele período de abundância foi uma fantasia precária fadada a explodir. O fato, no entanto, é que a era de prosperidade que desfrutamos antes de 1929 foi o resultado de políticas econômicas cuidadosamente concebidas, nas quais uma sucessão de governos ditosos teve o bom senso de não interferir. Aquele não foi um "boom" passageiro predestinado a "explodir". Aquele foi o destino dos Estados Unidos sendo cumprido.

UM DESTINO CUMPRIDO

Depois de o Velho Mundo ter levado a si mesmo até a beira da destruição ficou claro que o futuro pertencia aos Estados Unidos. Enquanto a Europa estava afundada em dívidas e dilacerada por animosidades nacionalistas que a Grande Guerra só havia aprofundado, os Estados Unidos entraram em uma década de grande prosperidade.

Foi uma era transbordante de invenções, um novo Renascimento. Ao fim da guerra a eletricidade alimentava apenas um quarto das indústrias americanas. Dez anos mais tarde motores a vapor tinham praticamente sumido e nossa produção era quase toda elétrica. Luzes incandescentes tornaram-se onipresentes. Máquinas de lavar, aspiradores de pó e outros eletrodomésticos ajudavam três quartos das donas de casa americanas. O cinema e o rádio levavam uma nova diversão a milhões durante suas horas de lazer.

A produção em massa de automóveis criou um ciclo fenomenal de prosperidade, no qual consumo e emprego se alimentavam mutuamente. Várias indústrias conexas, desde refinarias de petróleo até fábricas de borracha, floresceram em torno dos carros. Milhões de quilômetros de estradas foram pavimentados. Frotas de caminhões aceleravam o comércio. No início do século havia cerca de 8.000 carros registrados nos Estados Unidos. Em 1929 esse número havia subido para quase 30.000.000.

Mas a maior indústria americana daquela época eram as finanças. Depois da deflação de 1920, explicada no capítulo III, um período de crescimento econômico sem precedentes teve início. Com a inflação geral em zero, as taxas de juros foram mantidas baixas. Os preços dos estoques estavam baixos e os retornos eram bons. Nunca em nossa história uma porção tão grande da renda nacional havia sido investida como naquele período. Os lucros durante a primeira metade da década subiram 75 por cento, e a maior parte desse excedente foi para o mercado de ações, aumentando enormemente o valor dos títulos. Para fornecer um pouco de perspectiva, em 1921, logo após a recessão, o Dow chegou a seu ponto mais baixo, 67. Em 1927 superou 200 pela primeira vez. Essa era a força que alimentava a indústria americana. Foi isso que financiou todas aquelas vertiginosas inovações tecnológicas e seu consumo. O presidente Coolidge não poderia ter dito de maneira melhor: "O negócio dos Estados Unidos são os negócios."

Como essa era de abundância começou? Depois da recessão de 1921, como uma maneira de apoiar o plano de prosperidade, senti a obrigação de fazer o que podia para sustentar o mercado e restabelecer a confiança que a recessão havia apagado. No fim de março de 1922, comprei uma série de ações nos setores automobilístico, ferroviário, borracheiro e siderúrgico. Nos dias seguintes fiz as ações ordinárias da United Steel atingirem o recorde de 97 5/8. As ações das siderúrgicas independentes subiram por reflexo, bem como as da Baldwin Locomotive, da International Nickel, da Studebaker e outras.

A amplitude do mercado em 3 de abril de 1922 havia "chegado àquele patamar apenas uma vez na história da bolsa de valores", como até o *The New York Times* admitiria no dia seguinte. Relutante como sempre em me dar algum crédito, o *Times* chamou a força que estava fazendo o mercado se recuperar de um "movimento misterioso".

Estou citando essas transações específicas do início de 1922 somente porque são um marco histórico. Aquele dia do mês de abril deu início a um período que nada tinha a ver com uma "bolha", mas que lançava as bases para um futuro de grande abundância. Ao longo dos anos seguintes conduzi várias operações daquele tipo, que permitiram que inúmeras empresas, indústrias e companhias americanas aumentassem a emissão de ações e se capitalizassem. Este é meu relato. E este é o pano de fundo que o leitor deve ter em mente ao olhar para 1929.

Robustez financeira: mais fatos concretos e cifras. Tornar acessível para o leitor médio.

Sempre desdenhei a política e declinei todos os cargos a mim oferecidos. Mas me orgulho em dizer que durante esse período ajudei a guiar as políticas monetária e comercial oficiais na direção certa ao oferecer conselhos informais sempre que solicitado. Esse relacionamento amistoso com o governo começou em 1922, quando o presidente Warren G. Harding convocou a mim e a outros homens de negócios para comparecer à Casa Branca e ajudá-lo a cumprir sua promessa de campanha de levar prosperidade para nosso povo a partir do lema "Os Estados Unidos em primeiro lugar".

Graças à implementação de reduções de impostos e tarifas protecionistas pelas quais nós havíamos advogado por muito tempo, a produção atingiu um nível recorde e o emprego subiu constantemente em todo o país. Em 1921 a alíquota marginal mais alta era de 77 por cento. Em 1929 havíamos conseguido reduzi-la para 22 por cento. Em vez de encher os cofres de Washington, esse dinheiro voltou para as empresas, gerando novos empregos para os americanos trabalhadores. Alegro-me de ter sido capaz de ajudar a moldar essas políticas monetárias e fiscais e a conduzir o mercado pelo caminho certo.

Sucesso fabuloso de 1926. Triunfos sem paralelos. Histórico.

Durante esse período vi não apenas o destino de nossa grande nação ser cumprido, mas também o meu. Mildred e eu havíamos nos mudado para nossa nova casa na East 87th Street apenas alguns anos antes. Por um breve período, antes de ela ser acometida pela fadiga que se tornaria o primeiro sintoma de sua doença, a vida foi

Breve parágrafo Mildred, prazeres domésticos. O lar como consolo durante aqueles tempos alegremente frenéticos.

MÉTODO

Muita ficção foi escrita sobre meu papel no mercado. E por tempo demais o público discutiu minha "antevisão" em relação às flutuações acionárias, especialmente durante minhas conquistas históricas de 1926 e os eventos que se desenrolaram três anos mais tarde. Posso, portanto, ser perdoado por fazer uma breve pausa aqui para relatar os fatos.

Dizem que a educação de uma criança começa várias gerações antes de seu nascimento. Acredito nisso, e minha educação financeira começou há mais de um século, com meu bisavô William, de quem herdei um senso de audácia empreendedora. Essa instrução continuou com meu avô, que me legou uma mente matemática. Concluiu-se com meu pai, que me transmitiu parte de sua intuição certeira. Por volta de 1922 organizei essa rica herança intelectual em torno de um método concebido por mim.

Meu verdadeiro trabalho começa depois do sino de fechamento, quando realizo minha pesquisa e análise. Há anos mantenho registros e gráficos minuciosos sobre movimentos financeiros e industriais de todo o mundo. Como escrevi no capítulo II, um verdadeiro homem de negócios também é um polímata. Mas a amplitude de meus interesses é tamanha que eu jamais seria capaz de gerir a profusão de informações obtidas. Recrutei, portanto, estatísticos e matemáticos para formar um verdadeiro parque de cérebros. Sob minha supervisão direta esses pesquisadores estudam registros acionários, avaliam declarações industriais, preveem tendências futuras a partir de tendências passadas e detectam padrões no comportamento das multidões.

Depois submeto todos esses fatos a uma análise matemática rigorosa e os comparo com padrões estatísticos e probabilísticos que desenvolvi ao longo dos anos. Meu ponto de partida para esse sistema foi meu trabalho inicial sob a tutela do professor Keene em Yale, descrito em um capítulo anterior. Ao longo de minha carreira expandi e ajustei tais descobertas a demandas específicas das finanças. O resultado foi uma rede radicalmente nova de cálculos e algoritmos, adaptáveis a uma ampla variedade de contingências comerciais.

O leitor entenderá a necessidade de discrição e me perdoará por não dar mais detalhes a respeito desse ponto específico. Basta dizer que as conclusões alcançadas ao fim desse processo permeiam minhas transações, operações diárias e planos de longo prazo. O restante, o que acontece no pregão, é a mera execução dessas decisões.

Muito já foi dito de minha capacidade de "voar às cegas" durante os momentos em que o teletipo não conseguia acompanhar o volume de transações. A intuição foi muito útil para mim ao longo da carreira e a ela devo boa parte de minha reputação. Mas para ser bem-sucedido de forma consistente um investidor deve seguir regras. O acréscimo de ciência e interpretação objetiva de grandes volumes de dados a minha intuição é a fonte de minha superioridade. O resultado é o que muitas vezes foi confundido com "adivinhação". É essa combinação singular de instinto e método que sempre me permitiu estar à frente das fitas de teletipo. Mesmo nestes tempos mais tranquilos, atravancados por uma regulação sufocante, ainda sou capaz de prosperar graças a essa fórmula que criei. Mas falarei de minhas conquistas atuais no capítulo final deste livro.

UM DESTINO TRAÍDO

O mercado tem sempre razão. Aqueles que o tentam controlar nunca têm. Contudo, durante a segunda metade da década de 1920, no auge do sucesso suado e legítimo dos Estados Unidos, duas forças equivocadas irromperam na cena com a intenção de fazer exatamente isso. De um lado, especuladores instantâneos e piratas tentando ganhar dinheiro rápido ao inflar de maneira irresponsável os preços em cima de dinheiro emprestado. Do outro, a máquina desajeitada do Federal Reserve, tentando ineficientemente refrear aqueles apostadores com ações artificiais, mal concebidas e inoportunas que só conseguiam prejudicar os investidores legítimos. Juntos, esses amadores gananciosos e burocratas desastrados acabaram conseguindo destruir o próspero mercado.

Os eventos que levaram à derrocada de 1929 nada foram além da perversão de tudo o que havia sido excelente nos anos anteriores. Crédito flexível, alto emprego e uma ampla oferta de novos bens estavam indissociavelmente ligados uns aos outros. Estimulados por seus contracheques estáveis e pela abundância da primeira metade da década, as pessoas perderam o medo de dívidas e começaram a comprar automóveis e eletrodomésticos a prestação. A resultante expansão excessiva do crédito não deteve ninguém.

Trabalhadores tornaram-se consumidores. E em pouco tempo consumidores tornaram-se "investidores". Como as dívidas não carregavam mais o estigma que costumavam ter, as massas não hesitaram em apostar com dinheiro que não era realmente seu. Esses novos especuladores não eram donos dos títulos nos quais estavam apostando. A maioria de suas transações era feita na margem, através de empréstimos sem vencimento especificado. Com as taxas de redesconto baixas, inescrupulosos provedores de empréstimos seduziam o populacho com seu dinheiro barato. Pessoas que nunca haviam visto um teletipo antes de 1924 tornaram-se especialistas financeiras da noite para o dia. "Ficar rico" nunca pareceu tão fácil. Ninguém se preocupava por essa jogatina irresponsável estar corroendo os alicerces de nossa prosperidade conseguida a duras penas.

Negociar valores mobiliários tornou-se o esporte favorito dos americanos. A depravação da especulação alavancada atraía sem parar a arraia-miúda com grandes sonhos, sempre os atores mais irresponsáveis do mercado. Pequenos milionários iludiram-se acreditando que tinham "acertado no milhar" e poderiam multiplicar seu butim indefinidamente. Gangues de novos-ricos indisciplinados, turistas especuladores e o zé-povinho, encorajados por crupiês inescrupulosos, pegaram carona nas abas dos fraques dos homens de negócios que tanto trabalhavam.

Todos estavam se divertindo com finanças usando dinheiro de brinquedo. Até mulheres entraram no mercado! Os tabloides davam "dicas" e "conselhos" de investimento misturados a modelagens para costura, receitas e mexericos sobre os novos queridinhos de Hollywood. O *Ladies' Home Journal* publicou editoriais assinados por financistas. Viúvas e faxineiras, melindrosas e mães "brincavam com as ações". Embora a maioria das corretoras de boa reputação tenha aderido a uma política rígida de banimento de clientes do sexo feminino, salas de negociação para mulheres surgiram por toda a cidade de Nova York, e em cidades menores donas de casa com um "palpite" descuidavam de suas obrigações domésticas para acompanhar o mercado na corretora local e informar suas transações por telefone ao fim do dia. As mulheres representavam apenas 1,5 por cento dos especuladores de diletantes no início da década. No fim chegaram a quase 40 por cento. Podia haver algum indicador mais claro do desastre por vir? O declínio de ilusão coletiva para histeria era só uma questão de tempo. Eu sabia que era meu dever fazer o possível para corrigir essa situação.

Mas, como indiquei acima, havia uma segunda força em operação durante aqueles anos: o Federal Reserve. Deixei bastante claro no capítulo III que sempre me opus à criação desse órgão regulador, porém, já que seu peso nos oprime, era de esperar que pelo menos a orgia especulativa tivesse sido por ele refreada. Mas o Conselho do Federal Reserve hesitou demais em puxar as rédeas e depois, em uma tentativa desesperada para corrigir seus erros precedentes, as puxou com força demais. Entre janeiro e julho de 1928 o Conselho aumentou a taxa de redesconto de 3,5 por cento para 5 por cento. Essas ações foram muito fracas para restringir o uso de crédito na distribuição de valores mobiliários, mas muito sufocantes para a saúde econômica do país. Foi um exemplo clássico do Estado tentando corrigir de forma artificial uma situação que o mercado teria reparado naturalmente, se estivesse livre para operar.

Os sinais de uma desaceleração e um eventual colapso estavam lá para quem quisesse ver. Por um bom tempo houvera evidências de recessão nos negócios, como lentidão no mercado automobilístico e superprodução de outros bens duráveis. Todos os que tinham dinheiro para um automóvel, uma geladeira e um rádio já os haviam comprado. Preços das commodities deslizando. Além do mais, as altas taxas que o Conselho instituíra àquela altura só podiam debilitar as condições monetárias na Europa e prejudicar o comércio americano. Uma correção no preço dos valores mobiliários era inevitável.

Mas em 1929 o bacanal especulativo chegou a níveis sem precedentes. Naquele verão o Dow quase dobrou, passando de 200 para um recorde de 381,17. Isso não era crescimento. Era insanidade. Em 3 de setembro de 1929 Wall Street registrou o pico de empréstimos a corretoras. Por volta dessa data, em uma tentativa ineficaz de exercer mais pressão, o Conselho aumentou em um ponto percentual a taxa de juros, que atingiu 6 por cento.

Mais: o FED ordenou que os bancos parassem de fornecer dinheiro para empréstimos sem vencimento especificado, aniquilando a demanda por valores mobiliários. O FED sinceramente acreditava que o volume maciço de ações recém-emitidas seria comprado com dinheiro vivo?

Entendendo essas condições, em 5 de setembro comecei a limpar minhas cartas. O *Times* publicou que "no meio de um céu claro, uma tempestade de vendas abateu-se sobre Wall Street", resultando em "uma das horas mais frenéticas da história da bolsa de valores". Com uma amarga ironia que remetia a 1922 comecei com as ações ordinárias da Steel, que puxaram para baixo a General Motors e a General Electric, e depois a Radio, a Westinghouse e a American Telephone. A ruptura brusca logo ultrapassou as blue chips. O teletipo continuou funcionando até as cinco da tarde para dar conta das 2.500.000 ações liquidadas naquele dia.

Lamento dizer que meus atos não conseguiram fazer o mercado recuperar o bom senso. Mais medidas drásticas foram necessárias. Sempre fui um guardião do interesse público, mesmo quando meus atos pareciam contrastá-lo. Meu histórico de longos investimentos em empresas que acarretaram o crescimento dos Estados Unidos fala por si só. Em 1929, todavia, enojado pela avidez depravada que perturbava os negócios da bolsa por um lado e pelo intervencionismo descontrolado do Federal Reserve por outro, senti-me obrigado a assumir uma posição vendida. Não apenas porque era a decisão razoável a ser tomada por um homem de negócios. Também foi minha tentativa, como cidadão preocupado, de corrigir e expurgar o mercado. E assim como meus antepassados eu provei que lucro, quando obtido com responsabilidade, anda junto com o bem comum.

Como previsto, as intervenções do Federal Reserve finalmente conseguiram deixar bancos e credores em pânico. Os empréstimos às corretoras foram cobrados. Otimismo transformou-se em pessimismo da noite para o dia. Logo os valores mobiliários que serviram de garantia para os empréstimos sem vencimento especificado não valiam mais nem o papel em que estavam impressos.

O fundo do poço foi atingido em 23 de outubro. Durante as duas últimas horas antes do sino de fechamento o Dow perdeu quase 7 por cento do valor do dia anterior. Um número chocante de chamadas de margem foi feito. Na manhã seguinte o *The New York Times* declarou que a onda súbita de liquidações havia sido causada pela "necessidade de reajuste dos níveis de preço, o resultado de aquisições por parte de um público demasiadamente entusiasta". Até aí tudo bem. Mas depois a matéria descamba para falsidades e conspirações. Não contente de indicar a verdadeira causa da derrocada, o jornal também tem de acrescentar um toque de intriga. Para aliviar o "público demasiadamente entusiasta" que acabou de denunciar, o *Times* menciona uma suposta "manipulação em grupo" e operações misteriosas envolvendo "venda estratégica para causar baixa por parte de muitos especuladores pessimistas poderosos, que escolheram pontos vulneráveis para realizar vendas pesadas".

Não é preciso ser Sherlock Holmes para deduzir que aquelas linhas são dirigidas a mim. Mas, como qualquer profissional de verdade pode confirmar, é impossível que uma só pessoa ou um só grupo controlem o mercado. A imagem de um grupo de conspiradores fumando charutos e manipulando Wall Street em um salão é ridícula. No dia 24 de outubro, conhecido como Quinta-Feira Negra, incríveis 12.894.650 ações foram vendidas na Bolsa de Valores de Nova York. Na segunda-feira, dia 28, os preços continuaram a despencar. O Dow viveu sua queda mais drástica da história, perdendo 13 por cento, ou 38,33 pontos, em uma só sessão de negociações. No dia seguinte, a Terça-Feira Negra, todos os recordes foram quebrados quando 16.410.030 ações foram despejadas no pregão. O teletipo atrasou duas horas e meia no fechamento. Esses números colossais realmente confirmam que o mercado estava enfrentando forças maiores do que um homem, um grupo ou um consórcio.

No fim de tudo isso o Dow havia caído 180 pontos, quase exatamente o que ganhara nos insanos meses de verão. Mais da metade dos empréstimos a corretoras foi cobrada. Nessa avalanche de liquidação não havia compradores, a despeito do preço. A essa altura eu tinha fechado todas as minhas posições, e sinto certa satisfação em dizer que ao cobrir minhas vendas a descoberto pude intervir e proporcionar pelo menos algum alívio a uma multidão de vendedores que necessitavam desesperadamente de um comprador.

Meus atos salvaguardaram a indústria e os negócios americanos. Protegi nossa economia de operadores pouco éticos e destruidores da confiança. Também defendi a livre iniciativa da presença ditatorial do governo federal. Lucrei com esses atos? Sem dúvida. Mas o mesmo acontecerá, no longo prazo, com a nossa nação, libertada tanto da pirataria do mercado quanto da intervenção estatal.

VI

Restaurando nossos valores

8 de julho de 1932, o Dow atinge seu nível mais baixo, 41 pontos.

Desde o Pânico de 1907, quando até o mais proeminente de meus colegas apoiou a criação do Federal Reserve, sou contra essa instituição. Onde eles viam um mecanismo preventivo eu via a fundição de onde sairiam os grilhões da regulamentação. Agora, 30 anos mais tarde, nesta era de intervenção governamental ilimitada, a história provou que eu tinha razão.

Uma série de decisões ruins que prejudicaram

Leis Bancárias de 1933-1935. Fator perturbador contrariando o empresariado. Inimigo do idealismo americano. Usurpação do poder. Público enganado de maneira maquiavélica. Ataque imprudente às finanças

"Comissão Federal do Mercado Aberto". Piada! Ou temos "Mercado Aberto" ou temos "Comissão Federal". Mas não podemos ter a primeira cercada pela última!

Conquistas recentes, desde o falecimento de Mildred. Prosperando apesar da tristeza e das condições políticas hostis. Lista.

VII

Legado

Cada um de nossos atos é governado pelas leis da economia. Quando acordamos de manhã trocamos descanso por lucro. Quando vamos para a cama à noite estamos abrindo mão de horas potencialmente lucrativas para renovar nossa força. E durante o dia realizamos inúmeras transações. Toda vez que encontramos uma maneira de minimizar nosso esforço e aumentar nosso ganho estamos fazendo uma transação comercial, mesmo que seja com nós mesmos. Essas negociações estão tão arraigadas em nossa rotina que mal são notadas. Mas a verdade é que nossa existência gira em torno do lucro.

Todos nós desejamos mais riqueza. O motivo é simples e pode ser encontrado na ciência. Como nada na natureza é estável, não é possível apenas manter o que temos. Da mesma maneira que todos os outros seres vivos, nós prosperamos ou enfraquecemos. Essa é a lei fundamental que governa toda a esfera da vida. E é devido a um instinto de sobrevivência que todos os homens desejam

Smith, Spencer etc.

O evangelho da riqueza, *American Individualism*, *The Way to Wealth*, *O indivíduo e o arbítrio* etc.

Testamento Filosófico.
Etc.

Memórias, relembradas

---

de

IDA PARTENZA

I

As portas almofadadas, fechadas para a maior parte do mundo durante décadas, agora estão abertas ao público de terça a domingo entre 10h e 18h.

Por anos evitei a entrada principal da Residência Bevel na 87ª Street, entre a Madison e a Quinta Avenida. De vez em quando, caminhando pelo parque, eu avistava o andar superior através da folhagem. A pedra calcária escurecendo com as estações; as venezianas fechadas a despeito delas.

Todavia, há cerca de seis anos, encontrei abertas as janelas que costumavam ficar escondidas pelas venezianas. Uma matéria no Times *apareceu algumas semanas mais tarde, dizendo que, após um prolongado litígio a respeito da propriedade, finalmente teriam início as obras que transformariam a casa no museu a que fora destinada após a morte de Andrew Bevel. Pouco depois, a mansão foi coberta por andaimes e envolta em uma rede de proteção. As obras começaram. Mais ou menos dois anos mais tarde, na primavera de 1981, todas as publicações em Nova York continham artigos sobre Bevel House, a última "preciosidade" da cidade, um "tesouro" histórico, uma "joia" cultural. A* New Yorker *me pediu para escrever algo sobre a reabertura da casa, sem saber que eu tivera uma ligação precedente com aquele lugar. Declinei.*

Quatro anos se passaram. A enxurrada de atenção em torno de Bevel House diminuiu e o edifício se tornou mais uma parada obrigatória na Milha dos Museus. Eu também esqueci Bevel House. Vivendo no sul da cidade, foi bastante fácil evitar o edifício e até exilar sua imagem de minha mente. Às vezes, uma cadeia aleatória de associações levava meus pensamentos de volta à casa e despertava novamente minha curiosidade. Toda vez que eu estava visitando um amigo ou realizando uma tarefa no Upper East Side e o acaso me levava para aquele trecho da Quinta Avenida, eu parava diante da grade elaborada que separa o jardim da calçada e erguia o olhar para as janelas. Aquelas ridículas cortinas novas com estampa caxemira. Mesmo assim, movida por uma superstição sem palavras, sempre ficava longe da entrada na East 87$^{\underline{th}}$ Street.

Mas, então, alguns meses atrás, por volta de meu aniversário de setenta anos, li por acaso na Smithsonian Magazine *que a Bevel Foundation havia recentemente incluído os documentos pessoais de Andrew e Mildred Bevel no acervo. "Os arquivos incluem correspondência, calendários de compromissos, livros de recortes, inventários e cadernos que documentam as vidas do sr. e sra. Bevel", diz o breve artigo. "Esse material proporciona uma visão singular da vida de um casal cujo legado filantrópico continua a moldar a vida pública e cultural dos Estados Unidos até hoje."*

Talvez porque eu tivesse acabado de fazer setenta anos, aquela notícia — saber que aqueles documentos estavam disponíveis — surtiu um efeito profundo em mim. Nunca liguei muito para aniversários ou fetiches decimais de qualquer tipo. Mesmo assim, não conseguia parar de pensar sobre os eventos que moldaram minha vida como escritora ao longo de quase cinco décadas. E os documentos dos Bevel estão na origem de tudo.

A mesma força que me mantivera afastada de Bevel House por tanto tempo agora me atraía para lá. Em um eco reverso, perguntas que haviam desvanecido de minha mente voltaram, obstinadamente, do silêncio, tornando-se mais altas a cada repetição. Eventos, cenas e pessoas que eu havia esquecido retornaram com uma vivacidade que desafiava a realidade física a minha volta. E talvez por terem vindo de tão longe com tanta rapidez, essas perguntas e lembranças impactaram e às vezes até perfuraram a própria imagem de mim mesma que se solidificara ao longo dos anos.

De várias maneiras devo aos Bevel o fato de ser escritora, embora Mildred já estivesse morta havia muitos anos quando conheci Andrew. Mas nunca me permiti contar a história que me liga a eles. Talvez porque ainda temesse a retaliação de Andrew, mesmo além-túmulo. Mais provavelmente, porém, porque sempre senti, de maneira inarticulada, que minha relação com o sr. e a sra. Bevel é uma das duas ou três fontes das quais brota toda a minha escrita — outra dessas fontes é, mais previsivelmente, meu pai. Muito do que escrevi ao longo das últimas décadas é uma versão cifrada da história daquele relacionamento. Às vezes, no meio de um projeto — um romance sobre um fotógrafo de rua, uma matéria sobre observatórios astronômicos, um ensaio sobre Marguerite Duras —, percebo que mais uma vez me refiro aos Bevel. Ninguém além de mim jamais perceberia essa conexão, é claro. Mesmo assim, essas alusões cifradas e muitas vezes involuntárias alimentaram meu trabalho desde os primórdios. Então, mais uma vez, de maneira imprecisa, acreditei por todos aqueles anos que se eu utilizasse aquela fonte diretamente ela se contaminaria ou até mesmo secaria. Mas agora, aos setenta anos, é diferente. Agora me sinto forte o suficiente.

E é por isso que me vejo diante destas portas implausivelmente abertas nesta manhã de outono. Para revisitar o lugar onde me transformei em escritora. Para buscar respostas para os enigmas que eu achava que deveriam ficar sem solução a fim de alimentar meu trabalho. E para enfim conhecer, mesmo que somente através de seus papéis, Mildred Bevel.

Está escuro lá dentro. Duas mulheres hesitam no limiar da escuridão, examinam um mapa e finalmente desaparecem.

Depois de observar a fachada por um tempo, percebo que não estou olhando para o edifício, mas para minhas lembranças que, como papel vegetal, a cobrem.

Um dia trabalhei nesta casa. Mas nunca usei a porta principal. Sempre fui recebida na entrada de serviço.

Isso foi há quase meio século.

Tudo o que vejo para além das portas almofadadas são sombras.

Entro.

2

Não havia necessidade de confirmar o endereço exato no anúncio de jornal. Embora eu estivesse quase uma hora adiantada, quando cheguei a Exchange Place a fila de jovens mulheres fora do edifício já dobrava a esquina da Broad e quase chegava a Wall Street. Vários homens que passavam por ali diminuíam o passo para inspecionar as garotas e, sem nunca parar por completo, fazer uma piada ou um comentário. Quase todos ajeitavam a gravata ou arrumavam o paletó, certificando-se de que estavam com uma aparência elegante e adequada antes de fazer as observações obscenas.

O arranha-céu acinzentado ocupava a maior parte do quarteirão. Como eu só vira sua coroa piramidal da orla do Brooklyn, não pude deixar de parar e olhar para cima. Linhas austeras, limpas, subiam pelos painéis de pedra calcária e só eram interrompidas por cornijas de cobre com traçados exageradamente ornados, arcos góticos e bustos de gladiadores de aparência futurística. O edifício reivindicava, de maneira ávida e cômica, toda a história para si — não apenas o passado, mas também o mundo por vir.

Virando a esquina, um novo prédio alto estava sendo erguido. O esqueleto angular parecia pronto para se lançar sobre todos os edifícios adjacentes. De alguma maneira, a estrutura oca o tornava mais imponente. Como canoas impossíveis, vigas de aço penduradas em fios invisíveis cruzavam o céu. Lá embaixo, suas sombras aumentadas flutuavam pelas ruas, fazendo alguns transeuntes confusos erguerem os olhos para o breve eclipse. Fiquei tonta de repente ao notar que uma das vigas flutuando lá em cima estava pontilhada de homens.

Senti algo no pescoço e percebi ao me virar que as mulheres que esperavam ao longo da parede me observavam, provavelmente pensando que eu era uma forasteira embasbacada.

Fui para meu lugar no fim da fila, reconhecendo alguns rostos de outras filas semelhantes. E, assim como naquelas outras ocasiões, estávamos todas usando nossas melhores roupas. Para algumas, isso significava um *tailleur* de *tweed* com padronagem espinha de peixe, para outras um vestido de noite, embora fosse uma manhã de verão. Minha saia estava um pouco apertada. Não dava para ver, mas era desconfortável. Meu paletó tinha de ficar aberto. As duas peças, tão simples que passavam incólumes pelas mudanças de tendência, haviam pertencido à minha mãe.

Com a exceção de pequenos grupos de amigas que conversavam animadamente, a maioria de nós estava em silêncio. Peguei meu espelhinho de bolso e retoquei o batom. No reflexo, vi a mulher atrás de mim fazer o mesmo. Quando terminei de pôr as coisas de volta na bolsa, ao menos cinco outras mulheres tinham entrado na fila. Li o jornal do anúncio. Havia uma resenha de *A inocência e o pecado*, de Graham Greene, um livro do qual eu nunca tinha ouvido falar — e que ainda não li. Só me lembro disso porque, segundo a resenha, o nome da heroína era Ida. Achei que fosse um bom presságio.

Décadas mais tarde, quando eu estava inspecionando rolos de microfilmes do *The New York Times*, aquele detalhe tornou mais fácil estabelecer a data daquela manhã: 26 de junho de 1938.

Eu tinha vinte e três anos e morava com meu pai em um apartamento estreito e comprido em Carroll Gardens. O aluguel estava perigosamente atrasado e devíamos a todos os nossos conhecidos. Embora houvesse uma forte solidariedade entre os vizinhos do pequeno enclave italiano perto do rio entre as ruas Congress e Carroll (meros oito quarteirões por três), muitos de nossos amigos e conhecidos estavam em uma situação tão difícil quanto a nossa, e nosso crédito na vizinhança estava quase esgotado. Percebendo logo cedo que o dinheiro que meu pai ganhava como impressor nunca seria suficiente para cobrir nossas despesas básicas, encontrei emprego em lojas próximas — limpando, organizando o estoque, fazendo tarefas na rua e, quando já era mais velha, trabalhando atrás do balcão. Mas eram todos trabalhos temporários, e raramente meu salário completava a magra renda de meu pai como tipógrafo.

Como muitas jovens naquela época, eu achava que me tornar secretária me permitiria "trilhar meu caminho até a independência econômica datilografando... datilografando", como dizia um anúncio popular da Remington de então. Com a ajuda de alguns livros da biblioteca e uma máquina de escrever emprestada, aprendi os rudimentos de contabilidade, estenografia e datilografia enquanto me candidatava a empregos por toda a cidade. No início, eu nunca passava da primeira rodada de testes. Mas cada uma daquelas entrevistas fracassadas era uma lição inestimável e, à medida que o tempo passava, eu me aproximava cada vez mais de uma contratação. Por cerca de um ano, trabalhei em uma agência de empregos temporários, e foi no fim desse período que me vi esperando na fila imóvel que levava ao arranha-céu em Exchange Place.

3

Meu primeiro livro, uma coletânea de contos, foi publicado quando eu tinha nove anos. Uma das histórias era sobre uma conspiração de peixes e seus planos fracassados para depor a humanidade e tomar conta da terra firme. A heroína infeliz de outra história era uma garota que morria por partes, membro por membro, até ficar reduzida a um olho. Também havia a história de uma garota de nove anos que morava no topo de uma montanha com o pai, um ladrão de joias que a garota fazia escapar da prisão o tempo todo.

O único exemplar existente desse livro está aqui, na minha frente. É um pequeno volume apertado in-oitavo. É mais um folheto, na verdade. O azul da capa empalideceu com os anos, fazendo com que as palavras em preto se destaquem mais do que o pretendido pelo design original. Acho que a fonte pode ser uma variação da Bodoni. As palavras estão distantes umas das outras na pequena e desbotada paisagem celeste:

Sete histórias
IDA PARTENZA

Meu pai o imprimiu e encadernou. Tiragem única.

Ele também imprimia pôsteres comemorativos, muitas vezes decorados com xilogravuras rudimentares, em meu aniversário ou ao final do ano letivo. Às vezes, sem motivo, fazia cartões de visita para mim com títulos estapafúrdios: "Ida Partenza, Meio-Soprano"; "Ida Partenza, Meteorologista"; "Ida Partenza, Diretora-Geral dos Correios". Por volta dessa época, alguns dos trabalhos que eu escrevia para a escola foram furtivamente coletados e reunidos em um volume chamado *Ensaios*.

Por um tempo, durante o mesmo período, meu pai e eu editamos e imprimimos juntos um jornal, *O Semanário de Carroll Gardens*, uma folha dobrada que estava longe de ser semanal. Eu entrevistava comerciantes, policiais e vizinhos em busca de histórias — em geral envolvendo nascimentos, animais de estimação perdidos, pessoas se mudando de ou para os edifícios nos arredores, e assim por diante. O jornal também incluía destaques do noticiário (entre edições eu reunia recortes em um caderno), um romance em capítulos (que eu escrevia sob o pseudônimo de Caroline Kincaid), um horóscopo (totalmente inventado) e outras seções variadas, inconsistentes. Nenhuma cópia desse efêmero jornal sobreviveu.

Ao folhear as páginas de *Sete histórias*, a mesma pergunta sempre surge. Meu pai mantinha meus muitos erros de ortografia por respeito a minha escrita ou porque eram invisíveis para ele? Suspeitando do último motivo, nunca ousei perguntar a ele. Desde sua morte, sinto inexplicavelmente que aqueles erros nos aproximam. Que nos encontramos neles.

Por volta de 1966, vários anos após a morte de meu pai, escrevi um ensaio sobre ele que entrou para meu quarto livro, *Flecha no vendaval*, um título que peguei emprestado (e adaptei levemente) de uma coletânea de poemas de Arturo Giovannitti. Como relato naquele texto, esse poeta ajudou a criar uma ligação entre mim e meu pai. Quando eu tinha dez ou doze anos, passamos por uma fase em que costumávamos ler sua obra, geralmente depois do jantar, e rir juntos até chorar. Meu pai detestava Giovannitti, apesar do bom coração e das intenções ainda melhores do poeta. Porque a pior literatura, meu pai dizia, é sempre escrita com as melhores intenções. Então fui ensinada a desgostar daqueles poemas, também.

A última estrofe de "Utopia", dirigida a um "Mestre", dará uma boa ideia do estilo de Giovannitti:

> Chegará o dia em que o ouro não o cativará,
>   O roubo e o assassínio deixarão de ser tua lei;
>   Então eu, que agora o chamo de amigo, hei de chamá-lo,
>   Decerto, um homem verdadeiro e justo, "Ó, tolo!"

A pedido de meu pai eu recitava versos como esses em um estilo declamatório inflamado, com ênfase histriônica, sem deixar de destacar todas as palavras arcaicas e as rimas dúbias com um ridículo sotaque italiano e gestos vívidos. E engasgávamos de tanto rir.

Agora, anos após a publicação daquele ensaio sobre meu pai, me pego recordando minha vida com ele mais uma vez. E, mais uma vez, nossas leituras dos poemas de Giovannitti me vêm à mente. Algo mudou, no entanto. Nossas paródias em volta da mesa da cozinha aparecem sob outra luz. Há uma ressonância diferente em meu riso frenético e quase violento. Percebo agora que não era do poeta que eu estava rindo.

Giovannitti nasceu na região do Molise (bem ao lado da Campânia natal de meu pai) em 1884 (só cinco anos antes de meu pai) e deixou a Itália em 1900 (pouco antes de meu pai), indo primeiro para o Canadá, onde trabalhou, brevemente, em uma mina de carvão (meu pai teve uma breve experiência em uma pedreira de mármore no norte da Itália), e depois para os Estados Unidos, onde começou de imediato a colaborar com um jornal político para imigrantes, do qual, em pouco tempo, se tornou editor (meu pai era tipógrafo de um jornal desse tipo). Tornou-se um ativista que ganhou destaque nacional com rapidez após ser injustamente preso em Massachusetts por ajudar a organizar, em 1912, a greve do setor têxtil em Lawrence, em resposta às condições brutais a que eram submetidos os operários, na maioria italianos, pela American Woolen Company — turnos de treze horas nas fábricas em Lawrence muitas vezes acarretavam dedos e membros decepados; trabalho infantil era uma prática comum; mulheres eram sistematicamente molestadas por seus gerentes e, quando grávidas, trabalhavam às vezes até o momento em que davam à luz, em alguns casos entre os dos teares; a expectativa de vida era de vinte e cinco anos. Durante essa greve prolongada, Giovannitti fez discursos inflamados e recitou sua poesia para os trabalhadores. Alguns desses poemas assumiram a forma de discursos religiosos — o mais conhecido, "The Sermon on the Common", foi posteriormente incluído no livro do qual eu e meu pai costumávamos fazer troça.

Quase um mês após o início da greve, Anna LoPizzo, uma operária, foi morta por um policial. Giovannitti foi acusado de ter incitado a greve que levou ao derramamento de sangue, embora estivesse a quilômetros de distância do local onde LoPizzo havia sido alvejada. Seguiu-se um julgamento que durou dois meses, durante o qual ele foi exibido, com dois camaradas, em uma jaula. Giovannitti escreveu um longo poema em prosa, "The Cage", sobre essa experiência. "Como águias aleijadas caídas, os três homens estavam na jaula... Eles não mais alçariam voo para suas elevadas rondas... Parecia-lhes estranho ter de ficar ali por causa do que fora escrito em velhos livros por homens já mortos." Depois que trabalhadores Estados Unidos afora criaram um fundo para custear sua defesa perante a lei e usaram sua causa como bandeira para os direitos trabalhistas e a liberdade de expressão, Giovannitti foi absolvido. Cerca de um ano mais tarde publicou *Flechas no vendaval*, com uma comovente introdução de Helen Keller.

Admiti em meu livro que, como adulta, dava razão a meu pai: os poemas são, em sua maioria, tão horríveis quanto bem-intencionados. E ainda mantenho essa opinião. Mas agora, vários anos mais tarde, fiz uma descoberta. Em retrospecto, sinto vergonha da lembrança de minhas apresentações infantis na cozinha de casa. Porque agora posso ver que meu pai na verdade tinha ciúme. Ele nunca ligou para poesia e não tinha parâmetros ou termos de comparação para julgar obras líricas de qualquer tipo. Por que se fixar naquele único livro com tanto zelo? Não era por motivos literários nem mesmo porque Giovannitti era "um mero socialista". Ele simplesmente não conseguia suportar que Giovannitti, quase de sua idade e com uma vida tão semelhante a sua, tivesse conseguido tanto destaque.

Eles eram quase sósias, mas onde um prosperava e brilhava, o outro trabalhava na obscuridade. Giovannitti era uma figura pública, um combatente eficaz que organizava greves, falava eloquentemente da prisão, fazia discursos públicos e escrevia livros. Ele tinha uma voz. E era isso que meu pai queria que eu ridicularizasse. Ele era o diretor do número de vaudeville e eu a intérprete — uma caricatura viva de Giovannitti, representado como um italiano grotescamente pretensioso que exagerava ao compensar sua estrangeirice e seu forte sotaque ostentando palavras inglesas arcaicas, pomposas. A voz que criamos para o poeta vinha acompanhada de gestos exuberantes das mãos e todo tipo de maneirismo, e era tão caricata que fazia a persona de Chico Marx ou a atuação de Paul Muni no papel de Tony Camonte em *Scarface* parecer retratos matizados de ítalo-americanos. Mas com o tempo entendi que, com aquela caricatura, meu pai — com suas ambições inalcançáveis, proclamações grandiosas e sotaque indelével — estava me pedindo para zombar *dele*. Estava rindo era de si mesmo. E agora, tanto tempo depois de sua morte, isso me faz apreciá-lo por motivos que ele teria achado detestáveis.

Nada em meu pai clamava por piedade. Até seu rosto tinha uma dureza que, quando criança, eu classificava romana no sentido imperial: seu nariz era um triângulo ossudo, seus lábios uma linha dura, sua testa muitas vezes estava enrugada em determinação. Havia algo de soldadesco em seu corpo esguio.

Se ele jamais admitiu alguma fraqueza, como podia requisitar pena? Até seus fracassos eram prova de seu espírito heroico. Provavam que o mundo o enganara — e sua simples presença era um testemunho de sua resiliência. Era por isso que suas opiniões rígidas e muitas vezes mal informadas se tornavam dogmas irrefutáveis, especialmente quando razão e senso comum, ao mesmo tempo, as contestavam.

Como escrevi em *Flecha no vendaval*, o relato de meu pai sobre os anos até sua viagem para os Estados Unidos é incoerente, na melhor das hipóteses. Os fatos mais ou menos inquestionáveis são poucos. Ele nasceu na aldeia de Oliveto Citra, na Campânia, não muito distante de Santa Maria Capua Vetere, cidade natal de Errico Malatesta, um dos fundadores do anarquismo. Se um jovem padre não o tivesse acolhido sob suas asas, era provável que teria sido analfabeto como os pais e a maioria dos amigos (até seus últimos dias ele escondeu a ortografia hesitante e a mão incerta atrás de uma caligrafia teatralmente veloz). No início da adolescência afastou-se da igreja e aproximou-se da política, quando foi trabalhar com o pai em uma pedreira de mármore em Carrara. Foi um jovem totalmente diferente o que voltou para o Sul — distante de seu pai, de sua fé e de seu país. O Risorgimento suscitou-lhe um novo e profundo ódio em relação ao Estado italiano. Muitas vezes ele pronunciava a palavra "Itália" com desdém, referindo-se apenas a um poder burguês centralizado. Após visitar cidades e vilarejos próximos, conheceu vários grupos anarquistas nos arredores de Oliveto Citra. A política tomou conta de sua vida. Ele dizia que havia passado noites inteiras mergulhado em livros e dias inteiros caminhando pelos campos, falando com camponeses e trabalhadores sobre terra e liberdade. Durante a produção de material de propaganda ficou claro que era um tipógrafo nato.

Não demorou muito até a pressão sobre seu grupo começar a aumentar. Muitos de seus camaradas foram presos, e a cada incursão parecia que as autoridades se aproximavam mais de meu pai. Ele também havia sido incluído em uma lista de pessoas indesejáveis e era impossível encontrar trabalho. Foi por isso, no final, que decidiu partir para os Estados Unidos com um dos amigos mais íntimos do círculo anarquista.

A extensão e a profundidade do envolvimento político de meu pai é um mistério para mim até hoje. Como seus camaradas estão mortos e a documentação é escassa, muitas vezes suas narrativas são minha única fonte, mas ele era um contador de histórias vivaz que raramente hesitava em sacrificar a verdade para causar impacto. Cada uma delas podia ter várias versões, que ele adaptava de acordo com a plateia. Em alguns de seus relatos, sua participação se limitava ao trabalho no prelo e à ajuda na distribuição dos papéis e panfletos clandestinos que ele imprimia. Em outras versões, afirmava ter se envolvido, sempre de maneira pouco clara, em "ações" contra "instituições burguesas". Às vezes ele era um ninguém, uma mera ferramenta para a causa tal e qual sua prensa; outras vezes parecia ter sido uma figura de bastante destaque, tanto na Itália quanto aqui, em Nova York, onde alegava ter sido amigo íntimo de Carlo Tresca e feito discursos que eram aplaudidos de pé no Circolo Volontà na Troutman Street ou nos famosos piqueniques no Ulmer Park. Alguns relatos sussurrados envolviam, vagamente, violência.

Meu pai nunca se aventurou de fato para fora da vida insular que criou para si no Brooklyn. A xenofobia e a discriminação contra italianos, que muitas vezes eram vistos como marginais sombrios, eram muito reais e iam além da estereotipagem e da gozação. O fluxo de imigrantes da Itália para os Estados Unidos na virada do século constituiu, na época, o maior êxodo do planeta. E as reações contrárias também podiam ser igualmente enormes. O linchamento de onze ítalo-

-americanos em Nova Orleans em 1891; os Palmer Raids de 1919 que visavam a ativistas de esquerda, com atenção especial em relação aos italianos; a Lei de Cotas Emergenciais, promulgada pelo presidente Harding em 1921, limitando efetivamente o afluxo de italianos e ao mesmo tempo acolhendo pessoas do norte da Europa, seguida pela ainda mais restritiva Lei de Imigração de 1924, assinada por Coolidge; o assassinato judicial de Nicola Sacco e Bartolomeo Vanzetti em 1927 — esses foram alguns dos eventos que moldaram, em parte, a vida dos ítalo-americanos na época. Meu pai nunca confessou para mim, mas sei que os insultos que ele frequentemente tinha de suportar (às vezes na minha frente) fizeram-no limitar-se cada vez mais à pequena parte italiana de Carroll Gardens e a seu grupo anarquista. Com exceção dos clientes, seus contatos com pessoas fora de sua comunidade imediata eram reduzidos. Ele estava isolado em sua ilhota escura, rancorosa, preso entre o país que ele havia deixado com ressentimento e a terra que o recebera sem aceitá-lo totalmente.

Essa posição insular também foi, sem dúvida, resultado da teimosia de meu pai. Ele havia criado para si mesmo uma situação marginal, deslocada, em vários âmbitos da vida. Seu trabalho era uma encarnação clara disso. Meu pai se orgulhava da obsolescência da própria profissão. Ele era um tipógrafo manual que achava os novos sistemas automáticos ofensivos. O toque humano, dizia ele, estava perdido. A linotipo e todas as outras máquinas haviam expulsado a alma da página. Cada linha costumava ser *composta*, ele sempre dizia, balançando as mãos como um maestro. Não deixava de acrescentar que eram linhas *melódicas*, caso o ouvinte não tivesse percebido o paralelo com a música. Agora, porém, não era necessário talento algum. Era só digitar sem muita atenção letras e palavras em um teclado. Ele ainda era razoavelmente jovem quando essa nova tecnologia foi introduzida e poderia facilmente tê-la dominado. Mas se recusou. O homem havia se tornado a máquina da máquina. Ele resistiria.

O pouco dinheiro que meu pai ganhava provinha da impressão de convites elaborados em papéis de alta gramatura para casamentos, batizados, formaturas, cerimônias fúnebres e outras ocasiões. Mas ele não gostava nada desse tipo de trabalho. Lixo burguês frívolo. E sua antipatia não se limitava aos contratantes. Estendia-se às instituições que estavam por trás daquelas cerimônias e celebrações. Igreja. Família. Estado.

Mesmo assim, apesar dos resmungos, sempre se deixava levar pelo trabalho e ficava encantado quando um cartão ou um envelope que imprimira ficava particularmente bonito. Seu perfeccionismo intransigente rendeu-lhe uma reputação sólida em toda Nova York e além. Mas os negócios estavam fracos. Poucas pessoas tinham meios e disposição para organizar festas nos anos trinta.

Entre um trabalho e outro, ele imprimia folhetos e prospectos para seu grupo anarquista. Com o tempo, os panfletos se tornaram muito mais frequentes do que seus elegantes convites em *intaglio rilevato*. Então, enquanto trabalhava meio expediente em uma padaria em Court Street, fazendo contabilidade e ficando no caixa nos fins de semana, aprendi estenografia lendo um manual e estudei datilografia sozinha em uma Smith Corona com um "M" faltando que peguei emprestado na padaria, esperando encontrar um trabalho mais bem remunerado.

Meu pai não aprovava. Dizia que o trabalho de secretária era aviltante. Prometia independência, mas era outro elo da milenar sujeição das mulheres ao poder dos homens.

4

A fila começou a andar. Como entrávamos em grupos, em vez de avançarmos devagar, dávamos vários passos a cada cinco ou dez minutos. Havia algo exageradamente libertador naquelas curtas caminhadas. Ao chegarmos à portaria, vi candidatas entrando no edifício, mas nunca saindo. Deduzi (e depois confirmei) que fossem dispensadas pela porta dos fundos, provavelmente para evitar que recebêssemos alguma informação das moças que já haviam sido entrevistadas.

Se a maioria de nós havia ficado calada durante a espera, quanto mais nos aproximávamos da porta, mais o silêncio aumentava. Estávamos sozinhas e, embora não houvesse um clima de hostilidade no ar, umas contra as outras.

O porteiro, usando um emblema de latão da Bevel Investments como se fosse uma medalha, contava até doze apontando para nossas cabeças com o indicador à medida que éramos admitidas na recepção. Disseram-nos para esperar diante de uma escrivaninha. As paredes de mármore verde desapareciam rumo a um teto distante. O que não era feito de pedra era feito de bronze. Nada brilhava, mas tudo emitia uma luz pálida. Os sons tinham uma qualidade tátil, e todas nós fazíamos de tudo para não bagunçar o espaço com ruídos produzidos por nós. Um homem apareceu atrás da escrivaninha e, como o porteiro, apontou para nós, uma por uma, com sua caneta. Entendemos que queria nossos nomes. "Ida Prentice", disse eu, sentindo o sangue pulsar nas bochechas como sempre acontecia quando usava aquele nome falso.

As duas mulheres mais velhas de nosso grupo, além de uma moça parruda, foram levadas a uma porta lateral; as restantes foram conduzidas até um elevador.

Fizeram-no parar no décimo quinto ou no décimo sétimo andar. Ao olhar para o padrão reticulado das ruas cheias de carrinhos silenciosos, o rio com seus rebocadores e, mais além, as docas e a modesta silhueta do Brooklyn, percebi que nunca havia estado em um lugar tão alto. Lá de cima, a cidade parecia muito arrumada e quieta. Mais tarde, eu viria a saber que o edifício tinha setenta e um andares.

Portas duplas no fim do saguão da recepção se abriram para revelar um espaço saturado do barulho raivoso e preciso de martelos e do cheiro escuro e oleoso de tinta. Só mulheres trabalhavam ali. Eu havia trabalhado em alguns grupos de datilógrafas, mas nenhum chegava perto daquele em termos de tamanho. É difícil lembrar os números exatos, mas devia ter pelo menos seis fileiras com umas oito escrivaninhas em cada. E, em cada escrivaninha, uma garota mais ou menos de minha idade, a cabeça ligeiramente inclinada para enxergar melhor a página que estava copiando. Na verdade, todo o tronco pendia para a direita, dissociado das mãos, que permaneciam centradas. O centro era a máquina de escrever.

Eu nunca havia visto tantas mulheres trabalhando sob um mesmo teto.

Fomos conduzidas pelo corredor, entre duas fileiras de escrivaninhas, e, ao dobrarmos uma esquina, nos deparamos novamente com seis fileiras com oito escrivaninhas cada. Em cada escrivaninha, mais uma vez, uma secretária concentrada em seu trabalho. Aquelas, no entanto, não trabalhavam com máquinas de escrever e sim com calculadoras. Meu coração deu um salto. Eu só vira aquelas máquinas em livros e anúncios de revistas e não fazia ideia de como usá-las. As mulheres ali pareciam mais lentas do que as datilógrafas. Pressionavam cada número com grande ponderação e depois giravam a manivela para adicionar a cifra ao total acumulado. Como sempre havia várias manivelas sendo giradas, o efeito era o de um zumbido mecânico contínuo. Fomos novamente conduzidas por um dos corredores. Fiquei aliviada quando chegamos ao final sem parar.

Viramos a esquina para encontrar, pela terceira vez, as mesmas fileiras de escrivaninhas. Por sorte, era outra sala de datilografia, mas vazia. A cada uma de nós foi indicada uma máquina de escrever. Ao lado havia uma página com a parte escrita virada para baixo. Receberíamos instruções sobre quando poderíamos desvirar a página e começar a datilografar.

O teste começou e terminou em um minuto. Eu sabia que era um minuto porque havia me testado várias vezes até aquele segmento de tempo se tornar internalizado. Também sabia que tinha datilografado cerca de 120 palavras e cometido alguns pequenos erros.

Depois nos deram caneta e papel e pediram que nos preparássemos para um teste de ditado. Disseram que aquele era um dos aspectos mais importantes do emprego, quem passasse para a fase seguinte tinha de ser uma estenógrafa impecável. Uma mulher leu um texto propositalmente labiríntico, criado para nos fazer errar. Não me lembro o que dizia, mas, em linhas gerais, era uma baboseira assim: "As obrigações contratuais assumidas pelas partes contratantes estipulam, dentro dos limites e disposições da cláusula previamente aludida, que, na exata medida de seu conhecimento, as partes acima mencionadas hão de proceder de acordo com as obrigações a elas previamente prescritas." A leitura foi rápida.

Logo no início, a garota a meu lado cometeu um erro, arrancou a folha e recomeçou em uma nova. Pediram que ela se retirasse imediatamente.

O teste continuou por mais alguns minutos. Quando terminou, entregamos nossas folhas e fomos acompanhadas de volta à recepção, onde nos disseram que esperássemos enquanto nossas transcrições eram corrigidas.

5

Meu pai nunca chamou a si mesmo de imigrante. Ele era um *exilado*. Considerava essa uma distinção importantíssima. Ele não havia escolhido ir embora; havia sido escorraçado. Não tinha vindo para os Estados Unidos para prosperar; antes de tudo, fora a revolta contra a própria ideia de prosperidade o que o forçara a vir para os Estados Unidos. Imagens de ruas pavimentadas de ouro nunca iluminaram seus sonhos e ele não tinha ouvidos para o evangelho da parcimônia e da diligência; pelo contrário, pregava que toda propriedade é roubo. Não havia nada em comum entre ele e seus compatriotas de mentalidade mais mercantil, e ele fazia questão de frisar isso a todo momento.

Como um autodenominado exilado, suas opiniões sobre sua terra natal e seu país de adoção muitas vezes eram contraditórias — um amálgama de ressentimento e saudade, gratidão e aversão. Afirmava que detestava a nação que havia matado e perseguido seus camaradas e o havia expulsado. Os Estados Unidos, todavia, não podiam oferecer nada que sequer chegasse aos pés das canções, dos pratos e das tradições da Campânia — que faziam parte de nosso cotidiano através de seu cantarolar, de sua culinária e de suas histórias. Ele declarava seu desdém pelo povo imbecil que havia se rendido a Mussolini e seus capangas de camisa negra. Ao mesmo tempo tratava os americanos com a condescendência paternalista muitas vezes reservada a alunos com dificuldade de aprendizado e animais de estimação obedientes. Tinha raiva dos pais por não terem mantido o vernáculo dos antepassados e terem se submetido, de forma voluntária, ao "balbucio toscano" que representava a opressão do Estado central. No entanto, tendo adotado, não sem dificuldade, o inglês em protesto contra o "italiano", ele ainda assim achava o novo idioma expressivamente falho, limitado em seu vocabulário e rústico em suas construções, sem jamais cogitar que essas deficiências eram, na verdade, dele. Essas contradições pessoais eram invariavelmente resolvidas com declarações universais abrangentes: "Não tenho país. Não quero um. A raiz de todo o mal, a causa de todas as guerras: deus e país."

Embora fosse grato por ela, meu pai desconfiava da noção americana de liberdade, que considerava um sinônimo estrito de conformismo ou, até pior, a mera possibilidade de escolher entre diferentes versões de um mesmo produto. Nem preciso dizer que ele era contrário ao consumismo e à alienação que o alimentava — em um ciclo perverso, os trabalhadores ficavam em empregos desumanizadores para tanto produzir quanto comprar bens supérfluos. Foi por esse motivo que viu com bons olhos a Grande Depressão, acreditando que, graças a ela, as massas exploradas finalmente despertariam para enxergar suas verdadeiras circunstâncias históricas e condições materiais, desencadeando assim uma revolução.

Acima de tudo, ele detestava o capital financeiro, que considerava a fonte de todas as injustiças sociais. Toda vez que estávamos caminhando à beira do rio, ele apontava para o sul de Manhattan, traçando a silhueta dos prédios com o dedo enquanto explicava que nada daquilo realmente existia. "Uma miragem", era como a chamava. Apesar de todos aqueles edifícios altos — apesar de todo aquele aço e concreto —,

Wall Street era, segundo ele, uma ficção. Ouvi esse discurso muitas vezes e sabia de cor as principais expressões, os temas, os crescendos, as cadências e o *gran finale*.

"Dinheiro. O que é o dinheiro? Bens em um formato puramente fantasioso." Um aceno de cabeça grave, uma testa repentinamente franzida, um suspiro. "Não gosto dos marxistas, você sabe disso. O Estado e a ditadura deles. A maneira como falam, com aqueles tijolos de significado, reduzindo o mundo a uma só explicação. Como a religião. Não, não gosto dos marxistas. Mas Marx..." Mais uma vez fazia aquela careta, como se estivesse sendo torturado por uma visão bela demais. "Ele tinha razão neste ponto. O dinheiro é um bem fantasioso. Você não pode comer ou vestir dinheiro, mas ele representa todo o alimento e as roupas do mundo. Por isso é uma ficção. E é isso que o torna a medida com a qual avaliamos todos os outros bens. O que isso significa? Significa que o dinheiro se torna o bem universal. Mas lembre-se: o dinheiro é uma ficção; bens em um formato puramente fantasioso, não? E isso se aplica duplamente ao capital financeiro. Obrigações, ações, títulos. Você acha que alguma dessas coisas que aqueles bandidos do outro lado do rio compram e vendem representa algum valor real, concreto? Não. Não representa. Obrigações, ações e todo esse lixo são apenas afirmações de valor futuro. Então, se o dinheiro é uma ficção, o capital financeiro é a ficção de uma ficção. É isso que todos aqueles criminosos negociam: ficções."

Na minha adolescência, um estranho tipo de impulso tomou conta de mim e se recusou a me largar até eu já estar na idade adulta: a compulsão de suscitar em meu pai as mesmas reações que haviam me amedrontado na infância. Quando começava um de seus discursos, ele nunca podia ser contradito. Não cogitava a possibilidade de estar errado; nunca levava em conta perspectivas diferentes; raramente pensava que podia haver outro lado em qualquer questão. Para ele, os desacordos e as diferenças que constituem uma animada troca de ideias eram afrontas pessoais. Seus argumentos não estavam sujeitos a debate; eram fatos. Embora afirmasse ser um anarquista, ele era um autoritário nesse aspecto: não havia espaço para discórdia quando o assunto eram suas crenças, apresentadas como leis matemáticas. O questionamento de qualquer um desses princípios resultava em uma raiva desproporcional. Um recuo posterior desencadeava um silêncio teimoso, seu argumento final e irrefutável. Em parte porque sua reação, com o tempo, tornara-se mais cansativa do que ameaçadora, em parte porque era uma forma fácil e divertida de rebelião, provocá-lo se tornou meu principal esporte por um tempo. Nem sempre era intencional (muitas vezes eu me via no meio de uma briga sem saber como aquilo havia começado), e a coisa podia ficar feia, mas às vezes eu simplesmente não conseguia me conter. Tinha de responder, mesmo à custa de ser obrigada a suportar sua hostilidade fria por dias a fio.

"Mas se eles negociam ficções, como podem ser criminosos? Ficções são supostamente inofensivas, não?" Essa era uma das objeções típicas que eu fazia só para irritá-lo. Eu podia terminar acrescentando uma pergunta retórica condescendente. "O senhor enxerga a contradição, não?"

"Ficção inofensiva? Olhe para a religião. Ficção inofensiva? Olhe para as massas oprimidas contentes com a própria sina porque abraçaram as mentiras que lhes foram impostas. A própria história é meramente ficção — uma ficção com um exército. E a realidade? A realidade é uma ficção com um orçamento ilimitado. É isso. E como a realidade é financiada? Com mais uma ficção: dinheiro. O dinheiro está no centro de tudo. Uma ilusão que todos nós concordamos em apoiar. Por unanimidade. Podemos divergir em outras questões, como credo ou afiliações políticas, mas todos concordamos com a ficção do dinheiro e aceitamos que essa abstração representa bens concretos. *Qualquer* bem. Pesquise. Está tudo em Marx. O dinheiro, ele diz, não é uma coisa. É, potencialmente, *todas* as coisas. E, por esse motivo, não tem relação com nada."

"Espere. Afinal, o dinheiro é todas as coisas ou nenhuma delas? Porque se..."

"É por isso", quase gritava por cima de mim, "que o dinheiro não revela nada sobre as pessoas que o detêm. Nada. O dinheiro não revela nada sobre seu dono. Ao contrário de, sei lá, ter talento, que é algo que define uma pessoa. A relação do dinheiro com o indivíduo é completamente acidental."

"Que posse ou que qualidade individual *não* é acidental para o senhor? Onde o senhor (ou Marx) estabeleceria o limite? Digamos que eu tenha um talento específico. Digamos que eu seja uma talentosa violinista. O senhor poderia dizer que meu talento musical me define porque é algo que tenho desde o nascimento. Mas meu nascimento não é o efeito puramente acidental do encontro do senhor com a minha mãe? O que há de essencial nisso?"

Mencionar minha mãe (e a afirmação de que o relacionamento deles, longe de ser um evento predestinado, havia sido um mero acidente) era sempre um ataque calculado, e o decorrente silêncio de meu pai provava que havia sido eficaz.

Silêncio.

Mais silêncio.

"Você terminou?", perguntava ele após um intervalo desconfortável. "Posso concluir agora? Ou você quer acrescentar algo? Posso esperar."

"Papai, não é assim que as conversas funcionam. Quando as pessoas conversam..."

"Certo. Só me avise quando tiver terminado. Estou ouvindo. Prossiga."

"Terminei."

Nada.

"Por favor, continue, papai."

"Como o dinheiro é todas as coisas (ou pode ser todas as coisas), algo estranho acontece com a pessoa que o tem. Como Marx diz, é como se alguém encontrasse, por puro acaso, a pedra filosofal. Você conhece a pedra filosofal?"

"Sim, sei o que é a pedra filosofal."

"A pedra filosofal dá a você toda a sabedoria. Toda. Toda a sabedoria de todas as ciências. Imagine que alguém encontra essa pedra. Por sorte. De repente essa pessoa teria todo aquele conhecimento, a despeito da sua individualidade. Mesmo que ela seja uma perfeita idiota. Absolutamente todo. Todo o conhecimento."

"Sim, sim. Entendo."

"Em relação à riqueza social, ter dinheiro põe você no mesmo lugar que a pedra pôs aquele homem em relação ao conhecimento. Você sabe por quê?"

"O senhor não está exagerando um pouco? Quer dizer, se..."

"Vou dizer o porquê. E estou citando Marx aqui. Porque o dinheiro representa a existência divina dos bens. Bens reais, concretos (estes sapatos, este pão), são apenas a manifestação terrena dessa ideia divina (todos os sapatos possíveis, o pão que ainda nem foi assado). O dinheiro é, como Marx disse, o deus entre os bens. E aquela", com a palma da mão virada para cima desenhava um arco que englobava o sul de Manhattan, "é a sua cidade sagrada."

Como eu já tivera essa conversa com meu pai inúmeras vezes, decidi ser curta e grossa quando contei a ele da entrevista de emprego na Bevel Investments. Sim, nosso aluguel estava atrasado e tínhamos dívidas na maioria das lojas do bairro, mas admito que senti certa satisfação com a ideia de trabalhar para uma financeira. A provocação me divertia. E, como precisávamos do dinheiro, achei que meu pai teria simplesmente de engolir seus princípios.

Eu estava usando as roupas de minha mãe na manhã da primeira entrevista. Aquilo sempre fazia com que nós dois nos sentíssemos visivelmente estranhos, portanto não fiquei surpresa quando os olhos dele se voltaram mais uma vez para o prelo assim que me viu entrar. Eu havia decidido dar a notícia no último momento possível, pouco antes de sair de casa. Deveria ser direta e concisa.

"Estou me candidatando a um emprego em Wall Street", eu disse para ele.

Minha intenção era parar por aí. Deixar que a força daquela breve frase o atordoasse. Que talvez até o despertasse para o fato de que precisávamos desesperadamente daquele dinheiro. Mas não fui capaz de seguir meu plano. Ele apenas continuou a carregar seu componedor.

"O salário é muito bom, se eu conseguir ser contratada", lembro de ter acrescentado, percebendo de imediato que, ao me justificar antes mesmo de ele ter reagido, eu havia perdido.

Ele também deve ter percebido e provavelmente foi por isso que nunca respondeu nem tirou os olhos de sua caixa de tipos.

E não reagiu algumas horas mais tarde, quando voltei e contei que havia sido a única de meu grupo de doze garotas a ter passado para a fase seguinte, uma entrevista pessoal.

Fui para a cozinha e lavei os pratos que tinham ficado na pia a manhã inteira.

6

Dois dias mais tarde, eu estava de volta a Exchange Place. Não havia fila daquela vez. Simplesmente passei pela porta, fui até a grande escrivaninha de mármore verde, disse meu nome e recebi uma tira de papel, que me pediram para entregar ao ascensorista. Ele deve ter levado várias candidatas àquele andar, porque, em vez de desdobrar o papel, apenas olhou para minha roupa e apertou um botão.

Desci em um andar baixo que parecia um arquivo ou depósito de registros. As paredes estavam cobertas de caixas e fichários até o teto. A atmosfera era de concentração. Uma mulher acabou erguendo os olhos de seu livro contábil e veio me cumprimentar enquanto sussurrava um pedido de desculpas. Enquanto ela se aproximava, sorrindo, percebi que aquela era a mulher mais velha que eu havia visto no edifício. Devia ter uns quarenta e poucos anos. Depois de confirmar que eu estava ali por causa do emprego, ela me levou até uma escrivaninha nos fundos da sala, fazendo perguntinhas triviais para me deixar mais à vontade. A máquina de escrever estava pronta com uma folha de papel cor de creme com o cabeçalho da Bevel Investments em verde-militar. Obviamente era material caro, pesado, com marca-d'água e uma bela gramatura. A meu lado havia outra candidata datilografando no mesmo tipo de papel. A mulher amistosa explicou que eu deveria escrever uma breve autobiografia. Um autorretrato, disse ela. Algo rápido. Meia hora. Desejou-me boa sorte e voltou à escrivaninha.

Eu havia feito inúmeros testes de secretariado. Todos incluíam transcrição ou ditado. Mas nunca me pediram para escrever algo original, muito menos sobre mim mesma. Minha surpresa, porém, não durou muito. O espanto rapidamente deu lugar ao terror — uma secura efervescente que ainda toma conta de mim em situações de perigo. A filha autodidata de um anarquista italiano nunca teria chance na Bevel Investments.

Quase sem pensar, comecei a datilografar com uma segurança inexplicável. Eu morava em Turtle Bay, um bairro onde nunca estivera, mas cujo nome sempre me agradara — e não era o Brooklyn. Meu pai, o sr. Prentice, era um vendedor de roupas masculinas. Em alguns toques melodramáticos mas dignos, narrei a morte de minha mãe. Encontrei consolo no trabalho da igreja (dei um jeito de mencionar que eu vinha de uma sólida linhagem episcopal) e na literatura. Depois dessas breves frases, sabendo que todas as outras garotas escreveriam um relato linear da própria vida, decidi adotar uma abordagem ousada. Disse que, como a maior parte de minha vida estava no futuro, eu me sentia compelida a escrever uma autobiografia prospectiva. O resto do texto foi uma mistura de meus desejos sinceros (viajar e escrever) e daquilo que achava que era esperado das ambições de uma mulher (esposa e mãe). O estilo era suficientemente florido para se destacar e, ao mesmo tempo, ainda mostrar comedimento. Terminei com uma reflexão sobre o tempo e como dependia de cada um de nós esculpir o presente a partir do bloco amorfo que era o futuro — ou algo do gênero.

Quando terminei, a sala ficou em silêncio. Nenhuma das arquivistas usava máquinas de escrever. E só então percebi que a candidata a meu lado já havia ido embora. A senhora simpática percebeu o silêncio e foi até mim. Segurou meu ombro e, novamente, fez perguntas reconfortantes enquanto me acompanhava de volta até o elevador. No meio-tempo em que esperávamos, ela pediu para ver meu texto. Li junto com ela, quase sem acreditar que eu havia escrito aquilo. Seus movimentos de cabeça enquanto lia me animaram. Ela me devolveu a página com palavras de aprovação. O elevador chegou e ela disse ao ascensorista que me levasse até um andar na metade do prédio. Antes que as portas se fechassem, acenou com os dedos cruzados.

Quando as portas do elevador voltaram a se abrir, revelaram uma sala de estar fictícia, muito mais confortável do que todas as salas de estar de verdade que eu já visitara. Havia quatro ou cinco outras candidatas com suas folhas cor de creme, a maioria me cumprimentou com um aceno de cabeça e um meio sorriso (uma delas era a garota que estivera datilografando a meu lado). Ainda consigo me lembrar do que senti ao me sentar na beirada da cadeira de veludo, olhando para a sóbria decoração em volta, sentindo o ar delicadamente refrigerado em minhas panturrilhas e ouvindo os efêmeros sons antes que fossem tragados pelo carpete espesso e pelo estofamento felpudo — senti que não conhecia minha cidade.

Acho que todas nós, enquanto evitávamos olhar umas para as outras e consertávamos imperfeições incorrigíveis ou invisíveis em nossas roupas, sentíamos algo parecido. Todas menos uma. Ela era a única que estava usando roupas apropriadas, não apenas adequadas à estação e com cores combinando, mas também feitas impecavelmente sob medida. Seu rosto exibia um desdém quase completo. Depois de um tempo, percebi que era porque ela quase não tinha sobrancelhas. Ela se levantou e caminhou pela sala várias vezes, aparentemente com o único propósito de provar que podia se levantar e caminhar pela sala — que não se sentia intimidada, que pertencia àquele lugar. Um desses pequenos desfiles a levou até a mesa da secretária. Sussurrou-lhe algumas palavras, curvando os lábios para formar algo que não era um sorriso. As duas soltaram risinhos abafados.

Lá fora, dois guindastes oscilantes pareciam prestes a se chocar — uma ilusão de perspectiva. Uma britadeira começou a funcionar, depois outra. Serras circulares estridentes. O estrondo de escombros arrastados por uma escavadeira. Todo esse barulho chegava até a sala de espera como pouco mais do que um zumbido — como se o canteiro de obras fosse uma área de recreação e as ferramentas e caminhões, brinquedos.

A porta se abriu. Uma candidata de *tailleur* marrom saiu. Embora estivesse com as mãos vazias, sua postura era a de alguém que apertava algo muito precioso contra o peito. Parecia sentir dor. Cabisbaixa, caminhou até o elevador; cabisbaixa, ficou esperando. A secretária disse à mulher bem-vestida que ela podia entrar no escritório. Remexendo na bolsa, a mulher fingiu não tê-la ouvido. Mais uma vez a secretária disse que a aguardavam lá dentro. Dessa vez a mulher lançou um olhar irritado para a secretária. Fechou a bolsa e entrou no escritório. O elevador finalmente chegou e a garota do *tailleur* marrom entrou às pressas, encolhendo-se contra uma das laterais, onde se tornou invisível.

Ao contrário da garota que havia sido entrevistada antes dela, a mulher bem-vestida podia ser ouvida de onde estávamos, embora não fosse possível distinguir as palavras separadamente. Falava rápido e com entusiasmo, interrompendo-se, vez por outra, com acessos de riso. Houve apenas umas poucas pausas durante as quais, presumivelmente, a outra pessoa falava. A secretária começou a dobrar e colocar papéis em envelopes. O restante de nós fingia não estar notando nada, empenhadas por completo em nosso embaraço.

De repente, a tagarelice da mulher parou. Uma pausa. Falou outra vez, mas pareceu ser interrompida. Uma pausa. Então falou com uma voz mais baixa, tanto em volume quanto em registro. Uma pausa final e a porta se abriu tão abruptamente que o ar derrubou a pilha de envelopes sobre a mesa da secretária. A mulher saiu.

"Bem, espero que você ache uma *dessas* mais adequadas", disse, apontando para nós com um queixo desdenhoso. "Meu tio vai adorar saber disto."

Chamou o elevador e então foi sua vez de ficar lá esperando, indignada e magoada. O elevador chegou um bom tempo depois de a candidata seguinte ter sido chamada.

Cerca de uma hora mais tarde minha vez chegou.

Eu só vira exemplos tão grandiosos e austeros de *art déco* em filmes — os escritórios estereotipados dos capitães da indústria, financistas e magnatas da imprensa, todos em geral retratados como déspotas sem coração. Linhas corriam paralelas em trajetórias angulosas que partiam da mobília cromada, passavam pelo pavimento de pedra decorado e subiam pelas paredes de lambri até chegarem às esquadrias das janelas e saírem para a cidade, onde continuavam nas fachadas dos edifícios circunvizinhos e mais além, seguindo as ruas que ziguezagueavam até o horizonte.

Um homem austero, meio calvo e de óculos, parecendo um bruxo — rosto fino, olhos amarelados, verruga no queixo empinado —, apontou para uma cadeira enquanto se sentava do outro lado da escrivaninha. Ao lado de um enorme isqueiro de latão, havia uma placa com seu nome. Shakespear. "Sem *e* final", como mais tarde eu o ouviria repetir dia após dia. Só então percebi o forte cheiro de cigarro e menta no ar refrigerado.

"Por favor, sente-se, senhorita..." Folheou alguns papéis, fez uma marcação e escreveu algumas palavras. "Prentice. Seu teste de datilografia foi impressionante."

"Obrigada."

As britadeiras recomeçaram.

"E sua esteno... Sim, impressionante."

"Obrigada."

"Posso?" Apontou para minha "autobiografia" datilografada, que entreguei a ele.

O homem demorou muito tempo para lê-la. Quando terminou, arquivou-a com meus outros testes, fez algumas anotações em um livro aberto sobre a escrivaninha e olhou para mim.

"Embora saibamos que estes são tempos bastante difíceis e a maioria das garotas está se candidatando a quase todos os empregos disponíveis, também queremos ter certeza de que vamos contratar alguém que não apenas *precisa* deste trabalho, mas que também o *quer*. A senhorita o *quer*?"

"Quero."

"Por quê?"

Nunca achei que responderia como respondi. Não era parte de um plano. Não era algo que eu havia preparado. As palavras simplesmente saíram.

"Por que trabalhar em um lugar que faz uma coisa quando posso trabalhar para uma empresa que faz todas as coisas? Porque o dinheiro é isso: *todas* as coisas. Ou ao menos pode vir a se tornar todas as coisas. É o bem universal com o qual medimos todos os outros bens. E se o dinheiro é o rei dos bens, isto", com a palma da mão virada para cima desenhei um arco que englobava o escritório e sugeria o edifício a nossa volta, "é seu templo supremo."

Uma longa pausa.

"Eu gostaria que a senhorita voltasse na segunda-feira à tarde para uma entrevista final. Apresente-se lá embaixo às cinco em ponto. Eles dirão a qual lugar a senhorita deverá se dirigir."

7

Esta é a única fotografia de minha mãe, tirada antes que se casasse. Ela devia ter mais ou menos a mesma idade que eu tinha durante minhas entrevistas na Bevel Investments. Um pouco mais nova, talvez. Está usando um vestido de colarinho alto com uma fileira de pequenos botões no meio, confiante em sua simplicidade, azul-marinho em minha imaginação. Seus cabelos estão presos frouxamente no alto da cabeça. Uma ousada suavidade define seu rosto. Essa bondade resoluta também está presente em seus olhos acinzentados. Sempre lamentei seu rosto não ter sobrevivido no meu.

Essa única foto colonizou as poucas lembranças que tenho dela. Com o tempo, percebi que, em quase todas as cenas que eu conseguia lembrar, ela aparecia usando o mesmo vestido e o mesmo penteado. Era impossível deter essa simplificação da imagem de minha mãe, que agora se tornou praticamente tudo o que tenho. Passeando pelo Carroll Park, me dando banho, caminhando pela Sackett Street, me colocando para dormir, ela está sempre usando o hipotético vestido de abotoar azul-marinho e com os cabelos presos. Acho devastadoramente triste que uma mulher possa desaparecer dessa maneira, sem deixar mais nenhum rastro a não ser uma filha que mal se lembra dela.

Durante anos, entre um livro e outro, trabalhei em um romance a seu respeito. Continua inacabado e é o maior equívoco de minha vida como escritora. Como trabalhei por tanto tempo sem êxito naquele livro, minha mãe adquiriu em minha mente, para sempre, a textura e o peso de uma personagem semiformada. Até cheguei a desconfiar de meu amor por ela.

Os fatos são poucos. Ela nasceu em uma aldeia na Úmbria e veio para os Estados Unidos com o irmão mais velho e o primo. Meu pai disse que ela tinha um dom para idiomas, aprendeu inglês depressa e o falava com grande elegância. Era uma costureira de mão-cheia e tinha muitos clientes no bairro, onde todos gostavam dela.

Começou a sair com um jovem, Mattia. O irmão e o primo desaprovavam — Mattia era anarquista e a última coisa da qual precisavam nos Estados Unidos eram problemas. Não tenho certeza de como aconteceu (vim a saber disso quase por acidente e reconstituí a história ao longo dos anos), mas não demorou muito para minha mãe se apaixonar pelo melhor amigo de Mattia, o camarada com quem ele havia cruzado o Atlântico e enfrentado as primeiras dificuldades em Nova York.

Logo ela estava grávida de mim e morando com meu pai. Mattia, de alguma maneira, desapareceu; meu tio e seu primo foram para alguma cidade no Meio-Oeste. É improvável que ela ou seus parentes tenham ficado satisfeitos com a recusa de meu pai em se submeter à instituição burguesa do casamento. Mesmo assim, acho que os dois tiveram uma boa vida juntos. Meu pai sempre dizia que não havia casal mais feliz. Talvez seja verdade. A maioria de minhas lembranças, verdadeiras ou fictícias, é de uma família alegre. Quando ficávamos sozinhas, ela falava comigo em italiano. Esqueci a maioria das palavras e, com elas, o som de sua voz.

Ela morreu como tantas mulheres ao longo da história — no parto. O bebê, um menino, nasceu morto.

Eu tinha sete anos, estava desnorteada em minha tristeza. Durante meses a fio, senti, implacavelmente, aquela forma de saudade avassaladora, desolada, que só as crianças conhecem.

Seria difícil para mim dizer o que fiz durante aquele tempo. Por um ano, simplesmente parei de ir à escola. Passava os dias a esmo, caminhando pelo bairro. Jogava damas com meu pai. Ajudava-o no prelo. Com o tempo, descobri a sucursal da Biblioteca Pública do Brooklyn em Clinton Street. É impossível indicar com exatidão o momento em que me tornei uma frequentadora assídua, mas deve ter sido quando eu tinha uns nove ou dez anos e comecei a passar minhas tardes na sala de leitura, folheando livros. Romances policiais se tornaram uma obsessão. Os primeiros foram Conan Doyle, S. S. Van Dine e Agatha Christie. Esses livros (e uma bibliotecária simpática) levaram a outros. Dorothy Sayers, Carolyn Wells, Mary Rinehart, Margery Allingham. Já em minha adolescência foram essas as mulheres que tomaram conta de mim na ausência de minha mãe.

A noção de ordem em seus romances me reconfortava. Tudo começava com crimes e caos. Até mesmo significado e sentido eram desafiados — os personagens, suas ações e seus motivos pareciam incompreensíveis. Mas, após um breve reinado de ilegalidade e confusão, ordem e harmonia eram sempre restauradas. Tudo se tornava claro, tudo era explicado e tudo ficava bem no mundo. Isso me dava uma paz enorme. E, talvez ainda mais importante, essas mulheres me mostraram que eu não precisava me adequar às noções estereotipadas do mundo feminino. Suas histórias não falavam apenas de romance e felicidade doméstica. Em seus livros, havia violência — uma violência que *elas* controlavam. Essas escritoras me mostraram, através de seus próprios exemplos, que eu podia escrever algo perigoso. Mostraram-me que não havia recompensa em ser confiável e obediente: as expectativas e exigências do leitor estavam lá para ser intencionalmente frustradas e subvertidas. Foram as primeiras escritoras que me fizeram querer ser uma escritora.

Na verdade, recontar esses livros foi uma parte essencial de minha educação literária. Durante o jantar, eu narrava romances inteiros para meu pai, acrescidos de conjecturas e previsões. Enfeitiçado, ele acompanhava cada detalhe da trama, e aprendi como guiá-lo por caminhos equivocados e fazê-lo correr atrás de pistas falsas para aumentar sua surpresa com a revelação final. Ele ficava tão cativado que se esquecia de comer. "Veja! Minha comida! Fria novamente! Tudo culpa sua", costumava dizer no final, fingindo me dar bronca enquanto ríamos.

No fim das contas, como nos romances policiais que eu lia na biblioteca, uma espécie de nova ordem surgiu da devastação após a morte de minha mãe, com lógica e rituais próprios. Esse novo regime, na falta de palavra melhor, foi resultado da necessidade.

Meu pai nunca havia feito tarefas domésticas, a não ser cozinhar seus "pratos especiais", que criavam uma quantidade extraordinária de trabalho para todos ao redor. Seu prelo ficava no cômodo central de nosso apartamento estreito e comprido, e logo as fronteiras entre seu trabalho e nossa vida familiar, entre o banheiro e a cozinha, entre a comida e o lixo, entre a limpeza e a sujeira foram enfraquecendo até desaparecer. A manutenção da vida cotidiana sobrou para mim. Oito anos e responsável por toda a casa. Se eu não lavasse a roupa, não havia lençóis limpos; se eu deixasse de varrer o chão, nossas pegadas ficavam visíveis em meio à poeira; se eu deixasse os pratos na pia, na pia eles permaneciam; se eu não guardasse as ferramentas e materiais de trabalho de meu pai, borrões de tinta se multiplicavam pelas paredes, camas e roupas.

Depois da morte de minha mãe, considerei aquele novo papel, que eu desempenhava de maneira inexperiente e improvisada, natural. Eu havia me tornado a mulher da casa. Meu pai, o anarquista, também achava igualmente natural que fosse necessário trabalho infantil para manter intacto o *status quo* dos gêneros.

Pouco sobrou de minha mãe além desta fotografia. Lembro-me dos poucos pertences em sua gaveta — uma escova de cabelos em estanho, um kit de manicure, algumas medalhinhas de santos escondidas atrás da roupa íntima, um relógio quebrado com um mostrador de madrepérola, o anel folheado a ouro com uma pedra azul-clara que ela nunca ousou usar (e eu nunca tiro) e algumas roupas. Não tenho dúvida de que meu pai, que nunca viveu com outra mulher depois dela, a amava muito. Mas não foi por amor ou por causa de sua incapacidade de "se desapegar" que ele deixou aquelas coisas intactas na gaveta. Ele simplesmente nunca pensou em fazer uma limpeza.

8

Durante meus testes e entrevistas na Bevel Investments, aprendi pela primeira vez algo que tive a oportunidade de confirmar muitas vezes ao longo da vida: quanto mais alguém está próximo a uma fonte de poder, mais quieto fica. Autoridade e dinheiro se cercam de silêncio, e é possível medir o alcance da influência de uma pessoa pela espessura da calada que as envolve.

Na área de recepção do último andar havia quatro secretárias, duas não saíam do telefone. As pessoas entravam e retiravam-se por duas portas laterais, parando ocasionalmente para ter conversas breves, sussurradas. Mensageiros pegavam e entregavam documentos. Mas nada mais que murmúrios isolados podia ser ouvido. Era como se, além da mobília intimidadora, dos carpetes nos quais se evitava pisar e dos lambris decorados em excesso, o cômodo estivesse equipado com um pedal de surdina.

Fiquei feliz ao ver que a garota dolorosamente tímida com o *tailleur* marrom da última rodada de entrevistas também havia conseguido chegar àquela fase. Sorrimos uma para a outra quando me sentei na frente dela e de uma jovem de vestido lavanda, sem dúvida outra candidata. Meu olhar se desviava de uma para a outra. Eram notavelmente parecidas. Cabelos negros lisos idênticos, os mesmos olhos castanhos, estatura comparável, constituição semelhante. Seus rostos eram ligeiras variações da mesma ideia de rosto. Meu rosto. Porque, ao olhá-las, percebi que eu também era uma variação daquela ideia. Nós três éramos diferentes encarnações do mesmo tipo.

Disseram à garota tímida que a esperavam no escritório. Enquanto ela saía, peguei a candidata de vestido lavanda me observando, e, por causa de sua expressão intensa, que misturava incredulidade e indignação, e da veemência com que desviou o olhar após termos nos encarado, pude perceber que ela também havia notado a perturbadora semelhança entre nós. Mas aquele momento desconfortável foi breve. Quase imediatamente após entrar no escritório, a garota tímida saiu, mais uma vez com o olhar baixado, mortificado. Fui chamada em seguida.

Do outro lado de um escritório sem cor que me fez pensar em uma piscina (e pisar ali dentro me fez sentir como se eu estivesse mergulhando em um elemento diferente), atrás de uma mesa, com o espaldar de uma cadeira giratória virado para mim, estava sentado um homem que olhava pela janela enquanto lá fora, retribuindo seu olhar, um soldador sentado em uma viga parecia flutuar no céu. Uma onda fria de vertigem tomou conta de mim e congelei ao lado da porta. Os homens pareciam hipnotizados um pelo outro. Mas, quando o soldador ajeitou o boné e o casaco, sempre olhando para o homem na cadeira, percebi que, para ele, a janela era um espelho impenetrável.

A audácia do soldador e sua inadvertida irreverência (alheio ao abismo, ele continuava a olhar para a própria vestimenta enquanto observava, sem perceber, o homem poderoso na cadeira giratória) talvez tenham me inspirado a avançar, como de fato fiz. O homem sentado naquela cadeira, seja lá quem fosse, certamente estava cansado das genuflexões vacilantes de seus subordinados. Decidi que ele aceitaria bem uma abordagem ousada — alguém tomando as rédeas da conversa.

"Em breve o senhor não terá mais muita vista", eu disse.

"Espero não conseguir ver o rio até o fim do mês."

"E parece que aquele edifício será mais alto do que este."

"Será mesmo", disse ele e girou a cadeira para me olhar.

Não havia significado algum no rosto de Andrew Bevel. Como nas fotografias que eu vira muitas vezes no jornal, era um rosto que tinha desistido das expressões. Imitando sua impassibilidade, fingi que sua presença não me afetava.

"Lamento ouvir isso." Fiquei surpresa ao descobrir que minha voz não tremeu.

"Não lamente. Os dois são meus e vou me mudar para o novo assim que ficar pronto. Por favor." Ele indicou a cadeira na frente da própria mesa.

Era uma longa caminhada.

"Você não é Ida Prentice", disse ele enquanto eu me sentava.

Senti meu rosto corar e vi que logo perderia o terreno que havia conquistado com minha exibição inicial de confiança.

"Por algum motivo, achei que não teria chegado até aqui como Ida Partenza."

"Por algum motivo, acho que você tem razão. Mas fico feliz que você tenha de fato chegado até aqui."

"Obrigada."

De perto, descobri que o rosto de Bevel eram quase dois rostos: a infantilidade surpreendente da metade superior, com olhos muito azuis e sardas quase imperceptíveis, era repreendida pelos lábios finos e pelo queixo exigente.

"Seu pai é tipógrafo. Você mora com ele mais ou menos por ali." Ele apontou para o outro lado do rio, na direção geral de Red Hook. "Sinto muito por sua mãe. Eu também perdi meus pais, ambos, cedo."

Torci para que meu rosto não revelasse que ele conseguira me intimidar.

"A história que você inventou na sua pequena redação foi muito convincente, porém." Ele levantou a folha cor de creme que estava na mesa.

"Parece que a minha vida é quase tão pública quanto a sua."

Sem se mexer, deu uma risada nasalada.

"Estranhamente, você conseguiu ir direto ao ponto. A questão aqui é, de fato, essa. Ter uma vida pública é uma ramificação indesejada do meu trabalho. Tentei cortá-la, eliminá-la. Ela volta a crescer. Sempre. Com força renovada. Então decidi controlá-la. Se devo ter uma vida pública, prefiro divulgar a minha versão dela."

A viga com o soldador se mexeu atrás dele. Percebendo meus olhos se desviando e focando em um ponto atrás dele, Bevel se virou.

"Estava me perguntando por que estava demorando tanto." Virou-se de volta para mim. "Enfim. Na verdade, a questão aqui não sou eu. É a minha esposa."

"Sinto muito pela sua perda."

"Obrigado. A fixação do público com a minha vida é uma coisa. Mas quando essa obsessão afeta e mancha a imagem da minha mulher, são outros quinhentos. Ela. Sua imagem, sua memória, não será profanada." Ele enrugou os lábios como que para garantir que sua indignação permaneceria lacrada dentro de si, depois tirou um livro de uma gaveta e o colocou na mesa. "Você leu isto?"

Empurrou o livro sobre a mesa. Eu o peguei. A sobrecapa era verde-sálvia e a fonte era preta e cinza — uma paleta de cores que recordava uma cédula de dólar. Não havia ilustrações nem adornos de nenhum tipo. Dizia simplesmente:

Ligações

Romance

HAROLD VANNER

Ao digitar estas palavras, estou olhando para o mesmo livro que Andrew Bevel me deu naquele dia. A sobrecapa agora está esfarelenta por causa do tempo, as abas estão presas por um fio à lombada desbotada pelo sol. Mas, embaixo desses frangalhos, a capa mantém as cores que esmaeceram na sobrecapa. Algumas seções encadernadas estão ligeiramente separadas do restante, como pequenos folhetos. Acho que essa fragilidade combina com o livro.

"Não", respondi, folheando as páginas.

"Bem, você é uma das poucas felizardas, então. Foi lançado há cerca de um ano. Esse escrevinhador, o sr. Harold Vanner, havia quase caído no esquecimento. Não que eu pudesse saber. Mas me disseram que ele passou por um mau bocado. Após alguns romances de modesto sucesso uns dez anos atrás, perdeu a popularidade. Seus livros não venderam. Bebida. Dipsomania, parece. A história triste de sempre. Então, pouco depois da morte da minha mulher, ele começou a escrever essa coisa. Encontrou-se com ela, Mildred, algumas vezes. Socialmente. Superficialmente. Como tantas outras pessoas. Acho que até nos conhecemos em uma dessas ocasiões."

Bevel se virou para olhar rapidamente o progresso da viga. Estava fora do campo de visão, mas, inacreditavelmente, devido à altura, vozes podiam ser ouvidas do lado de fora da janela.

"Seja como for, ele escreveu o livro. Foi lançado com resenhas positivas. Todas as pessoas que conheço parecem tê-lo lido; todos estão falando a respeito. Não sou crítico. Não me interesso por literatura. Não li nem as resenhas. Mas posso dizer por que esse livro é uma sensação: porque é claramente sobre mim e minha mulher. E porque nos difama."

Ele olhou para mim, talvez esperando uma reação. Achei que meu silêncio seria melhor do que qualquer pergunta ou observação.

"Amigos e conhecidos me dizem quanto lamentam pelo livro. Você entende como isso é irritante? Porque através dessa exibição de solidariedade eles estão me dizendo que leram esse lixo. Parece que todos leram esse lixo. E todos percebem que é sobre nós. Você verá por si mesma. Não poderia ser sobre outra pessoa. Talvez porque contenha alguns detalhes vagamente corretos, as pessoas achem que se trata de uma fonte confiável. Há até repórteres seguindo pistas e dicas do livro, tentando corroborar certas cenas e trechos. Dá para acreditar? Os eventos imaginários dessa obra de ficção agora têm uma presença mais forte no mundo real do que as informações verídicas da minha vida."

Algo parecido com raiva começou a se reunir por trás de seu rosto. Ele respirou fundo.

"Deixe-me ser claro. Isso nada mais é do que uma porcaria de calúnia. Difamação oportunista. Minhas práticas comerciais são representadas grosseiramente. Pareço um gângster. Um vigarista. E ele afirma que estou acabado. Que estou velho e meu tempo acabou. Que perdi meu dom e estou em franco declínio. Olhe pela janela. Esse edifício novo representa derrota?" Fez uma pausa sombria. "De qualquer maneira, tudo isso é irrelevante. Estou acostumado a ser desacreditado. Mas Mildred... O que esse salafrário fez com Mildred... A mais gentil das mulheres retratada como uma perturbada..." Balançou a cabeça. "Não vou permitir que essa invencionice vergonhosa se torne a história da minha vida, que essa fantasia vil manche a memória de minha esposa."

Pus o livro de volta na mesa, sem querer ser associada a ele por proximidade.

"Meus advogados já estão cuidando do sr. Vanner. Mas temo que é chegada a hora de eu me pronunciar. Boatos de todos os tipos me cercaram a vida toda. Fui me acostumando a eles e tomo cuidado para nunca desmentir mexericos e histórias. A negação sempre é uma forma de confirmação. Sou avesso a fazer declarações públicas de qualquer tipo, mas essa ficção exige ser confrontada com fatos. E fatos vou fornecer. Quero que você, srta. Partenza, me ajude a escrever minha autobiografia."

Olhamos um para o outro por um instante.

"Mas, senhor, eu não sou escritora."

"Só Deus sabe que a última coisa que quero é um profissional. Que todos vão para o inferno! É de uma secretária que preciso. Sei que a senhorita é uma extraordinária estenógrafa e datilógrafa. Eu falarei; a senhorita tomará nota. E pela sua redação vejo que leva jeito com as palavras." Olhou novamente para a folha. "'Esculpir o presente a partir do bloco amorfo que é o futuro'. A senhorita também tem uma propensão a contar histórias que pode ser útil."

Bevel olhou para o relógio.

"Começaremos na semana que vem. Na minha casa. Enquanto isso, devo exigir discrição. Nem uma palavra com quem quer que seja."

"Claro."

"Fale com as garotas lá fora. Elas darão todos os detalhes. Obrigado." Ele tentou sorrir. "E leve o livro."

Enquanto eu caminhava de volta até a porta, ouvi Bevel pegar o telefone.

"Mande a outra moça ir embora."

9

Jack estava tomando cerveja e comendo um sanduíche com meu pai quando cheguei em casa. Eu não conseguia me acostumar com seu bigode. Parecia falso, como se tivesse sido colado em seu rosto, que, se não fosse por aquele detalhe, permanecera igual desde nossa infância.

Eu conhecia Jack desde a época em que ele se chamava Giacomo. Sua família se mudou para o bairro logo depois que minha mãe morreu. Naquela época, imersa em tristeza, eu estava fora de alcance e não tinha interesse em fazer novos amigos, mas, alguns anos mais tarde, no início de nossa adolescência, namoramos por um tempinho. Na época, isso significava dar longas caminhadas no fim de semana em ruas desertas à beira do rio, enquanto ele calculava silenciosamente qual seria o melhor lugar para o próximo beijo e eu tentava pensar se queria ser beijada de novo ou não. Durou algumas semanas, depois nos afastamos e quase sempre nos evitávamos no bairro. Ele acabou indo fazer faculdade em Chicago, o que achei impressionante. Voltou dois anos mais tarde, outra pessoa. Como em um sonho, era ele, mas não era ele. Tinha adquirido um guarda-roupa novo, um vocabulário mais amplo e aquele bigode. Uma persona totalmente nova para um Jack totalmente novo:

agora ele era jornalista. A faculdade havia se revelado um desperdício de tempo. A verdade estava lá fora, nas ruas. Ele estava impaciente para adentrar o mundo real e deixar sua marca. Começamos a nos ver de maneira solta, pouco clara. Acho que meu desejo de ficar apaixonada era mais forte do que meu desejo por ele.

Meu pai franziu a testa por um instante ao me ver usando as roupas de minha mãe outra vez, mas ele logo levantou o copo e pediu que eu me juntasse a eles. Jack me deu parte do próprio sanduíche.

"Enfim. Vou terminar a história rapidamente", disse meu pai. "Eles capturaram Paolo, então eu não podia voltar, e bem na minha frente estava um grupo de pessoas na beira da estrada. Um deles era um *carabiniere*. Eu podia vê-lo, mas ele não podia me ver."

Jack escutava com um meio sorriso extasiado.

"O que eu podia fazer?" Meu pai deu de ombros.

"Sim, o que o senhor fez?"

"Avancei, esperando que tudo desse certo. Eu precisava de uma história para aquele *carabiniere*. Talvez que eu havia deixado minha bolsa no mercado um instante e alguém simplesmente havia plantado aqueles panfletos ali. Mas me lembrei que também estava com a arma. Talvez eu conseguisse explicar uma daquelas coisas. Mas as duas? Não."

"Mas o *carabiniere* não tinha visto o senhor. Não dava para simplesmente largar a bolsa e a arma e pegá-las mais tarde?"

Jack não notou a centelha de irritação nos olhos de meu pai.

"Não", disse meu pai rapidamente, pigarreou e retomou a história com o entusiasmo de antes. "Então avancei, segurando a arma aberta sobre o meu braço, assim." Pendurou um pano de prato no antebraço. "Como eu tinha visto caçadores fazendo. 'Vou passar pelo *carabiniere*', pensei, 'e acenar como se eu fosse um caçador dando uma volta', sabe?"

"Legal."

Pedi a Jack para passar o sal e ele o entregou a mim.

"Ah! Não, não, não!", gritou meu pai para Jack. "Ponha na mesa, ponha na mesa, ponha na mesa! Você é italiano ou não? Nunca passe o sal de uma mão para a outra. Dá azar! E você também deixou cair um pouco!" Jogou uma pitada de sal por cima do ombro esquerdo. "Pronto. Isto deve bastar."

Recompôs-se.

"Então, eu estou me aproximando. Eles me veem. Estou suando. O *carabiniere* então olha direto para mim. Estou sorrindo e suando. O *carabiniere* começa a vir na minha direção. E não são apenas os panfletos na minha bolsa. São também todas aquelas informações sobre o meu grupo. Estou suando. Vejo que o *carabiniere* está com a arma na mão."

"Não!"

"Continuamos a andar um na direção do outro. Ele acena para mim. As pessoas na beira da estrada se deslocam. Vejo então que elas estão em volta de um grande volume preto no chão. 'Essa arma está carregada?', pergunta o *carabiniere*. Está agitado. 'Não, senhor', digo. 'Você tem munição?', pergunta. Decido prosseguir com a história do caçador. 'É claro', digo. 'Estou caçando.' 'Ótimo', diz o *carabiniere*. 'Venha comigo.' Ao nos aproximarmos das pessoas na beira da estrada, vejo que estão ao lado de um cavalo. Um cavalo caído. Ferido."

"O quê?"

"Sim. Estava ferido. Dava para ver que estava sofrendo. 'Minha arma está emperrada', diz o *carabiniere*. Mas noto algo em seu olhar. Consigo perceber. Sua arma não está emperrada. Está me dizendo que seu cavalo quebrou a perna *e* sua arma está emperrada? A arma não está emperrada. Ele ama o cavalo e não consegue abatê-lo. Consigo perceber."

Meu pai fez uma pausa para se certificar de que Jack estava cativado pela história.

"Então. As balas estavam na minha bolsa. Eu a apoio no chão. Abro. Procuro as balas, que estão embaixo do rolo de panfletos e documentos, fecho a bolsa e carrego a arma. Minhas mãos estão tremendo um pouco. Quando termino, entrego a arma para o *carabiniere*."

"Inacreditável."

"Espere. Ele não pega a arma." Pausa. "Diz para mim: 'Faça você.'"

"O quê? Ele manda o senhor fazer?"

"Sim. Está me forçando a fazer aquilo. Porque ama o cavalo. Dá para perceber. Então não consegue fazer. Mas eu também não." Meu pai riu. "Não posso matar um cavalo! Ele está olhando para cima com seus grandes olhos negros, respirando, pedindo clemência. Não posso matar aquele cavalo!"

"E aí?"

"Digo ao *carabiniere*, apontando para o cavalo: 'Seu caro amigo precisa do senhor.' Depois olho para as pessoas à nossa volta. 'Certo?' Pergunto a elas. Algumas assentem. 'O senhor não pode deixar seu amigo na mão agora. Sabe, as pessoas falam. Um *carabiniere* que não consegue matar um cavalo? Imagine! Então ele pega a arma. Suas mãos estão tremendo mais do que as minhas. Aponta, ainda tremendo. Em seguida, depois de uma longa pausa, atira na cabeça do cavalo."

Pausa dramática.

"Depois me devolve a arma, agradece e vai embora."

"Incrível. Simplesmente incrível", diz Jack, balançando a cabeça. "Ida, você conhecia essa história?"

"Conhecia."

"Incrível." Depois Jack volta a olhar para meu pai. "O senhor deveria escrever essas histórias, sabia?"

"Ah..."

"Não, são histórias importantes. Talvez eu possa ajudá-lo? Podíamos escrevê-las juntos. Publicá-las."

"Ah... Veremos." Meu pai se levantou e limpou as migalhas do peito, deixando-as cair no chão da cozinha. "Mas a história não terminou! A luta continua! De fato, devo ir a uma assembleia."

"Espere", eu disse. "Antes que o senhor saia, tenho uma notícia. Consegui um emprego."

"Agora mesmo?", perguntou Jack. "Então é por isso que você está tão bonita. Parabéns! Que trabalho é?"

"Ah, só trabalho de escritório. Tomar notas, datilografar, essas coisas, sabe? Mas é um emprego fixo. E o salário é muito bom."

"Que ótima notícia!", disse Jack, segurando-me pelos ombros.

"Bem", disse meu pai. "É melhor eu ir."

Ele saiu e, enquanto limpava a mesa, eu disse a Jack que ficava muito grata por passar lá em casa, levar cerveja para meu pai e escutar suas velhas histórias. Significava muito para ele. Comecei a lavar a louça.

Jack se aproximou, encostou o corpo em mim, beijou meu pescoço e me abraçou.

"A cerveja e o sanduíche eram para nós", sussurrou em meu ouvido. "Achei que seu pai estaria fora e não sabia que você tinha saído."

"É muita gentileza sua."

Eu me virei e, com as mãos ainda na pia, beijei-o rapidamente e voltei a lavar os pratos.

"Na verdade, acho que também tenho boas notícias. O *Eagle* e o *Herald Tribune*. Muito interesse nas matérias que mostrei a eles. Ainda é cedo para dizer. Mas mesmo assim... Muito promissor."

Eu me virei outra vez para ele, enxugando as mãos.

"E você só está me dizendo agora? O *Eagle* e o *Herald*? Jack! É maravilhoso! Eu disse que no fim tudo daria certo. Quais matérias você mandou para eles?"

"Calma, calma. Como eu disse: ainda é cedo demais para afirmar. Mas cruze os dedos. Parece muito bom."

Comecei a enxugar os pratos. Outra vez, Jack me abraçou por trás.

"Muita coisa para comemorar", murmurou.

"Muita coisa para comemorar mesmo. Mas preciso ler este livro para o meu chefe hoje. Talvez eu possa convidar você para jantar quando receber meu primeiro salário. Algum lugar chique. Sempre quisemos ir ao Monte's."

Ele se afastou de mim e me virei a tempo de ver seus lábios ligeiramente contorcidos de aborrecimento antes que se distendessem e assumissem uma expressão neutra.

"Na verdade, preciso ir embora." Jack olhou para o relógio. "Preciso ficar em cima de um editor do *Mirror*. Nenhuma tentativa desperdiçada!"

"Estou muito orgulhosa."

"Ainda não. Mas em breve."

Jack me beijou e foi embora.

10

No início, *Ligações* não era apenas literatura; eram evidências. E eu não era apenas uma leitora; era uma detetive.

Devia haver pistas ali. Mesmo que superficialmente, Harold Vanner conhecera os Bevel — e pessoas de seu círculo certamente também os conheciam. Alguns dos elementos do romance devem ter sido baseados na vida real. É claro que eu não tinha como distinguir fato e ficção naquela época (e, mesmo depois de todos os meus encontros subsequentes com Bevel, essa distinção ainda permaneceria obscura), mas suspeitava que houvesse um grão de verdade enterrado no texto. O que Vanner realmente sabia sobre Andrew e Mildred Bevel? Por que alguém tão poderoso e ocupado como Bevel se daria o trabalho de desafiar uma obra literária? Deveria existir algo específico no romance que Bevel precisava suprimir e refutar. Estava bem à vista? Vanner havia tocado em algo por pura coincidência, ou estava mandando alguma espécie de mensagem cifrada através do livro? Havia algum fato vital que o romance tinha revelado, intencionalmente ou não, sobre as pessoas nas quais se baseava. Talvez a verdade estivesse em todas aquelas distorções e imprecisões que tanto incomodavam Bevel.

No entanto, à medida que eu lia, a prosa em si, mais do que o conteúdo, se tornou o centro de minha atenção. Era diferente dos livros que me fizeram ler na escola e nada tinha a ver com os policiais que eu costumava pegar emprestado na biblioteca. Mais tarde, quando finalmente fui para a faculdade, pude investigar as influências literárias de Vanner e analisar seu romance segundo um ponto de vista formal (embora ele não fizesse parte da bibliografia de nenhuma das disciplinas que cursei, pois sua obra estava fora de catálogo e já bastante indisponível). Mas, naquela época, eu nunca havia visto nada como aquela linguagem. E aquilo me tocou. Era a primeira vez que eu lia algo que existia em um espaço vago entre o intelectual e o emocional. A partir daquele momento identifiquei tal território ambíguo como o campo exclusivo da literatura. Também entendi em algum momento que essa ambiguidade só poderia funcionar juntamente com uma disciplina extrema — a calma precisão das frases de Vanner, seu vocabulário descomplicado, sua relutância em lançar mão dos artifícios retóricos que consideramos "prosa artística" e ao mesmo tempo manter um estilo próprio. O autor parece sugerir que a lucidez é o melhor esconderijo para o significado mais profundo — um pouco como um objeto transparente inserido em uma pilha de outros iguais. Meu gosto literário mudou desde então e *Ligações* foi substituído por outros livros. Mas Vanner me proporcionou o primeiro vislumbre daquela região fugidia entre razão e sentimento e me fez querer explorá-la em minha escrita.

Posteriormente li algumas resenhas publicadas quando o livro foi lançado. Embora a maioria fosse elogiosa (foi incluído entre os Livros Notáveis do Ano da *The Nation* e entrou para a Lista de Livros de Natal dos Leitores da *Harper*), as reações não foram tão unanimemente positivas quanto Bevel havia afirmado. *The Atlantic* publicou uma das poucas resenhas totalmente entusiastas. Um trecho dizia:

> Nosso cânone está saturado de histórias sobre classe e consumo conspícuo, sobre os modos engessados ou as ex-

centricidades desenfreadas que acompanham a riqueza. Mas poucos romances, como *Ligações*, se debruçam sobre o verdadeiro processo de acumulação de capital. E mesmo as narrativas que tentam criticar a riqueza e a desigualdade quase sempre acabam se deslumbrando pela ganância ostentadora que se propõem a desmistificar — uma armadilha que o sr. Vanner evita com destreza.

Mas também houve opiniões impiedosas. Alguns críticos desdenharam o livro como algo nada original ("epígono", julgou a *The New Republic*) e indicaram a inegável influência de Henry James, Constance Fenimore Woolson, Amanda Gibbons e Edith Wharton. A *The New Yorker* chamou o romance de um mero *succès de scandale* que só ganhou notoriedade por ser um óbvio *roman à clef* (as duas expressões francesas estão na resenha) baseado em um casal proeminente mas reservado, sobre o qual todos queriam uma história — verdadeira ou falsa.

Assim que terminei de ler *Ligações*, comecei novamente. De meu breve encontro com Bevel, eu já podia perceber diferenças entre ele e Rask, uma intuição que eu poderia confirmar ao longo de nossas muitas conversas nas semanas seguintes. O homem de verdade era mais franco, menos esquivo e reservado do que sua encarnação ficcional. No entanto, pareciam parentes distantes.

Os trechos que descreviam as transações financeiras de Rask precisavam de um pouco mais de esforço, mas, embora na época eu não estivesse familiarizada com muitos dos termos no romance de Vanner, os das operações de modo geral eram bastante claros. Embora as ações de Rask desafiassem minha imaginação moral, eu não tinha dúvida de que se baseavam em manobras reais. E, durante nossas sessões, o próprio Bevel confirmaria isso. Muitas vezes, com um orgulho de desportista, ele me contava como fora capaz de se antecipar aos concorrentes e transformá-los em presas, e como, mais tarde, em 1929, fora mais esperto do que todo o mercado, jogando-o contra si mesmo e ganhando uma fortuna com isso. Enquanto trabalhava com Bevel, eu lia jornais e livros daquele período, e todos confirmavam e descreviam, muito detalhadamente, a maioria das operações financeiras presentes tanto no romance (com algumas imprecisões e licenças poéticas) quanto em seus relatos em primeira mão para mim (com alguns deslizes encobertos e toques de autoengrandecimento). Não só isso: descobri que tanto Vanner quanto Bevel parafrasearam com poucas alterações algumas das narrativas daquelas publicações.

Helen, a esposa de Benjamin Rask, era, a meu ver, o centro absoluto do livro. Rapidamente me identifiquei com ela. Ambas tínhamos uma propensão para a solidão. Não tínhamos quase amigos. Tínhamos pais autoritários e disfuncionais, consumidos por dogmas mal resolvidos. Éramos mulheres jovens tentando crescer em fendas apertadas, esperando rompê-las e ampliá-las no processo. E senti que Vanner, sempre mantendo uma distância respeitosa, a entendia — e, através dela, também entendia a mim. Talvez por se tratar de uma história com tanta afinidade pessoal, achei a parte final do romance mais irritante a cada leitura. Por que ele tinha de destruir Helen? Por que abusar do corpo dela com tanta violência nos momentos finais de vida? E, sobretudo, por que torná-la louca? Obviamente, ele havia tomado todo tipo de liberdade com a história de Mildred Bevel e poderia ter lhe atribuído qualquer tipo de destino. Então, por que aquilo? Por que acabar com sua mente?

Olhando para aquela época, depois de todos esses anos, ainda me lembro do principal efeito daquele primeiro contato com o romance. Após lê-lo, senti-me preparada para minha primeira entrevista com Andrew Bevel. Mais ainda: embora fosse uma obra de ficção, o livro havia me convencido de que eu detinha uma espécie de verdade essencial sobre a vida dele. Eu ainda não conseguia enxergar o que essa verdade poderia ser, mas isso não me impedia de crer que eu, de alguma forma, tinha uma vantagem sobre ele.

II

Uma bilheteria sob medalhões e guirlandas de gesso. Ao lado da lareira, faixas anunciando diferentes exposições. "Ouro, Prata, Bronze: As Artes Decorativas Americanas na Virada do Século." "Descendo pela Toca do Coelho: Ilustrações de Livros Infantis Vitorianos." Aromatizador de ambiente floral. Atrás do vestíbulo, o saguão — agora uma loja de suvenires. Uma despropositada passadeira estampada ondulando escada acima. As mesmas arandelas douradas a fogo. O mesmo aparador com tampo de mármore. As mesmas cadeiras de espaldar reto, mas com um cordão vermelho amarrado entre os braços.

Estou surpresa por me sentir tão possessiva e indignada. Os arquitetos que reformaram a casa e a transformaram em museu tomaram a decisão previsível de quebrar a atmosfera Beaux-Arts da época com cubos de vidro descaradamente modernos e de domar o rocambolesco excesso do design original com disciplinadas linhas retas. Toda a sinalização em uma fonte sem serifa, de certo com a intenção de ser irreverente em sua austeridade anacrônica.

Minha irritação e possessividade me confundem porque, na primeira vez que estive aqui, achei o lugar obsceno. Eu deveria estar feliz por vê-lo pro-

fanado. No entanto, esta encarnação de Bevel House só acrescenta uma nova camada a minha exasperação a seu respeito.

Acho a loja de suvenires especialmente ofensiva. De maneira irracional, estou até incomodada com o jovem atrás do balcão. Dei uma olhada lá dentro, por motivos desconhecidos, para inflamar minha irritação. Uma ridícula canção da era da Lei Seca está tocando baixinho ao fundo. Há uma profusão de canetas, canecas e cartões-postais adornados com reproduções de objetos do acervo e da logomarca do museu. Uma parede lateral é dedicada a quinquilharias dos Loucos Anos Vinte — chapéus de barqueiro, boás de plumas, cantis de bolso, luvas de cetim, cigarreiras, fantasias de melindrosa. Ao lado dessa seção, fica uma gôndola dedicada a Francis Scott Fitzgerald. Exemplares de todos os seus livros. Biografias e estudos críticos. O grande Gatsby *em vários idiomas.*

Nenhum exemplar de Ligações, *de Harold Vanner, é claro.*

Foi através de Vanner que vi originalmente esta casa. Li seu livro alguns dias antes de pôr os pés aqui pela primeira vez. Embora sua descrição seja bastante breve, minha percepção inicial deste lugar foi fortemente condicionada por suas palavras. Lá pelo final da segunda parte do romance, as versões ficcionais do sr. e da sra. Bevel por fim se conhecem. Vanner oferece imagens rápidas, não inteiramente precisas, da mansão e registra as reações de Helen Rask a ela.

"Ela não se deixava arrebatar", escreve Vanner do avatar de Mildred. "Ao chegar pela primeira vez ao faustoso lar do sr. Rask, nada a fez fremir de desejo ou sequer sentir o prazer momentâneo e vicário de uma vida desembaraçada de qualquer restrição material."

E era exatamente assim que eu pretendia reagir quando cheguei aqui pela primeira vez quando jovem. Estava decidida a ser indiferente e desdenhosa. Fracassei. A casa estava então em seu apogeu e surtiu em mim todo o efeito pretendido. Tive a sensação de que não estava à sua altura. Senti-me desengonçada e suja. Como uma mendiga, embora eu não estivesse pedindo nada. Fiquei transtornada, sim. Mas, sendo filha de meu pai, também fiquei *enojada e enraivecida — tanto pela casa quanto pela minha reação de obediência a ela. Nem de longe a apatia de Helen.*

Agora, ao perambular antes de subir a escadaria rumo à biblioteca, minha experiência em relação ao local é ainda mais contraditória. Minhas inexplicáveis possessividade e indignação ("Sei como este lugar era de verdade") se misturam com a indiferença que não consegui sentir quando jovem (a displicente acumulação de Holbeins, Veroneses e Turners não chega a ser uma galeria, mas um mero salão de troféus) e com uma saudade aguda (voltar a um lugar significativo depois de várias décadas revela como podemos ficar alheios a nós mesmos).

Subo a escadaria, olhando à volta, tentando comparar impressões passadas e presentes. Devo fazer um inventário dos quadros, esculturas, estatuetas, porcelanas, vasos, relógios e lustres? Devo descrever os suntuosos aposentos? Devo nomear suas funções e a que hora do dia cada um deles devia ser usado? Devo tentar transmitir suas dimensões? Devo delongar-me descrevendo os ricos tecidos, as pedras raras e as madeiras únicas usados por toda a casa? Devo classificar os diferentes tipos de mobília? Devo mencionar os modelos de carros que costumavam ficar enfileirados na entrada? Devo dizer quantos serviçais havia aqui nos anos trinta? Devo listar suas diferentes funções?

A mercadoria inspirada por O grande Gatsby *na loja de suvenires do andar de baixo me vem à mente. Não tenho desejo algum de me entregar à descrição de luxos inatingíveis. Assim como Vanner, não tenho intenção de me estender falando da opulência do lugar. Estou aqui por causa dos documentos. Nada mais.*

Viro à esquerda ao final da escada e cruzo o longo corredor. Uma ou outra porta está aberta, revelando cômodos com pinturas e objetos decorativos exibidos atrás de cordões de veludo. Lembro-me exatamente qual era a porta do quarto de Mildred. Agora, assim como naquela época, está fechada. No final do corredor, a biblioteca.

Moveram coisas do lugar. Agora há menos livros aqui (a maioria provavelmente está em pilhas escondidas) e aprovo as fileiras de escrivaninhas práticas com lâmpadas funcionais e cadeiras resistentes, concebidas para trabalho de verdade. Alguns visitantes folheiam grandes livros de arte e fazem anotações. O bibliotecário-chefe vem a meu encontro e caminhamos de volta até seu posto, onde ele me apresenta a dois colegas. Entrego minha carta solicitando acesso a materiais restritos e ele a aceita, desculpando-se por aquela formalidade necessária.

Pergunto quais tipos de documentos e livros são em geral solicitados. Ele me diz que a maioria dos visitantes são acadêmicos ou estudantes pesquisando o extenso acervo artístico. Avaliadores de leiloeiros aparecem quase todos os dias.

"Na verdade", diz ele, "como escritora, a senhora é uma exceção aqui."

Conversamos sobre os materiais que estou procurando. Quando solicito os papéis de Mildred Bevel, os três bibliotecários se entreolham e soltam um risinho.

"Ah, desejo a você toda a sorte do mundo", diz o chefe, enquanto os outros dois bibliotecários anuem enfaticamente. "A sra. Bevel tinha uma caligrafia terrível."

"Nós os chamamos de os manuscritos Voynich", diz o mais jovem dos três com um risinho travesso.

Piada de bibliotecários. O manuscrito Voynich é um volume do século quinze, em pergaminho, mantido na Biblioteca Beinecke de Livros e Manuscritos Raros na Universidade Yale. Pouco se sabe a respeito do que parece ser, pelas ilustrações, um tratado sobre espécies de plantas não identificadas e cosmologia. O manuscrito poderia ser de qualquer lugar na Europa Central e está escrito em um alfabeto inventado que tem intrigado gerações de estudiosos. Apesar de investimentos consideráveis de tempo e recursos, linguistas, criptógrafos e até mesmo agências governamentais de todo o mundo não conseguiram, até agora, decifrá-lo.

O bibliotecário-chefe também solta um risinho, mas volta rapidamente a assumir um tom profissional.

"Há muita coisa nos arquivos da sra. Bevel que não fomos capazes de decifrar. E isso afetou o modo como seus documentos são catalogados. Fomos

forçados a agrupar coisas com base meramente no formato e no tamanho em vez do assunto. Portanto, pedimos desculpas desde já se a senhora encontrar um conteúdo bastante heterogêneo nas caixas."

Sento-me atrás de uma das escrivaninhas, pego meu caderno e meu lápis (tinta não é permitido aqui) e espero que minhas caixas cheguem.

2

Disseram-me para usar a entrada de serviço, que dava em uma pequena área de recepção para funcionários, onde me indicaram uma cadeira. Fiquei contente de estar naquele espaço intermediário antes de entrar na área social. Uma das criadas me apresentou à srta. Clifford, a governanta, uma mulher com modos de avó, mas bastante jovem, que me ofereceu uma xícara de chá que não aceitei por estar nervosa demais. Ela me entregou a xícara mesmo assim, me chamando de "minha querida".

Um mordomo que parecia estar representando o papel de mordomo em um filme entrou e, dirigindo-se mais ao cômodo do que a mim, disse meu nome, se virou e foi embora. A srta. Clifford pegou minha xícara e me encorajou a segui-lo. Acompanhei o mordomo por uma passagem, subimos uma escada e depois atravessamos um corredor estreito. Pareciam os bastidores de um teatro. Em nenhum momento ele olhou para trás para se certificar de que eu o seguia. Por fim, cruzamos uma porta que levava à casa em si. Eu me senti como uma invasora assim que pus os pés no carpete. Atravessamos uma sala eterna. O mordomo bateu a uma porta e entrei no estúdio de Bevel.

Dentro dos limites de sua expressividade restrita, ele me deu calorosas boas-vindas. Trocamos algumas cortesias e ele pediu que eu me sentasse à mesa, atrás da máquina de escrever.

"Antes de começarmos", disse, pegando alguns papéis de uma mesa lateral, "há uma importante obrigação legal que precisamos cumprir. A senhorita deve assinar estes papéis. Eles dizem, essencialmente, que você não pode, em circunstância alguma, discutir, compartilhar ou comentar nada do que será mencionado aqui. Quis entregar este documento pessoalmente para demonstrar quanto esta questão é séria para mim. Se obedecer a estas regras, não terá com o que se preocupar. Este documento não terá efeito algum em sua vida. Mas temo que não possamos iniciar se você não o assinar."

Assinei os papéis sem ler. Eu não tinha escolha — e, na época, nenhuma intenção de divulgar segredo algum.

É provável que eu ainda tenha de respeitar os termos de confidencialidade do acordo. Aquele documento específico ainda não apareceu em minha pesquisa no arquivo documental de Bevel. O advogado do espólio me disse que o escritório de advocacia contratado na época não existe mais. Para mim, a questão morre aí.

"Você já leu o livro a esta altura. Não precisamos discuti-lo. Sei que você entendeu, só de visitar meu local de trabalho, que sou um homem de negócios sério. Falaremos muito a respeito disso, é claro. Mas tenho certeza de que você vê agora que minha raiva é justificada e que temos de trabalhar rápido. Perguntas."

"Nenhuma." Eu sabia que era imprudente fazer qualquer uma das infinitas perguntas que estavam em minha mente sobre a conexão do romance de Vanner com a vida real de Bevel.

"Ótimo. Procederemos da seguinte maneira. Simplesmente contarei a você minha história do jeito que for saindo. Você tomará notas e, quando necessário, reformulará as frases para garantir que tudo faça sentido. Elimine redundâncias e contradições. Você sabe que temos a tendência de saltar para a frente e para trás quando conversamos, então corrija a ordem dos eventos. Garanta que nada pareça dissonante ou obscuro demais para o leitor médio. Talvez um ou outro floreio. Você sabe, todas essas pequenas mudanças. Para que seja uma leitura agradável. Vou fornecer a história, obviamente, mas deixarei todos os detalhes e a arrumação por sua conta."

"É claro."

Corrigir seu estilo e, de fato, *escrever* seu livro eram aspectos do trabalho que eu não havia previsto. As coisas se tornariam mais claras ao longo do caminho, decidi.

"Também espero que você dê... um toque feminino aos trechos sobre a sra. Bevel."

Assenti enquanto ainda tentava me orientar.

"E, já que mencionei minha mulher, existe uma questão importantíssima sobre aquele romance que você leu. Algo que você nunca deve esquecer. Como disse antes, minha mulher nunca sofreu de distúrbios mentais de nenhum tipo. Mildred era uma mulher lúcida, serena. Como uma pessoa tão boa e frágil como ela pôde ser difamada daquela maneira? É como zombar de uma criança." Fez uma pausa e olhou primeiro para o ângulo onde a parede encontrava o teto e, depois, para as próprias mãos. "E como alguém pode insinuar que fui de alguma maneira responsável por sua morte? Como aquele escritor de meia-tigela pôde conceber, quanto mais publicar, que eu a submeti a algum experimento médico insano? Você deve ter percebido que não posso deixar que essa narrativa sobreviva." Ele voltou os olhos para mim como se quisesse ter certeza de que aquelas palavras haviam sido registradas em minha mente. "É verdade que ela morreu em um sanatório suíço. Mas eu a perdi para o câncer."

"Sinto muito."

Ele me interrompeu levantando a palma da mão.

"Não é necessário. Ao trabalho."

"Se não fizer diferença para o senhor, eu preferiria me sentar ali, naquele sofá. Não vou precisar da máquina de escrever. Vou estenografar e transcrever tudo mais tarde."

Ele ficou surpreso.

"Acho que a conversa, como o senhor disse, fluirá melhor em um cenário menos parecido com um escritório", eu disse.

Uma pausa pensativa.

"Muito bem. Se você se sente mais confortável." Gesticulou para o sofá e se sentou na poltrona em frente. "Vamos começar."

3

No momento em que eu estava saindo de Bevel House, o mordomo me entregou um envelope e disse que continha meu primeiro salário semanal, pago adiantado, além de dinheiro para as despesas iniciais. Talvez eu precisasse de uma nova máquina de escrever e material de escritório. Ou talvez pudesse comprar roupas novas? Lembro-me de como ele se deleitou com essa insensível demonstração de sensibilidade ao fazer a última sugestão.

Atravessei a Quinta Avenida e encontrei um banco tranquilo no parque onde podia inspecionar o conteúdo do envelope.

Pelo modo com que fora criada, eu passara a considerar o dinheiro uma coisa imunda. A sujeira física nas cédulas ensebadas de um e de cinco que eu estava acostumada a manusear também era imoral, já que as notas estavam literalmente "manchadas com o suor das massas exploradas". Ao longo dos anos, enquanto me livrava dos dogmas de meu pai, minha repulsa ética se suavizou, transformando-se em indiferença. Não tenho mais pensamentos a favor ou contra dinheiro em sua manifestação física — vejo-o simplesmente como um veículo tangível através do qual conduzimos transações comerciais.

Naquele dia no Central Park, porém, o envelope parecia conter mais do que apenas dinheiro. Nunca havia segurado uma quantia tão grande em minha vida. Dez cédulas de vinte dólares (nosso aluguel, na época, era cerca de vinte e cinco dólares por mês). Eram novas e grudavam umas nas outras. Imaginando qual poderia ser o verdadeiro cheiro do dinheiro — e não o da multidão de mãos que o tocaram ao longo dos anos —, enfiei o nariz no envelope. Tinha o mesmo cheiro de meu pai. Mas, por baixo da tinta, havia também um aroma silvestre. Uma nota secundária de solo úmido e ervas daninhas desconhecidas. Como se as cédulas fossem produtos da natureza. Folheando-as dentro do envelope, notei que tinham números de série consecutivos, algo que eu nunca vira antes. Isso me fez pensar, com uma espécie de vivacidade corporal, nos milhões de notas de vinte dólares impressas antes e depois das minhas e nas possibilidades infinitas que representavam. As coisas que podiam comprar, os problemas que podiam resolver. Meu pai tinha razão: o dinheiro era uma essência divina que podia se incorporar em qualquer manifestação concreta.

Naquele mesmo dia, saí fazendo compras pelo Brooklyn. Por mais que não tivesse ido com a cara daquele mordomo, ele não estava errado: eu precisava de roupas novas. Além disso, pensei que talvez tivesse sido o próprio Bevel a instruí-lo a me dizer para comprar novas vestimentas. Decidi fazer aquilo imediatamente, pois sabia que meu pai ficaria fora a tarde toda e não queria que ele me visse com sacolas de compras.

Foi necessário certo esforço para convencer a vendedora da Martin's, na Hoyt Street, que, embora quisesse ficar elegante, eu não queria chamar atenção para minhas roupas. Ela continuava a perguntar sobre meu chefe e meu ambiente de trabalho. Dei respostas vagas e, invariavelmente, escolhi os modelos que ela havia descartado por serem sem graça demais.

"Uma moça tão atraente... Você não deveria se esconder atrás dessas roupas apagadas", disse ela antes de capitular os meus desejos pardos e monótonos.

Minha parada seguinte foi na casa de nossa senhoria. O único motivo para ainda não termos sidos despejados era que ela amava minha mãe e, portanto, sentia que tinha uma obrigação em relação a mim. Mas não gostava, quase com a mesma intensidade, de meu pai e de seu prelo semiclandestino. E, a cada dia que atrasávamos o aluguel, eu me tornava mais parecida com meu pai. Quase sempre o pagamento demorava uma hora. Ela queria o dinheiro, mas também ficava constrangida em aceitá-lo e, invariavelmente, sentia-se obrigada a me segurar a sua porta por muito tempo enquanto compartilhávamos as fofocas do bairro. Essa ilusão de proximidade esmorecia depois de duas semanas e desaparecia completamente ao final do mês.

Algo semelhante aconteceu nas lojas em que tínhamos contas. Se eu tinha ficado com vergonha de continuar a comprar fiado durante semanas, e às vezes até meses, os lojistas agora se envergonhavam de aceitar o dinheiro que era deles por direito. Seu constrangimento dava origem a longas conversas sobre vários assuntos triviais, e depois eu era mandada embora com algum presentinho.

Jantei em silêncio com meu pai, que não perguntou de onde havia vindo toda a comida que estava na despensa.

No dia seguinte, pedi a Jack que me ajudasse a comprar uma máquina de escrever. Achei que nos daria um propósito em comum (nosso tempo juntos era cada vez mais desprovido de objetivo) e talvez ele ficasse feliz com uma oportunidade para exibir seu conhecimento jornalístico. Ele me disse que havia trabalhado para uns jornais pequenos em Chicago e, pela descrição das tarefas, supus que entendesse de máquinas de escrever e outros aspectos do mundo dos escritórios.

Nosso encontro foi em uma loja de material de escritório no Brooklyn, perto do tribunal, que vendia, alugava e consertava máquinas de escrever. Jack, seu chapéu inclinado para trás, um cigarro pendurado nos lábios, fez muitas perguntas e experimentou diferentes máquinas. No entanto, estava claro que ele não sabia nada de datilografia. Testou vários modelos, martelando "alalalalalalalalalalala" o mais rápido possível com os indicadores. Enquanto Jack falava com um dos vendedores, experimentei rapidamente algumas máquinas, torcendo para ele não me ver. Quando eu estava quase me decidindo por uma Royal portátil de segunda mão (embora o "e" carregasse um pouquinho de tinta demais, o semicírculo superior enegrecido e o "i" muitas vezes saísse sem o pingo), ele se aproximou antes que eu percebesse e pudesse parar de datilografar. Não disse nada, mas percebi seu ressentimento. Não ajudou o fato de ele ter me visto recusar a opção de crediário e pagar os US$ 27,50 à vista.

No caminho de volta, ele me falou de suas promissoras pistas, seus furos e palpites. Estava conhecendo muita gente em várias redações e esperava que tudo logo se encaixasse — só tinha de encontrar a matéria perfeita para o editor perfeito no jornal perfeito. Era tudo o que ele precisava: pôr o pé lá dentro. Aí ele estaria a caminho de se tornar um colunista.

"É só uma questão de tempo", disse. "Mas o tempo está ficando..." Fez uma pausa estranha. "Caro."

Parei e cobri a boca, horrorizada.

"Sinto muito. Não acredito que não ofereci." Pus a mão na bolsa.

"Ah, não! Eu não quis dizer..."

"Não vamos discutir tudo isso de novo." Entreguei a ele algum dinheiro; ele olhou para a calçada. "Por favor. Pegue. Por mim."

Jack embolsou o dinheiro rapidamente, sem nem erguer os olhos, murmurando agradecimentos e uma promessa de que iria me pagar. Continuamos andando.

"Mas fale do seu novo trabalho", disse ele, voltando ao tom normal. "Por que a máquina de escrever? Você não vai trabalhar em um escritório?"

"Ainda não tenho certeza. Ontem trabalhamos na casa dele. Ele diz que não gosta mais de ir para o centro da cidade. Trabalha de casa toda tarde. E é por isso que preciso datilografar todas essas anotações em casa. Depois talvez nossos encontros sejam no escritório dele. Não sei."

"Espere. Você esteve na casa dele?"

"Estive."

"Sozinha?"

"Bem, tem toda uma equipe à sua volta."

"Mas vocês dois ficaram sozinhos."

"Ficamos."

"Não gosto disso."

Continuamos a andar em silêncio. Aquilo me lembrou nossos passeios silenciosos à beira da água, nos quais ele ficava absorto em seus cálculos de quando deveria me dar o próximo beijo.

"Quem é esse sujeito, afinal?"

"Um homem de negócios."

"Esse homem de negócios tem nome?"

Parei novamente.

"Olha. Não vou pedir que você confie em mim. Não vou dizer nomes que não significam nada só para você se sentir bem. Não vou dizer nada para acalmar você."

Enquanto eu começava a andar de novo, com Jack de cara amarrada alguns passos atrás, percebi que havia pronunciado aquelas últimas frases sem entonação, com uma calma apática. Igual a Andrew Bevel.

4

Bevel estava com um resfriado forte na vez seguinte que o vi. Mesmo assim, manteve nosso encontro. Como estava doente, não se sentiria tão mal em desperdiçar seu tempo com "aquela coisa" em vez de fazer trabalho de verdade, disse. Era o pior dia para um resfriado — uma tarde nova-iorquina quente, úmida.

Entreguei minha transcrição datilografada da primeira sessão. Achei que tivesse desbastado suas palavras para formar frases duras, incisivas. O texto soava, em minha opinião, masculino. Transmitia uma impaciência com estilo, e o objetivo era uma denúncia tácita mas veemente do romance de Vanner. Em momento algum me afastei dos fatos que ele havia apresentado em sua narrativa.

Ele leu as páginas imediatamente. Eu tinha a impressão de que estava correndo demais para apreciar minha sutil severidade.

"Certo", disse ele e assoou o nariz. Estava suando. Talvez aborrecido. "Você faz anotações fiéis. Os fatos estão, basicamente, aqui. Algumas coisas precisam ser corrigidas. Vamos chegar lá. O problema é que isto não reflete quem eu sou."

"Posso garantir que me mantive próxima do..."

"Como acabei de dizer, suas anotações são fiéis. Mas, se eu quisesse alguém para simplesmente transcrever minhas palavras, usaria um Dictaphone. Coisas demais se perdem na sua transcrição. É monocórdia. E cheia de dúvidas. Você realmente entende meu trabalho?"

"Não."

"Obrigado por não tentar formular uma resposta. Meu trabalho está relacionado a ter razão. Sempre. Se alguma vez eu estiver enganado, devo usar todos os meus meios e recursos para torcer e alinhar a realidade de acordo com meu erro para que ele deixe de ser um erro."

"Eu deveria estar anotando isso para o seu livro."

"Não consigo dizer se você está sendo sarcástica ou ingênua. Seja como for, não faça com que eu me arrependa de tê-la contratado." Assoou o nariz novamente e pegou um telefone. "Chá." Desligou. "Suas páginas são hesitantes demais."

"Vou reescrevê-las."

"Ótimo. Não sei quanto tempo mais vou conseguir fazer isto hoje, com este resfriado. Mas tem uma coisa sobre meus pais. Não, ainda não precisa pegar seu bloco. Não quero dar trela às alegações absurdas daquele romance com uma resposta. Mas quero que você saiba que é tudo falso. Imaginar que meu pai tinha uma vida dupla em Cuba. Ele de fato se interessava pelo tabaco, como se interessava por muitos outros negócios. Mas chegar a conceber que algum dia ele pensaria em pôr os pés ao sul da fronteira..." Ele quase riu neste ponto. "E minha mãe..."

Alguém bateu à porta. O mordomo desagradável entrou com chá para um. Serviu solene, em silêncio, uma xícara de chá para Bevel e saiu.

"Minha mãe", continuou Bevel após a porta ter se fechado. "Uma fumante? Charutos? Com aquelas... *amigas*? Só por isso Vanner já merece o que está por receber." Tosse. "Mais uma vez, isso não é algo de que quero tratar diretamente. Mas encontraremos uma maneira." O calor, sua tosse e o chá o fizeram começar a suar profusamente. "Voltemos às minhas obras de caridade."

Peguei meu bloco e me sentei em um sofá diferente. De alguma maneira, eu achava importante demonstrar que meu assento era escolha minha.

"Por que o senhor não me fala um pouco mais sobre seus pais primeiro?"

A exasperação ausente em seu rosto estava toda na força com que pôs a xícara de volta sobre o pires. Eu havia cometido um erro. Mas ser decisiva havia me ajudado no passado. Talvez eu conseguisse me desculpar insistindo em meu erro.

"Talvez sua perda possa explicar como o senhor utilizou seus ancestrais como inspiração. E poderia ser um bom pano de fundo para todo o seu trabalho de caridade. Mostrar o que o atraiu para aquele tipo de atividade em primeiro lugar."

"O toque feminino." Ele havia relaxado um pouco? "Parece que você não andou prestando atenção. Quero páginas decisivas, e não melosas."

Limpou a testa e de repente pareceu exausto e vazio. Devia estar com febre.

"Mas acho que entendo seu argumento. O que gostaria de saber?"

"Por que não me relata algumas lembranças antigas. Alguns parágrafos com cenas da infância seriam ótimos para quebrar o gelo. Mostrar como o senhor se tornou o homem que é hoje. Qual o senhor acha que é sua primeira imagem da sua mãe?"

Fez-se uma pausa. Ele tossiu e limpou a testa. Eu também estava começando a suar. O longo silêncio era incômodo. Mas me recusei a quebrá-lo.

"Quando ela morreu."

Outra pausa.

"Quando ela morreu, me perguntei isso. Uma caça a ovos de Páscoa, eu acho."

O silêncio começou a reaparecer.

"Ela era uma mulher adorável. O que tornava sua ausência difícil. E brilhante. Ela era brilhante. Descobriu meu precioso talento para matemática. Muitas vezes, assistia a minhas aulas e corrigia os tutores. Nisso, parecia-se com Mildred. Ambas mulheres brilhantes." Riu, de sua maneira costumeira, pelas narinas. "Legiões de tutores despedidos. Um após outro. Nenhum deles era páreo para os meus talentos, dizia ela. A certa altura, começou a me dizer para dispensá-los. Eu mesmo tinha de informá-los que estavam despedidos e explicar por quê. O que não haviam conseguido me ensinar, e assim por diante. Eu devia ter sete ou oito anos na primeira vez que fui obrigado a fazer aquilo." Riu sombriamente ou fungou. "O olhar confuso no rosto daquele homem."

Ele parecia exausto.

"Este é um exercício sem sentido. E estou doente. Receio estar com febre. Traga de volta as páginas reescritas na quarta-feira. E falaremos sobre minhas obras de caridade."

5

Não nos encontramos na quarta-feira seguinte. Bevel ainda estava doente. Usei os dias a mais para reescrever minhas páginas iniciais, tentando seguir as instruções dele. Era verdade que minha prosa carecia da força de sua presença. Mas essa força não estava somente em seu discurso; era também o efeito cumulativo de diferentes aspectos de sua personalidade, de seu entorno e dos intimidadores preconceitos que tinham contra ele. Como essa força ou determinação não era apenas verbal, não podia ser imitada só com palavras e se recusava a ganhar vida no papel.

Todas as minhas tentativas fracassaram. O mais perto que eu conseguia chegar da voz de Bevel era uma caricatura. Um desejo quase irreprimível de conhecer Harold Vanner se apoderou de mim. Ele devia ter algumas das respostas que eu buscava, dos fatos mais amplos até os menores detalhes. Talvez até pudesse me ajudar em minha escrita. Não podia ser tão difícil assim achá-lo. Mas o que eu diria a ele? Que havia sido contratada para ajudar a escrever um livro cujo principal objetivo era desmistificar e destruir seu romance? E, mesmo que por algum motivo milagroso Vanner me ajudasse, Bevel certamente descobriria que eu o vira e esse seria o fim de meu emprego, ou até coisa pior — havia aquele documento que ele me pedira para assinar.

Minha lixeira estava cheia. Eu sentia o cheiro de meu pânico.

Daquele desespero crescente, surgiu meu primeiro avanço. Eu não tentaria mais capturar a voz de Bevel. Em vez disso, criaria a voz que ele gostaria de ter — a voz que ele queria ouvir.

Após encher outra lixeira com esboços inúteis, percebi como meu novo plano era ambicioso. Como eu, sozinha, seria capaz de criar um tom suficientemente grandioso para cativar Bevel a ponto de ele pensar que podia estar ouvindo a si mesmo? Eu precisava de ajuda.

Fui à sede principal da Biblioteca Pública de Nova York, no Bryant Park, e passei o dia inteiro folheando o catálogo e olhando autobiografias escritas por "Grandes Homens Americanos". Benjamin Franklin, Ulysses S. Grant, Andrew Carnegie, Theodor Roosevelt, Calvin Coolidge e Henry Ford são alguns dos nomes com os quais me lembro ter deparado ao vasculhar as fichas. Se a voz do próprio Bevel, transcrita sem nenhum floreio ou modificação, não era suficiente, eu criaria uma nova voz para ele a partir de todas aquelas outras. E todas seriam costuradas com a fanfarronice e o orgulho de meu pai. Como a criatura de Victor Frankenstein, meu Bevel seria composto de membros de todos aqueles homens diferentes.

Consegui pegar emprestado alguns daqueles livros na Biblioteca Pública do Brooklyn e, durante a semana seguinte, consultei-os de maneira caótica e desordenada, pulando de um para outro sem muito método, fazendo anotações aleatórias sem referências. Eu não tinha formação alguma em pesquisa arquivística ou em como gerir adequadamente uma bibliografia. E isso acabou sendo algo positivo. Porque, graças àquela abordagem desordenada e inflexivelmente desorganizada, os livros começaram a se fundir. O que havia de individual em cada homem — a santimônia egoísta de Carnegie, o decoro essencial de Grant, o pragmatismo prosaico de Ford, a parcimônia retórica de Coolidge, e assim por diante — produzia o que, na época, eu achava que todos eles tinham em comum: a crença, sem sombra de dúvida, de que *mereciam* ser ouvidos, que suas palavras *deviam* ser ouvidas, que as narrativas de suas impecáveis vidas *precisavam* ser ouvidas. Todos tinham a mesma certeza inabalável que meu pai tinha. E entendi que aquela era a certeza que Bevel queria no papel.

Eu estava absorvida no trabalho e mal saía do quarto. O momento não poderia ter sido melhor. Durante aquela semana, meu pai e eu havíamos entrado em um período de silêncio hostil. Ele estava com raiva por causa de meu emprego em Wall Street, e era assim que as coisas permaneceriam até eu dar o primeiro passo rumo à reconciliação, que significava lhe dizer, de alguma maneira, que ele tinha razão e eu estava errada. Algo parecido estava acontecendo com Jack. Ele não fora me ver desde nosso bate-boca depois da compra da máquina de escrever. É provável que ambos pensassem que eu havia me recolhido a meu quarto porque estava magoada. Em vez de imaginar que eu estivesse trabalhando, devem ter me fantasiado chorando, chafurdando em meu ressentimento injustificado em relação a eles.

Meu pai exerce um monopólio emocional. Sua felicidade não tolerava dissenso. Quando ele estava de bom humor, todos deveriam ficar encantados em ouvir suas longas histórias, rir de suas piadas e participar alegremente de qualquer projeto que ele tivesse em mente — reformas domésticas calamitosas, trabalhos de impressão vinte e quatro horas por dia, excursões ao Bronx em busca de um açougueiro italiano que alguém havia mencionado. Mas toda vez que estava para baixo ou havia sido prejudicado, ele fazia todo mundo pagar por isso. Ainda estou para ver um rosto tão determinado como o dele quando estava com raiva. Infelizmente era uma determinação com uma fixação em si mesma — determinada a ser determinada. Quando ficava naquele estado, acho que considerava qualquer tipo de concessão uma traição a si mesmo, como se todo o seu ser pudesse ser erodido e eliminado pela admissão de um erro. Vivi com meu pai por mais de vinte anos e permanecemos próximos após eu ter saído de casa. Nem uma só vez, em todas aquelas décadas, ele me pediu desculpas por alguma coisa.

Terminei de escrever o prefácio da autobiografia de Bevel alguns dias antes de nosso encontro seguinte. Se não soava exatamente como ele, meu texto capturava a maneira como eu achava que ele *deveria* soar. É possível que parte do excesso de confiança que atribuí a meu Bevel ficcional tenha me afetado, mas eu tinha certeza de que havia encontrado a voz dele — e que ela funcionaria.

Saí exultante do quarto e lá estava meu pai, no prelo, exibindo para exatamente ninguém sua raiva cheia de princípios como um exemplo a ser seguido. Dei-lhe um abraço e um beijo.

"Chega disso. Não fique com raiva."

"Raiva? Não estou com raiva. Foi você quem ficou trancada no quarto por dias a fio."

"Eu estava trabalhando. O senhor sabe que eu estava trabalhando."

Nenhuma resposta. Carregou um espaçador.

"E sei que o senhor não gosta do trabalho que eu arrumei."

"Eu nunca disse isso. Essas palavras são suas."

"Tem algumas coisas que eu também não amo nesse emprego. Mas foi o que eu consegui."

"Não ponha palavras na minha boca."

"O senhor diria que um operário na linha de montagem da Ford é um capitalista? Diria que um homem operando uma fornalha na U.S. Steel é um imperialista? Não são exatamente essas as pessoas por quem estamos lutando? Qual a diferença entre mim e esses homens?"

Ele largou as ferramentas. Em meu entusiasmo, eu havia esquecido que, para fazermos as pazes, ele deveria estar com a razão e eu deveria estar equivocada. Ele sairia andando e ficaria emburrado por mais uma semana. Mas, em vez disso, o impossível aconteceu.

"Você tem razão", disse ele, e até repetiu. "Você tem razão. Vamos, passe um café para mim e me fale desse seu emprego."

6

"Ótimo. Farei alguns ajustes mais tarde. Vamos seguir em frente."

Isso foi tudo o que Andrew Bevel disse depois de ler minha nova versão de seu texto. E era tudo de que eu precisava.

Passamos a primeira metade daquela sessão mapeando o livro inteiro, capítulo por capítulo. Àquela altura, havia ficado claro que ele não me contaria a história de sua vida em ordem cronológica nem esgotaria cada tópico antes de passar para o seguinte. Mesmo assim, com a mente organizada e metódica de um contador, Bevel precisava saber onde cada acontecimento ia dar. Criamos, portanto, um arcabouço geral, não muito diferente da estrutura nua de seu novo arranha-céu. Cabia a mim, ao datilografar minhas anotações ao final de cada encontro, organizar os eventos que eu registrara, decidir a qual capítulo pertenciam e tecê-los para formar uma narrativa coerente.

Após um breve prefácio, o livro começaria com um capítulo sobre seus ancestrais, seguido por outros sobre seus estudos, seus negócios, e assim por diante. Muitas vezes, quando se empolgava, Bevel pulava para a frente e para trás nos capítulos, pedindo-me para anotar algumas frases isoladas, palavras-chave ou simplesmente um nome, que ele aprofundaria depois. O cerne do livro era composto das partes que defendiam sua mulher e daquelas que enfatizavam seu talento extraordinário como homem de negócios.

Também era de grande importância para ele mostrar as várias maneiras como seus investimentos sempre acompanharam e de fato promoveram o crescimento do país — mesmo em meio à crise de 1929. Bevel empenhou-se muito para explicar como seus ancestrais, remontando até seu bisavô na época da presidência de Jefferson, uniram o ganho pessoal ao bem do país. Isso, insistia, estava no centro de sua prática comercial. "A mão egoísta tem pouco alcance", costumava dizer. Ou: "Lucro e bem comum são dois lados da mesma moeda." Ou: "Nossa prosperidade é prova de nossa virtude." Para ele, a riqueza tinha uma dimensão quase transcendental. Em nenhuma situação isso ficava mais claro do que em sua lendária série de triunfos de 1926, ele sempre repetia. Embora visasse ao lucro, suas ações, invariavelmente, levaram em conta os melhores interesses da nação. Os negócios eram uma forma de patriotismo. Como consequência, sua vida privada se fundira, cada vez mais, à vida da nação. Isso, dizia, nem sempre era fácil para Mildred.

"Ela era muito reservada. Vou fazer uma confissão para você: fiquei surpreso quando ela concordou em se casar comigo. Eu nunca imaginei que Mildred aceitaria se envolver em tudo... isso." Olhou em volta como se estivesse tentando determinar o que "isso" significava exatamente. "Não posso... Para ser honesto, não sei o que eu teria feito sem Mildred. Onde eu estaria." Havia uma profundidade incomum naquelas palavras bastante banais. "Ela... Quero dizer..."

Achei que a falta de palavras de Bevel foi sua maior demonstração de eloquência até aquele ponto. O homem cujo trabalho era sempre ter razão, o homem que nunca se concedia o luxo da dúvida, estava sem palavras.

"O senhor gostaria de parar um pouco?"

O silêncio acolchoado se aprofundou.

"Ela me salvou. Não há como dizer isso de outra forma. Ela me salvou com sua humanidade e seu calor. Ela me salvou criando um lar para mim. Você provavelmente não consegue ver agora, mas este lugar", agitou as mãos em suaves ondas a sua volta, "já pareceu um lar. Agora, a cada dia que passa, torna-se cada vez mais parecido com um museu. Duro. Mas não faz muito tempo que este era um lugar acolhedor. Ela... Mildred tinha... Sempre havia música. Ela era... Precisamos falar disso. Sempre havia música." Mais uma vez, ele estava sem palavras. "Beleza. Sim. Ela era uma amante da beleza. E da bondade. Beleza e bondade. Era isso que ela amava. E... foi o que ela trouxe para o mundo. Ela sempre..."

Bevel ficou perdido no passado, e não ousei trazê-lo de volta de seu devaneio. Eu estava começando a entender por que o retrato de sua mulher traçado no livro de Vanner o instigara a escrever uma autobiografia como resposta.

Bateram suavemente à porta. O mordomo entrou trazendo chá, mas Bevel o interrompeu antes que ele pudesse apoiar a bandeja.

"Somos dois."

"Está bem, senhor."

O mordomo se virou e saiu.

"Eu gostaria de tê-la conhecido", eu disse, temendo estragar o que parecia ter sido um momento de candura e, até certo ponto, intimidade.

"Ela teria gostado de você. Aduladores a entediavam."

Em flagrante contradição com o espírito da última frase de Bevel, eu me senti imensamente orgulhosa e lisonjeada.

"Mildred havia sido abençoada com uma excepcional clarividência. Para ela, nada era complexo ou misterioso demais. Seu enfoque do mundo era elementar e, infalivelmente, correto. Ela conseguia ir além das falsas complicações e enxergar as coisas simples da vida. Assim como você está descobrindo uma maneira de destilar para o papel a essência destas nossas longas conversas, acredito que, com a minha orientação, você também conseguirá captar o espírito de Mildred."

"Obrigada. Farei todo o possível."

"Acho que acabei de dizer que havia algo de infantil no entusiasmo dela. É verdade. Assim como também é verdade que uma espécie de sabedoria acompanhava sua fragilidade. Talvez uma parte dela soubesse que o tempo que teria entre nós seria curto. Você sabe, a saúde dela sempre foi delicada. Por isso nunca fomos abençoados com filhos."

"Como vocês se conheceram?"

"Como todo mundo. Na verdade, não é uma história fascinante. Mildred havia acabado de chegar da Europa com a mãe, a sra. Howland. Depois de tantos anos no exterior (quase a vida inteira de Mildred), elas não tinham amigos aqui. Na época em que voltaram, eu estava finalizando alguns negócios com um certo homem (nomes são irrelevantes) que me pediu, como favor, para ir a um jantar que ele estava organizando para a sra. Howland e a filha. Todos sabem que sou avesso a compromissos sociais de qualquer tipo. Mas aquilo era trabalho. Me sentaram ao lado de Mildred."

"O senhor se lembra de qual foi o assunto da conversa?"

Ele fez uma longa pausa e ficou olhando para um ponto acima de minha cabeça.

"Nós... Ela falou sobre música."

"De que tipo de música ela gostava?" Eu estava pensando no sofisticado gosto musical de Helen Rask no romance de Vanner. "Quem era seu compositor favorito?"

"Ah, ela gostava de todos os grandes compositores, sabe. Beethoven... Mozart..."

Parecia que ele ia se aprofundar, mas não o fez.

"Para ser bem franco, não sei absolutamente nada de música. Eu gostei bastante de alguns dos recitais aos quais fomos juntos, embora não seja capaz de falar a respeito deles. Outras apresentações quase não soavam como música. Sempre pensei que a maioria das pessoas na plateia só fingia estar gostando. Mas, vendo como Mildred falava daquelas peças depois, ficava claro que ela entendia do que se tratava. Mas não precisamos nos perder em detalhes irrelevantes. Eis o que você precisa entender sobre Mildred", disse ele no final. "Fora a música, ela era uma criatura simples. E sensível. Mas de alguma maneira era daquela simplicidade que vinha sua grande profundidade. Simples e profunda, sabe."

Assenti sem entender de fato o que ele queria dizer.

"É isso que estou tentando transmitir. A profundidade simples daqueles que estão próximos das extremidades da existência. Sua infância e sua doença fatal. Não deixe de usar isto: 'as extremidades da existência'."

Fiz uma pausa adequada.

"Vocês organizavam concertos aqui, na casa? Como os do..."

Lembrei-me da proibição de mencionar o livro de Vanner, mas foi tarde demais. Bevel me olhou por tempo suficiente para transmitir seu incômodo sem recorrer a nenhum gesto.

"De início, não mais do que os outros. No entanto, à medida que foi ficando mais fraca e impossibilitada de sair, Mildred começou a trazer a música para casa. Pequenas apresentações no salão de música no segundo andar. Eu apoiava esses concertos, é claro, e ajudava a conseguir os melhores artistas. Mas na maioria das vezes não me intrometia. A maior parte das peças lembrava aquele momento que antecede a apresentação, quando os músicos afinam os instrumentos. Mesmo assim, embora não gostasse da maioria das peças, eu admirava a ousadia e a confiança de Mildred."

"Será que ela, por acaso, mantinha um diário?", perguntei, me lembrando dos vários volumes grossos que a personagem baseada em Mildred mantinha no romance.

"Nada além de algumas agendas nas quais ela anotava os compromissos com conhecidos — e os concertos, é claro."

"O senhor acha que eu poderia falar com alguns dos amigos dela ou alguns dos músicos? Isso me ajudaria a compor um quadro mais completo."

"Srta. Partenza, estou escrevendo este livro para pôr fim à proliferação de versões de minha vida, não para multiplicá-las. Não quero, de maneira alguma, mais pontos de vista, mais opiniões. Esta deverá ser a *minha* história."

"Entendo."

"Além disso, Mildred era extremamente reservada. E por causa da saúde delicada quase não tinha vida social. Ela levava uma vida muito reclusa, dedicada ao lar e às artes. Em parte, é por isso que nos dávamos tão bem — nós dois gostávamos da nossa privacidade. É claro que ela se encontrava com representantes das instituições envolvidas com suas obras de caridade. Mas acho que não devemos incomodar diretores de museus e reitores universitários com isso. Afinal, suas relações com esses homens eram de caráter estritamente prático. Duvido muito que eles possam lançar luz sobre a personalidade de Mildred. Eu estou aqui para isso."

"Entendido. Obrigada."

"Você só precisa saber da bondade dela e do amor pelas artes. É isso que precisa ganhar vida no papel."

Mais uma vez, uma batida à porta, e o mordomo entrou com o chá.

"Veja só que horas são", disse Bevel. "Preciso dar um telefonema. Com licença. Por favor, ligue para o meu escritório para marcar nossa próxima reunião. Bom trabalho, srta. Partenza."

E, com isso, saiu.

O mordomo me olhou.

"Então, ainda quer o seu chá?" Sorriu. "Madame?"

7

Jack chegou com um lindo buquê de rosas rústico. Ele nunca havia trazido flores para mim antes. De brincadeira, escondeu o rosto atrás dos botões vermelhos, fazendo olhos tristes. Meu pai, que estava sentado comigo na cozinha, riu e começou a zombar dele.

"Ah, agora ela pegou você... Flores, hein? E rosas, ainda por cima. Significam paixão. Ah, essa coisa está ficando séria! Mas espere. Deixe-me contar. Seis? Não, não, não, não. Nunca dê rosas em números pares." Tirou uma delas do arranjo. "Pronto. Rosas em número par são para funerais. Em número ímpar, para o amor."

Jack murmurou um pedido de desculpa enquanto eu pegava as flores. Também tinha trazido uma garrafa de vinho espantosamente amargo que alguns amigos dele haviam produzido em Long Island.

A conversa logo enveredou para a política. Talvez encorajado pelo vinho, meu pai estava especialmente inflamado naquela tarde.

"É chegada a hora de agir. Mussolini está esmagando a Itália sob suas botas, Franco está massacrando a Espanha, Stalin está assassinando sua própria gente com seus expurgos, Hitler está se preparando para devorar a Europa. Sim, é chegada a hora de agir." Olhou pela janela.

"Como chegamos aqui? Como? Tudo o que nos resta a escolher são diferentes formas de terror. Terror e imperialismo. Só isso. Imperialismo fascista. Imperialismo soviético. Imperialismo capitalista. Essas parecem ser as nossas únicas opções no momento. É chegada a hora da ação radical."

Ainda não faço ideia do que significava "ação". Até que ponto aquela palavra era real. Até que ponto devia ser levada a sério. Meu pai, muito provavelmente, gostaria que fosse levada muito mais a sério do que foi. Embora os vagos relatos de seu passado contivessem algumas referências a violência, nunca acreditei de todo que ele havia participado daqueles atos descritos de maneira tão indistinta. Não há nada de impreciso e nebuloso na violência, e eu achava suspeito que suas narrativas fossem tão opacas. Mesmo assim, ele e seus camaradas muitas vezes se calavam, como que de comum acordo, toda vez que a conversa tomava certos rumos (em especial quando rememoravam os dias na Itália). Isso me fazia pensar que eles realmente participaram de fatos tão terríveis ou comprometedores a ponto de exigir um silêncio imediato e unânime. Mas, depois, os flertes recorrentes com "violência insurrecional", a insistência na "propaganda pelo ato", a referência impertinente a cápsulas de fulminato de mercúrio, as piscadas grotescamente indiscretas ao falarem de Luigi Galleani e das bombas em Wall Street em 1920, além da excitação em torno da possibilidade de um banho de sangue, me faziam acreditar que era tudo lorota. Quem se envolveria em coisas daquele tipo e depois falaria a respeito daquela maneira?

Seja lá qual fosse a versão prevalente de meu pai de um dado momento, a instrução era sempre a mesma para mim. Eu não devia repetir nada do que havia ouvido nem mencionar para ninguém, jamais, suas crenças políticas. À medida que eu crescia, essa era uma fonte tanto de ansiedade quanto de excitação para mim. Às vezes, porém, o fardo se tornava pesado demais. Afinal de contas, meu pai só falava quase que exclusivamente de política, o que tornava difícil responder até as perguntas mais triviais a respeito dele — parecia que qualquer coisa que eu dissesse trairia sua confiança. Mas também é verdade que ser guardiã daquele grande segredo muitas vezes me entusiasmava.

O que todas as tendências, ramificações e facções do anarquismo — e não são poucas — têm em comum é a oposição a qualquer forma de hierarquia e desigualdade. Portanto, não deve surpreender o fato de não haver muitos registros do movimento, já que a ordem institucional necessária para manter tais registros estava em evidente contradição com os preceitos do próprio movimento. É por isso que minhas tentativas de definir o papel de meu pai, tanto na Itália quanto nos Estados Unidos, acabavam sempre dando em becos sem saída. Mas a falta de provas não é apenas resultado das características do movimento. Os anarquistas foram sistematicamente perseguidos nos Estados Unidos, onde serviram de bodes expiatórios para ansiedades políticas e, no caso dos italianos, raciais. Durante minha pesquisa sobre o passado de meu pai, descobri que entre 1870 e 1940 cerca de quinhentos periódicos anarquistas foram publicados nos Estados Unidos. O fato de praticamente não haver vestígios desse grande número de publicações e do número ainda maior de pessoas por trás delas mostra como os anarquistas foram apagados por completo da história americana.

Por todos esses motivos, é quase impossível para mim saber o que meu pai queria dizer com "ação radical". Mas me lembro de que Jack pareceu ter ficado emocionado com o discurso.

"Andei pensando", disse Jack depois de uma pausa reflexiva. "Talvez meu lugar seja na Europa. Cobrir os fatos de lá. Da linha de frente. Como Hemingway. Talvez até *entrar* para a linha de frente. Para as Brigadas Internacionais. Sabe? *Fazer* alguma coisa. Esta ociosidade está me matando."

Olhei para os dois, que observavam os próprios copos, e estremeci de constrangimento. A grandiloquência. A convicção infantil. Se eles soubessem como as decisões de fato eram tomadas, se pudessem ouvir como a verdadeira voz da autoridade era branda, se vissem como estavam absolutamente afastados de qualquer tipo de poder verdadeiro.

Depois estremeci de constrangimento de novo. Daquela vez, por minha causa. Porque percebi que havia acabado de comparar meu pai e Jack com Andrew Bevel. Havia permitido que ele me convencesse de sua superioridade.

Meu pai engoliu o restante do vinho, anunciou que tinha alguns folhetos a entregar, fez um cumprimento palhacento e saiu.

Jack pegou minha mão, esperou meu pai descer a escada e fechou a porta da frente, então me levou para meu quarto. O chão estava atapetado de anotações estenográficas; a cama, coberta de páginas datilografadas. Ele pegou uma antes que eu pudesse detê-lo.

"Por favor, me dê isso", eu disse enquanto me apressava para fazer uma pilha com as páginas datilografadas (não estava preocupada com a estenografia, que ele seria incapaz de decifrar).

Ele começou a ler.

"'Um destino cumprido'... Isto é uma espécie de romance ou algo do gênero?"

Arranquei o papel da mão dele.

"Nossa!"

"Desculpe."

"Acho que não consigo dar uma dentro. Expresso preocupação por sua segurança com seu chefe, e você briga comigo. Trago flores e tento me desculpar (embora não devesse), e não adianta nada. Demonstro interesse pelo seu trabalho, e você fica histérica."

"Desculpe. É que não posso mostrar nada disto para ninguém."

"Eu me importo com você. Só isso."

"Desculpe."

Olhei para meus sapatos, pensando na candidata envergonhada de *tailleur* marrom e seu olhar sempre cabisbaixo.

"Venha aqui", disse ele e me abraçou. "Quer um chamego?"

Eu não queria. Minha falta de reação e ligeira rigidez foram suficientes para deixar aquilo claro.

Ele desistiu com um resmungo e foi embora.

Enrolei as páginas datilografadas e as enfiei dentro da manga de um casaco impermeável, no fundo do armário.

8

Andando por Wall Street durante o fim de semana, temos a impressão de que as questões mundiais foram resolvidas de uma vez por todas, que a era do trabalho finalmente terminou e que a humanidade passou para a próxima fase.

Bevel não gostava da excitação do sul de Manhattan nos dias úteis. Como evitava o escritório durante a semana, muitas vezes fazia com que seus colaboradores mais próximos comparecessem no sábado de manhã para que ele pudesse pôr a papelada em dia sem ser perturbado. Tinha pedido para se encontrar comigo após uma dessas silenciosas sessões de trabalho em seu escritório. Havia algo de efervescente nele.

Entreguei minhas últimas páginas, todas sobre Mildred — sua vida doméstica, os primeiros sintomas fortes da doença e como sua saúde a obrigara a organizar concertos em casa. Dediquei longos trechos a seu gosto sofisticado e intransigente que favorecia artistas radicalmente modernos.

"Sim. Ótimo. Os trechos domésticos realmente captam a essência da sra. Bevel. Algumas observações, porém. Estes parágrafos sobre as ideias experimentais e pouco tradicionais de Mildred sobre música precisam ser eliminados." Riscou meia página. "Não gostaríamos que ninguém achasse que ela era arrogante ou afetada. Mantenha a simplicidade. Torne o amor dela pelas artes acessível para o leitor médio."

Eu receberia instruções semelhantes ao longo das semanas seguintes. Com cada parágrafo riscado ou frase suavizada, minha sensação de traição se aprofundava.

"Precisamos transmitir a adorável delicadeza de Mildred com um pouco mais de ênfase. Sei que 'delicadeza' e 'ênfase' podem parecer termos contraditórios. Mas, na verdade, é nisso que o foco deve estar. Sua natureza delicada. Sua fragilidade. Sua bondade."

"Claro. Talvez o senhor tenha algumas histórias dela para ilustrar isso."

"Ah, acho que você pode se sair melhor nisso."

Não reprimi um olhar de perplexidade.

"Ora, com esse seu toque delicado, tenho certeza de que você vai alcançar o tom certo."

"Obrigada. Mas se o senhor pudesse me fornecer alguns exemplos que demonstrem a afabilidade e a bondade da sra. Bevel... Pequenas histórias cotidianas, como sempre as mais..."

"Exatamente: algumas pequenas histórias cotidianas. Você deve transmitir ao leitor a apurada sensibilidade dela e como suas propensões artísticas permeavam todos os aspectos da nossa vida doméstica. Infelizmente, eu mesmo nunca tive muito tempo para livros e recitais, portanto não sou capaz de fornecer muitos detalhes. Mas, como sempre, isso é positivo: não gostaríamos que nossos leitores pensassem que ela era pretensiosa ou, pior ainda, esnobe. O que, é claro, ela não era. E nós certamente não queremos nenhuma excentricidade artística que possa ser considerada alguma forma de... mania." Fez uma pausa para garantir que eu havia registrado as implicações e a importância do que acabara de dizer. "Dê um tom caseiro. Como mulher, você se sairá muito melhor do que eu ao criar essa imagem. Eu revisarei as páginas quando você tiver terminado, é claro."

Daquela vez, fiz o que pude para esconder minha total confusão.

"Antes de começarmos, devo dar uma excelente notícia." Mudou de posição na cadeira. "Depois de longas negociações, finalmente tirei de circulação o livro difamatório do sr. Vanner. Por ser um romance, minha ação de calúnia e difamação foi rejeitada. Primeiro tentei uma abordagem amigável, mas nem o sr. Vanner nem o editor dele aceitaram minha generosa oferta pelo contrato. Ontem, no entanto, após longas discussões cujos detalhes você acharia um tédio, consegui adquirir o controle acionário da editora. O livro do sr. Vanner ficará para sempre em catálogo, o que significa que seu contrato com minha recém-adquirida editora nunca caducará."

"Não sei se entendi."

"Enquanto o livro vender, o sr. Vanner estará preso ao contrato atual. E vai vender sempre. Porque vou comprar todos os exemplares de cada edição. E destruí-los."

Não parecia haver reação ou resposta corretas para aquilo.

"E se ele escrever outro livro ou denunciar essa situação?"

"Ele pode escrever quantos livros ou matérias quiser. Mas eu garanto que nenhum editor nesta cidade (ou em Londres, Nova Déli ou Sydney, se for o caso) chegará perto do trabalho dele. Isso é, se ele tiver tempo de escrever. No momento, deve estar sufocado com os vários processos que meus advogados estão ajuizando contra ele. Não nos importa ganhar nenhum deles, é claro. Mas caberá ao próprio Vanner e aos advogados dele, se tiver dinheiro para isso, provar que não é um plagiador e fraudador."

"Tirar o livro de circulação não é o bastante?"

Ele semicerrou os olhos. Deixou minha pergunta pairar por um instante.

"Você estaria insinuando que minhas ações são injustificadas?"

Eu finalmente havia conseguido irritá-lo.

"Está, por acaso, dizendo que sou movido por rancor, vingança ou, até pior, que estou procurando uma espécie de prazer perverso na crueldade? Parece que você não está entendendo o motivo do nosso trabalho aqui. Parece que você não está entendendo o motivo de tudo isso."

"Entendo."

"É mesmo?"

"Torcer e alinhar a realidade."

Na época, eu não tinha certeza de que a expressão podia ser aplicada àquela situação. Mas sabia que a maioria dos homens gosta de ouvir as próprias palavras sendo citadas.

"Exatamente. E a realidade precisa ser consistente. Não seria incongruente encontrar vestígios de Vanner num mundo em que Vanner nunca existiu?"

Pela primeira vez desde que conheci Andrew Bevel, ocorreu-me que eu deveria ter medo.

9

O almanaque subversivo era um calendário de feriados anarquistas em que todas as comemorações religiosas e patrióticas haviam sido substituídas por datas relevantes à causa — o aniversário de Bakunin, a execução de Giordano Bruno, a queda da Bastilha, várias greves e levantes mundo afora, e assim por diante. Meu pai era um dos principais fornecedores do *almanacco sovversivo* em Nova York. Até imprimia uma edição limitada "de luxo", uma contradição que nunca ousei mencionar para ele.

Depois do Dia do Trabalho, o feriado mais importante do calendário era 23 de agosto, o dia em que Nicola Sacco e Bartolomeo Vanzetti foram linchados pelo Estado. (Essa data também tinha um significado pessoal para o meu pai, pois 23 era seu número da sorte, ao qual ele atribuía qualidades poderosas e místicas.) Estávamos então em julho, um período de atividade febricitante — além de todo o seu trabalho normal, meu pai tinha de terminar muitas impressões comemorativas a serem enviadas a tempo para aquele aniversário. Eu sempre dava uma mão durante aquelas semanas frenéticas, mas, naquele ano, fiquei isolada em meu quarto, tentando transformar o tênue fantasma de Mildred Bevel em um ser humano tangível.

Nós dois nos encontrávamos para refeições rápidas na cozinha, comendo, em pé ao lado da bancada, sanduíches abertos e frutas, nunca usando pratos e dividindo nossa única "faca boa", enferrujada — ainda era "a faca boa" embora a lâmina estivesse frouxa no cabo e a ponta, quebrada após ser usada para todos os propósitos imagináveis, estivesse quadrada. No início, ele havia se recusado a discutir meu trabalho para "a máquina especulativa". Embora seu silêncio frio geralmente me magoasse, por uma vez na vida eu o aceitei de bom grado, pois sabia como Andrew Bevel levava a sério a questão da confidencialidade e como lidava com aqueles que traíam sua confiança. Mas, depois de nossa última conversa sobre meu emprego, meu pai havia amolecido um pouco. E, à medida que o tempo passava e ele via meu afinco, seu respeito por mim crescia. "Trabalho" era o parâmetro que ele usava para medir o valor de uma pessoa, e acho que ele passou a me ver como uma "trabalhadora" afinal, a maior honraria que podia conceder a alguém — todas as pessoas que ele admirava, vivas ou mortas, eram "trabalhadores de verdade".

Seu respeito trouxe consigo uma nova curiosidade. Nossos almoços rápidos iam se alongando ao passo que suas perguntas se multiplicavam. No início, todas tinham a ver com o aspecto técnico de meu trabalho. Não era notável, ele se perguntava, que nós dois tivéssemos acabado fazendo trabalhos tipográficos? Um impressor e uma datilógrafa trabalhando lado a lado. Durante essas conversas, descobrimos muitas qualidades em comum em nossas profissões e discutimos como elas moldavam nossa percepção do mundo. Eu disse, por exemplo, como passara a sentir o tempo de forma diferente. A palavra que eu estava datilografando estava sempre no passado enquanto a palavra em que eu estava pensando estava sempre no futuro, o que deixava o presente estranhamente desabitado. Ele se identificava com aquilo: ao pôr um tipo no componedor, estava procurando o entalhe e o olho do próximo. O "agora" parecia não existir. Ele também me disse que a maior influência do trabalho em sua vida fora o fato de ele ter aprendido a ver o mundo de trás para a frente. Era a principal coisa que tipógrafos e revolucionários tinham em comum: sabiam que a matriz do mundo era invertida e, mesmo que a realidade estivesse do avesso, eles conseguiam entendê-la no primeiro olhar.

Logo essas conversas bastante abstratas ou genéricas ficaram mais específicas. Meu pai queria saber mais detalhes de meu trabalho. Como eu não queria mentir, tentava evitar respostas diretas e enchia meus relatos vagos de detalhes irrelevantes para que parecessem mais substanciais do que de fato eram. Só que ele insistia e exigia mais clareza — não por causa de uma espécie de impulso investigativo, mas porque estava realmente interessado. Havia uma intensidade sincera em sua curiosidade que ele nunca tinha demonstrado até então. E me magoava não ser capaz de ter uma conversa de verdade com ele. À medida que meu pai percebia que eu estava escondendo algo, a afabilidade e a camaradagem começaram a minguar. Ele começou a se barricar novamente atrás de seu silêncio hostil.

Uma noite, preparei um jantar de verdade e, ao menos dessa vez, pus a mesa. Embora tenha ficado positivamente surpreso e agradecido, ele fez questão de expressar, de seu jeito impassível, que aquilo não seria suficiente para convencê-lo. No meio de nossa refeição silenciosa, abaixei os talheres, respirei fundo e pedi desculpa. Eu não havia sido muito comunicativa com ele. Uma parte de mim tinha medo de como ele reagiria à verdade, eu disse. E aquilo não era tudo. Fizeram-me assinar papéis que me obrigavam a manter confidencialidade. Mas como eu podia não confiar em meu próprio pai? Então comecei a contar uma mentira elaborada, envolvendo minhas transcrições ultrassecretas de reuniões de conselhos de administração nas quais eram discutidas manobras comerciais complexas e aquisições conspiratórias com a cumplicidade de Washington. Usei muitos termos financeiros que acabara de aprender com Bevel, sem saber direito o significado, mas certa de que meu pai teria ainda menos familiaridade com aquelas palavras.

Ele ficou fascinado.

Embora dissesse a mim mesma que estava protegendo a nós dois com aquelas histórias, me senti uma traidora. Em vez de ser leal a meu pai, eu havia me associado a um de seus inimigos declarados.

III

O *bibliotecário-chefe* traz para mim três caixas cinza de arquivos contendo pastas que, por sua vez, continham papéis, documentos e, em alguns casos, pequenos pacotes embrulhados em papel pardo amarrado com barbante, contendo blocos e cadernos frágeis que, às vezes, continham folhas soltas e até diários fininhos ou calendários enfiados entre as páginas.

Ao examinar esse material, fica claro que ninguém o leu desde que foi guardado. Quando desamarro os pacotes, o barbante deixa uma pálida cruz no papel de embrulho. Um recorte de jornal se solta de dentro de um caderno, revelando ali uma descoloração que atravessou décadas. Um fitilho intocado há anos deixou um leve afundamento no papel. Algumas páginas estão grudadas. Algumas lombadas racham. Algumas pontas e cantos quebradiços se esfarelam sobre a mesa.

Sou a primeira a tocar muitos destes documentos desde que Mildred Bevel os manuseou. Isso me faz sentir uma proximidade em relação a ela que a intransponível distância entre nós paradoxalmente acentua.

Os primeiros arquivos levam a data de 1920, o ano do casamento de Mildred e Andrew. Nada sobre sua vida anterior. Talvez ela e a mãe não tenham podido trazer da Europa nada além dos pertences indispensáveis; talvez ela quisesse começar do zero.

Pego o primeiro livro de anotações com capa vinho e cantos marmorizados. "Pusey & Company, 123 West 42nd Street, Impressores & Papeleiros. Catorze Rotativas e Prelos a Pedal Sempre Ocupados." Meu pai odiava rotativas.

Ao longo do primeiro ano, Mildred parece tentar preencher as páginas em seu livro, embora tenha poucas atividades e raramente saia. As páginas são quadriculadas: uma linha para cada dia e colunas para manhã, almoço, tarde e noite. Ela escreve "em casa" repetidamente. Sinto seu tédio. Às vezes ela tem "provas de roupas", que também se tornam "provas de roupas em casa".

Como os bibliotecários disseram, sua caligrafia é quase impenetrável. O fato de ter umas poucas palavras repetidas várias vezes neste diário me ajuda a aprender sozinha como ler sua grafia. Seu "s" é somente uma linha diagonal, mal dá para distinguir do "f", do "l" e do "t", que são idênticos entre si. Seu "n" é um "v" invertido. Anoto isso, sabendo que textos mais longos serão mais difíceis de decifrar. Há algo que lembra runas em sua caligrafia.

Em Ligações, lembro-me de repente, Vanner descreve os diários que Helen Rask mantinha noite e dia durante sua crise, imaginando se, no futuro, ela reconheceria a própria escrita.

Embora eu espere encontrar a versão real daqueles diários em uma destas caixas, a maior parte dos primeiros documentos não tem nada de notável. Durante os primeiros meses, Mildred parece fazer algumas tentativas de socialização. Algumas tardes com uma tal sra. Cutting, outras com a sra. Bartram, a sra. Kimball ou a sra. Twichell — alguns desses nomes são apenas palpites e aproximações. Umas poucas vezes, ela se encontra com pequenos grupos compostos por essas mulheres e outras. Vários "almoços", algumas consultas com dentistas. Mas seus esforços se tornam cada vez mais esporádicos e, no final, Mildred parece ter simplesmente desistido tanto de fazer visitas quanto de receber seus novos conhecidos. Calendários estéreis. Cadernetas *de endereço anêmicas. Mesmo assim, como essas últimas estão em ordem alfabética, considero-as úteis para aprender a caligrafia peculiar de Mildred. Começo a monitorar as variações de cada letra. É verdade que sua grafia é difícil de ler. Também é verdade que, após passar tempo suficiente com aquelas palavras e olhando para elas dentro de um contexto, algumas podem ser decifradas. Mas parece que ninguém dedicou tempo algum a esses documentos. Ninguém jamais se deu o trabalho.*

Como conheci Andrew, penso no tanto que Mildred deve ter se sentido sozinha e sufocada pelo tédio. Ao mesmo tempo, admiro sua resoluta rebeldia. Certamente todas as portas de Nova York estavam abertas para ela. Mildred poderia ter visto qualquer pessoa, ido a qualquer lugar. Artistas, políticos, todos os grandes nomes da época. Festas, recepções de gala, jantares. Vejo algo heroico e intrigante em sua recusa em ceder a qualquer uma dessas tentações óbvias. De alguma maneira, sua rejeição não parece desdenhosa. Não parece ser o resultado nem de timidez nem de medo.

É claro que sou eu que estou atribuindo essas qualidades a Mildred. Tudo o que tenho são, em sua maioria, cadernos vazios, o relato de Bevel de cinquenta anos atrás e o romance de Vanner.

No entanto, uma mudança radical acontece em 1921. Ela começa a frequentar concertos. Ou, pelo menos, começa a registrar essas saídas. Nem sempre fica claro quais eram as peças musicais — às vezes ela nomeia tanto o compositor quanto o intérprete, outras vezes só escreve "concerto". Nos meses seguintes e no ano sucessivo, noto uma mudança de "ópera" para "recital". Há um "87" ao lado de alguns desses recitais, o que deve indicar que aqueles eventos eram organizados aqui, em sua casa.

As linhas e colunas até então vazias em seus livros de anotações tornam-se salpicadas (nunca saturadas) de nomes. Embora muitas semanas permaneçam em branco, agora ela parece ter algo semelhante a uma vida social. Mas seus conhecidos não são, na maior parte, damas da sociedade nova-iorquina. Ela recebe vários homens (às vezes apenas homens), muitos dos quais estão entre os músicos de maior destaque da época. Sou apenas uma en-

tusiasta sem nenhuma formação musical, mas até mesmo eu reconheço alguns nomes mencionados ao longo dos anos. O maestro Bruno Walter a visita com certa frequência. Assim como os violinistas Fritz Kreisler e Jascha Heifetz. Os pianistas Artur Schnabel e Moriz Rosenthal. Os compositores Ernest Bloch, Igor Stravinsky, Amy Beach, Mary Howe, Raimund Mandl, Ottorino Respighi e Ruth Crawford estão entre os nomes que consigo discernir. Talvez até Charles Ives. Mais tarde, em um diário de 1928, se não estou lendo errado, vejo Maurice Ravel.

Se todos esses nomes são impressionantes, há algo ainda mais notável aqui. No outono de 1923, encontro, em letras de forma inequívocas e entusiastas, "LIGA DOS COMPOSITORES — FUNDADA — US$ 10.000". *É a primeira vez que um valor em dinheiro aparece ligado a uma instituição cultural nos papéis de Mildred.*

Levanto-me, vou até o arquivo ao lado da mesa dos bibliotecários e inspeciono as fichas. A biblioteca tem um panfleto de vinte e oito páginas intitulado A Liga dos Compositores: Um Registro das Apresentações e um Levantamento das Atividades Gerais de 1923 a 1935. *Solicito esse documento, que chega em alguns minutos.*

Ao ler a introdução do breve relatório, descubro que aquela foi a primeira organização nos Estados Unidos dedicada exclusivamente à música contemporânea. Em 1935, doze anos após sua fundação, o conselho está saturado de luminares como Aaron Copland, Sergei Prokofiev, Marion Bauer, Béla Bartók, Martha Graham, Leopold Stokowski e Arthur Honegger, entre muitos outros. Dos vinte e sete membros do Conselho Auxiliar, vinte são mulheres. Durante a vida de Mildred — e, presumivelmente, com seu apoio financeiro —, a Liga encomendou, patrocinou e estreou peças de Schönberg, Stravinsky, Webern, Ravel, Krenek, Berg, Shostakovich e Bartók, só para mencionar alguns. Mesmo assim, apesar da profusão de compositores europeus, a Liga considerava "particularmente importante seu trabalho de revelação de novos talentos americanos, em especial através de recitais menos formais". A casa de Mildred deve ter sido o local de muitos desses concertos, que provavelmente não diferiam muito daqueles descritos por Vanner em seu romance. Essas deviam ser as apresentações "pouco tradicionais" que "quase não soavam como música" que Andrew Bevel me pediu para deixar de fora de suas memórias.

Na autobiografia de Bevel, a meiga, frágil e sensível Mildred simplesmente amava melodias bonitas. Como uma criança com uma caixinha de música. Segundo as descrições dele, era quase possível vê-la balançando a cabeça com um meio sorriso no rosto e de olhos fechados, ao ritmo da música, ligeiramente fora de compasso, com as mãos sobre uma manta que lhe cobria as pernas. Na caracterização condescendente do marido, Mildred era uma amável diletante que gostava de música como outras mulheres gostam de crochê ou de colecionar broches. Eu me sinto envergonhada mais uma vez por tê-lo ajudado a criar essa imagem dela.

O que emerge destes livros e calendários nada tem a ver com aquela imagem inocente, infantil e condescendentemente "feminina". De acordo com estes documentos, um ano após se casar, Mildred sai do isolamento e começa a se reunir com alguns dos mais destacados compositores, músicos e maestros do século vinte. Mesmo que Andrew não desse a mínima para música, mesmo que não gostasse de música, aquilo não era digno de nota? Quem omitiria que a própria esposa tinha o hábito de receber músicos que iam desde Pau Casals a Edgard Varèse? Por que apresentá-la como uma garotinha frívola?

Mildred parecia ansiosa para se manter fora da imprensa. Só encontro uns poucos recortes em que é mencionada, de passagem, como patronesse ou participante de algum evento, seu nome entre vários. Sua paixão e suas contribuições eram assuntos privados. Acho que as pessoas em seu círculo — da alta sociedade — deviam saber de sua vida cultural, e não posso deixar de pensar que esse foi um dos motivos para Bevel ter escolhido a mim, uma garota do Brooklyn, para o trabalho.

Em 1925, a caligrafia de Mildred se deteriorou ainda mais. Seus traços muitas vezes parecem uma série de rabiscos. De tão desafiadoras, algumas páginas até desencorajam a tentativa de entendê-las. É frustrante que suas páginas tenham se tornado cada vez mais impenetráveis justamente quando ela começava a mostrar sinais de interesse por política e atualidades.

Abro um livro de recortes sem data com notícias de jornal. Anotações densas nas margens circundam muitos dos trechos.

"Teste de radioscópio cruzará o Atlântico: alemães tentarão mandar texto e fotografias de modo instantâneo pelo ar"; "Emissão de títulos considerada inconsistente: Plano de Smith de US$ 100.000.000 é 'clientelismo' a ser gasto em todo o Estado, diz ele"; "US$ 2.000.000 em ouro aqui vindo do Japão: remessa perfaz US$ 9.000.000 exportados desde setembro para proteger câmbio"; "Cereais secundários atingem novo mínimo: milho e aveia sendo vendidos abaixo dos valores de 1924-25"; "Nova lâmpada elétrica reduz custo: fabricantes concordam com padrão que reduzirá número de modelos de 45 para 5".

Fico um bom tempo folheando as páginas. Assim como as atividades musicais de Mildred, esses recortes não se encaixam na descrição caseira e infantil feita por seu marido. Aquela representação da sra. Bevel é incompatível com alguém que tece comentários políticos (pelo menos em particular) ou tem um interesse, mesmo que passageiro, por questões da atualidade. E este livro de recortes também não combina com a versão de Mildred pintada por Vanner. Helen Rask, a esteta calada, nunca dissecaria e faria anotações sobre notícias. E justamente por a imagem resultante deste livro diferir de forma tão drástica do retrato oferecido por aqueles dois homens, sinto que este é meu primeiro vislumbre da verdadeira Mildred Bevel.

Após terminar com a primeira caixa, decido dar um tempo nas runas de Mildred e solicito os últimos arquivos de Andrew Bevel do ano de 1938.

Não há muito a se ver, provavelmente porque suas secretárias mantinham a maior parte dos registros. Afinal de contas, este é um acervo de documentos pessoais, e Andrew Bevel quase não tinha uma vida pessoal. Calendários, cadernetas de endereços, listas de presentes — os itens incluem castiçais, mesas de bilhar (para três pessoas diferentes), abotoaduras (para duas) e uma vara de pescar.

A quarta pasta de arquivos que pego faz a biblioteca encolher.

Aqui está o característico "e" da minha Royal portátil com tinta demais, o semicírculo superior enegrecido.

Aqui está o "i" que muitas vezes saía sem o pingo.

Aqui estão minhas cuidadosas dobras nos cantos das páginas.

Aqui está o sistema de símbolos de edição que criei naquela época e ainda uso.

Aqui estão minhas anotações organizadas, mais escolarescas do que profissionais.

Aqui, mais nítida do que em qualquer foto, estou eu aos vinte e três anos.

Examino as páginas uma a uma. São rascunhos da autobiografia de Bevel e há várias anotações dele em meu texto. Seus comentários, em sua maioria, não têm palavras: traça uma linha sobre esta frase, risca aquele parágrafo, desloca um trecho circulado para o topo ou para o pé da página com uma seta abrupta. Espalhados por todas as páginas estão asteriscos que indicam passagens a serem discutidas pessoalmente para que ele possa apontar imprecisões, corrigir o tom ou falar de outras questões longas demais para que ele mesmo escrevesse.

Paro em uma página que descreve como seu bisavô começou nos negócios:

> *William contraiu um empréstimo vultoso dando como garantia a propriedade do pai e depois tomou mais empréstimos em cima daquele dinheiro. Endividou-se profundamente com a intenção de comprar daqueles que, como seus pais, não eram capazes de vender os próprios produtos. Mas, em vez de tabaco, que ele não seria capaz de armazenar de maneira adequada, comprou bens não perecíveis, em especial algodão do Sul e açúcar da recém-adquirida Louisiana.*

Penso em meu pai. Ele sempre dizia que todas as cédulas de dólar haviam sido impressas em papel rasgado da nota de venda de um escravo. Ainda consigo ouvi-lo hoje. "De onde vem toda esta riqueza aqui? Acumulação primitiva. O roubo original de terras, meios de produção e vidas humanas. Ao longo de toda a história, a origem do capital tem sido a escravidão. Olhe para este país e o mundo moderno. Sem escravos, nada de algodão; sem algodão, nada de indústria; sem indústria, nada de capital financeiro. O pecado original, inominável." Continuo a ler o rascunho. É claro, nenhuma menção a escravidão.

Sim, na época, eu e meu pai precisávamos de dinheiro; sim, Bevel era imponente e eu era jovem. Mas nada disso me consola.

Chego à parte sobre Mildred. Depois de examinar os papéis dela e ter uma ideia de quem ela talvez tenha sido de verdade, sinto vergonha das cenas triviais que criei para ela. Fico chocada em ver até que ponto Andrew excluiu a esposa da autobiografia — e constrangida por minha cumplicidade. Há vários trechos, perfeitamente inócuos a meu ver, que ele logo eliminou. Pelo que absorvi dos papéis dela hoje, aquelas passagens apresentavam uma versão muitíssimo diluída de Mildred. E mesmo assim, após a morte dela, o marido achava que a presença da esposa deveria ser reduzida ainda mais. A decisão de Bevel de escrever uma autobiografia foi impulsionada, em grande parte, por seu desejo de limpar o nome da esposa e mostrar que ela não era a reclusa com problemas mentais do romance de Vanner. Mas, ao ler estas páginas, acho que, mais do que defender Mildred, ele queria transformá-la em uma personagem absolutamente banal, inofensiva — como as mulheres das autobiografias dos Grandes Homens que li naquela época para criar a voz de Bevel. Colocá-la em seu devido lugar.

Talvez também tenha sido o que Harold Vanner tentou fazer à própria maneira. Por que apresentar aquela imagem destruída de Mildred em seu romance? Esta é uma pergunta que faço a mim mesma o tempo todo desde a primeira vez que li Ligações. Por que torná-la louca quando ela era tão lúcida? Ao longo dos anos, cogitei diferentes respostas — ciúme, vingança, pura maldade —, mas na ausência de detalhes sobre a vida de Vanner sempre voltei à mesma conclusão: ele destruiu a mente e o corpo dela sim-

plesmente porque isso dava uma história melhor (uma história que ele não podia deixar de contar, mesmo que a degradasse e, no final, isso acabasse por destruí-lo). Ele a forçou a se encaixar no estereótipo das heroínas malfadadas ao longo da história, criadas para exibir o espetáculo da própria ruína. Colocou-a em seu devido lugar.

A próxima caixa que trazem para mim contém demonstrações financeiras das obras de caridade de Mildred. Assim como a paixão por música, tão palpável em seus cadernos, contradiz a imagem amadorística e decididamente convencional criada por Andrew, estes papéis desafiam a noção de Mildred como uma filantropa passiva ou descuidada. Aqui está alguém que não apenas sabe com exatidão para quem as doações são alocadas, mas também usa as próprias contribuições para moldar as instituições que apoia. Todas as suas dotações parecem ser rigidamente restritas, e Mildred especifica em cada um dos casos como os dividendos da doação principal devem ser gastos.

Está tudo escrito em tinta roxa. Ela usa um sistema contábil que não consigo entender por inteiro, em parte porque sua caligrafia é muito difícil de ler (e meus conhecimentos de contabilidade se limitam ao que aprendi sozinha cinquenta anos atrás), mas sobretudo porque os métodos de Mildred são altamente idiossincráticos. Não se trata de balancetes comuns. Sua abordagem me faz pensar em meus símbolos de edição, que ninguém além de mim entende. Nós duas, ao que parece, tivemos de criar nossas próprias ferramentas e sistemas para encarar trabalhos para os quais não tivemos treinamento formal.

Além das doações que Bevel mencionou (previsivelmente para a ópera e algumas orquestras e instituições culturais de renome), Mildred patrocinou bolsas de estudos para estudantes de artes e ciências, expandiu bibliotecas e criou uma série de subvenções. Com o passar do tempo, ela se torna mais ousada e tem mais verba à disposição. Não apoia mais bibliotecas, mas as constrói. A partir de algumas datas em seus relatórios e em algumas cartas, parece óbvio que o nascimento da Orquestra Sinfônica de Albany deve ter sido resultado direto de uma de suas doações.

Em 1926, a maioria das contribuições parece passar pelo Fundo de Caridade Mildred Bevel. Isso talvez explique por que suas demonstrações financeiras pessoais diminuam por volta desse período. Lembro-me que Andrew me disse ter criado o Fundo para ela. Deu a entender que havia sido um presente. Em sua narrativa, o propósito do Fundo era criar um método para as doações impulsivas e caóticas de Mildred. Ele afirmava ter feito aportes e gerido o Fundo, usando-o para conter os esbanjamentos caridosos da esposa. Estes documentos revelam justamente o contrário — Mildred surge como uma filantropa cuidadosa e disciplinada.

Quando chego à correspondência, percebo que é o grosso do acervo de Mildred: dezesseis fichários contendo cartas endereçadas à sra. Bevel. Nenhuma escrita por ela. Abro envelopes em ordem mais ou menos aleatória e inspeciono o conteúdo. São, em sua maioria, cartas de agradecimento. Músicos de todo o país agradecendo por pianos, violoncelos e violinos; maestros de pequenas cidades agradecendo pelos instrumentos e pelo financiamento de suas orquestras; prefeitos e parlamentares agradecendo por alas de bibliotecas; uma carta do governador Al Smith agradecendo pela ala de ciências humanas da Universidade Estadual de Nova York em Troy.

Em algumas cartas, há uma mudança de conteúdo depois da crise de 1929. Além de todo o seu apoio à cultura, fica claro que ela está envolvida no auxílio àqueles que perderam tudo durante a Grande Depressão. Sua ênfase agora é moradia e empréstimos para empresas. Os proprietários de fábricas, lojas e fazendas escrevem para dizer como o auxílio recebido foi importante para eles e suas comunidades. Mas há um número ainda maior de cartas que transmitem a gratidão das mesmas categorias de beneficiários que ela favorecera no passado — bibliotecas, instituições musicais, universidades.

Só restam algumas caixas. Minha esperança de encontrar algo parecido com os diários mencionados por Vanner em seu romance está desaparecendo. Bevel disse que nunca existiram, e, se algum dia foram uma realidade, devem ter sido destruídos ou eliminados deste acervo. Mas talvez, muito simplesmente, Mildred nunca tenha mantido um diário — e esse hábito só tenha sido parte de sua encarnação ficcional.

Várias páginas foram arrancadas de muitos calendários e cadernos. Concertos (em menor número). Pequenas fórmulas ou cálculos indecifráveis. Pequenos jantares em casa. Tenho quase certeza de que vejo o nome de Harold Vanner em três dessas listas de convidados.

2

"Ida."

Um rapaz em um terno risca de giz mas, estranhamente, sem gravata nem chapéu estava me esperando fora de meu apartamento.

"Quem é você?"

"Vamos conversar lá dentro."

"Quem é você?"

"Abra a porta e vamos conversar no saguão. Você não quer ser vista comigo pelos homens de Bevel."

Olhei em volta. Só alguns rostos familiares pelo quarteirão. Eu me recusei a abrir a porta, mas conversamos escondidos no pequeno nicho da entrada recuada de meu edifício. Fiquei segurando a chave entre os nós dos dedos, saliente, como uma adaga.

"Meu pai e meu namorado estão lá em cima. Se você se aproximar mais, eu grito."

"Que dramática." Ele se encostou na parede e pôs as mãos no bolso para mostrar que não tinha intenção de tocar em mim. "Vou ser breve. O que eu sei é o seguinte: sei que você é a secretária de Andrew Bevel. Sei que você vai à casa dele várias vezes por semana, sempre à tarde, e fica lá até o começo da noite. Às vezes bem tarde. Sei que você fica sozinha com ele no escritório. Sei que ele fala da própria vida para você. Sei que você faz anotações." Fez uma pausa para ver como suas palavras haviam me afetado; lancei um olhar indiferente. "Isso é o que eu sei. E o que eu quero é o seguinte: quero uma cópia de tudo o que você escreve. Verdadeira. Como você está vendo, temos muitas informações a seu respeito. E saberemos se você estiver blefando."

"Dê o fora daqui."

"Em um instante. O lance é o seguinte: você me dá o que eu quero, e eu não conto ao FBI sobre o prelo comunista do seu pai, sua agitação política e suas atividades antiamericanas. Caramba, por tudo que eu sei, você pode estar espionando Bevel para ele. Seria uma pena vê-lo ser deportado."

"Quem é você?"

"Tem uma lanchonete na esquina da Metropolitan com a Union. Se você não estiver lá na quarta-feira à uma e meia com meus papéis, vou falar com meu camarada no FBI. *Capisce*, srta. Partenza?"

Ele foi embora.

Meus joelhos estavam tremendo. Um vazio sufocante em meus pulmões. Olhei para a chave despontando do meu punho. Por baixo do medo, exaustão sem fim. Eu me recompus e subi para falar com meu pai.

3

Risque isso. Conte a verdade a Bevel. Aquela era a melhor opção. Um desconhecido queria informações sobre ele. Eu havia sido intimidada. Ameaçada. Mas e se Bevel pensasse, não sem razão, que eu já revelara algo? Como eu poderia provar que não havia traído sua confiança? Pensando bem, eu não conhecia nenhum segredo delicado a seu respeito. Pensando bem, nossas conversas foram bastante banais — só havíamos discutido sua vida em linhas gerais, falado vagamente de algumas de suas transações comerciais, e ele tinha compartilhado, de forma ainda mais vaga, algumas histórias superficiais sobre sua mulher. Nada mais. Mas essa não era bem a questão. Eu havia assinado aqueles papéis que Bevel me entregara. Eu sabia o que ele fazia com aqueles que invadiam sua privacidade. Meu pai e eu seríamos esmagados e apagados.

"Estou aborrecendo você?"

"Sinto muito, senhor. Poderia repetir a última frase, por favor?"

"Não."

"Sinto muito."

Risque isso. Eu estava muito cansada de dizer que sentia muito.

"Como estamos nos encontrando aqui, na minha casa, a esta hora, e estamos tomando chá, talvez você tenha a impressão de que isso é meu tempo livre. Eu não tenho tempo livre."

Olhei para o carpete, percorrendo o desenho em forma de labirinto com o olhar.

"Não acontecerá de novo."

"Meu papel precisa ser esclarecido para o leitor médio. Sem mim, provavelmente nem teria existido um mercado Coolidge. Foi o próprio presidente quem disse. Risque isso. Eu tapei buracos, sustentei muitas coisas e protegi o público investidor dos apostadores por todo o tempo que pude. O resultado foi o mais fenomenal mercado em alta da história. O maior impulso de todos os tempos à indústria e aos negócios americanos. Qualquer pessoa que examine a economia com atenção depois da recessão de 1920 até 1927 pode ver minha mão ali. Como fiz algumas ações essenciais subirem para que o mercado todo ascendesse junto. Veja o caso da U. S. Steel, da Baldwin, da Fisher e da Studebaker em 1922. Aquele foi o início do mercado da prosperidade. Bem ali. E fui eu. Eu. É claro que até *isso* foi percebido como uma conspiração. Alexander Dana Noyes, ou um de seus lacaios no *Times*, chamou de 'movimento misterioso' em vez de simplesmente atribuir o crédito a mim. Risque isso."

Andrew Bevel não hesitaria. Meu pai e eu seríamos esmagados e apagados. Era até capaz de pensar que todo o esquema de chantagem havia sido ideia minha — que eu tinha inventado a história sobre o homem sem gravata de terno formal risca de giz para extorqui-lo e tirar algum proveito. Sim, muito provavelmente é o que ele pensaria. Que tudo fora inventado por mim.

"Como eu disse, esse foi o início. Mas o que devemos realmente olhar está em 1926. Quando, na história das finanças mundiais, houve um sucesso como o meu em 1926? Quando? Obviamente houve acusações de fraude, que era a única maneira que os jornalistas simplórios encontravam para dar conta das minhas conquistas, a única maneira que esses pretensos romancistas tinham para explicar meu sucesso sem precedentes. Isso é bom, mas risque. Preciso dizer que minhas operações naquele ano envolveram transações em todo o mercado? Como um vigarista poderia abranger uma gama tão vasta de valores mobiliários? A ideia de que alguém conseguiria influenciar ou penetrar todas as empresas listadas na Bolsa de Valores de Nova York é risível. Ergui toda a nação comigo. E, em vez de me agradecer, a imprensa me vilipendiou. Eu encorajei e impulsionei muito a prosperidade daqueles anos. Portanto, não quero ouvir nenhuma ideia idiota sobre um consórcio conspirador de pessimistas. Como se eu tivesse tempo e vontade de me reunir com os outros. Risque isso."

Mas também poderia ser um teste. Talvez o próprio Bevel tivesse mandado o homem sem gravata para ver até que ponto seria fácil me fazer falar. Um teste. Para ver como eu lidaria com aquilo. Para ver até que ponto eu era leal e autossuficiente. Se esse fosse o caso, qual era a resposta certa? Talvez o melhor fosse não dizer nada a respeito. Talvez ele quisesse que eu me defendesse sozinha. Resolvesse aquilo por conta própria. Risque isso. O homem sem gravata podia ser mais poderoso do que eu havia imaginado. Talvez representasse um financista rival. Talvez trabalhasse para o governo. Talvez tivesse mencionado um amigo fictício bem relacionado como disfarce, para esconder o fato de ele mesmo trabalhar para o FBI.

"As pessoas me culpam por ter me preparado para o combate antes de outubro de 1929. É culpa minha ter visto os sinais? Veja, eu previ que a deflação havia chegado ao fundo do poço em 1921 e que podíamos esperar uma recuperação dos preços. E eu estava certo. Ninguém pareceu ter detectado uma conspiração nisso. Por quê? Simplesmente porque gostaram da minha previsão. Depois antevi o pânico da prosperidade dois anos mais tarde e estava certo de novo. Mas em 1929 eu era o bicho-papão, o instigador dos eventos previstos. Por quê? Simplesmente porque eles não gostaram do que ouviram. Então decidiram que eu era o líder de um grupo de investidores pessimistas inescrupulosos. Risque isso."

O que eu tinha a oferecer? A fanfarrice de Bevel. Transações cobertas pela imprensa anos atrás. Suas histórias preguiçosas e incoerentes sobre uma esposa que ele parecia não conhecer minimamente. E isso logo se tornaria público de qualquer jeito. Estaria no livro de Bevel. Boa parte, ficção. Bevel havia me pedido para criar uma voz para ele. Para preencher várias lacunas sobre sua mulher com histórias inventadas por mim. Então, por que não dar ao homem sem gravata outra ficção, exatamente como eu fiz quando meu pai me pressionou para revelar detalhes de meu trabalho? Sim, aquela era a solução. Eu havia criado um Bevel ficcional para o Bevel real; havia criado um Bevel ficcional para meu pai; podia facilmente criar outro Bevel ficcional para meu chantagista.

"Minhas ações permitiram que uma infinidade de empresas, fabricantes e corporações americanas aumentassem suas emissões de ações e se capitalizassem. Veja a United States Steel. Eles trocaram obrigações por ações ordinárias, eliminando completamente seu endividamento. Esse foi um efeito direto de minhas ações. Esse é meu histórico. Foi isso que eu fiz. Esse é o pano de fundo para analisarmos o desastre de 1929. Se fui forçado a assumir uma posição vendida no mercado, não foi apenas para me preservar, mas também para preservar a saúde financeira de nossa nação, sob ataque tanto das quadrilhas de especuladores quanto das autoridades regulatadoras do governo. Mas vamos deixar isso para a próxima vez. Espero encontrá-la em melhor forma então."

"Sinto muito."

4

Transcrever e reformular as palavras de Bevel. Criar uma vida para Mildred. Compor uma ficção para o homem sem gravata. Disse a mim mesma que foi o trabalho que me manteve isolada em casa nos dias seguintes. Mas foi o medo. Afastei a escrivaninha da janela e a coloquei em um canto, e lá, encurvada sobre minha máquina de escrever, trabalhei nessas histórias.

Mais ou menos no fim daquela semana de reclusão, percebi que escrever um relato totalmente inventado para o chantagista funcionava como uma grande inspiração para a outra história que eu estava desenvolvendo para Bevel. Aquelas narrativas se moldavam e se alimentavam entre si. O que era um beco sem saída em uma se revelava uma avenida aberta na outra. Já que tinha de inventar totalmente os acontecimentos no relatório para o homem sem gravata, podia pegar emprestado daquelas páginas para preencher certas lacunas que eram grandes obstáculos na autobiografia de Bevel ou no retrato de Mildred. Da mesma maneira, o que se revelava inviável nas memórias ia para as páginas do chantagista. Trechos que eu havia escrito e dos quais tinha gostado, mas cujo estilo não combinava com o restante; longas explicações técnicas que Bevel cortara; pequenas cenas acessórias que eu havia composto e não o agradaram — todos esses parágrafos e páginas eram distorcidos, tornados inócuos e, eu esperava, indetectáveis antes de serem inseridos na narrativa para o extorsionário.

Escrever todos esses textos de uma vez exigia mais pesquisa. Eu já conseguia ver que minhas pinceladas eram rápidas demais e que faltavam às histórias aqueles pequenos detalhes (um objeto comum, um local específico) e adornos verbais (o nome de uma marca, um maneirismo) muitas vezes usados para subornar os leitores e fazê-los acreditar que aquilo que estão lendo é verdadeiro. Com relutância, encarei o fato de que teria de deixar meu apartamento e voltar à sede da Biblioteca Pública de Nova York. Com minha caixa de maquiagem subutilizada, fiz sobrancelhas grossas, corei as bochechas e tentei deixar meu rosto um pouco mais velho. Também cobri a cabeça com uma echarpe amarrada sob o queixo e vesti o casaco impermeável folgado do meu pai, que me ajudava a parecer ter mais idade e ser menor. Nada disso tornou a viagem de metrô até Nova York menos excruciante. Após ler tantos romances policiais, eu sabia que a pior coisa a fazer quando suspeitamos estar sendo seguidos é virar para trás. Mesmo sem a echarpe e o casaco, eu ainda teria ficado banhada de suor.

Mais uma vez, minha total falta de método me ajudou. Utilizei discursos de Woodrow Wilson; o bizarro tratado de Roger Babson sobre a prosperidade; *Autobiography*, de William Zachary Irving; *American Individualism*, de Herbert Hoover; *Education*, de Henry Adams (talvez o único livro escrito pelos Grandes Homens que tenha me agradado); e vários volumes sobre a história das finanças. Desses, o mais importante foi *Mystery Men of Wall Street*, de Earl Sparling. Cresci lendo histórias de detetives, portanto o título logo me atraiu. Era uma coletânea de retratos de financistas escrita em 1929. Jesse Livermore, William Durant, os irmãos Fisher, Arthur Cutten, Andrew Bevel... Estavam todos lá. Achei respostas para muitas perguntas naquelas páginas e as utilizei livremente sempre que tinha de descrever alguma operação financeira obscura. Também pesquisei como Bevel e suas transações haviam sido cobertas no *The Wall Street Journal*, no *The New York Times*, no *Barron's*, no *Nation's Business* e em outras publicações.

Quanto aos detalhes para completar o lado pessoal da história de Bevel para o chantagista, parecia fazer sentido usar ficção. Mais uma vez, anotei uma série de títulos que mais tarde pegaria emprestados na Biblioteca Pública do Brooklyn. Tentei ler *Trilogy of Desire*, de Theodore Dreiser, mas só consegui terminar *The Financier* e chegar à metade de *The Titan*. Os malfadados banqueiros e corretores de Nathan Morrow e suas descrições das orgias de gastos dos anos 1920 foram parar nas minhas páginas. Em *The Moneychangers*, de Upton Sinclair, aprendi a desenhar Bevel com áridas linhas vilanescas e também encontrei inspiração para os luxos que distribuí pelas páginas para meu extorsionário — iates, escritórios palacianos, mansões.

Como esses romances eram ligeiramente antiquados, voltei-me para a imprensa. A maioria dos exemplares da *Fortune*, da *Forbes* e de outras revistas similares no acervo da Biblioteca Pública de Nova York continha longos perfis de financistas, industriais e famílias patrícias. Nesses artigos sobre Morris Ledyard, os Gould, Albert H. Wiggin, os Rockefeller, Solomon R. Guggenheim, os Rothschild e James Speyer, encontrei detalhes de transações comerciais, descrições de residências, itinerários de viagem, relatos de festas suntuosas e uma ampla variedade de hábitos, idiossincrasias e passatempos que atribuí aos Bevel. Também peguei citações dos anúncios que compunham a maior parte dessas e de outras revistas semelhantes com propagandas de produtos de luxo dos quais eu nunca tinha ouvido falar. Bevel era conduzido pela cidade em um Maybach-Zeppelin com um motor aeronáutico de doze cilindros, mas corria a 180 quilômetros por hora em um Super Sports Delage quando ia a Glen Cove, onde seu iate transatlântico a diesel de trezentos pés, recentemente trazido das docas secas de Bath, estava ancorado. Às vezes, ele ia e vinha em seu avião Fokker, equipado com uma sala de estar e um bar, enquanto bebericava vinhos das grandes safras de Bordeaux.

Era muito mais difícil encontrar livros que ajudassem na história de Mildred. Depois de ler a resenha de *Ligações*, de Vanner, que mencionava Edith Wharton, Amanda Gibbons e Constance Fenimore Woolson, procurei imediatamente suas obras. Mesmo assim, por serem uma ou duas gerações anteriores a Mildred, a ambientação em Nova York e os grupos de expatriados americanos na Europa pareciam antiquados. Depois de consultar bibliotecários, li, de maneira aleatória, tudo o que achei que pudesse ser inspirador, de *Etiquette*, de Emily Post, a *Bad Girl*, de Viña Delmar. Mas meu foco, se é que podemos chamar assim minha abordagem caótica, eram autoras americanas mais ou menos contemporâneas cujas obras podiam, talvez, ser pertinentes. Entre elas, lembro-me de escritoras imensamente distintas, como Dawn Powell, Ursula Parrott, Anita Loos, Elizabeth Harland, Dorothy Parker e Nancy Hale. Poucas se mostraram relevantes para meu trabalho — e nenhuma capturou a atmosfera de riqueza discreta que eu queria para Mildred. Mesmo assim, embora não possa dizer que tenha gostado de todas, algumas das escritoras que descobri durante aquela intensa exploração se tornaram a base de meu cânone pessoal, como escrevi em *Antes das palavras* — apesar de eu nunca ter revelado em meu livro como as conheci.

Escrever sobre Mildred (em qualquer uma dessas versões) era, sem sombra de dúvida, o aspecto mais desafiador do trabalho. Não havia nada em que eu pudesse me basear. Se nenhum dos livros que li me ajudou, o relato ambíguo e intencionalmente vago de Bevel só aprofundou o vazio no centro da imagem de Mildred. Parecia incontestável que o papel dela na cena musical de Nova York fora mais importante do que Bevel estava disposto a admitir. Mas nada sugeria que ela sofresse dos problemas mentais sérios que destruíram seu alter ego, Helen Rask, no romance de Vanner.

Havia duas coisas que eu tinha de suprimir em todas as frases que escrevia a seu respeito. Primeiro, a inegável complexidade de sua personalidade, que transparecia das tentativas de obscurecimento de Bevel de tornar a imagem dela mais "acessível". Segundo, minha convicção de que eu entendia seu sofrimento — pelo menos até certo ponto. O convívio com Bevel. O sufocamento. A solidão. O cálculo de cada ação e a repressão de todos os impulsos.

Diante desse beco sem saída, pensei em Harold Vanner. Eu havia gostado de muitas coisas em sua representação de Helen Rask, e talvez pudesse encontrar inspiração em algumas de suas outras personagens femininas.

Se o medo que eu sentira ao sair do Brooklyn havia se dissipado depois de horas entre livros e revistas, uma enorme onda de terror se apoderou de mim quando procurei as obras de Vanner entre as fichas do arquivo da biblioteca. Vasculhei a gaveta VAM-VAR para a frente e para trás, sempre parando no mesmo ponto e sentindo o coração pular cada vez que eu confirmava o vazio:

Vann, William Harvey. *Notes on the Writings of James Howell*. 1924.
Vannereau, Maurice. *L'Ornière, pièce sociale en 1 acte*. 1926.

Era inconcebível que a Biblioteca Pública de Nova York tivesse um ensaio obscuro de um crítico desconhecido e, também, uma pequena peça ignorada de um autor francês totalmente irrelevante, mas nem um livro do escritor que deveria estar entre aqueles dois nomes. Nenhum Vanner. Nada. Nem um título sequer. Perguntei à bibliotecária. Ela me disse que tudo o que tinham estava naquelas fichas. Mas eu sabia que era simplesmente impossível que um dos maiores e mais completos acervos do mundo não contivesse nenhum dos livros de Vanner. Seus primeiros livros fizeram um certo sucesso, e *Ligações* havia sido objeto de muitas resenhas. Só existia uma explicação. Bevel, um dos principais doadores da biblioteca, havia torcido e alinhado a realidade.

O caos é um redemoinho que gira mais rápido a cada objeto que engole. Trabalhando incessantemente por dias, eu não tinha tempo de cuidar da casa. Pratos na pia e toalhas no chão, latas abertas e velhos exemplares mofados da *Cronaca Sovversiva*, cascas de pão e caroços de maçã podres, moscas e centopeias, trapos manchados de tinta e uma banheira entupida. Nada disso incomodava minimamente meu pai. Ele limpava a área que precisava, passava alguns utensílios na camisa, fazia um sanduíche ou trabalhava em componentes de uma página e seguia em frente, deixando tudo para trás. Para ele, aqueles eram dias de êxtase. Ele estava feliz por passarmos tempo juntos, trabalhando. Sua alegria é a única boa lembrança que tenho daquele período.

Uma tarde, Jack apareceu com desculpas, explicações e exigências. Eu assentia enquanto o deixava falar. Quando ele terminou, pedi que olhasse para o apartamento a sua volta e, contendo um surto de raiva que acabaria, eu sabia, em lágrimas, perguntei se ele achava que eu tinha tempo para suas necessidades. Ele realmente olhou o apartamento. E, quando achei que estivesse prestes a ir embora, Jack tirou a camisa, colocou-a na bolsa e começou a limpar a cozinha de camiseta. Era o último presente que eu esperava dele, e fiquei comovida. Disse que ele não precisava fazer nada, que estava tudo bem — todas aquelas coisas que esperam que digamos.

"Não, não. Pare com isso", disse ele com uma severidade meiga. "Você tem trabalho a fazer. Vá. Eu cuido disto."

Eu o beijei, quase sem reconhecer aquela sua nova versão mas cheia de gratidão, e voltei para meu quarto passando pela oficina de meu pai. Ele estava lutando com o prelo, tentando ajustar alguma peça inacessível. Eu disse que Jack acabara de chegar, mas ele me ignorou e xingou a máquina enquanto continuava tentando alcançar a peça que estava causando problemas.

Algumas horas mais tarde, eu havia quase terminado as páginas falsas. Pareciam críveis. Eu incluíra todos os jargões que Bevel geralmente eliminava de sua autobiografia (ele sempre dizia que queria alcançar um público amplo, "o homem comum" ou "o leitor médio") e distorci até formar um blá-blá-blá complicado mas plausível que não podia de maneira alguma ser ligado a uma operação financeira real. Achei que meu chantagista gostaria de algo que não pudesse entender direito. Todas aquelas dissertações técnicas estavam entremeadas com uma narrativa mais abrangente da vida de Bevel. Aquela versão atendia a todas as expectativas que eu acreditava que a maioria das pessoas, instruídas por filmes e romances, teria a respeito de um magnata como Bevel. Havia descrições suculentas e detalhadas de seu lar e suas posses; havia dignitários estrangeiros e limusines; havia viagens improvisadas à Europa e a Palm Beach; havia atrizes e champanhe, senadores e caviar. Para compor o quadro incluí algumas salas de música estilo Maria Antonieta de Gatsby, salões em estilo carolíngio e banheiras embutidas. E também, é claro, a dose certa de tédio e desconforto moral em relação a tudo aquilo.

Já era quase hora do jantar e eu mal tinha tomado o café da manhã. Seria legal comprar algo especial para o querido Jack e meu pai. Um frango assado. Talvez até um vinho. Depois de enrolar minhas páginas finalizadas e enfiá-las na manga de meu casaco impermeável, eu me preparei para sair. Meu pai ainda estava na prensa. Enquanto me encaminhava para a porta, parei na cozinha. Jack havia feito um belo trabalho e passado para o banheiro, onde estava ajoelhado no chão de azulejos, lutando para desentupir a banheira. Beijei sua cabeça e disse que ia comprar o jantar.

"Sei que este não é o momento certo", disse ele, erguendo os olhos timidamente. "Você anda muito ocupada e tudo o mais. Mas... eu estava pensando se você poderia datilografar este arquivo para mim. Vou mostrar para alguém no *The Sun*. Ficaria muito mais apresentável. Sem pressa. Estou com as folhas aqui, mas, se você não puder..."

Era a primeira vez que Jack me pedia ajuda abertamente ou reconhecia minhas capacidades.

"Claro! Tudo o que você precisar. Não deve tomar muito tempo."

"Obrigado. Vai ficar muito mais apresentável", disse ele mais uma vez. "Vou deixar as folhas na sua escrivaninha."

Fui de loja em loja, revisando a autobiografia falsa em minha cabeça. Alguns detalhes podiam ser comprometedores e tinham de ser eliminados; alguns de meus maneirismos eram reconhecíveis e precisavam ser modificados; um trecho descartado era, pensando bem, eficaz e provavelmente deveria ser reinserido. Voltei correndo para casa antes que esquecesse minhas revisões.

Jack ainda estava tentando ajeitar a banheira; meu pai ainda estava resmungando com a prensa. Deixei as sacolas de compra na bancada e fui para meu quarto a fim de fazer minhas anotações. Um envelope com o artigo de Jack estava em minha escrivaninha. Deixei-o fechado e voltei à versão para o chantagista. Corrigi algumas frases e eliminei um ou dois parágrafos. O trecho descartado que eu queria reinserir devia estar em uma das bolas de papel amassado mais perto da superfície da lixeira. Peguei uma bola e a abri. Em branco. Outra. Em branco. Outra. Em branco. A maioria de minhas folhas descartadas tinha desaparecido, substituídas por folhas em branco.

Aterrorizada e desolada, fingi aproveitar o jantar. Eu me esforcei ao máximo para evitar que meus olhos desviassem a todo minuto para a bolsa de Jack.

5

Meu único consolo após descobrir o roubo das folhas descartadas foi saber que todas faziam parte da ficção que eu estava compondo para o chantagista. Nenhuma daquelas páginas podia comprometer Andrew Bevel ou levar de volta a mim. O alívio causado por essa percepção superava a raiva e a tristeza que eu sentia ao pensar em Jack. Mais uma vez, fiquei desapontada ao descobrir que eu me importava mais com Bevel — suas regras, seus métodos, suas ameaças — do que com meus amigos e minha família. A dor de ter sido traída por alguém tão próximo de mim parecia irrelevante quando comparada às consequências de uma quebra de confidencialidade. E tudo se tornava duplamente desalentador pelo seguinte: era verdade, sofrer a perda de um amigo nem se comparava a enfrentar a ira de Bevel. Tal era a extensão de seu poder. A fortuna dele distorcia a realidade a sua volta. Essa realidade incluía pessoas — e a percepção delas do mundo, como a minha, também entrava no campo gravitacional da riqueza de Bevel, que a deformava.

Desde meu primeiro encontro com ele, senti que precisava lutar contra aquela força. Não se tratava de rebeldia. Eu intuí, e logo confirmei, que sua estima por mim dependia em grande parte de minha eficiência em resistir à enorme influência dele. Ambos parecíamos aproveitar (embora essa palavra seja, sem dúvida, excessiva) nossos encontros ao máximo quando eu conseguia superar meus medos, mostrar coragem e até enfrentá-lo em relação a alguma questão trivial. Valentia, é claro, era tão importante quanto elegância. Ele não suportava grosserias, mas atos de insolência leve e ambígua o divertiam ou, pelo menos, despertavam sua curiosidade. Paradoxalmente, era nessas ocasiões que seu comportamento rígido, que passei a encarar como um arraigado medo do ridículo, parecia se suavizar um pouco. E era nesses momentos que eu conseguia conduzir nossas sessões para um caminho mais produtivo.

Eu estava decidida a recuperar o respeito perdido durante nossa última reunião. Com a descoberta da traição de Jack e meu iminente encontro com o homem sem gravata, era crucial ter Andrew Bevel a meu lado e saber como ele reagiria à possível publicação das folhas roubadas.

"Devo dizer que estou bastante satisfeito com sua representação da sra. Bevel", disse ele depois de olhar para minhas novas páginas. "Bastante satisfeito mesmo." Voltou ao início e as examinou novamente. "Você receberá minhas anotações, como de costume." Fez uma pausa. "Pensando bem, talvez devamos falar mais sobre algum tipo de passatempo que fosse adequado a Mildred." Pôs o indicador nos lábios e percorreu o cômodo com os olhos até ver um arranjo de flores em uma mesinha de canto ao lado da janela. "Flores. O amor dela pelas flores. Como ela as combinava, fazia arranjos, e assim por diante. Uma pequena cena bonita. Fale com a srta. Clifford, a governanta, antes de ir embora. Ela dirá quais tipos de buquês você deverá descrever. Talvez leve você à estufa."

Não tirei os olhos do bloco em momento algum, fingindo estar absorta em minhas anotações. Não era o momento de mostrar minha perplexidade.

"Com o poder de sua imaginação e... simpatia feminina, você conseguiu capturar boa parte da vida privada de Mildred. E, como Mildred era uma pessoa reservada, isso significa *a maior parte* da vida dela."

"Obrigada. Para justamente tornar os detalhes da vida privada da sra. Bevel mais ricos, eu estava pensando que hoje poderíamos caminhar pela casa enquanto conversamos. Mal conheço o espaço, e uma visita com o senhor como guia seria inestimável. Poderíamos incluir uma descrição ocasional de um cômodo ou de um quadro... Um pano de fundo mais vívido para sua vida pessoal. E a da sra. Bevel. O leitor médio adora espiar dentro dessas grandes casas, sabe?"

Eu havia conseguido deixá-lo um pouco incomodado — minha sugestão era obviamente boa, mas também contradizia a fixação de Bevel em relação à privacidade. E o incômodo era exatamente o que eu queria.

"Bem, sim. De certo." Ele tentou ocultar sua hesitação sob os bons modos. O fato de ele achar que tinha de ser educado comigo era um grande e inesperado triunfo.

"Por favor, lembre-se de que não quero uma descrição ostentadora da casa", disse antes de começarmos a circular. "Está em mau estado."

Levou-nos de volta até o saguão com chão de mármore para que eu percebesse "a progressão da casa". Cruzamos com uns poucos serviçais. Alguns estavam limpando; outros, de terno, passaram com rapidez. A despeito de seu posto, todos desviavam o olhar ao passar por nós. Parecia que haviam sido instruídos a simplesmente cumprir as próprias tarefas e ignorar Bevel.

Primeiro ele me mostrou seus quadros. Parava brevemente em frente a cada um deles, apontava para a placa na moldura dourada, dizia o nome do artista e prosseguia: Corot, Turner, Ingres, Holbein, Bellini, Fragonard, Veronese, Boucher, Van Dyck, Gainsborough, Rembrandt. Eu anotava.

Chegamos a um corredor com janelas que davam para uma estufa.

"Deixarei essa parte para a srta. Clifford, quando você a procurar para falar das flores. Não sei absolutamente nada sobre plantas", disse enquanto passávamos ao lado da estufa. "Aqui, nos fundos, é onde passo todas as minhas tardes."

Ele abriu a porta e revelou um grande escritório com alguns espaços de trabalho menores adjacentes. As paredes em todos os cômodos estavam cobertas de quadros-negros cheios de cotações de ações e fórmulas matemáticas, e, nas mesas, cerca de uma dúzia de homens atrás de calculadoras vasculhavam fichários, livros, documentos e resmas de papel. O ambiente ali era mais silencioso do que na sede da Bevel Investments, no sul de Manhattan. Quase parecia uma biblioteca.

"Depois do fechamento do mercado, o trabalho aqui começa. Na realidade, gosto de pensar que este é o trabalho de verdade. As conclusões a que chegamos aqui são a base das minhas transações, operações diárias e dos planos de longo prazo. O restante, o que acontece no pregão, é a mera execução das decisões tomadas neste aposento. Todos esses homens que você está vendo são estatísticos e matemáticos. Recrutados de universidades em todo o país. Um verdadeiro parque de cérebros. Eles estudam registros acionários e históricos industriais, preveem tendências futuras a partir de tendências passadas, detectam padrões na psicologia das multidões, criam modelos para operações mais sistemáticas. Relatórios, demonstrações e prospectos de todas as empresas ou questões que são ou podem vir a ser do meu interesse são avaliados aqui."

Bevel me encarou até eu ser obrigada a desviar os olhos. Ainda me lembro daquele olhar azul. Ele estava querendo extrair algo através de minhas pupilas ou então inserir algo em mim através delas.

"Veja, ao longo da minha carreira a intuição foi muito útil para mim, e a ela devo grande parte da minha reputação. O acréscimo de ciência e interpretação científica de grandes volumes de dados à minha intuição é a fonte da minha vantagem. Essa combinação singular é o que sempre me permitiu estar à frente do teletipo." Fez uma pausa, supervisionou seus homens e olhou para o relógio de pulso. "Geralmente trabalhamos até as nove."

"Estes homens trabalhavam aqui quando a sra. Bevel...?" Não fui capaz de terminar minha pergunta indelicada.

"Claro que não."

Deixamos os escritórios e Bevel me guiou pelo térreo desabitado. Fez uma pausa cerimoniosa em um salão com cabeças de alces e bisões, um urso empalhado, a pele de um puma cuja cabeça parecia estar rugindo e outros troféus de caça. Dominando todos aqueles prêmios estavam dois retratos a óleo de um homem musculoso e robusto que, de alguma maneira, parecia estar fazendo um grande esforço para esconder que estava feliz. A pintura à esquerda o mostrava em traje de caça completo, segurando uma espingarda e um feixe de faisões flácidos. No quadro à direita, ele estava de traje social, caneta na mão, olhando por cima de um documento.

"Como você sabe, estou muito satisfeito com os trechos sobre meus ancestrais", disse Bevel antes de sair do cômodo. "Agora você provavelmente pode descrever o rosto do papai. No fim das contas, este passeio pela casa não foi uma má ideia. Pensando bem, para entender de verdade a história da minha família, você precisa visitar La Fiesolana. É lá que reside nosso espírito. Tomarei as devidas providências."

"Obrigada. Seria imensamente útil."

Ele nunca tomou as providências.

Galerias, um salão matinal, saguões, uma pequena biblioteca, estúdios, salas de jantar, um aposento íntimo. Ele estava insolitamente calado, e seu passo apressado sugeria que queria pôr fim à visita.

"Muitos dos nossos quadros estão emprestados para diferentes museus no momento", disse, indicando com a cabeça a parede nua. "Era um desejo da sra. Bevel que fossem desfrutados pelo público."

"O senhor fez outras mudanças na casa recentemente?"

"Fora os escritórios lá embaixo e os objetos de arte emprestados, naturalmente, tudo permanece intacto. Em memória de Mildred."

Subimos para o segundo andar. Salão de baile, mais galerias, quartos. Havia uma sala de música, mas era apenas um cômodo grande com um piano e uma harpa — nada parecido com o salão particular de concertos do romance de Vanner. A biblioteca, com seus suntuosos volumes enfileirados em prateleiras inacessíveis de tão altas, foi feita para alguém que não ligava para livros. E eu ainda não era capaz de detectar o toque acolhedor da sra. Bevel. Talvez Andrew Bevel confundisse a docilidade que atribuía a ela com aconchego.

Em um corredor, no lado que dava para o parque, Bevel parou diante de uma porta.

"Estes eram os aposentos de Mildred", disse com solenidade.

Olhamos para a soleira como se estivéssemos em pé diante do túmulo dela. Depois de uma pausa adequada, achei que fosse a hora certa de ser mais uma vez ousada e cautelosamente impertinente.

"Ajudaria muito ver como ela vivia. Os pertences dela seriam uma grande inspiração para mim. Captar pequenos detalhes, coisinhas do cotidiano que dariam à história mais vida. Mais credibilidade."

"Você pode ver a casa toda, mas esta porta permanecerá fechada."

"Sinto muito. Eu só..."

"Não precisa se desculpar. Entendo sua curiosidade. Mas há coisas que quero guardar para mim mesmo."

Bevel me acompanhou pela casa em silêncio.

"Durante um dos nossos primeiros encontros, o senhor compartilhou algumas lembranças da sua mãe", eu finalmente disse. "Mencionou que, além do amor pela natureza, ela e Mildred tinham em comum a inteligência. Ambas eram mulheres muito perspicazes, o senhor disse."

Ele parou e olhou para mim. Seus olhos se mexiam com o que achei que fosse irritação. Mas não achei que sua vexação estivesse dirigida a mim daquela vez. Ele continuou andando; eu o alcancei.

"Como o senhor diria que a inteligência de Mildred se manifestava?"

"Ora, você sabe. Em uma miríade de pequenos detalhes. Não é fácil administrar uma casa como esta, com todos os empregados e tudo o mais. E seu apreço por música, é claro. Mas já falamos a respeito disso e percorremos tudo o que podia ser útil para o livro. Além disso, para ser sincero, a pessoa deve ser bastante inteligente para acompanhar meu ritmo." Deu uma risada nasalada. "Não é fácil. Não é fácil acompanhar meu ritmo. Talvez possa incluir isso no livro. De maneira moderadamente engraçada. A propósito, você não está se saindo tão mal, sabe?"

Senti o rosto corar enquanto minha necessidade de cutucar e acuar Bevel desaparecia.

Chegamos ao terceiro e último andar. Toda a parte do fundo era composta dos aposentos dos serviçais; a frente, virada para o parque, era para hóspedes.

"Várias pessoas, algumas de grande renome, hospedaram-se aqui ao longo dos anos. Talvez devêssemos elencar alguns nomes no livro. Acho que os leitores gostam dessas coisas. Mesmo assim, verdade seja dita, nem Mildred nem eu gostávamos de receber hóspedes por muito tempo. Quanto mais as pessoas participam da sua vida cotidiana, mais se sentem no direito de espalhar histórias sobre você. Sempre achei isso desconcertante. Seria de esperar que a proximidade gerasse confiança."

"Está dizendo que até mesmo seus amigos espalham boatos sobre o senhor e sua esposa?"

"*Principalmente* os meus amigos. É isso que eles acham que significa amizade: liberdade para transformá-lo em assunto de conversas."

Era a minha chance de descobrir como ele reagiria se os papéis roubados com o relato ficcional de sua vida algum dia fossem publicados.

"O senhor trata todos esses mexericos e boatos com a mesma força com que está lidando com Vanner e o romance que ele publicou?"

"Ah, não. Eu não conseguiria cuidar dos meus negócios se tivesse de reagir a cada idiotice publicada em cada jornaleco vespertino. Monitorar e negar todos os boatos demanda tempo demais. Mas Vanner é diferente. O que ele escreveu sobre mim e a minha esposa é diferente. E seu alcance é diferente. Mas eu ficaria grato se você pudesse evitar tocar no nome dele daqui em diante."

A visita terminou. Bevel voltou para os escritórios lá embaixo e eu fui levada até a saída. Os papéis roubados não me preocupavam mais. Afinal de contas, eu conseguia acompanhar o ritmo de Bevel.

6

Cheguei à lanchonete cedo para poder escolher um lugar seguro, bem à vista e próximo da porta. Contudo, assim que entrei, vi o homem sem gravata com o mesmo terno risca de giz. Estava sentado atrás da mesa mais escondida do local, tomando um *sundae*. O salão estava quase vazio, mas tomei coragem ao ver crianças tomando *milk-shakes* no balcão. Nada de muito ruim poderia acontecer perto de crianças tomando *milk-shakes*. Fui até o homem sem gravata e me sentei em frente a ele.

"É melhor que as minhas folhas estejam aí", disse ele, apontando para minha bolsa com uma colher de cabo comprido.

"Como vou saber que será o fim? Como vou saber que você vai me deixar em paz depois disto?"

"Bem, minha querida", a dicção embaralhada por uma colherada de sorvete que ele rolava sobre a língua, "você vai ter de simplesmente confiar em mim."

De repente, ao olhar para ele degustando seu *sundae* em uma lanchonete, tive um estalo. Agora que eu o via em seu ambiente natural, percebi que não se tratava de um conspirador trabalhando para um jornal inescrupuloso, para o governo ou para qualquer outro poder superior. Era apenas um garoto do Brooklyn. Usando seu único terno decente e tomando sorvete.

"Quer saber de uma coisa?" Pus a mão dentro da bolsa. "Aqui estão dez pratas."

Ele parou de comer e congelou ao ver o dinheiro.

"Sei quem mandou você", eu disse. "Diga o nome dele e os dez dólares serão seus. Senão, vou simplesmente embora. E você não pode fazer nada a respeito."

"Ouça, srta. Partenza, sabemos do seu pai comuna. Se você não..."

Levantei-me e dei alguns passos.

"Jack", disse ele.

Parei. O que senti naquele momento continua sendo, até hoje, minha escala de medida para o ódio. Voltei e fiquei em pé ao lado da mesa, olhando para ele.

"Como ele ficou sabendo de Bevel?"

"Cadê aquelas dez pratas?"

Entreguei o dinheiro.

"Ele seguiu você. Não gostava da ideia de você e um sujeito sozinhos em uma casa estranha, então ficou na sua cola. Só para ver quem era. Não foi muito difícil descobrir quem é o dono daquela mansão. Depois, na sua casa, ele leu um pedacinho do que você estava datilografando para Bevel. Parecia que ele estava escrevendo a história de vida dele. Jack imaginou que a venderia para um jornal. O que pagasse mais. E conseguiria um bom emprego com aquele grande furo de reportagem." Apontou para o sorvete e riu como um idiota.

"Diga a Jack que Bevel está de olho nele. Só me mandou vir aqui para confirmar. Diga a Jack que é melhor esquecer a ideia de publicar as páginas que ele roubou de mim. Diga que Bevel sabe de tudo e vai cair em cima dele. Vai destruí-lo. Já vi ele fazer isso com outros. Diga que ele deve sair da cidade. Imediatamente."

7

Seguindo as instruções que Bevel havia me dado durante nosso último encontro, marquei um horário para que a srta. Clifford me mostrasse as flores na estufa.

Quando nos vimos na área de recepção dos funcionários, ela me ofereceu uma xícara de chá, que eu declinei mas recebi de qualquer maneira, exatamente como em meu primeiro dia lá. Depois de trocarmos algumas formalidades, perguntei sobre seu trabalho, sem saber ao certo quais eram as tarefas de uma governanta em uma casa como aquela. Ela explicou que a maioria dos funcionários estava sob sua supervisão e que sua principal responsabilidade era garantir que tudo acontecesse "naturalmente". Perguntei se ela também supervisionava o mordomo. Não. Ela lançou um olhar para mim insinuando que tínhamos a mesma opinião sobre aquele homem, mas que não falaria a respeito. Mudou elegantemente de assunto e me perguntou sobre meu trabalho. Estava impressionada por eu passar tantas horas conversando com o sr. Bevel.

Estimulada por seu tom amistoso, decidi pôr em prática um plano que eu havia arquitetado, de forma vaga, durante os dias anteriores.

"Deveríamos primeiro visitar os aposentos da sra. Bevel, não acha?"

"Os aposentos da sra. Bevel? Achei que deveria lhe mostrar as flores."

"Sim, e os aposentos dela. O sr. Bevel está terminando um capítulo a respeito da sra. Bevel e pediu que eu descrevesse seu ambiente. Então acho melhor começarmos pelo quarto. Acho que vai criar o clima para todo o restante, não acha?"

Ela hesitou um instante.

"Acho que faz sentido." Abaixou-se para retirar minha xícara, mas eu a peguei antes e a pus na pia. "Ora, muito obrigada, minha querida. É muita gentileza sua. Vamos?"

Nossos passos ecoavam de forma concisa na amplidão marmórea do saguão.

"O sr. Bevel gostaria que eu desse um toque feminino às páginas sobre a sra. Bevel. Conhecer um pouco mais sua rotina ajudaria. Talvez a senhora tenha algum caso para me contar? Pequenas histórias sobre a vida cotidiana dela?"

"Sinto muito. Quem me dera ter tido o prazer de conhecer a sra. Bevel, mas fui contratada depois que ela faleceu."

Ela parecia um pouco sem fôlego ao subir a escada.

"Entendo. Talvez a senhora pudesse me apresentar pessoas que trabalham aqui e a conheceram. Seria uma conversa rápida, prometo."

Atravessamos um longo corredor. Cortinas e carpetes grossos reduziam nossas vozes a um pudico sussurro.

"Bem, veja, fomos *todos* contratados depois que a sra. Bevel faleceu. Logo depois da cerimônia fúnebre, o sr. Bevel decidiu vender a casa. Lembranças demais. Acho que ele se mudou para um hotel por um tempo. Despediu todos os funcionários e fechou a casa. Durante meses, talvez até um ano. Rejeitou uma oferta após a outra. E, no final, quando uma oferta adequada foi feita, bem... Lembranças demais."

Paramos na metade do corredor. A srta. Clifford tomou fôlego.

"Iam demolir a casa e construir um terrível prédio de apartamentos. O sr. Bevel não deu conta. Não podia ver o lar que havia construído com a sra. Bevel desaparecer. Mudou-se de volta para cá e contratou novos funcionários." Abaixou a voz. "Mas você conhece o sr. Bevel. Ele não gostaria que eu ficasse aqui falando da vida dele."

Ela apertou suavemente meu ombro e me conduziu.

"Seja como for", disse com seu tom normal, "aqui estamos." A srta. Clifford apontou para a porta dos aposentos de Mildred. "Pelo que sei, está como a sra. Bevel o deixou."

Abriu a porta e entramos.

Eu nunca havia visto nada como aquele espaço. O quarto, entre o salão e o closet, era uma nuvem angulosa — inteiramente azul-claro e cinza, banhado pela luz do sol e de alguma maneira cheirando a ozônio. A cama era um retângulo. A mesinha de cabeceira era um cubo. A mesinha de café era um círculo. Em um canto, algumas curvas limpas formavam uma poltrona. Todas aquelas peças de mobiliário eram tão rudimentares que surgem insípidas em minha memória. Meras linhas abstratas.

O salão era igualmente sereno e simples. A escrivaninha e a cadeira haviam sido feitas com o mínimo de elementos necessários para que uma escrivaninha fosse uma escrivaninha e uma cadeira fosse uma cadeira. Prateleiras vazias, exceto por umas pequenas esculturas — cada uma delas, pura forma solidificada. Uma modesta estante de livros cobria a parede mais curta.

Uma suave batida na porta aberta. Uma criada precisava da ajuda da sra. Clifford.

"Só um instante, minha querida", disse ela ao sair com a criada. "Dê uma olhada aqui, depois iremos à estufa."

Fiquei indo e voltando de um cômodo para outro. Aqueles não eram os espaços "acolhedores" e "calorosos" de alguém que havia "criado um lar" para o marido. Aqueles não eram os aposentos de uma jovem noiva adoentada. Em contraste com o restante da casa, ali reinava uma espécie de calma monástica — o que, em retrospecto, reconheço como uma atmosfera moderna, austeramente vanguardista. A elegância das poucas peças de mobiliário derivava da funcionalidade silenciosa. E a intensidade do local era causada pela impressão de que cada objeto (e a respectiva posição) era logicamente necessário.

Circulei, tentando me sentir como Mildred, mas sem ter a menor ideia do que isso significava. Nenhum vestígio dos diários que, segundo Vanner, ela mantivera por toda a vida. Havia poucos esconderijos naqueles cômodos ascéticos com as prateleiras e bancadas na maior parte vazias. Tolamente, até olhei dentro dos armários, onde as roupas estavam penduradas nos cabides, apalpando mangas e bolsos de alguns casacos, como se ela (como eu) tivesse escondido seus escritos ali dentro.

A estante podia reservar algumas pistas, embora eu tivesse certeza de que os livros não haviam sido lidos, talvez ainda com as páginas sem ser cortadas. Eu estava enganada. Estavam todos muito sublinhados a lápis, com orelhas, manchados de chá ou café. Alguns eram em francês, outros em alemão e até em italiano, fazendo com que eu, sem razão, me sentisse próxima de Mildred. Muitos tinham dedicatórias dos autores — cujos nomes, na época, eu desconhecia e portanto não guardei. Harold Vanner não estava entre eles. Folheei um volume após o outro, parando em páginas sublinhadas aqui e ali, esperando que me revelassem algo sobre a leitora.

Fui até a escrivaninha, sentei-me e olhei para a parte do parque que Mildred devia ver todos os dias. Lá estava o banco sob a árvore onde eu havia me sentado depois da primeira sessão com Bevel para contar meu pagamento. As gavetas da escrivaninha não estavam trancadas. Material de escritório, papel mata-borrão, lápis. O papel mata-borrão chamou minha atenção. Estava coberto por um monte de palavras, números e símbolos traçados e retraçados caoticamente uns em cima dos outros em tinta roxa. Tudo estava invertido, é claro. Pensei em meu pai e em sua verdade invertida.

    Guardei o papel mata-borrão no bolso pouco antes de a sra. Clifford voltar e me levar para ver as flores.

8

A carta entregue em mãos era datilografada e seca. Mas tudo o que deveria torná-la impessoal surtia o efeito paradoxal de destacar seu autor. Só Andrew Bevel mandaria alguém datilografar um convite para um jantar e o redigiria daquela maneira. Sem tempo para nos encontrarmos. Trabalho durante o jantar. Não vista nada especial.

O mesmo motorista que entregara o envelope de manhã me pegou à noite e me levou para a East 87th Street. Senti os olhares por trás das janelas escuras ao entrar na parte de trás da limusine e quase consegui ouvir os sussurros que serpenteariam pelo bairro no dia seguinte.

Uma vez, quando eu estava trabalhando na padaria, escutei por acaso uma conversa comicamente resignada de dois clientes. "Existe um mundo melhor", disse um homem. "Mas é mais caro." A piada ficou em minha cabeça não apenas porque era uma abordagem drasticamente diferente das visões utópicas de meu pai, mas também porque indicava a natureza transcendental da riqueza, que confirmei durante meu tempo com Bevel. Eu nunca havia cobiçado nenhum de seus luxos. Sim, eles tinham me intimidado e irritado, mas, sobretudo, sempre fizeram com que eu me sentisse indesejada e estranha. Como se eu fosse uma terráquea deslocada, sozinha em um mundo diferente — um mais caro e que também se julgava melhor.

Naquela noite, porém, no carro de Bevel, senti pela primeira vez o lado deslumbre do luxo. Eu não apenas o testemunhei, mas senti. E adorei.

Eu nunca havia estado sozinha em um carro à noite. Nova York fluía e refluía em perfeito silêncio fora das janelas espessas. Se eu me recostasse, a cidade desaparecia atrás das cortinas de veludo com borlas. Pedestres, curiosos a respeito do passageiro da limusine, tentavam espiar lá dentro em cada semáforo. Isso acentuava a estranheza da situação. Eu estava na rua enquanto, ao mesmo tempo, estava em um espaço isolado. Mais do que os painéis de mogno, os decantadores de cristal, o estofamento bordado e o motorista de quepe e luvas brancas do outro lado da divisória, era aquele estranho paradoxo de ter privacidade em público que causava a sensação de opulência — uma sensação que se unia à ilusão de ter me tornado repentinamente intocável e invulnerável, à fantasia de ter o controle de mim mesma, dos outros e da cidade como um todo.

Quando chegamos, o motorista me entregou ao desagradável mordomo, que me acompanhou até uma pequena sala de jantar que eu não vira durante a visita pela casa. A mesa estava posta para dois. Bevel havia empurrado o prato para o lado a fim de trabalhar em alguns documentos, e virou-os para baixo ao se levantar para me cumprimentar.

"É muita gentileza sua vir tão tarde. Posso lhe oferecer uma bebida? Champanhe?"

Reprimi minha hesitação. Havia certa covardia em declinar e certa estranheza em aceitar. E eu nunca tinha tomado champanhe.

"Seria ótimo, obrigada."

"Muito bem. Não há nada mais cansativo do que um convidado tímido."

Bevel gesticulou com o queixo para o mordomo e o serviçal saiu, fechando a porta atrás de si. Sentamos à mesa e eu peguei caneta e bloco.

"Você sabe a que distância fica a Lua?"

Ele não queria uma resposta.

"A cerca de 383 mil quilômetros", disse. "Você sabe quanto foi perdido em valores mobiliários na crise? Cerca de cinquenta bilhões de dólares."

Rearrumou o prato e os talheres na mesa e olhou para mim. Minhas feições conseguiram de alguma maneira se contorcer formando a expressão de perplexidade, mas também de interesse, que eu achava que ele esperava de mim.

"Se você enfileirasse cinquenta bilhões de notas de um dólar, daria para fazer dez viagens à Lua. Ida e volta. Dez viagens de ida e volta até a Lua. E ainda sobraria um bom troco."

Então olhei para ele realmente incrédula.

"Chocante, não?", perguntou, balançando a cabeça. "Fiz os cálculos."

Mas minha perplexidade não era por causa do cálculo absurdo. Era por causa de Bevel. Ele nunca havia dito nada tão frívolo antes. E eu nunca havia sentido vergonha por ele.

"Cinquenta bilhões de notas de um dólar poderiam dar quase 195 voltas na circunferência terrestre." Ele girou o indicador. "Quase 195 vezes em volta da Terra. Essa é a quantidade de dinheiro que foi perdida em valor acionário em outubro de 1929."

O mordomo voltou carregando uma salva com uma taça de champanhe. Bevel não ia beber, e agora eu não teria como me livrar daquele adereço idiota.

"Essa foi a magnitude da crise. E isso foi de alguma maneira culpa *minha*? Cataclismos como esse nunca foram e nunca podem ser o resultado das ações de uma só pessoa."

Duas criadas entraram com tigelas de sopa, colocaram-nas exatamente no mesmo momento em nossa frente e saíram.

"A prosperidade de uma nação se baseia apenas na multidão de egoísmos que se alinham até se parecerem com o que é conhecido como o bem comum. Faça com que um número suficiente de indivíduos egoístas concorde e aja na mesma direção, e o resultado vai se parecer bastante com um desejo coletivo ou uma causa em comum. Mas, uma vez que esse interesse público ilusório esteja em ação, as pessoas se esquecem de uma distinção importantíssima: não é porque as minhas necessidades, os meus desejos e anseios espelham os seus que nós temos um objetivo *compartilhado*. Significa simplesmente que temos o *mesmo* objetivo. Existe uma diferença crucial. Só vou cooperar com você enquanto isso for útil para mim. Fora isso, só vai existir rivalidade ou indiferença."

Levou à boca duas ou três colheradas rasas. Tomando sopa, ele parecia velho e fraco.

"Não há nada de heroico em defender os interesses dos outros só porque por acaso eles coincidem com os seus. A cooperação, quando o objetivo é ganho pessoal, nunca deve ser confundida com solidariedade. Você não concorda?"

Ele raramente queria a minha opinião.

"Acho que sim." E acho que era o que eu achava mesmo.

"Os verdadeiros idealistas, por outro lado, se importam com o bem-estar dos outros acima de tudo, especialmente quando esse bem-estar vai *contra* os próprios interesses. Se você gosta do seu trabalho ou lucra com ele, como ter certeza de que está realmente fazendo isso para os outros e não para si mesmo? A abnegação é o único caminho que leva ao bem maior. Mas você não precisa que eu lhe diga isso. É algo que você deve ter aprendido com as doutrinas e o exemplo do seu pai."

Parei de escrever. Bevel nunca havia mencionado as atividades políticas de meu pai. Não era possível que Jack tivesse nos entregado — não depois das ameaças que fiz por meio do cúmplice. Bevel devia estar nos espionando desde o início, desde minha primeira entrevista.

Ele sempre soube de nós? Para ocupar meu corpo, estiquei o braço para pegar a taça. De perto, as fileiras de pérolas efervescentes que caracolavam até a superfície se tornavam audíveis.

"Ah, o senhor está enganado", eu disse. "A causa do meu pai é seu único luxo. E sua abnegação é a origem da sua presunção."

Tomei um gole e pus a taça na mesa com uma informalidade mundana que não era minha, sabendo imediatamente que havia me desmoralizado ao descrever meu pai naqueles termos. Enquanto tomava champanhe. Dias depois eu me pegaria murmurando sozinha em público, reagindo a minhas palavras. Gemendo. Franzindo a testa. Fisicamente acanhada. Mesmo agora, lembrando e transcrevendo meus aforismos patéticos, fico com vergonha.

Notei que Bevel havia percebido e estava se divertindo com a agitação por trás de minha rígida indiferença.

"Tome a sua sopa."

Tomei minha sopa.

"Você certamente já percebeu aonde quero chegar com isto. Aqueles que hoje se lamentam com mais veemência da depressão são os mesmos que a causaram, afinal de contas. Todos aqueles indivíduos egoístas que agora dizem à imprensa que foi jogo sujo... Todos aqueles especuladores mesquinhos brincando de roleta com as margens de repente se transformaram em paladinos da justiça e da honestidade... Nenhuma das pessoas que me atacam por causa dos meus atos em 1929 tem alguma proximidade com seu pai. Ele, um revolucionário convicto, sem pecados, é um dos poucos que poderiam atirar a primeira pedra."

As criadas entraram novamente. Um suave farfalhar de tecidos; o tilintar abafado de talheres e porcelana. Levaram as tigelas e serviram pratos com frango, aspargos e ervilhas cozidos, sobre os quais despejaram um molho branco.

"Imagino que alguém tão intransigente quanto seu pai deve se opor a que você trabalhe para alguém como eu."

As criadas saíram.

"Ele acredita na dignidade do trabalho", eu disse com o que julguei ser a quantidade certa de petulância.

Bevel assentiu gravemente enquanto espalhava, com o toque delicado de um artista, um pouco de molho sobre um pedaço de frango.

"Seja como for, preciso dizer que não podemos continuar a trabalhar desta maneira."

Tentei engolir a comida em minha boca. Era impossível.

"Estou ocupado demais para perder um tempo valioso das minhas tardes. Você mesma viu a quantidade de trabalho no meu escritório lá embaixo."

"Senhor, se me permite. Talvez possa gravar a si mesmo com um Dictaphone quando achar mais conveniente, e depois eu posso transcrever e editar o..."

"Por favor." Ele rearrumou alguns itens na mesa, deslocando-os milimetricamente para um lado e para o outro. "Aluguei um apartamento mobiliado para você. Dá para vir até aqui a pé." Bevel me encarou e depois desviou o olhar. "Assim poderemos trabalhar antes do sino de abertura do mercado ou tarde da noite, como hoje. Estamos avançando muito devagar e o livro está atrasado. Ter você por perto deverá ajudar."

Não consegui encontrar uma resposta.

"Você deverá ir para o apartamento antes do fim da semana. Ligue para o escritório se precisar de ajuda com as suas coisas. Agora, vamos tratar de voltar para 1929 e a subsequente depressão. As pessoas querem um culpado e um vilão. E, de fato, existe um culpado e um vilão: o Conselho do Federal Reserve." Gesticulou na direção de minha caneta e meu bloco. "Você vai querer anotar isso."

9

Meu pai abriu a porta ao me ouvir subir os degraus. Estava visivelmente perturbado. Eu estava convencida de que ele havia me visto sair da limusine. Em vez disso, ele me disse que Jack tinha passado lá em casa para pegar uns papéis que deixara em meu quarto. Ele estava com pressa, disse meu pai, pois tinha acabado de receber uma oferta de emprego de um jornal em Chicago. Mas queriam que ele começasse imediatamente, então estava indo para lá naquele instante. Eu sabia alguma coisa a respeito? Sim, menti. Foi tudo muito repentino, mas eu estava contente por ele.

Fora o envelope com o artigo de Jack, não parecia estar faltando mais nada em meu quarto. Além de me deixar aliviada, saber que ele tinha ido embora também tornava minhas circunstâncias mais simples. Com Jack presente, a mudança para o apartamento de Bevel teria causado acessos de ciúme, brigas e, por fim, um término melodramático.

Lembro que fiquei empolgada — quase excitada — com a possibilidade de ser independente, uma ideia que eu raramente ousava acalentar. Mas outras sensações físicas perturbaram aquele êxtase. Raiva, como uma ferida na garganta. Indignação, como um machucado no peito. Bevel nunca havia proposto aquele novo arranjo para mim. Nunca tinha me pedido que pensasse naquela sugestão. Simplesmente alugou o apartamento e disse para eu me mudar quanto antes. E, mesmo que eu gostasse da ideia de morar sozinha, era um insulto ser desconsiderada e receber ordens. Mesmo assim, rejeitar uma oportunidade como aquela por causa da maneira questionável como fora apresentada parecia um gesto orgulhoso e insensato.

Sabendo como meu pai dependia de mim, eu nunca me permitira longas fantasias sobre me mudar. Ele era cada vez menos capaz de se sustentar. Se eu algum dia fosse embora, teria de continuar a pagar seu aluguel, além do meu. Mas não se tratava apenas de dinheiro. Meu pai nunca foi capaz de dar conta das responsabilidades cotidianas básicas — limpeza, alimentação, e assim por diante. Se ficasse sozinho, o caos tomaria conta de tudo e o afogaria.

Naquele momento, embora eu mal pudesse acreditar, dinheiro não era mais um problema. Bevel pagaria pela nova moradia e meu salário era mais do que suficiente para o apartamento do Brooklyn. Assim, me convenci de que podia tomar conta de meu pai e cuidar de suas várias necessidades — necessidades essas das quais ele nem sequer tinha consciência. Eu o visitaria algumas vezes por semana para me certificar de que as coisas não estavam saindo de controle. Talvez pudesse dar um dinheiro a nossa senhoria (sem que ele soubesse) para que ela aparecesse e, discretamente, fizesse algumas tarefas domésticas. Uma chance como aquela não apareceria duas vezes. Eu tinha de engolir meu orgulho, esquecer o modo humilhante com que Bevel apresentara o plano e aceitar sua "oferta".

Fora meus interesses, havia uma questão crucial que era impossível ignorar. Bevel pediu que eu me mudasse depois de ter mencionado, pela primeira vez, as atividades políticas de meu pai. Não podia ser uma coincidência. Talvez Bevel achasse que poderia controlar qualquer ameaça em potencial me afastando de casa; talvez quisesse simplesmente me fazer escolher entre meu pai e ele. (Agora entendo que ele nunca se importaria tanto comigo para ter esse raciocínio.) E, embora nós, é claro, precisássemos do dinheiro, eu mais uma vez me vi escolhendo o lado de Bevel em detrimento do de meu pai. Não adiantava dizer a mim mesma que, na verdade, estava protegendo meu pai ao agradar a Bevel e ceder às exigências dele.

Eu estava abandonando meu pai pelo inimigo. As acusações seriam inequívocas e não caberia recurso após o veredito. Eu já conseguia ouvi-lo. Wall Street tinha me subido à cabeça. Aquele patrão havia feito lavagem cerebral em mim. O próximo passo seria eu começar a me interessar por roupas e penteados, sair de férias, ter hobbies. Estaria no caminho para me tornar uma *dama* burguesa. Ou talvez até algo pior. Afinal, meu pai com certeza diria que nenhum homem velho alugaria um apartamento para uma jovem só para que ela anotasse o que ele ditava. Então brigaríamos e depois eu seria sentenciada sumariamente a anos de raiva silenciosa.

Outras pessoas em meu lugar teriam ficado preocupadas com as intenções de Bevel. Em retrospecto, talvez eu também devesse ter ficado. Mas lembro que cogitei e imediatamente descartei a ideia de Bevel me querer como amante. Para ele, o próprio corpo parecia ser um acidente infeliz mas tolerável. Eu não conseguia imaginá-lo desejando que alguém o tocasse.

Medos, desejos, suspeitas, afrontas. Nada disso interessava. O plano de Bevel era inegociável. Se eu quisesse manter meu emprego, teria de me mudar para o norte da cidade. Foi um alívio perceber que eu não tinha escolha.

Não adiantava postergar o confronto com meu pai. Depois de uma noite quase em claro, contei tudo a ele durante o café da manhã (exceto o nome de Bevel e a verdadeira natureza de meu trabalho). Ele ouviu em silêncio, com os olhos baixados. Acabei de falar. Ficamos olhando para nossos respectivos cafés. Justo quando achei que uma pausa natural estava se transformando em um de seus gélidos acessos de raiva, ele estendeu o braço sobre a mesa e pegou minha mão.

Quando criança, eu achava fascinantes suas palmas e seus dedos calejados, endurecidos por anos de manuseio de caracteres tipográficos e substâncias químicas abrasivas. Como faziam parte de seu corpo, mas também eram coisas. Eu costumava beliscar e cutucar sua pele borrachuda e perguntar se ele sentia algo. Ele, invariavelmente, fingia não estar sentindo nada e dizia nem ter notado que eu o tocara. Era minha deixa para beliscá-lo mais forte, com toda a minha força, até meus dedos tremerem e esbranquiçarem por causa do esforço. Ele só bocejava ou fazia algum comentário sobre o tempo, como se nada estivesse acontecendo.

"Não foi isso que eu imaginei", disse ele depois de um tempo. "Não sei bem o que imaginei, mas não foi isso."

Segurei a mão dele com mais força.

"Mas está na hora. Você é inteligente e confio no seu julgamento. Mesmo discordando de você." Ele levantou os olhos e me encarou. "Está na hora. Já passou da hora. Você deve ir."

Com essas últimas palavras, ele também me segurou com mais força e me puxou para si. Sem soltar sua mão, eu me levantei, dei a volta na mesa e o abracei.

"Você sabe que sempre pode voltar para esta bagunça", disse ele.

Passamos o dia juntos em uma atmosfera de melancolia morna. Embora meu amor por meu pai tenha aumentado após nossa breve conversa, também é verdade que havia algo desagradavelmente incorpóreo em minha presença no apartamento, como se, naquele momento, minha partida iminente tivesse me tornado bidimensional. Também havia a pressão para atender à solicitação de Bevel quanto antes — e talvez, acima de tudo, eu estivesse curiosa a respeito de minha nova moradia e ansiosa para me mudar.

Comecei a empacotar minhas coisas na manhã seguinte, enquanto meu pai estava fora, entregando alguns cartões. Ele se oferecera para me ajudar, mas expliquei que o apartamento era mobiliado e que eu só precisava levar pouca coisa. Como ficaria indo e vindo por um tempo, seria melhor fazer a mudança em estágios, eu disse. A verdade era que queria arrumar minhas coisas e ir embora enquanto ele estivesse fora de casa, para poupá-lo do desgosto de me ver partir.

Depois que dobrei minhas roupas de trabalho e peguei alguns livros, artigos de higiene pessoal e objetos aleatórios para levar em minha primeira viagem, não restava muito a ser feito. Eu estava esquecendo alguma coisa óbvia? Talvez devesse levar um dos pôsteres de meu pai. Não importava qual fosse o visual do novo apartamento, um dos pôsteres bobos e amorosos que ele imprimira para mim durante minha infância faria com que eu me sentisse em casa e em sua companhia. Fui até o quarto dele e procurei nas gavetas de seus arquivos planos. Havia manifestos recordando o Massacre de Haymarket, cartazes anunciando reuniões no Clube Social L'Aquila, velhos exemplares de *Il Martello* e *L'Adunata dei Refrattari*, folhetos em italiano exigindo pão e liberdade, cartazes dirigidos a grevistas em diversas fábricas, edições antigas de alguns de seus jornais anarquistas. E no meio desses anúncios políticos, boletins, panfletos e documentos encontrei, em ordem aleatória, alguns dos belos pôsteres que meu pai fizera para me alegrar ou celebrar uma conquista de minha infância. "Ida Partenza! Dez Leões Selvagens! Apresentação Única! Nesta Quinta-Feira! Carroll Park!" "EXTRA! A Srta. Partenza Sai Vitoriosa da Terceira Série!" Eu me lembro com uma nitidez quase tátil de cada uma daquelas ocasiões. Com os olhos marejados, continuei a vasculhar aqueles impressos desorganizados, entre os quais, mais para o fundo de uma gaveta inferior, vi os papéis.

Tamanho carta.

Esticados.

Datilografados.

O "e" com tinta demais, o semicírculo superior enegrecido.

O "i" muitas vezes sem o pingo.

10

Um sofá com um estofado sem rugas em uma sala de estar ocre em um edifício sem cheiro em uma rua desconhecida em um bairro estranho em uma ilha diferente.

Quando não estava trabalhando com Bevel ou transcrevendo minhas anotações de nossas sessões, tudo o que eu fazia era ficar sentada naquele sofá duro, desenhando na mente círculos concêntricos que saíam de meu novo apartamento rumo a toda a cidade. Espaços vazios circundando espaços vazios. E um pouco além da borda externa do maior vácuo que englobava tudo estava meu pai. Distante, pequeno e naufragado.

Por que ele roubara meus esboços descartados e o que fizera ou planejara fazer com eles eram questões que não me preocupavam — de qualquer maneira, era tudo falso e não podia me prejudicar ou aborrecer Bevel, mesmo que ele os tivesse pegado com a intenção de exibir aquelas "informações" aos camaradas ou imprimir o conteúdo em um de seus folhetos. Tudo o que eu sabia, tudo o que eu sentia, tudo o que me importava era que ele não me controlava mais. Bagunceiro, ditatorial, irresponsável e volúvel como era, ele sempre exerceu forte influência sobre mim. Talvez contra as próprias doutrinas e até contra a própria vontade, meu pai havia tomado conta de todo o meu mundo, dotando-o de significado e de algo que parecia legitimidade, por mais precário que este último termo pudesse ser quando aplicado a ele. Seu caos era muito confiante. Com o tempo, e através de uma misteriosa transmutação, eu havia extraído uma sensação de segurança de tudo o que era errático e instável em nossa vida juntos.

Apesar de tudo, eu sempre havia escolhido respeitá-lo e admirá-lo. Só então percebi até que ponto aquela escolha fora ativa e consciente. Às vezes ele facilitava as coisas para mim, e era um prazer. Na maior parte do tempo, cabia inteiramente a mim fazer dele meu pai. Ano após ano, compensei suas deficiências. Ajudei-o a ser meu pai. E amei nossa vida difícil, complicada. E o amei por seus obscuros mas inflexíveis princípios e suas paixões e por seus conceitos desenfreados de liberdade e independência. Mas, naquele momento, eu precisava encontrar uma maneira de amar uma imagem dele nova e ainda amorfa.

Alguns dias depois de ir embora, mandei uma breve carta para ele. Havia mais trabalho do que o previsto e eu era chamada a todo momento, mesmo nos fins de semana. Eu iria ao Brooklyn dali a uma ou duas semanas, assim que as coisas acalmassem no escritório. "Sinto sua falta", escrevi no final. Ele nunca saberia como aquelas palavras eram verdadeiras.

Mas de Jack eu não sentia falta. Saber que ele não havia roubado meus papéis não mudou nada. Eu não tinha orgulho de tê-lo forçado a sair da cidade, mas, mesmo assim, visto que ele havia me seguido e mandado alguém para me extorquir e aterrorizar, ficava aliviada em saber que ele fora embora.

Minhas anotações daqueles dias não são claras a respeito de quantas vezes Bevel e eu nos encontramos depois de eu ter me mudado para o novo apartamento. Seis? Nove? Nunca nos encontrávamos de manhã, como era sua intenção. Só para jantar. Eu recebia sem falta (e sem ser consultada) uma taça de champanhe junto com nossas refeições sem graça. Ele me acompanhou duas ou três vezes, criando uma ilusão de moderada intimidade — uma ilusão que, eu sabia, ele não compartilhava.

Talvez por ele estar cansado e portanto ligeiramente menos prevenido, nossas sessões noturnas eram muito mais produtivas do que nossos encontros diurnos. Bevel também parecia mais receptivo a meu trabalho e, antes do primeiro prato, passava os olhos pelas páginas que eu lhe entregava, balançando um pouco a cabeça em sinal de aprovação ou ocasionalmente fazendo pequenas observações. Na maioria das vezes, corrigia imprecisões sobre suas transações comerciais e continuava a editar as páginas sobre Mildred. Sua principal preocupação era tornar tanto as operações financeiras quanto o retrato da mulher tão acessíveis quanto possível para o "leitor comum". Também me disse que devíamos nos concentrar em seu dom para a matemática, crucial em sua carreira. As maravilhas e dificuldades de ser uma "criança-prodígio", os anos com o professor Keene em Yale, o desenvolvimento de seus modelos financeiros — tudo isso deveria ser apresentado com muitos detalhes, mas de maneira suficientemente simples para um público amplo.

Os encontros durante o jantar talvez o tenham deixado com uma predisposição mais favorável, mas também é verdade que eu enfim estava conseguindo habitar a voz que criei para ele, sendo capaz de escrever fluentemente em um tom beveliano sem ter de pensar a respeito. Meu trabalho na versão apócrifa havia libertado minha escrita e expandido o espaço para invenção que eu permitia a mim mesma. Como resultado, meu estilo e as memórias como um todo se tornaram mais confiantes, justamente o que Bevel sempre exigira. Em nosso novo ritmo, talvez conseguíssemos terminar o livro até o fim do ano, prazo que Bevel havia estabelecido para si próprio.

Nosso último jantar não teve a gravidade dos encerramentos porque nenhum de nós sabia que não nos veríamos novamente. Encontrei-o, como sempre, trabalhando à mesa, e ele, como sempre, virou as páginas para baixo quando entrei.

"Acho que vou acompanhar a srta. Partenza esta noite", disse ao mordomo que saía para buscar minha costumeira taça de champanhe.

"Devo dizer que estou satisfeito com a forma que o livro está tomando. É gratificante ver as próprias conquistas apresentadas em uma sequência clara." Como de costume, ele reposicionou alguns dos objetos na mesa com dedos milimétricos. "Estou confiante de que minhas memórias ajudarão o público em geral a entender minhas conquistas e sua posição na história recente da nossa nação. Embora eu tenha sido vilipendiado depois de 1929, eles não deixarão de ver que, com meus atos, protegi a mesma ordem cuja salvação está sendo agora creditada a outros."

"Outros?"

"É óbvio que o presidente nunca deve ser mencionado. Rixas não estão à minha altura, mas as implicações devem estar bem claras no livro." Passou a mão por cima da mesa com a palma virada para cima. "O que quero dizer é o seguinte: a resiliência do indivíduo. Bravura. O que deve transparecer é este fato principal: o que eu fiz, fiz sozinho. Completamente por minha conta. E isso, em parte, é o que provei a todos durante a crise. A despeito das circunstâncias, sempre há espaço para a ação individual."

"Bem... O senhor não estava completamente sozinho. Seus ancestrais... E sua mulher estava ao seu lado. O senhor disse uma vez que a sra. Bevel o salvou."

De repente, ele perdeu o ímpeto causado por seu breve discurso.

"De fato, disse." Girou o saleiro entre os dedos. "E é uma grande verdade. Nada me dá mais satisfação do que restaurar a imagem dela. Obrigado, mais uma vez, por aquele encantador parágrafo com os buquês de Gainsborough e Boucher."

O mordomo entrou com nossas bebidas e saiu.

"À sua saúde", disse Bevel, levantando ligeiramente a taça em minha direção, e bebeu. "Por que não me permito isto com mais frequência?" Ele parecia estar falando com o vinho.

"E a sua esposa? Ela gostava de champanhe?"

Ele riu pelas narinas.

"Chocolate quente. Era seu único capricho. A despeito da estação." Bevel comprimiu os lábios para dentro em um sorriso reprimido. "Seus prazeres simples." Assentiu. "E seu entusiasmo. Ela sempre manteve aquela empolgação despudorada que nos ensinam a domar na primeira infância."

Levei a caneta ao bloco, faminta por qualquer migalha a respeito da vida e da personalidade de Mildred.

"Você sabe que não ligo muito para livros, mas era um prazer ouvi-la recontar um dos romances que havia acabado de ler e apreciado." Dirigiu novamente a atenção ao saleiro. "Mistérios sobre assassinatos. Um mero passatempo, é claro. Mas estava sempre tentando ser mais esperta do que os detetives. Ela se lembrava de cada detalhe, cada informação, e narrava a trama toda para mim. Um livro podia ocupar um jantar inteiro. E vou confessar: através dela, acabei gostando daqueles misteriozinhos bobos também. Tamanha era sua paixão. Ela se iluminava ao contar aquelas histórias. Às vezes eu ficava tão encantado olhando para ela que a comida no meu prato esfriava. Como ríamos quando notávamos..."

Eu sabia que não estava bêbada. Mas essa foi a primeira explicação que me veio à mente. Soltei a caneta e olhei para Bevel, que ainda estava remexendo no saleiro. Aquela era *minha* história. O relato das histórias de detetive durante o jantar. Bevel havia lido aquilo em minhas páginas. Era uma das cenas que eu inventara para Mildred depois que ele me pediu para criar episódios domésticos com meu "toque feminino". Minha inspiração foram meus jantares com meu pai, que, fascinado, me ouvia recontar o último livro de Dorothy Sayers ou Margery Allingham que eu havia pegado emprestado da sucursal da Biblioteca Pública do Brooklyn na Clinton Street. E ali estava Bevel, contando minha história para mim, descaradamente.

Mais tarde, ao longo dos anos, tanto no trabalho quanto na vida pessoal, inúmeros homens repetiram minhas ideias para mim como se fossem deles — como se eu não fosse lembrar que havia sido a primeira a ter aqueles pensamentos. (É possível que, em alguns casos, a vaidade tivesse ofuscado sua memória e, por causa daquela amnésia seletiva, eles pudessem reivindicar suas epifanias de consciência limpa.) E, mesmo naquela época, na juventude, eu conhecia essa forma parasítica de distorção manipuladora. Mas alguém apresentando uma de minhas histórias de família como sua?

"Na maioria das vezes, eu solucionava o crime com as pistas que ela havia me dado, mas tomava cuidado para nunca deixar que ela descobrisse." Bevel pegou mais uma vez a taça, pareceu sorrir para si mesmo de novo e tomou um gole mais longo. "Eu sempre culpava a secretária ou o mordomo e fingia ficar chocado quando Mildred revelava quem era de fato o assassino."

Bem, aquilo era algo que eu nunca havia escrito na autobiografia de Bevel. Fingir não saber quem era o culpado e apontar um dedo condescendente para um suspeito obviamente errado não estava incluído em minha narrativa sobre Mildred e ele. Todavia, era exatamente isso que meu pai fazia todas as vezes que eu recontava para ele um dos romances que acabara de ler. O assassino, ele dizia sempre depois de obedientemente seguir minhas pistas falsas, devia ser o enteado mimado ou a herdeira que parecia menosprezada. Era constrangedor perceber só naquele momento que ele simplesmente queria me ver feliz. E era ainda mais deprimente ver que a mente de Bevel funcionava do mesmo jeito que a de meu pai: no mundo ficcional que eu havia criado para ele, Bevel inventou e acrescentou uma cena na qual tinha com a esposa a exata mesma reação que meu pai tivera comigo na vida real.

Terminamos nossa refeição e, pela primeira e última vez, tomamos uma segunda taça de champanhe. Como de costume, ele censurou aqueles que afirmavam que seus melhores dias haviam ficado no passado e que sua abordagem dos negócios se tornara obsoleta, apesar de todos os seus triunfos recentes. Depois revisitou vários momentos da vida dos quais já tínhamos falado, sempre enfatizando como seus interesses pessoais e o bem-estar da nação convergiam. Essa recapitulação girava em torno de seu extraordinário sucesso que começou em 1922 e sua antevisão quase sobrenatural em 1926, culminando, é claro, nos eventos de 1929. Era um "paradoxo perverso" o fato de seu maior toque de mestre (que o tornara um dos homens mais ricos do mundo enquanto corrigia, ao mesmo tempo, as tendências insalubres do mercado) também ter causado tanto dano a sua imagem pública. Ele considerava que aquela era a sua cruz, a qual carregaria com dignidade até que a história percebesse a injustiça de seu fardo.

Na época, tudo aquilo parecia redundante, e eu saí da casa pensando que aquela fora uma de nossas sessões mais improdutivas. O único destaque era a história falsa sobre os romances policiais de Mildred. Havia um bizarro tipo de violência no plágio de minhas memórias.

Logo, porém, até os aspectos mais triviais e repetitivos daquele jantar ficariam impregnados de significado. Aquela segunda taça de champanhe seria lembrada como um brinde de despedida. A maçante recapitulação dos eventos que Bevel havia discutido várias vezes ecoaria como uma coda — os principais motivos de suas memórias entrelaçados para formar uma frase final.

Passei os dias seguintes datilografando e editando minhas anotações, como sempre. Cerca de duas semanas haviam se passado desde minha mudança e eu ainda era uma visitante em meu próprio apartamento. Acordava no meio da noite sem saber para que lado estava virada. Sentia-me um pouco intimidada por porteiros e vizinhos. Tentava manter tudo intacto e arrumado porque nada era meu. Em uma tentativa de reconciliação com meu pai, pendurei um dos pôsteres dele. "Ida Partenza! Dez Leões Selvagens!"

II

Deve ter sido uns cinco dias depois de nosso último jantar (Bevel havia mandado um recado cancelando nosso costumeiro encontro do meio da semana) que me peguei saindo de uma loja na Terceira Avenida onde eu tinha comprado um canivete para meu pai. Eu o vira na vitrine diversas vezes e, por motivos misteriosos, me sentira atraída. Com lâmina reta e cabo de chifre, era enganadoramente rústico — o design simples ocultava uma grande elegância. Eu sabia que meu pai ia adorar e entrei enfim na loja naquela amanhã. Nunca tínhamos ficado tanto tempo separados, e achei que ter aquele objeto como assunto facilitaria as coisas quando nos encontrássemos. Ao ver seu entusiasmo com o canivete, talvez eu esquecesse minha raiva e minha mágoa.

O dono da loja (que vendia utensílios de cozinha, ferramentas, materiais de escritório e quinquilharias) era italiano, e fiquei feliz quando ele me disse que o canivete era, na verdade, um punhal da Calábria. Ele insistiu que não era coincidência: uma parte de mim sabia. A faca me chamara e meu instinto italiano respondeu.

Os últimos sopros do verão estavam misturados aos primeiros sopros do outono. Em vez de entrar imediatamente no metrô, seria agradável caminhar ao longo do parque e pegar o trem para o Brooklyn na 59ª Street. Atravessei a Lexington e olhei rápido a banca de jornal na esquina.

"Andrew Bevel, financista nova-iorquino, morre de ataque cardíaco"

Foi só depois de dar três ou quatro passos que entendi as palavras. Voltei até a banca de jornal. Estava na capa do *The New York Times*. Estava na capa de todos os jornais.

The Sun: "A morte leva Andrew Bevel"

The American: "Andrew Bevel, o maior dos financistas, morto aos 62 anos"

The Post: "Andrew Bevel, comandante de um tremendo império bancário, morre"

Il Progresso: "Andrew Bevel è morto"

The Wall Street Journal: "Andrew Bevel, 62 anos, morre"

The Herald: "Bevel morto"

Sem pensar, comecei a andar em grande velocidade rumo à casa de Bevel. Eu me lembro de ter pensado, de maneira absurda, que confirmaria a notícia de sua morte na próxima banca de jornal. Meu passo rápido se tornaria um trote a cada um ou dois quarteirões. Não era pesar o que eu estava sentindo, mas uma inexplicável sensação de urgência.

Assim que virei a esquina da East 87ª Street, ficou evidente que havia algo de errado. Havia um número ligeiramente maior de pessoas se mexendo ligeiramente mais depressa do que de costume. Depois de atravessar a Park e chegar à Madison, percebi que seria impossível completar minha missão urgente e incerta. Repórteres correndo, transeuntes curiosos e policiais estavam se dirigindo à Quinta Avenida e se reunindo em uma multidão desordenada no fim da rua, bem na frente da entrada da casa de Bevel, da qual, com certeza, eu seria mandada embora.

Uma confusão silenciosa desfigurou os dias seguintes. Eu continuava a trabalhar nas memórias de Bevel, mudando partes diferentes de lugar, corrigindo trechos aleatórios e criando e descartando novas cenas, imaginando quais teriam sido suas modificações. O papel mata-borrão de Mildred estava apoiado na parede atrás de minha máquina de escrever. A escrita invertida em tinta roxa ainda se recusava a fornecer respostas.

Enquanto isso, embora a história da morte de Bevel continuasse na imprensa, as matérias se tornavam cada vez mais curtas e apareciam em lugares mais escondidos dos jornais. Apesar de ninguém contestar a causa da morte (parada cardíaca súbita; encontrado em seu quarto três ou quatro horas após o ocorrido; provavelmente poderia ter sido salvo se alguém estivesse com ele no momento do colapso), já havia divergências em relação ao patrimônio. Sem família imediata, ele havia legado a maioria dos bens a obras de caridade. Eu sabia, por nossas conversas, que isso era de suma importância para ele — o símbolo que, de uma vez por todas, faria com que as pessoas se lembrassem dele como um grande filantropo e benfeitor. Seu testamento era o pilar do que ele chamava de seu "legado", que também era o título do último capítulo de suas memórias. Contudo, como eu viera a saber durante minhas sessões com Bevel e depois confirmei ao ler sobre as disputas em relação ao dinheiro dele, uma fortuna raramente tem apenas um dono. Muitos interesses e partes estão ligados a ela. A riqueza se parece mais com uma bacia hidrográfica cheia de afluentes e cursos d'água do que com um bloco de granito. Um número crescente de reivindicações e processos de sócios, credores e investidores resultou no congelamento do patrimônio de Bevel. Grande parte permaneceu naquele limbo jurídico por décadas, até o fim dos anos 1970, quando começaram as reformas que enfim transformaram a casa de Bevel em um museu.

Todo dia eu esperava uma ligação do escritório me pedindo que entregasse todas as minhas anotações e documentos e saísse imediatamente do apartamento. Isso nunca aconteceu. A morte de Bevel foi tão súbita que ele não deve ter conseguido deixar disposições a esse respeito. Todavia, recebi uma ligação do sr. Shakespear, o homem que havia me entrevistado antes de eu conhecer Bevel. Expressamos brevemente nosso choque e nossa tristeza com alguns lugares-comuns. Houve uma pausa, depois da qual eu tinha certeza de que ele falaria do apartamento. Em vez disso, o sr. Shakespear falou de nossa entrevista. Lembrou-se de minhas qualificações e de minha eloquência e queria me contratar na hora. Perguntei sobre sua secretária, a que trabalhava lá quando o conheci. Ele disse que eu não devia me preocupar com aquilo. Meu novo emprego, disse, não me decepcionaria. Ele ficaria muito feliz se eu aceitasse. Após um período apropriado de luto, é claro. De repente, detectei um toque de deferência em seu tom. Aquilo nada tinha a ver com minhas qualificações ou minha eloquência. Ele simplesmente queria a secretária particular de Bevel.

Aceitei o emprego, sobretudo porque voltar a morar com meu pai era totalmente impossível.

A visita a meu pai não podia mais ser adiada. A caminhada pela Lexington com o canivete que eu havia comprado para ele parecia uma reencenação dos eventos da semana anterior; a viagem de metrô foi repleta de ansiedade. Minha maior esperança era que meu pai tocasse no assunto da morte de Bevel. Em circunstâncias normais, ele jamais mencionaria tal acontecimento, portanto qualquer alusão seria uma tácita admissão de culpa — um reconhecimento de que, através dos papéis tirados de mim, ele sabia de minha ligação com Andrew Bevel. Aquilo teria sido muito para um homem que nunca pedia desculpa.

Fui recebida com pompa bem-humorada.

"O retorno da filha pródiga! Ah, achei que você tivesse se esquecido do seu velho pai! Já tinha quase perdido as esperanças!"

Grandes abraços, beijos piniquentos. Ele tirou ferramentas e lixo de uma cadeira e a ofereceu para eu me sentar.

"Tenho certeza de que não é tão bom quanto seu apartamento em Manhattan. Eu teria dado uma arrumada se você tivesse dito que viria."

O lugar estava assustador. Perigosa e irreversivelmente imundo. Cheirava a loucura. Mas tudo isso só aprofundou o amor que eu sentia por ele naquele momento. Um amor tão fortemente entrelaçado com pena que, a partir daquele dia, não fui mais capaz de distinguir uma coisa da outra.

Dei o presente e ele o desembrulhou.

"Ah! Não, não, não, não!" Largou a caixa em cima de uma pilha de cascas de queijo, pregos e folhas mortas enquanto se encolhia. "Você não sabe disso? Deveria saber. Má sorte. A pior."

"Má sorte?" Eu receava não ser capaz de conter minha irritação e a disfarcei com um sorrisinho. "É mesmo? Má sorte? Que tipo de anarquista você é?"

Era um grande alívio finalmente dizer aquilo. A satisfação de estourar suas tênues bolhas dogmáticas. Eu sabia, mesmo então, que aquela era uma forma mesquinha (e insuficiente) de vingança pelo roubo de meus papéis, mas ainda assim era gratificante. Também foi um desafio: será que ele, apesar do que tinha feito comigo, ia dar uma de magoado, se calar e ficar emburrado?

"Não, não, não, não." Surpreendentemente, não havia raiva nem ressentimento em sua voz, apenas uma grave preocupação. "Quando você dá uma faca a alguém, corta os laços com aquela pessoa."

"O quê?"

"Sim. Se eu aceitar esta faca, vai trazer má sorte. Nós vamos brigar. Nossos laços serão cortados."

Eu sempre havia achado que suas leves superstições eram meras relíquias de sua cidade natal, como as lendas, anedotas e receitas que ele trouxera de lá. Mas meu pai parecia levar aquilo estranhamente a sério. Dei de ombros e fiz menção de pegar a caixa.

"Espere", disse ele. "Existe uma solução. Dinheiro."

Olhei para ele.

"Dinheiro", repetiu. "Compro esta faca de você. Assim tudo se resolve. Não é mais um presente." Remexeu nos bolsos e me entregou uma moeda de um centavo. "Pronto. Quer me vender esta linda faca por um centavo?"

Peguei a moeda; ele pegou a caixa.

"Ah, veja só!" Radiante, inspecionou a lâmina com o polegar. "Tínhamos uma parecida com esta, você se lembra? Você entalhava flechas com ela. Séculos atrás. Mas esta é muito melhor. Uma obra de arte. Deve ter custado uma fortuna. Muito obrigado, minha querida."

Usamos a faca para cortar salame e queijo, que comemos em pé ao lado da bancada enquanto conversávamos como nos velhos tempos — eu havia ficado fora só algumas semanas, mas o período em que vivi com meu pai já se transformara em velhos tempos. Bevel não foi mencionado nem uma vez. Nem naquele dia nem nunca.

Ainda tenho a moeda de um centavo que nos salvou.

IV

A sala de leitura ficou escura e vazia. Só há umas poucas ilhas de luz cá e lá. Noto que todos os outros usuários são mulheres. Estão estudando livros de arte. Pelos movimentos de mão amplos e soltos, uma delas parece estar copiando uma imagem do volume sobre sua mesa. Sou, de longe, a pessoa mais velha aqui.

Isso me faz pensar nos anos de minha juventude após a morte de Bevel. Meu breve período trabalhando para o sr. Shakespear enquanto economizava para a faculdade. Meu tempo no City College. Meu apartamento barato e encantador na Thompson Street. Meu primeiro emprego como redatora (copidesque de publicidade para a Bowitt Teller). Minha primeira ficção publicada, uma esquecível história realista social na The Parallel Review. *Minha primeira reportagem, para o* Today, *sobre quatro garotas de origens diferentes que ficaram órfãs por causa da guerra. A morte de Harold Vanner, que passou quase completamente despercebida. Meu trabalho na* Mademoiselle. *Meu primeiro livro.*

Ao longo desses primeiros passos de minha vida como escritora permaneci próxima de meu pai. Ele morreu uns doze anos depois de Bevel. No fim, dependia totalmente de mim. Agora, depois de todas estas horas analisando a vida de Mildred, ele me faz pensar, mais uma vez, no sr. Brevoort, o problemático pai de Helen Rask, a encarnação ficcional de Mildred Bevel no romance de Vanner. E, embora eu saiba que não podemos ser parentes por meio de um personagem literário, essa conexão me aproxima de Mildred.

A pergunta sobre quem ela teria sido nunca deixou de me atormentar. Ela não podia ser a mulher assombrada dos últimos capítulos de Vanner. E sempre soube que Mildred não era a sombra etérea das memórias inacabadas de Bevel. Mas, depois de examinar seus papéis e descobrir a profunda diferença entre ela e a personagem "acessível" que seu marido me pediu para criar, tenho dificuldade em me perdoar por tê-lo ajudado a perpetrar tal ficção, mesmo que nunca tenha sido terminada nem publicada.

Garimpo os documentos da última caixa. Mais cartas endereçadas à sra. Bevel. Mais contabilidade. Estou distraída. Cansada. Abro um livro contábil. Os poucos lançamentos parecem relacionados ao Fundo de Caridade. Não tenho forças para decifrar a caligrafia nem paciência para desvendar o sistema contábil arcano. Tudo o que consigo fazer é folheá-lo. Até achar um caderno fino enfiado no meio do livro contábil. Um tênue retângulo permanece na superfície pautada quando o retiro. Na capa, na caligrafia de Mildred, está a palavra "Futuros". As primeiras páginas foram arrancadas. As páginas restantes contêm parágrafos curtos e linhas isoladas em tinta roxa. Há uma folha prensada entre as páginas no meio do caderno. O fantasma de uma folha, na verdade — veios translúcidos em uma moldura vermelho pálido.

Diferentes momentos do dia seguidos de texto. Sem ler, consigo intuir que é um diário. A caligrafia é muito menor, mais apertada e até mais ilegível do que nos outros documentos. Serão necessários dias, talvez até mesmo semanas, para decifrar o diário — se é que algum dia conseguirei discernir o conteúdo.

Fico chocada comigo mesma quando escondo o diário entre meus papéis e o ponho na bolsa. O único outro roubo na vida que me vem à mente foi quando peguei o papel mata-borrão no quarto de Mildred. Então esta é a segunda vez que roubo algo escrito por ela, quase meio século mais tarde. Fico me perguntando, vagamente, se o papel mata-borrão vai corresponder a alguma página do diário.

Mas isto não é um roubo, digo a mim mesma. Esta é uma conversa que se iniciará com um atraso de décadas. Uma mensagem finalmente chegando ao destinatário. Estas páginas estão esperando para serem lidas há uma vida. Se puderem ser lidas.

Mesmo assim, fico incomodada com minha arrogância — a sensação de que as palavras ali dentro estejam endereçadas a mim. Fico incomodada com a facilidade com que me convenço de que tenho direito a este caderno. (Quem conhece Mildred melhor do que eu? Não cheguei inclusive a inventar um passado para ela a partir do meu? Não estamos, então, de alguma maneira enviesada, ligadas?) Fico incomodada com minha certeza de que Mildred teria gostado que eu ficasse com estes papéis. Ainda assim, me levanto, agradeço aos bibliotecários, saio do edifício e entro no frio com o diário de Mildred Bevel em minha bolsa, pensando em como seria encantador finalmente ouvir sua voz.

Futuros

MILDRED BEVEL

MANHÃ

O sotaque carregado da Enfermeira faz com que, de alguma maneira, eu ache meu inglês inadequado. "Posso tocar na senhora?" Quando ela o faz, é assertiva. Suas mãos têm a autoridade que falta à sua voz. Como alguém tão dócil pode ser tão forte? De bruços, testa sobre os antebraços, me pergunto se a Enfermeira sofre uma transformação quando não a vejo. Ao menos o rosto deve assumir uma aparência diferente por causa do esforço. Quando termina, ela me cobre com um lençol que primeiro se infla com uma brisa de cânfora e depois se assenta com uma lufada de, suponho, ervas alpinas. Arrepios. "Assim", ela sempre sussurra antes de sair discretamente, deixando-me sobre a mesa, onde tento, e às vezes consigo, tornar-me uma coisa.

TARDE

Eles aquecem minhas roupas antes de eu me vestir. Quem me dera ter conhecido esse luxo antes.

MANHÃ

O tormento modesto mas implacável de uma cama cheia de migalhas.

Dorzinha de cabeça.

TARDE

Bom retomar o diário depois de tanto tempo. Mas sinto falta dos meus cadernos Tisseur espessos.

Caixa de livros de Londres. Empolgação efêmera: não consigo ler. Como se as palavras tivessem de alijar o próprio significado para viajar da página até os meus olhos.

TARDE

Sinos de igreja. Ré-fá#-mi-lá. Seguidas por uma resposta retrógrada: lá-mi-fá#-ré. O toque mais convencional (o mesmo do Big Ben?). Arcaico na sua simplicidade pentatônica, condensa a maior parte do nosso passado musical: hierarquias tonais, simetria, tensão, liberação. Mas aqui o sino do fá é mais alto e mais prolongado do que os outros. E um pouco abemolado, de uma maneira deliciosa. Se o motivo de chamada/resposta contém nossa história, aquela estranha nona prolongada é o som de nosso futuro musical. Roçando contra o ré, faz o ar oscilar. Sinto nos pelos do meu antebraço.

    Nunca vi a igreja.

MANHÃ

Andrew ligou de Zurique, escondendo suas questões de trabalho sob uma grande demonstração de preocupação com a minha saúde. Sei que ele está realmente preocupado comigo, então não me importo com esse pequeno ardil.

Menos de uma hora mais tarde, ele ligou novamente. Tentativa de instruções paternais + cuidados, ordens severas deveriam me fazer dar conta de tudo na sua ausência.

Já cansada da dieta de leite + carne.

MANHÃ

Nova dor, imparcialmente determinada. Minhas entranhas estão tentando sair, fugindo dela.
 Não direi à Enfermeira. Não quero morf.

NOITE

Agora consigo ler. Olhei a caixa de livros novos.
 Comecei "Voyage in the Dark". A autora galesa (?) parece ter crescido nas Índias Ocidentais. Parecem memórias.
 "Uma planta feita de borracha com folhas brilhantes, de um vermelho-vivo, com cinco pontas. Não conseguia tirar meus olhos dela. Parecia orgulhosa de si mesma, como se soubesse que viveria para todo o sempre."
 "A orquestra tocou Puccini e o tipo de música no qual você sempre sabe o que virá a seguir, que você pode ouvir de antemão, de certa maneira."
 Tão bem colocado. Isso define a forma clássica. Música que quase não precisamos ouvir, pois seu desenvolvimento está totalmente implícito na forma. Bem como Rhys diz naquele trecho, "você sempre sabe o que virá a seguir". Essa música cria um futuro inevitável para si mesma. Não tem livre-arbítrio. Só há realização. É música fatal. Assim como

os sinos que ouço todos os dias. O ré-fá#-mi-lá planta + desenvolve a semente do lá-mi-fá#-ré na mente antes que o ouvido possa escutá-lo.

MANHÃ
Morf.

NOITE
Re. morf. A narcose pode ser agradável (gosto da sedação, embora volte dela melancólica + irritável), mas com certeza cria narrativas maçantes. Nunca me interessei em ler sobre qualquer tipo de paradis artificiel + certamente não me interessa escrever sobre meu próprio estupor.

TARDE
A voltou de Z esta manhã, parecia cansado. Organizou um piquenique surpresa para mim. Montou uma tenda perto da floresta. Apesar do excesso de serviçais + apetrechos no piquenique, ele ficou desconfortável. Continuava a olhar para o sol filtrado pelos galhos como se aquilo o afrontasse. Matando insetos inexistentes no próprio rosto. Mas cuidou de mim com gentileza. Até tentou ser engraçado. Após analisar as minúcias do meu tratamento e as intrigas diplomáticas do posto de enfermagem, abordou muito de leve as próprias preocupações com os negócios em Zurique. Ele tem um jeito de apresentar suas perguntas como afirmações categóricas. Mostrei que não era prudente manter posições em K, G, T. Depois ele chegou à conclusão de que devia ligar de manhã e mudar de curso.

Adormeceu na tenda depois do almoço. Saí de fininho para dar um breve passeio. Raramente sozinha hoje em dia.

A visão de rocha contra céu cria a ilusão de que todo o globo está no globo ocular.

Os dedos hábeis do esquilo, as cores aromáticas das pétalas, o bico de pedra incrustado no rosto da ave e a adorável improbabilidade do seu voo. Todas as peculiaridades da vida derivam de uma longa série de mutações. Fico me perguntando no que as células em mutação dentro do meu corpo me transformariam, se não me matassem primeiro.

NOITE
"De uma grande distância, observei a caneta escrevendo."

MANHÃ
Meio enjoada

TARDE
Fora. Até o início do bosque.
A natureza sempre é menos espalhafatosa do que eu lembro. Tem um gosto muito melhor do que o meu.

MANHÃ
Quase não dormi.

A foi para Z novamente. Em parte por causa de trabalho; em parte porque acha minha doença insuportável. Muitas vezes fica com raiva dela (e ela, é claro, está em mim). Percebo agora como lidei mal com tudo isso. Deveria ter feito como tantas outras vezes antes: empurrá-lo com gentileza suficiente para a direção certa para que acreditasse que estava no comando. Quando soube do tumor, eu deveria ter dito a ele que não estava bem, deixado que seus médicos "descobrissem" a doença + permitido que ele assumisse o controle (de qualquer modo, nada a ser feito). Foi um erro apresentar a ele a verdade sem esperança, baseada em testes + exames realizados pelas suas costas. Mais do que triste, ele pareceu desnorteado. Depois eu disse que viríamos para este lugar. Ele me seguiu, obedientemente. Eu nunca o deixo ajudar.

Cardápio insensato:
Caldo de carne engrossado com tapioca
Geleia de carne
Leite

TARDE

Falo alemão imperfeito com a Enfermeira. Ela continua usando seu inglês imperfeito. Ambas fingimos que tudo isso é perfeitamente normal.

MANHÃ

Ida e volta aos banhos. Duas vezes por dia, seja qual for o clima, com um séquito exagerado.

 Acabei de saber que Paracelso foi o 1º médico deste spa em 1535 + escreveu um tratado sobre as propriedades curativas das águas. Não sei nada sobre Paracelso, mas me lembro de Papai mencionando esse nome em conexão com Hermética, Rosa-Cruzes + coisas desse tipo.

 Fico me perguntando se soube da ligação de Paracelso com este sanatório através dele durante nossos anos na Suíça e depois reprimi a informação. Terá sido esse o motivo inconsciente que me fez escolher este lugar entre outros? Ou apenas uma coincidência? Não há como saber. Mas é muito apropriado que o Mistério Final da Natureza seja revelado a mim aqui!

Massagem. "Assim."

Andrew ligou de Zurique. Em dúvida sobre como melhor abordar Kolbe. Disse que só passando por Lenbach. Dava para ouvir tudo se encaixando em sua mente enquanto eu explicava.

Agora que estamos realmente sozinhos aqui, vejo como ele + eu temos sido solitários.

    Não estou cansada dele, não é isso. Estou cansada da pessoa que me torno quando estou com ele.

Hemicrania

NOITE
MANHÃ
Nuit sans fin

MANHÃ
A ligou de Z. Mais perguntas sobre K + L. Pedi para ele comprar para mim um exemplar de "Zauberberg". Seria divertido finalmente lê-lo aqui. Seria de esperar que houvesse um exemplar na gaveta da mesinha de cabeceira de todos os spas de renome na Suíça.
    Banho longo.

TARDE

Nada mais privado do que a dor. Só pode envolver uma pessoa.
Mas quem?
Quem é o "eu" de "eu estou com dor"? Quem inflige ou quem padece a dor?
E "dor" se refere à inflicção ou ao padecimento?

MANHÃ

Morf.

NOITE

Fiz algo cruel. Gostaria de culpar a morf. + suas amargas sequelas. A, de volta de Z, veio tomar chá. Teve dificuldade para achar assunto de conv. Acabou falando de La Fiesolana. Disse que desejava que tivéssemos passado mais tempo juntos lá. Muitas coisas lá que queria ter me mostrado. Hist. familiar etc. Quem dera tivéssemos ido mais vezes, disse ele.

Kitsch. Não consigo pensar numa trad. para essa palavra. Uma cópia que se orgulha tanto da proximidade com o original que acredita que há mais valor nessa proximidade do que na própria originalidade. "É igualzinho a...!" Sentimento fingido em detrimento da emoção real; sentimentalidade em detrimento do sentimento. O kitsch também pode estar no olhar: "O pôr do sol parece uma pintura!" Como o artifício agora é o padrão definitivo, o original (pôr do sol) tem de ser transformado em algo falso (pintura), para que este estabeleça a medida da beleza daquele. O kitsch é sempre uma forma de platonismo invertido, valorizando a imitação mais do que o arquétipo. E, em todos os casos, está relacionado a uma inflação do valor estético, como é visto no pior tipo de kitsch: o kitsch "classudo". Solene, ornamental, grandioso. Anunciando de maneira ostentosa, arrogante, seu divórcio da autenticidade.

Esse, digo a A, é o motivo pelo qual fui a La Fiesolana apenas um punhado de vezes. Aquela incongruência "toscana" é uma catedral do kitsch.

Envergonho-me da descarga de vitalidade que me atravessou enquanto eu falava.

Depois de escrever o trecho acima, fui até os aposentos de A para me desculpar. Ele disse que não sabia do que eu estava falando + foi muito gentil. Ficamos sentados em silêncio por um tempo. Depois de reunir um pouco de coragem, me perguntou se eu ficaria chateada se ele me desse um bracelete. Em vista do que havia acontecido pouco antes, parecia grosseria insistir na minha posição a respeito de joias. Sorri. Ele se iluminou + tirou um estojo do bolso. "Ótimo! Porque já está comigo!" É uma estreita faixa de ouro branco. Ficará linda depois de esmaecer.

TARDE
A foi para Z.

É só com grande esforço que consigo me convencer de que estou aqui hoje.

Corpo massageado, lavado, alimentado, deitado.

MANHÃ
Cabeça. Barriga.
Massagem.

TARDE

Correio. Felicíssima de encontrar correspondência inesperada de amigos. Todos delicados + se justificando por escrever, pois nunca disse a eles onde estaria. (Por uma vez na vida estou feliz de não ter conseguido manter um dos meus segredos.) Pacote enviado de casa. Algumas boas notícias do Fundo de Caridade. Várias cartas comerciais, destruídas após leitura. Duas longas de HV, que escreveu deliciosos mexericos de NY + tableaux. (Deveria contar a ele sobre os excêntricos aqui!) Extasiada de encontrar carta de TW e depois entristecida pelo conteúdo. Diz que Berg está em uma situação difícil, forçado a vender partitura de Wozz. (3 vol., £250) + Suíte Lír. (£125). Angustiante + irritante que ele se encontre em tal posição. Instruí TW a comprar as partituras imediatamente a 4x o preço + doar à Bibl. do Cong. Ele assina com "seu velho e leal chato", o que pelo menos me fez sorrir. Mamãe. Responder à sua demonstração de preocupação vai consumir toda uma tarde. Deveria provavelmente escr. para ela depois de uma robusta dose de morf.

MANHÃ

Volta dos banhos. Algo nojento em banhos com a mesma temperatura do corpo. Sensação de entrar na banheira de outra pessoa. Tento imaginar cursos d'água milenares atravessando estratos de rochas brilhantes, erodindo minerais curativos que depois penetram nos meus poros, mas não consigo. Talvez pare de ir.

Suco. Frutas vermelhas + ruibarbos.

TARDE

Descanso obrigatório de 90 min., enrolada em cobertas sobre uma espreguiçadeira sob um sol morninho, o melhor momento do dia.

O ar é como trompas.

MANHÃ
A solidão dos animais.
Almejo.

TARDE
Acometida por dor de dente. Molar solto.

Entreouvi: "O lixo mais encantador."

NOITE
Tentei jantar no restaurante pela 1ª vez. Olhares + murmúrios quando entrei, é claro. Como aqueles olhares parecem línguas. Sempre. Sento-me com Cocteau. Sinto-me melhor após algumas páginas. Mas, quando chega o consommé, uma francesa, mais ou menos da minha idade, se levanta e recita um nauseante poema sobre amizade (faz "amitié" rimar com "chocolatier"). Imediatamente depois, outro paciente, acompanhando a si mesmo no piano, descama, estripa e decapita A Truta, de Schubert. Acho divertido. Uma garotinha (paciente? visitante?) começa a cantar a cappella em russo. De repente, fico cega de exasperação. Furiosa porque todos parecem fascinados. Furiosa de uma maneira chocante, desproporcional. Depois da garota, segue alguém que toca uma espécie de bandolim trêmulo. Minha fúria continua a aumentar. Comensais transportados por esse "momento artístico" ou encantados pelo ridículo daquilo tudo. Raiva + angústia no meu esterno. Impossível sair sem ser notada. Suo, estou sem fôlego, sinto-me fraca. Levanto o mais discretamente possível e saio. As línguas.

Mesmo em meio ao meu frenesi entendo, com absoluta clareza, o que está acontecendo comigo. Foi uma versão distorcida de uma cena recorrente da infância. Estar aqui, na Suíça, com meus pais. Jantares com viajantes + expatriados de todo o mundo. E as apresentações em seguida. Às vezes, um artista medíocre; com maior frequência, diletantes dolorosamente fervorosos. Um depois do outro, até chegar à atração principal.

Mamãe diminuía as luzes + pedia aos convidados para ler algumas frases de diferentes livros. Depois eu as repetia numa ordem diferente. Às vezes ela pegava um baralho para que eu realizasse outras façanhas de memória. A matemática era sempre o número principal. Mamãe pedia que os convidados apresentassem perg. + problemas para mim. As pessoas não têm imaginação para matemática, então os cálc. em geral eram maçantes + falsamente complicados. Ao longo da arguição, uma transformação sempre acontecia na plateia. De divertidos para homicidas. Por algum motivo, eles achavam que tinham de me destruir. Seus rostos desfigurados enquanto estreitavam os olhos + sorriam devido ao esforço impossível de conceber um problema maior do que suas mentes. Continuavam até eu ser derrotada por seus absurdos. Depois que tudo acabava, apertavam minhas bochechas + afagavam minha cabeça, parabenizando meus esforços, como vencedores cordiais.

Eu tinha 11 anos. Isso durou cerca de um ano. Terminou porque eu não parecia mais uma criança.

Nunca contei isso por inteiro a ninguém. Especialmente depois de me casar com A.

MANHÃ
A releitura da "confissão" acima me fez pensar sobre diários. Alguns são mantidos com a esperança tácita de que serão descobertos muito

tempo depois da morte de quem os escreveu, o fóssil de uma extinta espécie de um. Outros prosperam com a crença de que o único momento em que cada palavra evanescente será lida é quando está sendo escrita. E outros ainda se dirigem ao eu futuro do escritor: um testamento a ser aberto em sua ressurreição. Eles declaram, respectivamente, "Eu era", "Eu sou", "Eu serei".

Ao longo dos anos, meu diário passeou entre essas categorias. Ainda passeia, embora meu futuro seja raso.

Massagem

TARDE
A Enfermeira põe minhas mãos e meus pés em água escaldante enquanto passa uma esponja na minha cabeça. Também encharca de água fervente uma flanela, torce-a com varetas e a põe no meu pescoço. Quando esfria, ela a troca por uma folha de mostarda. Por mais primitivo que seja, tudo isso alivia um pouco a dor de cabeça. Por um tempo.

NOITE
Letárgica
Agitada
Letárgica

MANHÃ
Pouco sono.

Suco negado devido a motivos dietéticos insondáveis.

TARDE

Andrew voltou. Feliz com desfecho em Z, que agora (como de costume) ele descreve como o resultado da sua "intuição". Tive de tomar cuidado para não ralhar com ele. Saindo da morf. Melindrosa.

MANHÃ

Noite em branco.

A mandou suspenderem proibição de frutas. Suco maravilhoso com laranja, chinotti + pêssegos que ele trouxe de Z.

Escrevendo cartas. Distraída por pássaros fora do meu campo de visão incapazes de romper sua servidão a 2 ou 4 notas. Gostaria de ter algum conhecimento de ornit.

TARDE

Enviei um lote de cartas. Mamãe, PL, Fran, HV, G. Contrabandeei respostas a cartas comerciais no envelope para D.
    Ao dar as cartas à Enfermeira, imaginei que eu morria enquanto todas estavam a caminho. Cada folha um fantasma.

MANHÃ

Sei que meus dias estão contados, mas nem todo dia é um número real.

Dentre meus livros novos, "Le chant du monde". Desisti depois de 2 cap. Algo simplista na simplicidade de Giono. Algo desonesto em sua nostalgia da natureza + estado primitivo. Quase como se ele estivesse feliz porque a natureza está fora do nosso alcance, assim pode demonstrar como seu luto por essa perda é profundo. Me faz lembrar, de maneira enviesada, de "Bunte Steine", de Stifter. Gostaria de gostar.

Gostaria de gostar de muitas coisas. Scriabin, ostras, NY...

TARDE
Chatinha

Massagem

NOITE
A acabou de fazer algo adorável. Contratou um quarteto de cordas de um hotel de Z e organizei um pequeno recital na biblioteca. Também trouxe garçons do hotel, petiscos e sucos, exatamente como lá em casa. Convidei o dir., médicos + outras pessoas que eu não conhecia. Programa curto, previsível. Trechos da "Primavera" de Vivaldi, seguidos de "Kleine Nachtmusik", J. Strauss + outras viennoiseries. Mesmo assim, muito comovida com o gesto de A.

Apesar da seleção banal, ficou claro que os músicos eram de 1ª linha. Conseguiram de alguma maneira encontrar "algo" até naquele repert. mais que batido. Após a apres., procurei-os para conversar. O violista estudou com Hindemith. O violoncelista tocou na Verein. O 2º violino colabora regularmente com Barcz. Todos se conheceram em Berlim, mas foram embora depois que Hitler se tornou chanceler. Como é agradável falar com artistas de verdade! Disse que eles podiam me procurar para o que precisassem. O violoncelista sugeriu, com humor tímido, passagens só de ida para os Estados Unidos + vistos para todos. Eu disse que podiam considerar feito.

A olhou para mim do fundo do salão enquanto eu falava com os músicos. Estoicamente amuado. Exatamente como lá em casa.

MANHÃ
A em Z.

Barriga

Caminhei com a Enfermeira até o início da floresta. Algumas árvores rangiam de velhice. Verdor delicioso. Afundei a mão em um montinho de musgo morno. Observei-o voltar lentamente à posição inicial, apagando a minha impressão.

Tomada pela dor. Precisei me deitar embaixo de uma árvore. Não me lembro da última vez que me deitei sobre grama, folhas, liquens. Apoiei a cabeça no colo da Enfermeira. Ela acariciou meus cabelos. Sons doces, úmidos + cheiros da terra. Feixes de nuvens no céu sem vincos. Ela deve ter achado que minhas lágrimas eram de dor.

NOITE
Cabeça

Está ficando difícil ser massageada. O toque. Não quero ofender a Enfermeira com uma recusa.

MANHÃ
A música saiu do barulho. Depois de uma longa jornada, está voltando para casa.

TARDE

Perdi o molar dolorido. Acho que não vai dar tempo de o buraco fechar.

NOITE

Lendo o último de Arduini. Um adorável poeminha sobre Tales de Mileto:

> Il
> greco che
> fece entrare tutta
> Cheope nella propria ombra

MANHÃ

Suco. Ruibarbo, frutas vermelhas, menta.

Entreouvi: "Todos sabem que estou aqui incógnito."

Lassidão.

TARDE

A acabou de ligar de Z (novamente), pedindo conselhos. Kolbe, Lenbach, Londres, NY etc., etc., etc., etc. Como sempre, ele confunde dúvida com profundidade, hesitação com análise.

Eu me distraí.
  "Você está aí?"
  Ele pensou que tivéssemos nos desconectado durante meu longo silêncio após sua longa perg.

"Não", eu disse.

Não consigo explicar o alívio que aquela palavra me proporcionou. Nem todo o ópio do mundo.

"Alô?"

Verdade. Eu não estava lá.

"Sou mesmo um bruto", disse ele. "Você deve descansar."

"Estou fazendo isto há tempo demais. Chega."

O silêncio entre 2 pessoas é sempre compartilhado. Mas 1 dos 2 é o seu dono e o compartilha com o outro.

"Mas você vive para isso", disse ele finalmente. "Você..."

Arrependeu-se das próprias palavras.

"Exatamente. E agora acabou."

Desliguei, suavemente, antes que ficássemos presos na armadilha de outro silêncio, que não diria nada, exceto que não havia mais nada a ser dito.

NOITE

Sem sono após a conv. com A. Relendo o que escrevi acima. Longo demais. Começou em 1922, quando ele viu pela 1ª vez que a pequena soma que havia me dado para a Fil. tinha rendido mais do que seus fundos. Olhou os meus livros. Mandou que eu os explicasse. Semanas mais tarde, disse que havia experimentado a minha abordagem com resultados decepcionantes. Mostrou-me seu trabalho. Havia simplesmente replicado o que eu tinha feito, mas em escala muito maior. Sim, tinha levado em conta o impacto do mercado, mas tudo havia sido feito com uma noção de simetria sem vida, artificial. As notas certas sem a menor noção de ritmo. Como um piano mecânico. Fiz um novo esboço para o volume em questão. E funcionou.

Estávamos casados havia cerca de 2 anos antes disso. Um período cordial, respeitável, exaustivo. Poucos momentos sem esforço. Tínhamos afeto um pelo outro, mas a afeição é exigente. Fazíamos o possível para satisfazer o que imaginávamos ser as expectativas do outro, reprimíamos nossa frustração quando fracassávamos e nunca nos permitíamos ficar satisfeitos quando éramos os recipientes daqueles mesmos esforços. Não é de surpreender que tenhamos logo passado para a cortesia. Não há uma maneira delicada de sair das boas maneiras.

Manter-me ocupada com música + caridade ajudou. Reuniões de conselhos + doações. Recitais em casa. Novos amigos. Tudo isso me afastava de A, mas ele me incentivava, entendendo que nosso tempo separados melhorava nosso tempo juntos.

Uma vez encontrado esse equilíbrio, a vida era boa. Poderíamos provavelmente ter contin. assim para sempre.

Mas, depois que ele viu meus livros, iniciamos uma espécie de colaboração. Ele me ensinou as regras dos investimentos. Eu mostrei a ele como pensar para além dos limites dos investimentos. O trabalho me dava grande prazer.

Pela 1ª vez éramos companheiros de verdade. E, devo dizer, estávamos felizes.

Com acesso pleno aos fundos, os resultados foram quase instantâneos.

Cifras tão grandes a ponto de poderem ser aplicadas a poucas coisas fora do âmbito da natureza.

As pessoas começaram a falar de Andrew + "seu toque" com admiração.

Complementávamos um ao outro. Ele entendeu que nunca seria capaz de sustentar o mito que se criava à sua volta sem a minha ajuda. Eu entendi que nunca poderia agir num nível tão elevado se não fosse através dele. Por um tempo, nós dois gostamos daquela aliança.

Logo, porém, um desequilíbrio ficou óbvio: o que ele podia me ensinar (a natureza dos instrumentos, procedimentos, análise de balancetes etc.) era finito, enquanto o meu campo era inesgotável. Regras + defin. são fixas; condições + nossas reações a elas mudam a cada hora. Ele fornecia capital, é verdade. Mas, após cerca de um ano, eu já havia mais do que reembolsado o capital fornecido + poderia, em teoria, ter passado a operar sozinha.

Entramos em nossos papéis. Onde há um ventríloquo, há um boneco. Este só não articula tão bem os sons quanto aquele. Ele não gostava que lhe dissessem o que fazer. Eu não gostava de ser empurrada cada vez mais para as sombras + falar somente por meio dele.

Tudo desmoronou em 1926. Naquela época, eu acreditava que fosse o fim do nosso casamento. Com o tempo, entendi que foi quando de fato começou. Porque passei a crer que só se está realmente casado quando se está mais comprometido com os próprios votos do que com a pessoa que é o objeto de tais votos.

Como tantas vezes, subestimei os efeitos salutares da confissão! Quem sabe consiga dormir depois disto.

TARDE
A ao meu lado, dormindo no sofá, ainda nas suas roupas de viagem. Devo ter dormido desde a manhã de ontem, quando acordei com dores incríveis e tomei morf.

Quando o vi, meu 1º pensamento foi este caderno. Parecia intacto, na mesma posição dentro da gaveta em que eu o deixara, com a caneta no mesmo ângulo sobre ele. Agora escondido dentro do livro-caixa das obras de caridade. De qualquer maneira, ele nunca conseguiu ler minha caligrafia.

Mancha de sol no cobertor aos meus pés. Agradável depois pegajoso.

Estou fedendo.

NOITE
Caldo de carne. Bicarb.

Massagem demais. Pedi à Enfermeira para suspender. Não. Diz que músculos precisam.

MANHÃ
A encantado ao me ver usando o bracelete de ouro. Nenhuma menção a Z etc.

Olho para ele do alto da minha cadeira de rodas. Uma frase muito estranha.

Ele parece satisfeito, escarrapachado na espreguiçadeira ao meu lado, folheando o "The Times".

Eu não queria a cadeira de rodas. A Enfermeira insistiu. Ela estava certa.

O adorável, disforme farfalhar do jornal.

Penhascos salientes cobertos de neves eternas, cumes nus e azuis, pontas serrilhadas + picos em forma de chifre circundam o vale por todos os lados. Nenhuma estrada à vista. Difícil acreditar que exista uma entrada/saída. Devo pedir a A para me enterrar aqui? Talvez no cemitério perto do sino da igreja?

TARDE
Entreouvi: "O jogo não vale a pena."

NOITE
O morango na minha boca está vivo?
Ou a sua polpa, salpicada com o que está por nascer, já está morta?

MANHÃ

Após noite insone, olhando o último livro de Colette. Admirável, como sempre, mas não tenho forças para ler sobre casamento. Peguei o novo de Woolf. Biografia do cocker spaniel de Elizabeth Barrett Browning!

NOITE

A trouxe fonógrafo. Finjo felicidade. Nada soa como deveria.

MANHÃ
NOITE

Cômico!

só
re
ver
so
re
Ver
só

TARDE

Lendo "Flush". Soberbo, embora a perspectiva do cão seja inconsistente, o que acho confuso. A amorosa submissão do cão à sua dona acamada é maravilhosamente sufocante.

NOITE

Woolf cita carta de Barrett a Browning: "Você é Paracelso e eu sou uma reclusa, com nervos assomados à flor da pele, e agora expostos, tremendo a cada passo e a cada fôlego." Por que tanto Paracelso de repente?

"As ondas", "Flush"... Curiosa para saber qual será o próximo título de VW. Reunidos, os títulos dos seus três últimos livros podiam formar uma frase.

MANHÃ
Dor. Clima clemente, porém.

Massagem substituída por uma espécie de calistenia passiva. A Enfermeira move meus membros por mim.
 Isso me fez perceber que sei muito pouco sobre a "minha vontade". Quero mover uma perna. Depois tenho consciência de que está se movendo. Mas o que a moveu? Em que ponto a soma de impulsos elétricos anônimos + músculos que se contraem se torna a minha pessoa? Posso corretamente chamar aquela força de "eu"? Qual é a diferença, no que diz respeito à minha participação, entre a enfermeira movendo minha perna e a perna se movendo "sozinha"?

Hemicrania. Água quente, esponja, cataplasmas.

TARDE
A retorna de Z. Fazendo o possível para se tornar outra pessoa por minha causa. Seus esforços só destacam o pouco tempo que me resta.
 Algo enternecedor em sua suavidade rígida. Mas tenho a sensação de que ele (sem saber) está tentando criar para si mesmo um banco de memórias futuras. Essas serão as cenas às quais ele vai voltar quando eu tiver ido embora. Verá a própria mão arrumando meu travesseiro e acariciando meu rosto.

NOITE

Insone. Meus pensamentos acima a respeito de A revelam mais sobre mim do que sobre ele.

Talvez terminar a confissão iniciada há alguns dias absolva nós dois. Ou pelo menos me deixe dormir esta noite.

Entre 1922 e 1926, teci a teia de aranha. Graças à descoberta da "viscosidade" da matemática, os nós + emaranhamentos da teia se espalharam por todas as direções. Os resultados podiam ser repetidos. Era um modelo aplicável que atraía tudo para si. Até se tornou tridimensional.

A seguia minhas instruções.

Nossos lucros durante aqueles anos fizeram a fortuna original dos Bevel parecer ninharia.

Discuti o princípio da viscosidade + arquitetura da teia de aranha com A inúmeras vezes. Ele fingia acompanhar minhas explicações ou perdia a paciência. Culpa minha. Nunca expliquei bem matemática. Mas isso aumentava o ressentimento.

Quanto mais prosperávamos, mais nos tornávamos distantes + amargurados.

Ele disse uma vez que se sentia emasculado.

Achei sua vaidade repugnante.

Mesmo assim, nossa estranha colaboração continuou. Eu estava obcecada pelo processo; ele estava viciado nos resultados. Mas seria desonesto dizer que se tratava apenas de um exercício intelectual para mim. Descobri um profundo poço de ambição ali dentro. Dele, eu extraía um combustível tenebroso.

Mais para o final desse período (início de 1926?), desviei minha atenção para uma falha crescente na bolsa, uma falha que se tornava mais pronunciada à medida que as nossas transações + lucro cresciam: tráfego.

Durante subidas + quedas, o teletipo sempre ficava para trás. Podia haver uma defasagem de até 10 pontos entre o preço de venda no pregão e a cotação do teletipo.

Decidi me aproveitar desses atrasos.

Ao negociar quantidades descomunais + incitar explosões de frenesi generalizado, comecei a criar atrasos. Eu fazia o teletipo atrasar e, por alguns minutos, o futuro era meu.

Andrew se tornou uma lenda. Todos achavam que ele era um vidente, um místico.

A verdade é que tudo isso se tornou possível graças a um maquinário obsoleto + assoberbado:

os corretores não davam conta da enxurrada de instruções;

depois os assistentes demoravam para comunicar por telefone as ordens acumuladas dos corretores para o pregão;

depois cada ordem tinha de esperar a sua vez para ser executada;

depois as cotações atualizadas iam para os teletipistas, também atrasadas;

depois mais tempo se passava entre a divulgação da cotação já obsoleta e uma nova ordem baseada naquela cotação;

depois o ciclo de atrasos começava de novo, ainda maior.

Esse mecanismo deficiente criava oport. de arbitragem.

Estranho que ninguém tivesse pensado em lucrar com aqueles atrasos antes.

Eu os aproveitei ao máximo.

Casualmente, uma vez disse a A que todo o nosso sistema financeiro dependia de 4 pessoas: os operadores encarregados de inserir todas as cotações no teletipo da Bolsa de Valores de Nova York. Bastava 1 deles para deixar todo o mercado de joelhos.

Imagine, eu disse, se 1 dos 4 teletipistas pudesse ser subornado para fornecer todas as cotações antes de inseri-las na máquina. Os atrasos possibilitariam usar aquelas informações sem que ninguém notasse.

Algumas semanas mais tarde, foi exatamente o que Andrew fez.

Olhando a fita, era óbvio.

O esquema durou só alguns meses. Mas o fez ganhar uma fortuna incalculável. E o mito de Bevel cresceu até ele se tornar um deus.

Eu o chamei de criminoso. Ele disse que eu não suportava seu sucesso. Quase não falamos um com o outro por 2 anos.

MANHÃ
A foi para Z.

Calistenia inerte.

TARDE
Dor fora de mim, como as montanhas nos arredores, crescendo como ondas com cristas selvagens, petrificadas logo antes de arrebentar.

MANHÃ
Acordando da morf.

Este lugar parece cheio de simulacros.

TARDE
A de volta de Z. Diz que alguém está cuidando dos vistos para os músicos do quarteto.

NOITE
Insone. Nunca deixo de encontrar um som exasperante, uma lembrança desconfortável, uma ferida, uma queixa.

MANHÃ

Entreouvi: "Un visage comme une brioche."

TARDE

Alguns sinos na música:
Zauberf. (embora a celesta no poço nunca tenha parecido sinos para mim)
Parsifal?
Tosca (matinas)
Sinf. Fant.
Mahler em quase todas as sinf.? Guizos na 4ª adoráveis.

O salto da percussão para a melodia tirou a música da pré-história e a levou para a história.
Sinos de ossos.
Um fêmur deve soar mais grave do que uma tíbia.

NOITE

O efeito Doppler da memória. O tom de eventos passados mudando à medida que eles se afastam de nós.

MANHÃ

Noite de descanso sem morf. Estranha sensação de orgulho por ser dona do meu sono.

Escrevendo cartas.

Um pouco melhor. Mas isto só me faz perceber que esqueci qual é a sensação de estar totalmente bem.

TARDE
Nunca ouvi o sino da bolsa de valores.

MANHÃ
Idioma aborrecendo hoje.

TARDE
Quem escreve um diário é um monstro: a mão que escreve e o olho que lê são originários de corpos diferentes.

NOITE
Entreouvi: "Ele só finge que finge."

Olhando estas páginas, alguém pode pensar que sou apaixonada por sinos. Nunca dei atenção a eles antes de vir para cá. Nem sei ao certo se me interessam agora. Simplesmente continuam tocando.

Principalmente frutas

Hemicrania

Incapaz de fazer muita coisa

TARDE
Quasímodo, ensurdecido por sinos, adora tocá-los.

MANHÃ
Mal
Confinada à cama

TARDE
A de volta de Z com presentinhos. Não havia percebido que ele estava fora.

Algumas frutas vermelhas.

NOITE
Nenhum prazer no suco

MANHÃ
Mal
Cabeça

MANHÃ
Mal

MANHÃ
Mal

MANHÃ
Melhor. Saí. Vale envolto por pedra sob céu de concha nacarada. Dentro de um molusco.

Encontrei exemplar esfarrapado de Heine.

Entreouvi: "Ela esqueceu de nadar."

TARDE
A Enfermeira nunca finge alegria. Nunca dá demonstrações de solidariedade. Nunca faz de conta que sabe o que eu sinto. Chamá-la de amiga seria um insulto à dignidade dos seus cuidados impessoais. E no entanto...

NOITE
Li Heine em voz alta no meu quarto, ouvindo Schumann em cada sílaba.

MANHÃ
Mal
Confusão

TARDE
Mal consigo suportar a violência de comer.

MANHÃ
Pedi à Enfermeira para cortar meus cabelos, pois vivem molhados por causa da esponja, das flanelas quentes, dos emplastros. Ela se recusou. Comecei a cortar eu mesma com tesourinhas do conjunto de abridores de cartas. Eu nunca havia visto a Enfermeira assustada, então parei. Não sei ao certo o que ela encontrou nos meus olhos enquanto nos encarávamos, mas me mandou parar e saiu. Voltou com tesouras apropriadas. Não pediu instruções nem tentou me aplacar com uma aparadinha. Senti as lâminas cortando perto do meu crânio.

NOITE
Acabei de ler o último de Harland. Romance perfeito para morf. Gostei de não conseguir acompanhá-lo totalmente.

Algo milagroso + triste em relação ao copo em cima da mesa. Água disciplinada num cilindro vertical. O espetáculo depressivo de nosso triunfo sobre os elementos.

NOITE
La campanella.

Uma coisa boa da minha situação: não há risco de ser submetida nunca mais a Paganini, Hummel, Berlioz, Paderewski, Quilter, Saint-Saëns, Tosti, Franck, Lindner, Offenbach, Elgar, Dubochet, Rachmaninoff.

MANHÃ
Entreouvi: "Não, não: Odessa, Texas."

TARDE

A de volta de Z. Chocado com corte de cabelo. Tentou ficar com raiva. Olhou para mim assombrado.

NOITE

A tomou café comigo. Vai para Z amanhã. Mostrou louvável comedimento e não fez uma perg. sequer sobre negócios. Fiquei comovida + grata. Pedi para ele se deitar ao meu lado. Ficamos de mãos dadas, olhando para o teto em plácida solidão à deux.

Desconfio do surto de bem-estar dentro de mim quando faço com que ele se sinta bem.

TARDE

Consegui ler o último de Clouvel. Curto. Talvez perfeito.

Em livros, música, arte, sempre procurei emoção + elegância.

MANHÃ

Nova ponteira para a caneta. A foi para Z, ostentando autossuficiência com a agitação contida de um homem muito ocupado.

    Lembrou-me seu modo de agir durante nosso longo afastamento após a discussão sobre o teletipo. Naquela época, assim como agora, distanciei-me dos negócios. Naquela época, assim como agora, ele se escondeu atrás de uma demonstração de séria diligência. Nossos caminhos nunca se cruzavam em casa. Só nos falávamos em público. Ele passava a maior parte do tempo no escritório + Fiesolana.

Dediquei-me à música + filantropia. De início, por curiosidade, acompanhei o trabalho dele. Seguro, razoável, prosaico. Logo perdi o interesse. Minha única ligação com os negócios era a gestão do Fundo de Caridade.

Em retrospecto, vi que nunca havíamos realmente passado tempo juntos a não ser durante nossa colaboração comercial. Sabíamos muito pouco, quase nada, um do outro.

Em vários aspectos, parecíamos ter voltado aos primeiros anos do nosso casamento, antes da nossa colaboração, quando aprendemos a ficar juntos de longe. Mas o fosso entre nós havia aumentado, o que não foi ruim. As coisas reencontraram seu lugar. Pensei que aquele afastamento cordial seria, dali em diante, a nossa vida.

Mas então um manto de exaustão recaiu sobre mim. A coisa mais estranha: sufocou-me sob seu peso enquanto também me proporcionava uma bizarra sensação de conforto.

Eu não conseguia me levantar. Sentia que me partiria sempre que estava de pé. Medo constante de quebrar. De rachar.

Entregar-me à pesada fadiga era o único alívio.

No final, A soube que eu estava acamada. Durante suas primeiras visitas breves, estava carrancudo + irritável. Continuava a perguntar sobre os meus "nervos". Mais do que afetuosas, suas perguntas pareciam me desafiar a lhe dizer que eu não estava bem.

Foi necessária dor para que ele prestasse atenção. E só quando viu quanto peso eu havia perdido realmente se preocupou.

Primeiro méd. não encontrou nada. Também falou de neurastenia. Sedativos que não tomei.

Minha fraqueza possibilitou que A demonstrasse, depois de tanto tempo, os sentimentos que amargura + ciúme não foram capazes de extinguir. E me permitiu ver que o perdão que eu havia lhe recusado se cristalizara, dentro do meu punho cerrado, em orgulho rancoroso.

Talvez aquela tenha sido nossa melhor época juntos.

No início de 1929, 2 eventos interligados perturbaram aquela harmonia precária. Na verdade, não foram eventos, pois ambos estavam no futuro. Eu deveria dizer 2 previsões.

1º, percebi que o mercado quebraria antes do fim do ano.

2º, meu diagnóstico de câncer, segundo o qual eu morreria não muito depois.

TARDE
O padre veio com ofertas insossas de consolo.
Deus é a resposta mais desinteressante para as perguntas mais interessantes.

Sinos, sinos, sinos. O Homem das Badaladas.

Mancha de sol no cobertor. Cada partícula de luz viajou do sol até os meus pés. Como algo tão pequeno pode ter chegado tão longe? De perto, o fluxo de fótons pareceria uma chuva de meteoros. Meus pés brincam com ele. A vertigem da escala (o espaço entre um fóton e mim e uma estrela) é um antegosto da morte.

Sem revelar minha condição, comecei a gradualmente dar conselhos financeiros a Andrew outra vez. Como eu era eficaz, ele acolheu bem a minha volta. Mas com uma sombra de precaução. Às vezes, eu tinha de encontrar novas maneiras para que ele adotasse minhas ideias. Elas tinham de se tornar primeiro ideias dele. Chamado e resposta: eu dava a ele ré-fá#-mi-lá para que ele achasse que tinha inventado sozinho lá-mi-fá#-ré.

Apesar do desastre iminente, ele era cético em relação ao meu plano e continuava a dizer que o merc. era à prova de choque. Mas eu sabia que era só uma questão de tempo. Comecei a criar posições vendidas.

No início de set., após quase um mês de adiantamentos, liquidei, criando um corte seco.

Para preservar valor, os investidores começaram a vender seus títulos e ações durante a queda, com consequências óbvias, acarretando os eventos da última semana de out. de 1929.

Não há necessidade de aprofundar. Os relatos da crise, em sua maioria, são, no geral, corretos, exceto pela omissão do meu nome. Por esse único erro, sou grata.

Badalar dos sinos da igreja fora do campo de visão.
Meu plano de 1929 se parecia muito com o motivo dos sinos.
Vender a descoberto é dobrar o tempo. O passado se fazendo presente no futuro.
Como uma resposta retrógrada ou um palíndromo.
Ré-fá#-mi-lá / lá-mi-fá#-ré.
Uma canção tocada ao contrário.
Mas ir contra o merc. faz tudo virar de cabeça para baixo: quanto mais uma ação se deprecia, maior o lucro, e vice-versa.
Cada perda se torna um ganho; cada aumento, um decréscimo.
Todos os intervalos da canção são invertidos, virados de cabeça para baixo.
Uma terça maior ascendente (ré-fá#) se torna uma terça maior descendente (ré-si♭), uma descida (fá#-mi) se torna uma subida (si♭-dó), a queda de uma quinta (mi-lá) se torna um salto proporcional para cima (dó-sol).
Ré-fá#-mi-lá se torna ré-si♭-dó-sol.
Mas de trás para a frente.
A inversão do retrógrado.
Uma canção tocada de trás para a frente e de cabeça para baixo.

Chamada e resposta.

"A orquestra tocou o tipo de música em que você sabe o que vem a seguir, em que você ouve antecipadamente."

Em 1929, todo mundo ouviu ré-fá#-mi-lá e, antecipadamente, pensou lá-mi-fá#-ré.
Mas, quando eu ouvi ré-fá#-mi-lá, a resposta ressoando em minha mente era sol-dó-si♭-ré.

Em 1929, nenhum sino tocava na minha cabeça.
Mas, em retrospecto, esta parece uma alegoria precisa do que percebi + pensei.
Minha aposta contra o merc. foi uma fuga que seria lida de trás para a frente e de cabeça para baixo.
Na qual cada nota seria o resultado do espelhamento vertical + horizontal do motivo orig.
Uma versão radical de Musik. Opfer.
Ou, talvez, melhor ainda, Suíte para Piano de Schön.

Não acredito em magia, mas a ferocidade do câncer depois da crise não pareceu coincidência.
Eu finalmente tinha de contar a Andrew sobre a doença.
Ele pareceu mais preocupado com a própria solidão do que com a minha ausência. Mesmo assim, foi um bom companheiro.

Depois da devastação de 1929, tentei organizar um plano de recuperação. Doar a maior parte do dinheiro. Mas estava doente demais. Esmorecendo. Consumida por um tratamento fracassado após o outro. Andrew fez várias contribuições: um punhado de bibliotecas, alas de hospitais + edifícios univ. Mortificada ao saber que ele havia doado aquelas migalhas em meu nome, pedi que ele nunca mais o usasse.

A adormecido na cadeira ao meu lado. Velho.

Sinto que estou aqui há décadas. O tempo desacelerou ou acelerou?

Cada objeto é uma atividade.

Toda a força desta tigela é consumida em se mostrar.

Li pouco desde que terminei Clouvel. Mal consigo dar conta dos pequenos dípticos de Sutherland.

"Imagine o alívio de descobrir
que alguém não é aquele alguém que alguém pensava ser"

Suco mais doce do que de costume.
As pessoas me olham diferente agora. Como se eu não fosse uma delas.

Impossível ouvir minha voz quando criança. Lembro-me de conversas inteiras, mas não consigo me lembrar de como eu soava.

Mal

ficando desordenado atrás dos meus olhos

enfermo
termo
ermo

Dentes nascendo por dentro

Acordei e descobri o tornozelo esquerdo engessado.
Quebrado enquanto me mexia sob efeito da morf.
Nenhuma lembrança de dor.
A Enfermeira foi dispensada.
Exigi que a trouxessem de volta.
Ela está aqui agora.

Meu pé bom às vezes toca no gesso. O pé engessado não sabe.

Quando digo que penso em todas as coisas que não fiz,
qual é realmente o conteúdo desses pensamentos?

Chega de banhos. A Enfermeira esfrega água-de-colônia entre os dedos dos meus pés + na parte interna das juntas. Uma queimação fria.

A impaciência de A.

Tão gostoso estar fora novamente

Embalada pelo mundo

Mas, cada vez que pisco, as montanhas somem

Samambaias dentro de samambaias dentro de samambaias dentro de samambaias

Árvores repletas de aves

Algumas folhas ficando vermelhas nas pontas
La fauve agonie des feuilles
Mantendo uma aqui, suspensa em sua agonia

Um sino numa redoma não dobra

A liberdade aterrorizante de saber que nada, daqui em diante, se tornará uma lembrança

Demorei um tempo para perceber que o zumbido só estava na minha cabeça
Um ruído sem onda ainda é um som?

A Enfermeira acabou de lixar minhas unhas, soprando o pó ao ir embora

Palavras descascando de coisas

Entrando e saindo do sono. Como uma agulha saindo de baixo de um tecido preto e depois sumindo novamente. Sem linha.

AGRADECIMENTOS

Sou eternamente grato ao Cullman Center for Scholar and Writers da Biblioteca Pública de Nova York, à Whitting Foundation, MacDowell, Yaddo e Artist Relief pelo apoio inestimável.

Toda a minha gratidão à incomparável Sarah McGrath e a todos na Riverhead, especialmente a Jynne Dilling Martin, Anna Jardine, Geoff Kloske e May-Zhee Lim. E minha gratidão infinita a Bill Clegg, Marion Duvert, David Kambhu, Lilly Sandberg e Simon Toop.

Por sua generosidade e apoio em diferentes estágios deste projeto, devo agradecer a Ron Briggs, Heather Cleary, Cecily Dyer, Anthony Madrid, Graciela Montaldo, Eunice Rodríguez Ferguson e Homa Zarghamee.

Alguns amigos em especial tornaram este livro melhor. Tenho uma dívida incomensurável com Pablo Bernengo, Brendan Eccles, Lauren Groff, Gabe Habash, Alison Mclean e James Murphy.

Por anos demais, Jason Fulford e Paul Stasi têm sido meus sofridos interlocutores e estoicos leitores de versões prematuras. Devo a eles mais do que sou capaz de expressar aqui.

Anne, Elsa... Para agradecer apropriadamente a vocês, seria necessário outro livro inteiro.

1ª EDIÇÃO

PAPEL DE MIOLO
Pólen Soft

TIPOGRAFIA
Adobe Caslon Pro

IMPRESSÃO
Geográfica